PROMENONS-NOUS DANS LES BOIS

Ruth Rendell

PROMENONS-NOUS DANS LES BOIS

Traduit de l'anglais par Aline Weill

ÉDITIONS FRANCE LOISIRS

Titre original anglais : *Babes in the wood*
Première publication : Hutchinson (Random House), Londres, 2002

Édition du Club France Loisirs,
avec l'autorisation des Éditions Calmann-Lévy

Éditions France Loisirs
123, boulevard de Grenelle, Paris
www.franceloisirs.com

© Kingsmarkham Enterprises Ltd., 2002
© Calmann-Lévy, 2005, pour la traduction française
ISBN : 2-7441-8916-2

Pour Karl et Lilian Fredriksson
Affectueusement

Prologue

Il faisait assez chaud pour être dehors à dix heures du soir. Dans le ciel étoilé s'était levée une lune d'automne, une pleine lune rousse d'équinoxe. L'assemblée se tenait au cœur d'un bois, dans une clairière assez vaste pour accueillir un millier de personnes. Le sol devait sa souplesse à un épais gazon vert, entouré d'arbres forestiers, hêtres, frênes et châtaigniers. Comme les feuilles n'étaient pas encore tombées, la maison, assez proche, demeurait invisible, de même que ses dépendances et ses jardins.

Au centre de la clairière, une centaine de personnes avaient formé un cercle. La plupart ignoraient que la maison se trouvait là. Ils étaient venus en camionnette, en minibus ou en voiture, par un chemin qui débouchait d'un autre chemin, lequel partait lui-même d'une route assez étroite. Rien n'indiquait s'il s'agissait ou non d'une propriété privée, et rien ne signalait la présence de la maison. Certains portaient l'uniforme unisexe des jeunes et des moins jeunes, jean, chemise, veste ou chandail; d'autres étaient enveloppés dans des robes de cérémonie noires ou brunes. Ils se tenaient par la main et attendaient avec impatience, et même avec excitation.

Un homme, tout de blanc vêtu – chemise à col ouvert, pantalon et souliers blancs –, s'avança à grands pas jusqu'au milieu du cercle. Alors, les gens se mirent à chanter, entonnant un air exaltant qui aurait pu être un hymne, un chœur d'opéra ou de comédie musicale. Quand ils eurent terminé, ils tapèrent dans leurs mains en rythme. Le battement cessa lorsque l'homme en blanc prit la parole.

Il demanda d'une voix vibrante :

«Y a-t-il des esprits malins qui vous tourmentent? Y a-t-il quelqu'un ici qui soit possédé par un mauvais esprit?»

Un silence profond s'installa. Personne ne bougea. Une petite brise se leva et traversa le cercle, agitant les cheveux et les draperies. Elle retomba lorsqu'une personne apparut dans le cercle. Aucun de ceux qui se tenaient par la main, des chanteurs qui avaient rythmé la mélopée, n'aurait su dire d'où venait le nouvel arrivant. Aucun assistant, même de près, n'aurait su distinguer si c'était un homme ou une femme et, bien que l'on ne vît personne derrière lui, il trébucha un peu comme si on l'avait poussé. Il était drapé dans une robe noire des épaules jusqu'aux pieds, et sa tête était couverte d'un voile sombre. Un cri jaillit de la bouche de l'homme qui s'était enquis de la présence des mauvais esprits.

« Seigneur, envoie ton feu brûler les esprits malins !

— Brûle-les ! » cria le cercle.

L'homme en blanc et la silhouette en noir se rejoignirent. De loin, ils avaient l'air d'un couple d'amants déguisés, de personnages du carnaval de Venise. Il faisait à présent plus sombre, un fin nuage passait devant la lune. Le prêtre et le suppliant, si tels étaient leurs rôles, se trouvaient assez proches pour pouvoir se toucher, mais nul ne vit si leurs mains s'étaient frôlées. Il était plus important de les entendre. Soudain, tous dressèrent l'oreille quand la silhouette en noir laissa échapper une longue plainte, un cri déchirant, suivi d'une série de gémissements. Ces derniers n'avaient pas l'air simulés, ils semblaient émaner d'un cœur peiné et angoissé, d'une âme tourmentée, montant et retombant dans une plainte lancinante.

La silhouette en blanc demeurait immobile. Le cercle des assistants commença à frémir et à se balancer de droite à gauche ; bientôt, tous joignirent leurs voix aux cris du suppliant, tandis que certains se frappaient avec les mains et d'autres, avec les brindilles qui jonchaient le sol. Pendant qu'ils oscillaient en gémissant, le nuage s'éloigna et la lune, retrouvant son éclat flamboyant, baigna ce rituel d'un feu incandescent. Alors, la silhouette en noir bougea à son tour. Non pas lentement comme les assistants, mais avec des gestes de plus en plus frénétiques, frappant non pas son corps, mais les bras et la poitrine de l'homme en blanc. Ses plaintes se muèrent en grondements et l'on pouvait entendre claquer ses dents.

Apparemment inconscient de cet assaut violent, l'homme en blanc leva les bras au-dessus de sa tête.

Et, d'une voix de prêtre venue du fond des âges, il s'écria :

« Confesse ta malice et tes péchés ! »

Jaillit alors une liste de fautes, d'omissions et de crimes, certains murmurés, d'autres clamés d'une voix forte qui s'élevait dans un hurlement désespéré. Tout le monde se taisait, écoutant avec ferveur. La confession se poursuivit, mais sur un ton moins passionné, jusqu'à ce que la créature en noir se mît à bégayer et s'écroulât d'épuisement. Il y eut un silence, suivi d'un long soupir, léger et presque sensuel, qui monta de la foule.

Le célébrant prit la parole. Il posa une main sur l'épaule voilée de noir et s'écria d'une voix tonnante :

« Maintenant, sors de son corps ! »

Il ne donna pas d'absolution, mais cet ordre impérieux :

« Sors de son corps ! »

Un nuage masqua la lune, provoquant un nouveau soupir dans la foule, ou plutôt un cri d'étonnement étouffé. Un frisson parcourut les assistants, comme une rafale de vent froissant un champ de blé.

« Voyez les esprits malins, mes enfants ! Voyez-les dans le ciel voler devant la lune ! Voyez Astarot, le démon, celui dont la lune est le séjour !

— Je vois ! Je vois ! répondit d'un seul cri le cercle des assistants. Nous voyons le démon Astarot !

— La créature qui l'a abrité a confessé de grands péchés charnels, mais lui, le démon, l'incarnation du péché de chair, est sorti de son corps avec ces esprits malins. Voyez-les s'élever à présent dans l'air !

— Je vois ! Je vois ! »

Enfin, le suppliant se joignit à ce chœur. Ce fut d'une voix brisée, faible et asexuée.

« Je vois, je vois...

— Loué soit le Seigneur, dieu des armées ! s'écria l'homme en blanc. Loués soient les anges et la Sainte-Trinité !

— Le Seigneur soit loué !

— Loués soient le Seigneur et les anges », reprit la silhouette en noir.

Quelques instants plus tard, elle n'était plus en noir. Deux femmes pénétrèrent dans le cercle, les bras chargés de vêtements blancs. Elles habillèrent le suppliant, le couvrant de la tête aux pieds jusqu'à ce qu'il fût pareil à l'officiant. Le suppliant proclama d'une voix forte, mais qui n'avait plus rien d'affligé :

« Loué soit le Seigneur, qui a délivré son serviteur du péché et a restauré la pureté. »

À peine avait-il prononcé ces paroles que la danse commença. Les deux silhouettes en blanc se noyèrent dans la foule tandis que l'on jouait de la musique, un air venu de nulle part, une mélodie de quadrille écossais qui, bizarrement, était également un hymne. Les fidèles dansaient en tapant dans leurs mains. Une femme jouait du tambourin, une autre de la cithare. Le pécheur purifié se tenait parmi elles, partant d'un rire joyeux comme s'il s'amusait à un goûter d'enfants. Il n'y avait rien à manger, à boire et à fumer, mais ils étaient ivres d'excitation et de ferveur, grisés par l'hystérie d'une foule unie par une même croyance, une même passion. Et celui qui

13

avait été absous continuait à rire aux éclats, gai et joyeux comme un enfant.

La danse dura une demi-heure, puis s'arrêta lorsque les musiciens se retirèrent. Ce fut le signal du départ. Chacun, retrouvant brusquement sa réserve, regagna le chemin où étaient garés les véhicules.

Le prêtre, qui était venu seul, attendit que tout le monde soit parti pour ôter sa robe de cérémonie et se muer à nouveau en homme ordinaire, en jean et veste de treillis. Il plaça sa robe blanche dans le coffre de sa voiture, puis descendit l'allée vers la maison. Elle était grande selon les critères modernes, datant du début de l'époque victorienne, avec deux petits perrons montant jusqu'à l'entrée, sous un portique flanqué de modestes piliers, et une balustrade courant le long du toit d'ardoises – une maison agréable à l'œil, mais un peu terne. Comme des centaines, si ce n'est des milliers de maisons de ce genre en Angleterre. Visiblement, elle était vide, mais elle l'était toujours le soir en semaine. Le prêtre gravit les marches du côté gauche, sortit une enveloppe de sa poche et la glissa dans la boîte aux lettres. Comme la plupart de ses ouailles, il était dans la gêne et voulait s'épargner le prix d'un timbre.

Le propriétaire des lieux avait demandé un droit d'entrée. C'était normal, bien qu'il soit fortuné. Mais le prêtre, si c'était vraiment un prêtre, avait refusé de payer deux cents livres et, finalement, ils s'étaient mis d'accord sur cent. L'enveloppe contenait aussi un mot de remerciement. Les fidèles pourraient vouloir réutiliser la clairière, comme ils l'avaient déjà fait par le passé. Le prêtre l'appelait toujours « le grand terrain », mais il l'avait entendu nommer la piste de danse, un nom qu'il estimait quant à lui trop profane.

Il retourna à sa voiture.

1

D'habitude, le Kingsbrook n'était pas visible de sa fenêtre. Ni son cours, ni ses méandres, ni les saules qui bordaient ses rives. À présent il pouvait le voir, ou plutôt, voir ce qu'il était devenu, un fleuve aussi large que la Tamise, mais calme et tranquille, un grand lac qui remplissait la vallée, submergeant les prés d'une nappe argentée. Des quelques rares maisons qui se trouvaient dans cette vallée, le long d'un chemin disparu, venant d'un pont lui-même évanoui, seuls les toits et les étages supérieurs émergeaient des eaux. Il songea à sa propre maison, encore à l'abri de la crue, de l'autre côté du lac qui s'élevait peu à peu. Pour l'instant, seul le fond du jardin était léché par une marée montante.

Il pleuvait. Mais comme il l'avait dit à Burden quatre heures plus tôt, ce n'était plus une nouvelle, il ne servait à rien d'en parler. La seule chose excitante, digne d'être mentionnée, c'était les moments où il ne pleuvait pas. Il décrocha le téléphone et appela sa femme.

« Rien de neuf depuis ton départ, fit-elle. Le fond

du jardin est sous l'eau, mais la nappe n'a pas encore atteint le mûrier. Je ne crois pas qu'elle ait progressé. C'est à cela que je me repère, au mûrier.

— Heureusement qu'on n'élève pas des vers à soie », commenta Wexford, laissant sa femme déchiffrer cette remarque sibylline.

De mémoire d'homme – ou du moins, pour autant qu'il s'en souvienne –, on n'avait jamais vu ça dans cette partie du Sussex. Malgré une double barrière de sacs de sable, le Kingsbrook avait inondé la route au niveau du pont de la rue principale, submergé Sainsbury's et l'agence pour l'emploi, mais il avait miraculeusement épargné l'hôtel *Olive and Dove*. C'était une région vallonnée, et les maisons construites sur les hauteurs avaient pour la plupart échappé à la crue. Sauf la grande rue, Glebe Road, Queen Street et York Street, avec leurs devantures à l'ancienne et leurs avant-toits en surplomb. Elles étaient noyées sous trente, soixante centimètres d'eau, voire un mètre par endroits. Dans le cimetière de St Peter, les hauts des pierres tombales semblaient émerger d'un lac gris piqueté par la pluie, tels des rochers émergeant de la mer. Et la pluie continuait à tomber.

D'après l'Agence pour l'environnement, la terre, dans les plaines inondées du pays de Galles et de l'Angleterre, était détrempée, gorgée d'eau, si bien qu'on ne pouvait pas drainer ce dernier assaut. Il y avait des maisons à Kingsmarkham, et plus encore dans le bassin de Pomfret, qui avaient été inondées en octobre et l'étaient à nouveau en cette fin novembre. Les journaux informaient aimablement leurs lecteurs que ces propriétés étaient désormais invendables et ne valaient plus rien. Leurs occupants étaient partis quelques semaines plus tôt, pour aller s'installer chez des parents ou dans des logements provisoires. Les autorités locales avaient épuisé les dix mille sacs de sable qu'elles avaient commandés, malgré les railleries. À présent, ils étaient tous sous les eaux, et on avait demandé d'autres sacs, qu'on attendait toujours.

Wexford essaya de ne pas penser à ce qui arriverait s'il tombait encore deux centimètres de pluie avant la nuit, et si l'eau dépassait le repère de Dora, le mûrier. À partir de cet arbre, le terrain descendait en pente douce jusqu'à un muret derrière la maison, faible rempart contre l'inondation, qui séparait la pelouse de la terrasse et des portes-fenêtres. Il avait beau essayer de ne pas y penser, il s'imaginait l'eau atteignant le muret et se déversant par-dessus... À nouveau, il tendit la main vers le téléphone, mais cette fois, il ne fit qu'effleurer le combiné et retira sa main quand la porte s'ouvrit, laissant entrer Burden.

« Il pleut toujours », observa-t-il.

Wexford lui adressa un bref regard, celui que l'on jette à un plat moisi trouvé au fond d'un frigo.

« Je viens d'apprendre une chose incroyable, et j'ai pensé que cela pourrait vous amuser. Vous semblez avoir besoin de vous dérider. »

Il s'assit sur le coin du bureau, son perchoir favori. Wexford se dit qu'il était plus mince que jamais. On aurait dit qu'il s'était fait faire un lifting, un massage corporel complet, et qu'il avait passé trois semaines dans un centre de remise en forme.

« Une femme a appelé pour nous dire qu'elle était allée à Paris en week-end avec son mari. Elle avait laissé ses deux enfants à une… enfin, une personne qui les gardait, et à son retour la nuit dernière, ils avaient tous les trois disparu ; bien entendu, elle croit qu'ils se sont noyés.

— C'est censé être drôle ?

— C'est plutôt bizarre, non ? Les enfants ont treize et quinze ans, et l'adulte à qui on les a confiés, une trentaine d'années. Ils savent tous nager et la maison est à des kilomètres au-dessus des eaux.

— Où ça ?

— À Lyndhurst Drive.

— Pas loin de chez moi, alors. Mais en effet, bien au-dessus des crues. L'eau commence à monter dans mon jardin. »

Burden croisa les jambes et balança négligemment son pied élégamment chaussé.

« Allons, courage ! C'est pire dans la vallée de la Brede. Pas une seule maison n'a échappé aux inondations. »

Wexford imagina des bâtiments auxquels il aurait poussé des jambes et prenant la fuite, poursuivis par une marée furieuse.

« Jim Pemberton est monté là-bas. Je veux dire, à Lyndhurst Drive. Et il a alerté le groupe Subaqua.

— Le *quoi* ?

— Vous avez dû en entendre parler. (« Même vous », s'abstint d'ajouter Burden.) C'est une initiative des pompiers et du conseil municipal de Kingsmarkham. Des plongeurs bénévoles, surtout.

— Si vous trouvez ça drôle, dit Wexford, pourquoi recourir à des mesures aussi extrêmes ?

— Par acquit de conscience, dit tranquillement Burden.

— Très bien, récapitulons. Ces enfants... d'ailleurs, qui sont-ils exactement ? Un garçon et une fille ? Et comment s'appellent-ils ?

— Dade. Giles et Sophie Dade. J'ignore le nom de la personne qui les gardait. Tous les deux savent nager. Le garçon possède une sorte de médaille d'argent de secourisme et la fille a failli entrer dans l'équipe des cadets du comté. Dieu sait pourquoi la mère pense qu'ils se sont noyés. *A priori*, ils n'avaient pas de raison de s'approcher des eaux. Jim va s'en charger. »

Wexford ne répondit pas. La pluie s'était mise à battre les carreaux. Il se leva et se dirigea vers la fenêtre, mais il pleuvait si fort qu'il ne put voir qu'un brouillard blanc et des gouttes de pluie tambourinant sur le rebord de la fenêtre.

« Vous déjeunez où ? demanda-t-il à Burden.

— À la cantine, sans doute. Je ne vais pas sortir par ce déluge. »

Pemberton revint à trois heures pour annoncer que deux hommes-grenouilles avaient commencé à rechercher Giles et Sophie, mais davantage pour apaiser les craintes de Mrs. Dade que par inquiétude réelle. Aucune des nappes qui s'étaient formées autour de Kingsmarkham n'avait atteint une profondeur d'un mètre vingt. Dans la vallée de la Brede, les choses étaient plus graves. Une femme qui ne savait pas nager s'y était noyée le mois d'avant, tombant d'un pont de fortune construit pour relier une de ses fenêtres à une pente voisine. Elle avait essayé de se cramponner aux montants du pont, mais sa tête avait été submergée et elle avait été emportée par la pluie et le vent. Rien de tout cela n'aurait pu arriver aux enfants Dade, des nageurs chevronnés qu'une eau deux fois plus profonde n'aurait pas effrayés.

Ce qui inquiétait davantage l'opinion publique, c'était la vague de pillages qui sévissait dans la rue principale. Beaucoup de commerçants avaient monté leurs marchandises au dernier étage (vêtements, articles de bureau, revues et livres, porcelaine, verrerie et appareils de cuisine) avant de quitter les lieux. La nuit, les pilleurs pataugeaient dans l'eau – certains munis d'échelles –, cassaient les vitres des fenêtres et se servaient. L'un d'eux, arrêté par l'inspecteur Vine, déclara que le fer à repasser et le four à micro-ondes qu'il avait dérobés étaient une juste compensation pour l'inondation de son appartement en rez-de-chaussée ; il était sûr que la municipalité ne le relogerait pas. Vine soupçonnait un groupe d'adolescents, encore scolarisés, d'avoir volé tout le stock de CD et de cassettes du York Audio Centre.

Wexford aurait voulu faire le point avec sa femme toutes les demi-heures, mais il se domina et ne la rappela pas avant quatre heures et demie. La grosse averse avait alors fait place à une bruine incessante. Le téléphone sonna longuement, et il commençait à croire qu'elle était sortie quand elle décrocha enfin.

« J'étais dans le jardin. J'ai entendu sonner, mais il

22

fallait que j'enlève mes bottes pour ne pas en mettre partout. Quand on travaille dehors dans la pluie et la boue, les choses les plus simples prennent deux fois plus de temps.

— Où en est le mûrier ?

— Ça y est, l'eau l'a atteint. Elle commence à clapoter contre le tronc. Enfin, ça devait arriver, avec toute cette pluie. Je me demandais si on pouvait faire quelque chose pour l'arrêter. La montée de l'eau, je veux dire, pas la pluie. J'ai pensé qu'on pourrait utiliser des sacs de sable, mais le conseil municipal n'en a pas. La standardiste m'a répondu qu'ils n'avaient toujours pas été livrés. On aurait dit une vendeuse. »

Il rit, mais sans entrain.

« On ne peut pas arrêter l'eau, mais on pourrait envisager de monter nos meubles à l'étage. »

Il faillit ajouter : « Dis à Neil de venir nous aider », puis il se rappela que son gendre était sorti de leur vie depuis que lui et Sylvia s'étaient séparés, et il préféra dire à Dora qu'il rentrerait vers six heures.

Il n'était pas venu en voiture ce matin-là. En ce moment, il allait travailler plus souvent à pied. Ces averses presque incessantes stimulaient son besoin de marcher – bizarrerie de la nature humaine ! – car il devenait plus rare et donc plus attrayant de le faire par beau temps. Aux premières lueurs du jour, la pluie ne tombait pas encore et le ciel était d'un bleu nacré. À huit heures et demie, il faisait encore beau et il avait décidé de marcher. De gros nuages lourds s'étaient amoncelés, couvrant le bleu du ciel et le soleil laiteux. Au moment où il avait atteint le commissariat, les premières gouttes s'étaient mises à tomber. Il lui faudrait regagner sa maison à travers ce brouillard humide, qui se transformait par moments en crachin. Mais quand il franchit les nouvelles portes automatiques du commissariat, la pluie avait cessé et, pour la première fois depuis longtemps, il sentit une nette fraîcheur. L'air *semblait* plus sec, comme si le temps allait changer. Mieux vaut ne pas être trop optimiste, se dit-il.

À son retour, il faisait noir. Aussi noir qu'à minuit. De cette hauteur, à pied, il ne pouvait rien voir des inondations, juste les trottoirs et les chaussées mouillés, et de larges flaques dans les caniveaux. Il traversa la rue principale et se mit à gravir la pente douce qui menait jusqu'à sa maison. Il aurait oublié les Dade s'il n'était pas passé devant Kingston Gardens en lisant le nom de la rue à la lueur d'une lampe. Le haut de Lyndhurst Drive croisait justement cette rue et, depuis leurs fenêtres, ses habitants auraient pu apercevoir son toit et son jardin. Ils étaient à l'abri. Quelqu'un lui avait dit que pour monter jusque-là, les eaux auraient dû d'abord s'élever au-dessus du dôme de la mairie de Kingsmarkham.

Oui, les Dade étaient en sécurité là-haut. Et le risque que leurs enfants se soient noyés était quasiment nul. Avant de quitter son bureau, il avait reçu un message du groupe Subaqua, disant qu'on n'avait pas repêché de vivants ni de corps. Wexford leva les yeux vers la colline, se demandant où habitaient exactement les Dade. Et il s'arrêta net. Qu'est-ce qui lui arrivait? Mais il perdait la tête!

Ces enfants ne s'étaient peut-être pas noyés, mais ils avaient quand même disparu! La nuit dernière, en rentrant d'un week-end à l'étranger, leurs parents avaient trouvé la maison vide. Toutes ces bêtises et sur la noyade et sur la crue lui avaient fait oublier l'essentiel. Deux enfants, âgés de quinze et treize ans, avaient bel et bien *disparu*.

Il reprit aussitôt sa marche, et ses pensées s'accélérèrent. Bien sûr, il était très possible qu'ils soient déjà rentrés. D'après Burden, ils avaient été confiés à la charge d'un adulte, et tous les trois s'étaient envolés. Cela voulait sûrement dire que cet adulte, probablement une femme, les avait emmenés quelque part. Le vendredi soir, ou au moment de son départ, elle avait dû avertir la mère qu'elle les emmenait en promenade, et celle-ci avait oublié. Une femme qui croyait que ses enfants s'étaient noyés, seulement parce qu'ils n'étaient pas là et qu'une partie de la ville était inondée, devait être un peu... enfin écervelée.

Dora n'était pas dans la maison. Il la trouva au fond du jardin, braquant une lampe de poche sur les racines du mûrier.

« Je ne crois pas qu'elle ait encore monté depuis tout à l'heure, lui dit-elle. Il faut vraiment déplacer les meubles? »

Ils rentrèrent dans le salon.

« On pourrait monter une partie des choses auxquelles on tient le plus. Les livres. Les tableaux. La console de ta mère. On pourrait commencer par ça et écouter le bulletin météo de dix heures. »

Il lui donna un verre et se servit aussi. Posant le

whisky coupé d'eau sur la table à côté de lui, il composa le numéro de Burden.

« Je pensais justement vous appeler, répondit l'inspecteur. Cela vient de me frapper. Les enfants Dade ont sûrement disparu.

— J'ai eu la même idée. Enfin, pas tout à fait : ils ont *peut-être* disparu. Qui sait si la personne qui les a gardés ne vient pas de les ramener d'une visite du château de Leeds ?

— Une visite qui aurait commencé hier ?

— Non, vous avez raison. Mais il faut vérifier. Ils ne nous préviendront sûrement pas s'ils sont revenus indemnes. On ne nous appelle que pour les catastrophes. Si ces enfants ne sont toujours pas rentrés, les parents devront venir au commissariat pour remplir un formulaire de disparition et nous donner un peu plus d'informations. Inutile de vous en charger. Laissez ça à Karen, elle ne croule pas sous le travail en ce moment.

— J'aimerais appeler les Dade avant de faire quoi que ce soit, dit Burden.

— Vous me rappelez après, d'accord ? »

Wexford dîna avec sa femme. Le rabat de la boîte aux lettres claqua et le journal du soir, le *Kingsmarkham Evening Courier*, tomba sur le paillasson.

« C'est un peu fort ! s'exclama Dora. Il est presque huit heures. On aurait dû le recevoir il y a deux heures.

— Mais c'est compréhensible avec cette pluie, tu ne trouves pas ?

— Sans doute. Je ne devrais pas me plaindre. J'espère que le marchand de journaux l'a apporté lui-même. Il ne laisserait pas cette fille sortir par ce temps.

— Une fille ?

— C'est sa fille qui livre les journaux. Tu ne le savais pas ? C'est vrai qu'elle a plutôt l'air d'un garçon avec son jean et sa casquette. »

Ils laissèrent ouverts les rideaux des portes-fenêtres, pour voir si la pluie recommençait à tomber et surveiller le niveau de l'eau, qui avait dû gagner quinze centimètres depuis la veille. Un de leurs voisins, dont le terrain était un peu plus haut que leur jardin – juste assez pour échapper aux crues... –, avait un réverbère édouardien au bas de sa pelouse. Ce soir-là, il était allumé, et sa lumière blanche révélait que la nappe d'eau n'avait pas bougé. Elle était d'un gris luisant, comme une plaque d'ardoise, et la petite rivière, un peu en contrebas, avait disparu dans les profondeurs du lac. Cela faisait des semaines que Wexford n'avait pas vu d'étoiles. À présent, il n'apercevait que la lumière puissante, mais vague, de la lampe et un amas nébuleux courant dans le ciel noir là où le vent agitait les nuages. Des branches d'arbres sombres et dénudées penchaient et oscillaient. L'une d'elles balaya la surface du lac, soulevant une gerbe d'eau comme une voiture roulant dans une flaque.

« Tu veux commencer à déplacer des meubles ? demanda Dora quand ils eurent terminé leur café. Ou tu préfères regarder ça ? »

Il secoua la tête, repoussant le journal qui semblait ne contenir que des photos d'inondations.

« Nous allons monter les livres et ce petit placard. Rien d'autre avant le bulletin météo. »

Le téléphone sonna alors qu'il transportait le sixième et dernier carton de livres. Par chance, la plupart des siens étaient déjà en haut, dans la petite pièce qui lui servait autrefois de bureau et qui avait été convertie en bibliothèque. Dora décrocha pendant qu'il posait la caisse sur la dernière marche.

« C'est Mike. »

Wexford prit l'appareil.

« Quelque chose me dit qu'ils ne sont pas rentrés.

— Les plongeurs de Subaqua veulent reprendre les recherches demain, en sondant les eaux profondes de la vallée de la Brede. Ils n'ont pas grand-chose à faire et je crois qu'ils trouvent ça excitant.

— Et Mr. et Mrs. Dade ?

— Je n'ai pas téléphoné, Reg, je suis allé chez eux. Ils forment un drôle de couple. Elle pleure.

— Quoi ?

— Oui, tout le temps. C'est bizarre, et même pathologique.

— Vraiment, docteur ? Et lui ?

— Il est désagréable, c'est tout. Apparemment, c'est un bourreau de travail, il n'a jamais un moment à lui. Il n'avait qu'une chose en tête : retourner à son bureau. Les enfants ont bel et bien disparu et le père dit que cette histoire de noyade est complètement stupide. Pourquoi se seraient-ils approchés de la zone inondée ? Qui a eu cette idée absurde ? Ce genre de choses. Alors, sa femme a dit que c'était elle et s'est mise à pleurer. Jim Pemberton a suggéré qu'ils avaient pu aller dans l'eau pour sauver quel-

qu'un, mais qui? La seule autre disparue est cette
Joanna Troy...

— Qui ça?

— L'amie de Mrs. Dade qui a passé le week-end
chez eux pour garder les enfants. Dade est en train
de remplir les formulaires de disparition. »

La voix de Burden se fit hésitante. Peut-être se
rappelait-il que Wexford s'était montré très réticent
à s'occuper de cette affaire.

« À vrai dire, les choses sont un peu plus sérieuses
qu'elles ne le semblaient au départ. Les Dade sont
rentrés de Paris un peu après minuit. Il n'y avait pas
de lumière dans la maison, les portes des chambres
des enfants étaient fermées, et ils se sont couchés
sans aller voir s'ils étaient là. Enfin, je crois. Ce n'est
qu'en milieu de matinée que Mrs. Dade a découvert
leur absence. Ce qui signifie qu'ils ont disparu
depuis dimanche minuit, ou peut-être dès vendredi
soir, après le départ de leurs parents.

— Et cette Joanna Machinchose?

— Troy. Mrs. Dade a essayé de la joindre toute la
journée et Dade est passé chez elle cet après-midi,
mais il n'y avait personne.

— Apparemment, ce que je peux penser de cette
affaire n'a pas grande importance, dit Wexford d'un
ton las. Mais on s'arrête là pour ce soir. On repren-
dra l'enquête demain. »

Burden, qui pouvait se montrer sentencieux, renchérit en disant que demain serait un autre jour.

« Là, vous avez raison, Scarlett. Demain sera un
autre jour, à condition que je ne sois pas noyé

29

pendant la nuit. Mais j'imagine que je pourrai sortir par la fenêtre de ma chambre. »

Tout en parlant, il avait guetté une nouvelle averse, et les premières gouttes éclaboussèrent la vitre dès qu'il finit sa phrase. Il reposa le combiné et ouvrit la porte d'entrée. Il n'avait jamais fait aussi doux en cette période de l'année. Même le vent était chaud. C'était lui qui avait apporté cette pluie. Elle redoubla sous ses yeux, projetant de grosses gouttes qui s'écrasèrent sur les dalles de pierre comme des tiges d'acier ou de verre, rebondissant dans les rigoles pleines d'eau. Le tuyau d'écoulement des gouttières déversa de l'eau comme un robinet grand ouvert et le puisard, incapable de supporter un tel volume, disparut bientôt sous le flot tournoyant.

Dora regardait les informations. Elles s'achevèrent juste au moment où il entra et le bulletin météo commença avec son préambule agaçant : une créature féerique improbable, ondine vêtue d'une robe de créateur en lamé, était assise sur une fontaine sous un ventilateur invisible, qui faisait voler ses draperies et ses cheveux. La présentatrice, une femme d'un genre bien plus normal, leur dit, en désignant sa carte, qu'il y avait des alertes de crues sur quatre nouveaux fleuves et qu'une zone de basse pression courait à travers l'Atlantique, juste derrière celle qui affectait alors le Royaume-Uni. Le lendemain matin, ajouta-t-elle, comme si ce n'était pas déjà le cas, une lourde pluie s'abattrait sur le sud de l'Angleterre.

Wexford éteignit la télévision. Il rejoignit Dora près des portes-fenêtres, en scrutant l'eau qui envahissait maintenant la zone pavée autour de la maison. La pluie faisait des petites vagues sur cette nouvelle mare, où une brindille dansait comme un bateau sur une mer agitée. Le tronc du mûrier était à moitié submergé et le nouveau point de repère était un buisson de lilas. L'eau commençait à atteindre ses racines et il ne restait que quelques mètres de terrain sec entre le muret et la marée montante. Pendant qu'il mesurait le désastre, la lumière, au fond du jardin voisin, s'éteignit et tout fut plongé dans l'obscurité.

Il monta l'escalier pour aller se coucher. L'idée que deux jeunes nageurs chevronnés aient pu se noyer ne lui paraissait plus aussi absurde. Il n'était pas difficile d'imaginer le pays entier sombrant sous ce déluge. Tout le monde englouti par les eaux comme des naufragés arrachés à leur radeau, les jeunes comme les vieux, les forts comme les faibles.

2

Et dire qu'il n'avait pas voulu s'occuper de cette affaire. Maintenant, il roulait droit vers la maison des Dade, remontant Kingston Gardens jusqu'à Lyndhurst Drive, conduit par Barry Vine. Ce dernier avait l'air de croire qu'il était réellement possible de se noyer dans la vallée de la Brede, surtout dans les eaux profondes de Savesbury Deeps, où les hommes-grenouilles s'étaient remis à plonger. La veille au soir, Wexford avait aussi fini par le penser. Mais à présent que le soleil brillait sur les pavés mouillés et les branches ruisselantes et luisantes, il n'en était plus aussi sûr.

Quand il s'était levé trois heures plus tôt, la pluie venait apparemment de cesser. Il faisait encore sombre, mais suffisamment clair pour voir ce qui s'était passé durant la nuit. Il ne voulut pas regarder par la fenêtre. Pas tout de suite. Il avait peur de ce qu'il pourrait voir et craignit encore plus, en descendant préparer le thé de sa femme, de trouver une mare d'eau stagnante au bas de l'escalier, sur le sol de la cuisine. Mais la maison était sèche et, une fois la bouilloire allumée et les rideaux tirés, il constata que le lac argenté s'arrêtait toujours à trois mètres du muret qui séparait la pelouse du sol dallé.

Depuis, la pluie n'avait pas repris. La présentatrice météo avait eu raison de prévoir une nouvelle averse, mais tort quant au moment de son arrivée. Et on attendait encore la venue de la deuxième zone de basse pression. Quand il sortit de la voiture au croisement de Kingston Gardens et de Lyndhurst Drive, une goutte d'eau, tombant d'un buisson de houx près de la porte, s'écrasa sur son crâne dégarni.

La maison, à l'angle de la rue, avait été baptisée *Antrim**, un nom qui n'avait rien de prétentieux, mais ne semblait pas non plus adapté. Contrairement aux autres maisons de Lyndhurst Drive, où les villas néo-géorgiennes voisinaient avec des résidences Art déco des années trente, des pavillons fonctionnels des années soixante, des édifices gothiques des années 1890 et des demeures « victoriennes » de la fin du vingtième siècle, la maison de la famille Dade était de style Tudor, si bien imité qu'un œil non averti aurait pu la prendre pour une maison d'époque. Des poutres de chêne décapées s'entrecroisaient avec des bandes de plâtre un peu plus sombres, les fenêtres étaient garnies de carreaux en losanges, et des clous constellaient la porte d'entrée. Le heurtoir était formé par la tête de lion que l'on voit partout, et la sonnette par une tige de fer forgé torsadée. Wexford la tira et attendit.

---

* Ville et comté d'Irlande du Nord.

La femme qui lui ouvrit, le visage maculé de larmes, était visiblement la mère angoissée. Elle était mince et essoufflée. La quarantaine, se dit-il. Plutôt jolie, non maquillée, la figure encadrée par une masse de boucles brunes en désordre. Mais c'était un de ces visages où les plis et les rides révélaient des années de tension nerveuse subie et acceptée. Alors qu'elle les conduisait dans un salon, un homme en sortit. Très grand, un peu plus que Wexford, il devait mesurer un mètre quatre-vingt-quinze, avec une tête trop petite pour son corps.

« Roger Dade, dit-il d'un ton brusque, avec un accent un peu snob qui avait l'air volontairement exagéré. Ma femme. »

Wexford déclina son identité et présenta l'inspecteur Vine. Le style Tudor se poursuivait dans la maison, avec force boiseries sculptées, des gargouilles sur la cheminée de pierre (abritant un chauffage à gaz moderne), un papier peint à motifs cachemire, des lampes en fer forgé et un parchemin portant un texte ancien indéchiffrable. Sur la table basse autour de laquelle ils s'assirent, une plaque de verre protégeait une carte du monde tel qu'on se le représentait, disons, au quinzième siècle, avec des dragons et des galions ballottés par les flots. En voyant ces mers agitées, Wexford repensa au fond de son jardin. Il demanda aux Dade de lui raconter leur week-end à partir du début.

La mère des enfants prit la parole, appuyant ses propos de gestes de la main :

« Mon mari et moi n'étions pas partis seuls depuis notre lune de miel. N'est-ce pas incroyable ? Et nous mourions d'envie de faire un voyage sans les enfants. Quand j'y repense maintenant, je me sens tellement coupable ! Depuis, j'ai regretté une bonne centaine de fois de l'avoir désiré. »

Son mari, pour qui, apparemment, un voyage avec elle était la dernière chose qu'il avait désirée, soupira et leva les yeux au ciel.

« Tu n'as rien à te reprocher, Katrina. Arrête, pour l'amour de Dieu... »

À ces mots, les yeux de sa femme s'emplirent de larmes, et elle ne fit rien pour les retenir. Comme l'eau dans la vallée, elles finirent par déborder, ruisselant sur ses joues, et elle déglutit, la gorge serrée. Alors, comme si c'était un geste qu'il faisait tous les jours, aussi automatique qu'ouvrir un robinet ou fermer une porte, Roger Dade tira une poignée de Kleenex d'une boîte sur la table, les passant à sa femme. La boîte, rangée dans une autre boîte en chêne ciré ornée de garnitures de cuivre, était à l'évidence aussi essentielle dans cette maison que pouvaient l'être ailleurs un porte-revues ou une étagère à CD. Katrina Dade portait un vêtement bleu croisé – robe de chambre minuscule, ou tenue à la mode ? Au grand amusement de Wexford, Vine s'efforçait de détourner les yeux de la bande de cuisse nue qu'on apercevait entre les pans de l'habit.

« Oh, à quoi bon ? (Sa voix était à moitié étranglée par les larmes.) On ne peut pas revenir en arrière, n'est-ce pas ? Roger, à quelle heure sommes-nous partis vendredi ? Tu sais bien que je suis nulle pour ce genre de choses. »

En effet, son mari avait l'air d'avoir supporté, avec

plus ou moins d'impatience et d'exaspération, des années de retards, d'étourderies et de suprême indifférence au temps.

« Vers quatorze heures trente, répondit-il. Notre vol partait de Gatwick deux heures après.

— Vous y êtes allés en voiture ? demanda Vine.

— Oui. C'était moi qui conduisais.

— Où étaient les enfants à cette heure-là ? »

Wexford avait tourné les yeux vers Dade, mais ce fut sa femme qui répliqua :

« À l'école, bien sûr. Où voulez-vous qu'ils soient ? Ils ont l'habitude de rentrer seuls à la maison. D'ailleurs, ils ne devaient pas le rester longtemps. Joanna devait venir à cinq heures.

— Ah, Joanna. Qui est-ce, exactement ?

— Ma meilleure amie. C'est cela qui rend cette histoire tellement affreuse, le fait qu'elle ait disparu, elle aussi. Et je ne sais même pas si elle sait nager. Elle n'a peut-être jamais appris. Supposons qu'elle ne le sache pas, qu'elle soit tombée à l'eau, que Giles et Sophie aient plongé pour la sauver et qu'ils se soient tous...

— Ne te mets pas dans tous tes états, intervint Dade, alors que les larmes recommençaient à déborder. Ça n'arrange rien de pleurer comme une madeleine. (Dade regarda alternativement les deux policiers.) Je vais prendre la relève. Il vaudrait mieux, sinon on n'arrivera à rien. »

Elle lui cria :

« C'est moi qui vais parler ! Je ne peux pas m'empêcher de pleurer. C'est naturel pour une femme dont les enfants se sont noyés, non ?

— Tes enfants ne se sont pas noyés, Katrina. Mais tu es hystérique, comme toujours. Si tu veux leur raconter ce qui s'est passé, vas-y. Continue.

— J'en étais où ? Ah oui, à Paris. (Sa voix s'était un peu calmée. Elle se redressa, en tirant sur son habit bleu.) Nous les avons appelés de l'hôtel. Il était huit heures et demie. Je veux dire, heure française, mais pour eux, il était une heure plus tôt. Je n'arrive pas à comprendre pourquoi l'Europe doit avoir une heure d'avance sur nous. Pourquoi faut-il qu'elle se démarque ? (Sa question resta sans réponse.) Enfin, on est tous dans le marché commun, l'Union, ou je ne sais quoi encore. Son nom n'arrête pas de changer. On est censés être tous pareils. (Elle croisa le regard de son mari.) Oui, bon, d'accord. Je disais qu'on leur avait téléphoné, et c'est Giles qui a répondu. Il a dit que tout allait bien, qu'il avait fait ses devoirs et Sophie aussi. Joanna était là, ils allaient dîner et regarder la télé. Je n'étais pas inquiète, il n'y avait pas de raison ? »

Manifestement, cette question n'appelait pas non plus de réponse. Wexford, qui venait juste de rencontrer cette femme, était déjà persuadé qu'elle ne connaissait jamais la sérénité. Elle faisait partie de ces gens qui se créent des angoisses quand ils n'en ont pas. À nouveau, son visage se plissa et il craignit qu'elle ne se remît à pleurer, mais elle reprit :

« Le lendemain, j'ai retéléphoné à peu près à la même heure, mais personne n'a répondu. Je suis tombée sur le répondeur. Je me suis dit qu'ils regardaient peut-être la télévision, que Giles était sorti, ou que Joanna et Sophie ne s'attendaient pas à ce que

37

j'appelle. Je n'avais pas *dit* que je le ferais. J'ai laissé le numéro de l'hôtel – je le leur avais déjà donné, bien sûr, c'était par précaution – et j'ai pensé qu'ils allaient me rappeler, mais ils ne l'ont pas fait. »

Vine prit la parole.

« Vous dites que votre fils a pu sortir, Mrs. Dade. Pour aller où ? Quelque part avec ses copains ? Au cinéma ? Je pense qu'il est trop jeune pour aller en boîte. »

Le mari et la femme échangèrent un regard, que Wexford n'arriva pas à interpréter. Katrina Dade expliqua, comme si elle tournait autour du pot, évitant une réponse directe :

« Il ne serait pas allé dans une boîte ou voir un film. Ce n'est pas son genre. D'ailleurs, mon mari ne le permettrait pas. J'en suis sûre. »

Dade ajouta très vite :

« Les enfants ont trop de liberté de nos jours. Beaucoup trop, et cela fait trop longtemps que ça dure. Moi-même, j'étais bien trop libre, et cela a eu un très mauvais effet sur moi. Jusqu'à ce que je m'en sorte, c'est-à-dire, jusqu'à ce que je me discipline. Si Giles était sorti, il serait allé à l'église. Il y a quelquefois un office le samedi soir. Mais le week-end dernier, c'était dimanche matin. J'ai vérifié avant de partir. »

La plupart des parents, en ces temps décadents, se dit Wexford, qui pour sa part était athée, seraient ravis de savoir leur fils de quinze ans à un office plutôt qu'à une soirée. Ce n'était pas l'aspect religieux qui comptait. Mais à l'église, il n'y avait pas de drogue, de sida, ou de filles entreprenantes. Néanmoins, Dade avait l'air contrarié, ou au mieux, résigné.

« À quelle église serait-il allé ? demanda Wexford. À St Peter ? Pour l'office catholique ?

— À l'église du Saint-Évangile, répondit Roger Dade. C'est le nom qu'ils se sont donné. Ils occupent la vieille salle paroissiale de York Street, celle qui servait aux catholiques avant la construction de leur nouvelle église. Dieu sait que je préférerais qu'il aille à l'Église anglicane, mais n'importe quelle église vaut mieux que pas d'église du tout. »

Il hésita, puis demanda d'une voix presque agressive :

« Pourquoi voulez-vous le savoir ? »

Vine répondit, sur un ton apaisant :

« Ce pourrait être une bonne idée de vérifier si Giles y est vraiment allé dimanche.

— C'est possible... (Dade était un homme qui aimait donner des conseils, mais pas en recevoir. Il consulta sa montre et fronça les sourcils.) Tout ça me met en retard, grogna-t-il.

— Et pour le reste du week-end ? »

Wexford regarda Roger Dade, puis sa femme, avant de se retourner vers le mari.

Cette fois-ci, Katrina ne dit rien, se bornant à renifler avec irritation. Roger Dade répondit :

« Nous n'avons pas téléphoné dimanche parce que nous allions revenir dans la soirée.

— Ou plutôt, dans la nuit. Vous êtes rentrés très tard, ajouta Barry Vine, avec une sévérité involontaire.

— Qu'est-ce que vous cherchez à insinuer ?

Puis-je vous rappeler que *mes enfants ont disparu,* que vous devez les retrouver, et non pas critiquer ma conduite. »

Wexford intervint sur un ton rassurant :

« Personne n'insinue quoi que ce soit, Mr. Dade. Voulez-vous continuer, s'il vous plaît ? »

Dade le regarda d'un air maussade.

« Le vol a eu trois heures de retard. Sans doute parce qu'il y avait de l'eau sur les pistes à Gatwick. Après, on a attendu une demi-heure pour avoir nos bagages, et quand on est rentrés, il était minuit passé.

— Et pour vous, il était évident qu'ils étaient tous couchés ?

— Pas tous, coupa Katrina. Joanna ne dormait pas à la maison cette nuit-là. Elle devait rentrer chez elle dimanche soir. Ils pouvaient bien rester un moment seuls. Giles a presque seize ans. Nous pensions... tout le monde pensait... que nous serions rentrés à neuf heures.

— Mais vous n'avez pas appelé depuis l'aéroport ?

— Je vous l'aurais dit, répliqua Dade sur un ton hargneux. Il devait être dix heures et demie et j'aime que mes enfants soient couchés à une heure décente. Ils doivent dormir assez pour pouvoir travailler.

— Qu'est-ce que cela aurait changé si nous avions téléphoné ? (C'était Katrina, qui reniflait.) Le répondeur était toujours branché. Roger a vérifié hier matin.

— Vous êtes allés directement vous coucher ?

— Nous étions épuisés. Les portes des chambres

des enfants étaient fermées. Nous n'avons pas été y jeter un coup d'œil, si c'est ce que vous voulez dire. Ce ne sont pas des bébés qu'il faut surveiller sans arrêt. Le lendemain, j'ai fait la grasse matinée et, bien sûr, mon mari est parti au bureau à l'aube. Quand je me suis réveillée, il était neuf heures passées. C'était incroyable, je n'avais pas dormi aussi tard depuis des années, pas depuis que j'avais leur âge. (La voix de Katrina s'accéléra, et les mots se bousculèrent.) Évidemment, j'ai d'abord pensé que les enfants étaient allés à l'école. Je ne les avais pas entendus, je dormais. Je me suis dit, ils se sont levés et ils sont partis, mais dès que je me suis levée moi-même, j'ai su que quelque chose n'était pas normal. On voyait bien que personne n'avait utilisé la salle de bains et leurs lits étaient faits, ce qui n'arrive jamais. Comme si quelqu'un d'autre s'en était chargé. De toute évidence, Joanna. Il n'y avait pas de désordre, tout était bien rangé – *je n'avais jamais vu ça*.

— Vous avez dû essayer de savoir où ils étaient, dit Wexford. Vous avez fait le tour des parents et des amis ? Appelé leur école ?

— J'ai téléphoné à mon mari et il l'a fait, mais nous savions qu'ils n'y étaient pas. L'école a confirmé, bien sûr. Après, Dieu sait pourquoi, il a appelé sa mère. Pour une raison qui me dépasse, les enfants ont l'air de l'adorer. Mais elle n'avait pas de nouvelles. Les mères de leurs amis non plus – celles que l'on a pu joindre, évidemment. Il y en a tellement qui ne se contentent pas de tenir leur maison, il faut en plus qu'elles aient un travail. De toute façon, aucune ne savait rien.

« — Avez-vous cherché à contacter Ms Troy ? » demanda Vine.

Katrina le regarda fixement, comme s'il avait proféré une obscénité.

« Mais enfin, *évidemment*. C'est la première chose que nous avons faite. Avant même d'appeler l'école. Personne n'a répondu – enfin, juste le répondeur.

— J'ai été forcé de rentrer à la maison, ajouta Roger Dade, en laissant supposer que c'était le dernier endroit où il aurait voulu se trouver. Je suis allé chez Joanna. Mais elle n'était pas là. J'ai frappé à la porte d'à côté, et là, une femme m'a dit qu'elle ne l'avait pas vue depuis vendredi. »

Cela ne voulait pas dire grand-chose. On n'est pas toujours au courant des allées et venues de ses voisins.

« Et après ? » demanda Wexford.

Katrina avait l'air absente et les yeux vitreux d'une actrice amateur qui joue Lady Macbeth dans la scène de somnambulisme.

« Pendant que mon mari était parti, j'ai regardé par la fenêtre. Je ne l'avais pas fait avant. Et là, j'ai assisté à un spectacle accablant. On peut voir toutes les inondations d'ici, comme une mer, un *océan*. C'est à ce moment-là que j'ai su que mes enfants devaient être quelque part là-dessous. »

De sa voix la plus calme et la plus ferme, Wexford lui assura :

« Les hommes-grenouilles ont repris leurs recherches, Mrs. Dade, mais ce que vous suggérez est très peu probable. Les inondations sont assez loin d'ici et il n'y a pas un seul endroit à Kingsmarkham où elles s'élèvent à plus d'un mètre vingt. On a commencé à sonder la vallée de la Brede, qui se trouve déjà à cinq bons kilomètres. À moins que Giles, Sophie ou Ms Troy ne soient vraiment de grands marcheurs, je vois difficilement pourquoi ils se seraient approchés de la Brede.

— Aucun d'eux n'aurait été nulle part à pied sans y être obligé », renchérit Dade.

Katrina le regarda comme s'il l'avait trompée.

« Mais alors, où sont-ils ? demanda-t-elle d'une voix implorante aux deux policiers. Qu'est-ce qui leur est arrivé ? »

Puis vint la question que Wexford redoutait, celle que posait toujours un parent en pareilles circonstances :

« Qu'est-ce que vous faites pour les retrouver ?

— D'abord, il faudrait que vous nous aidiez un peu, Mrs. Dade, répondit Vine. En nous donnant des photos de Giles et Sophie, pour commencer. Une description, quelques informations, nous aimerions savoir quel genre d'enfants ils sont. »

Il jeta un coup d'œil à Wexford.

« Je voudrais aussi une photo de Ms Troy, si c'est possible, ajouta l'inspecteur principal. Et il nous reste encore quelques questions à vous poser. Comment est-elle arrivée ici vendredi soir ? En voiture ?

— Bien sûr. (Dade le regardait comme s'il avait douté que Joanna pût posséder des jambes, ou comme si chaque personne normale savait que les êtres humains naissaient avec des véhicules chevillés au corps.) Elle est venue en voiture, naturellement.

Dites donc, ça va durer encore longtemps ? Je suis en retard.

— Où est sa voiture à présent ? A-t-elle un garage chez elle ?

— Non, elle la gare dans une sorte d'allée devant la maison.

— La voiture y était ?

— Non. (Apparemment, Dade commençait à avoir un peu honte de sa rudesse.) Vous voulez son adresse ? Je ne sais pas si nous avons une photo.

— Bien sûr que si. (Katrina secouait la tête, avec un étonnement manifeste.) Moi, je n'aurais pas de photo de ma meilleure amie ? Comment as-tu pu penser cela, chéri ? »

Il s'abstint de toute explication. Il alla dans une autre pièce et revint avec deux photos qu'il ôta de leurs cadres d'argent. Elles représentaient non pas Joanna Troy, mais les enfants Dade. La fille ne ressemblait à aucun de ses parents. Elle avait un visage classique, anguleux, des cheveux presque noirs, des yeux sombres et un nez aquilin. Le garçon était plus beau que son père, une sorte de beauté grecque, mais il semblait lui aussi très grand.

« Il fait plus d'un mètre quatre-vingts », dit fièrement Roger Dade, comme s'il lisait dans les pensées de Wexford.

Katrina s'était tue. Son mari lui jeta un coup d'œil et poursuivit :

« Mes deux enfants ont les yeux sombres, mais Giles a des cheveux plus clairs. À part ça, je ne vois pas ce que je pourrais vous dire. »

Quelquefois, se dit Wexford, on peut comprendre

ce qui pousse un garçon de quinze ans, beau, grand, et vivant dans une famille aisée, à entrer dans un groupe qui s'appelle l'Église du Saint-Évangile.

« Dites-moi, demanda-t-il à Mrs. Dade, connaissez-vous les noms de quelques proches parents de Ms Troy ? »

Elle parlait maintenant d'une voix terne, mais qui était encore loin d'être naturelle.

« Son père. Sa mère est morte et il s'est remarié. »

Elle se leva, marchant comme une femme qui relève d'une grave maladie. Elle ouvrit le tiroir d'un bureau patiné avec soin pour lui donner l'air d'un meuble élisabéthain, souleva un album épais relié de cuir et, de l'une de ses pages grises à fioritures dorées, elle tira une photo d'une jeune femme. Puis, toujours avec des gestes lents de somnambule, elle la tendit à Wexford.

« Son père habite au 28, Forest Road, si vous voyez où ça se trouve. »

La dernière rue de la circonscription de Kingsmarkham. Elle donnait directement sur la route de Pomfret et ses maisons devaient avoir une jolie vue sur la forêt de Cheriton. Katrina Dade se rassit sur un divan à fronces, auprès de son mari, visiblement exaspéré. Wexford se concentra sur la photo de Joanna Troy et fut immédiatement frappé par sa jeunesse. Il avait pensé qu'elle avait à peu près le même âge que Katrina, mais elle paraissait bien plus jeune, on aurait presque dit une jeune fille.

« Quand a-t-on pris cette photo ?

— L'année dernière. »

Tiens ? Mais il est vrai que bien des gens ont des

amis plus jeunes ou beaucoup plus âgés. Il se demanda comment les deux femmes s'étaient rencontrées. Joanna n'était pas vraiment jolie, mais semblait confiante et maîtresse d'elle-même. Ses cheveux courts étaient blonds et raides, ses yeux peut-être gris, c'était difficile à dire. Elle avait ce teint frais et rose pâle qu'on appelle une « vraie peau d'Anglaise », et bien que la photo s'arrêtât au niveau des épaules, Wexford, sans trop savoir pourquoi, voyait bien qu'elle n'attachait pas une grande importance à son habillement. Elle devait être du genre à porter en permanence un pull et un jean. Il se demandait s'il lui restait encore des questions à poser aux Dade, quand un cri déchirant le fit sauter de son siège. Vine bondit, lui aussi. Katrina, battant l'air de ses poings et la tête renversée en arrière, hurlait à pleins poumons.

Dade voulut la prendre dans ses bras. Elle se débattit et continua à pousser les cris les plus forts que Wexford ait jamais entendus, aussi perçants que les hurlements des enfants dans les supermarchés, aussi stridents que les cris les plus obstinés de sa petite-fille Amulet. Wexford, qui se laissait rarement désarçonner, ne savait trop quoi faire. Peut-être fallait-il gifler cette femme – c'était autrefois un remède souverain –, pourtant, même si ce n'était pas aussi politiquement incorrect que ça, il ne s'y risquerait pas. Il fit un signe à Vine et ils s'éloignèrent des hurlements de Katrina et des vaines tentatives d'apaisement de son mari, se tournant vers une porte-fenêtre qui donnait sur un jardin en terrasses et sur les inondations en contrebas.

Lorsque les cris cessèrent, transformés en sanglots, Dade leur demanda :

« Pourriez-vous m'apporter un verre d'eau, s'il vous plaît ? »

Vine haussa les épaules, mais il s'exécuta. Il regarda la femme s'étouffer en buvant, et s'esquiva à temps quand elle projeta sur lui le reste de son verre. Cela parut la soulager et elle reposa sa tête sur un coussin. Profitant du silence, Wexford demanda à voir les chambres des enfants.

« Vous voyez bien que je ne peux pas la laisser seule. Vous devrez les trouver vous-mêmes. Écoutez, dès qu'elle l'aura bouclée, il faudra que j'aille travailler. Ça vous va ? Vous me le permettez ? »

« Quel mufle, lâcha Vine quand ils furent à l'étage.

— Il a pas mal de choses à supporter. (Wexford sourit.) Il faut être indulgent. Je n'arrive pas à croire qu'il soit arrivé quelque chose de grave à ces enfants. Peut-être que je le devrais, peut-être que le comportement de la mère rend tout cela irréel. Je peux me tromper complètement et nous devons agir sans tenir compte de mes sentiments.

— N'est-ce pas plutôt parce qu'ils sont trois ? La disparition de trois personnes peut sembler moins crédible que celle d'une seule. À moins, bien entendu, qu'elles n'aient été enlevées. (Vine se rappelait que la femme de Wexford avait fait partie des otages dans l'affaire de la déviation de Kingsmarkham.) Mais ces trois-là ne l'ont pas été, non ?

— J'en doute. »

Cette histoire rappela à Wexford que, tôt ou tard,

les médias seraient mis au courant. Il se souvint de la dernière fois avec un frisson, de l'intrusion dans son intimité, des assauts incessants de Brian St George, le rédacteur en chef du *Kingsmarkham Courier*, des interdictions qu'il n'avait pas pu appliquer... Puis il y avait eu ce scandale à la libération d'un ancien pédophile et la mort du pauvre Hennessy...

« Voilà la chambre du garçon, disait Vine. Elle a visiblement été rangée, mais pas par un adolescent de quinze ans, ni même par un fanatique religieux.

— Je ne suis pas sûr qu'on doive le qualifier ainsi, Barry. Pas encore. Quand on en aura fini ici, je vous enverrai peut-être à l'ancienne église catholique pour vous renseigner sur ces gens du Saint-Évangile, et surtout, pour vérifier si le garçon est allé à l'église dimanche. »

S'il y a deux choses qui caractérisent la chambre d'un adolescent, ce doit être la présence d'affiches et d'un moyen d'écouter de la musique. Et aussi, aujourd'hui, d'un ordinateur avec imprimante et accès à Internet. Ces derniers appareils, Giles les avait, mais pas les posters ni même un lecteur de CD. Enfin, pas tout à fait. Au lieu d'une photographie d'un groupe pop, d'une vedette de football ou d'une affiche appelant à sauver les espèces menacées, le mur face au lit était orné d'une reproduction d'un tableau grandeur nature, dans lequel Wexford reconnut *Le Christ bénissant le pain et le vin* de Constable.

Peut-être était-ce seulement parce qu'il n'était pas croyant qu'il trouva ça déplaisant. Pas à cause du sujet du tableau, même si le génie de Constable trouvait sa meilleure expression dans les paysages, mais plutôt à cause de *l'endroit* où il se trouvait et de la personne qui l'y avait mis. Il se demanda ce qu'en penserait Dora, qui était pratiquante. Il lui demanderait. Vine avait le nez plongé dans une penderie, inspectant ce qu'ils s'attendaient à y trouver, jeans, T-shirts et chemises, un caban et un blazer scolaire brun sombre à galon doré. L'un des T-shirts, suspendu à un cintre et sans doute le préféré de l'enfant, était rouge avec, sous une photo de son visage, le prénom Giles marqué en noir et blanc.

« Vous voyez que c'était un adolescent normal, par certains côtés », observa Wexford.

Ils devaient demander au père ou, au besoin, à la mère quels étaient les vêtements manquants dans les armoires des enfants. Les baskets étaient là, et les chaussures de football, ainsi qu'une paire de souliers en cuir noir. Pour aller à l'église, probablement.

Sur une des étagères, Wexford trouva une bible, le *Chambers Dictionary*, *La Ferme des animaux* d'Orwell – un livre au programme du GCSE* ? –, des romans de Zola curieusement en français, les *Lettres de mon moulin* d'Alphonse Daudet, des nouvelles de Maupassant, *L'Abondance de la grâce* de Bunyan et un livre intitulé *Purity as a Life Goal* d'un auteur nommé Parker Ziegler. Wexford le prit et l'ouvrit. Il était publié aux États-Unis par la Fondation créationniste, et se vendait en Angleterre pour la coquette somme de trente-cinq dollars. Sur l'étagère du bas, branché à son chargeur, reposait un téléphone portable.

* Certificat d'études secondaires (passé à seize ans).

49

Les tiroirs du dessous – ou du moins l'un d'entre eux – contenaient des slips, des shorts et des T-shirts. Dans celui du milieu s'entassaient des papiers, dont, semblait-il, un devoir de Giles, un livre de poche sur les arbres et un autre sur les débuts de la chrétienté ; des stylos, un peigne, une ampoule grillée, des lacets et une bobine de ficelle. Le tiroir supérieur renfermait à peu près le même genre d'objets, mais Vine tira du fouillis un petit livret rouge foncé, la couleur caractéristique du passeport britannique. Il avait été délivré trois ans plus tôt à Giles Benedict Dade.

« Au moins, nous savons qu'il n'a pas quitté le pays », dit Wexford.

La chambre de Sophie contenait bien plus de livres et pas mal de posters, les affiches typiques d'une adolescente moderne, y compris une photo agrandie de David et Victoria Beckham avec leur fille, apparemment en pleine fièvre acheteuse. Dans la bibliothèque figuraient les livres de J. K. Rowling et Philip Pullmann, les deux tomes d'*Alice*, de nombreux recueils de poèmes – pour certains atypiques, notamment des morceaux choisis de G. M. Hopkins et les *Œuvres complètes* de T. S. Eliot. Après tout, la jeune fille avait seulement treize ans. Une photo d'une femme, belle mais très vieille, et celle d'une autre qui lui ressemblait étaient placées sur la bibliothèque, et le portrait de son frère, pareil à celui qu'on leur avait donné, se trouvait sur la table de nuit. Un casier à CD contenait des disques hip-hop et des albums de Britney Spears, ce qui prouvait que Sophie était plus normale que Giles. Ses vêtements ne leur apprirent rien de particulier, à part que l'habillement ne l'intéressait guère. Mais ils virent, au blazer brun et or et à la jupe plissée marron, qu'elle fréquentait la même école que son frère. Son armoire renfermait aussi une raquette de tennis et une crosse de hockey. Sophie possédait un Walkman et une radiocassette, mais son ordinateur était moins sophistiqué que celui de Giles, avec une connexion Internet, mais pas d'imprimante. Elle partageait sans doute celle de son frère.

Wexford et Vine redescendirent pour poser d'autres questions aux parents. Katrina était allongée. Son mari, à genoux, ramassait du verre cassé, après lui avoir préparé du café. Aucun d'eux n'en offrit aux policiers. Wexford demanda au père quels habits ses enfants avaient pu porter, et Dade répondit qu'ils avaient regardé mais qu'ils avaient été incapables de repérer ceux qui manquaient. Les enfants avaient plein de vêtements semblables, jeans bleus ou noirs, T-shirts unis ou avec des logos, baskets noires, grises ou blanches.

« Et les manteaux ? demanda Vine. Où donc les rangez-vous ? Ils n'ont pas dû sortir en pull en plein hiver ! »

Wexford n'en était pas si sûr. Chez certains jeunes, c'était devenu un signe d'endurance et de virilité de ne pas porter de manteau en plein air, pas même sous la neige, même quand la température tombait au-dessous de zéro. Et il ne faisait pas froid pour la saison. Giles était-il du genre à se pavaner en débardeur, pendant que les autres portaient des vestes matelassées ? Il suivit Barry Vine et le père de Giles dans l'entrée, où il examina le contenu d'une penderie très fournie.

Il y trouva un manteau de fourrure qui lui sembla être un vison, sans doute un cadeau du mari à sa femme en des temps plus heureux, avant que la désillusion s'installe, mais quand même très politiquement incorrect. Wexford se demanda où et quand elle osait le porter. En Italie, pendant les vacances de Noël ? Il y avait deux autres manteaux d'hiver, qui appartenaient aux parents, un imperméable d'homme, une veste matelassée, une autre en laine polaire, une combinaison molletonnée qui devait être une tenue de ski, et un anorak rayé.

« Giles a un vieux pardessus militaire, expliqua Roger Dade. Un truc affreux, mais il y tient. Il devrait être là, mais je ne le vois pas. Et Sophie a une veste brune matelassée comme celle-ci, mais ce n'est pas la sienne. C'est celle de Giles. »

Alors il y a des chances qu'ils soient au moins partis de leur plein gré, se dit Wexford. Dade sortit son imperméable du placard, le posa sur son bras et déclara :

« Je m'en vais. J'espère que tout se sera tassé avant ce soir. »

Wexford ne répondit pas.

« Nous aimerions avoir les coordonnées des amis de vos enfants dont vous avez appelé les parents. Le plus vite possible, s'il vous plaît. Avez-vous effacé les messages du répondeur ?

— On les a écoutés, mais ils y sont toujours.

— Très bien. Nous prendrons la cassette. »

Wexford alla dire au revoir à Mrs. Dade. Ils resteraient en contact. Ils reviendraient bientôt. Katrina était couchée sur le dos, les yeux fermés, respirant régulièrement. Il savait qu'elle était réveillée.

« Mrs. Dade ? appela Vine. (Elle ne bougea pas.) Nous partons. »

« En fait, c'est assez compréhensible, dit Wexford lorsqu'ils furent remontés en voiture. Toutes les fois où j'ai parlé à des parents d'enfants disparus, je n'ai jamais réussi à comprendre pourquoi ils ne poussaient pas des cris de colère et d'angoisse. Et quand je tombe justement sur une mère qui craque, je me mets à la juger.

— C'est parce que nous ne pensons pas qu'il leur soit arrivé quelque chose de grave.

— Vous croyez ? Il est bien trop tôt pour se faire une opinion. »

3

La nouvelle église catholique du Christ-Roi de Kingsmarkham était un beau bâtiment moderne. Conçue par Alexander Dix, elle avait été construite grâce à des donations de l'architecte lui-même et de la communauté catholique croissante de la ville. Les touristes, en passant, n'auraient peut-être pas reconnu un lieu de culte – l'église ressemblait plus à une villa cossue de Méditerranée –, mais l'intérieur n'avait rien de profane, avec ses blancs, ses ors et ses bois précieux, ses vitraux offrant une version contemporaine des stations de la Croix et, au-dessus de l'autel en marbre noir, un énorme crucifix en or et en ivoire. On était bien loin, comme disaient souvent les membres de la congrégation, de la « baraque » où, jusqu'à l'ouverture récente de l'église, ils avaient entendu la messe depuis 1911.

C'était vers cette humble bâtisse que Vine se dirigeait alors. Son aspect n'éveillait en lui ni intérêt ni curiosité. Il en avait vu plusieurs du même genre dans toutes les villes rurales qu'il avait visitées au Royaume-Uni. Il était si habitué à ces constructions de plain-pied pour le moins centenaires, avec leurs murs de briques, leurs portes en bois et leurs fenêtres hautes, qu'il avait à peine remarqué celle-là jusqu'ici. Et pourtant, elle était immédiatement reconnaissable. Ce ne pouvait être à l'évidence qu'une église ou une salle paroissiale, sans doute utilisée par une vague secte?

Ni portail ni barrière ne la protégeait. Des flaques d'eau stagnaient sur les dalles irrégulières qui la séparaient du trottoir de York Street. Le briquetage, autour des portes, avait été orné de graffitis noirs et rouges incompréhensibles, signés du nom de Fang. Pour une raison quelconque, peut-être un tabou lié à une superstition, leur auteur n'avait pas touché à la plaque rectangulaire fixée du côté gauche, sur laquelle était inscrit en grosses lettres : ÉGLISE DU SAINT-ÉVANGILE, et, en plus petites : LE SEIGNEUR AIME LA PURETÉ DE LA VIE. Suivait la liste des horaires des offices et des services hebdomadaires. Et dessous : *Pasteur Rév. Jashub Wright, 42 Carlyle Villas, Forest Road, Kingsmarkham.*

Jashub, se dit Vine, où a-t-il dégoté un nom pareil? Je parie qu'il a été baptisé John. Puis il remarqua la coïncidence, si c'en était bien une : le pasteur habitait la même rue que le père de Joanna Troy. Vine essaya d'ouvrir la porte de l'église et découvrit, à sa grande surprise, qu'elle n'était pas fermée à clef. Et ce, comprit-il dès qu'il fut à l'intérieur, parce qu'elle ne contenait rien qui vaille la peine d'être volé. L'église était presque vide, assez sombre et très froide. Des décennies avaient dû s'écouler depuis la dernière couche de peinture. Les membres de la congrégation devaient s'asseoir sur des bancs sans dossier, fixés au sol par des boulons. Sur une estrade, au fond, se tenait un bureau, le genre de pupitre que Vine n'avait pas vu depuis l'école primaire, il y a trente ans. Déjà à cette époque, les parents avaient jugé honteux le mobilier scolaire. En se penchant, il vit que ce pupitre avait été gravé au canif par des générations d'enfants, puis, lorsque les entailles avaient pâli, couvert de parafes, de gribouillis et de décorations à l'encre, à la peinture et au crayon. Le bureau contenait un creux destiné à un encrier aujourd'hui disparu, et quelqu'un avait creusé un trou de la même taille au centre du rabat. Un tabouret, qui devait servir de siège à l'officiant, avait l'air si inconfortable que Vine se dit que Mr. Wright préférait sans doute rester debout.

Jashub...

« À votre avis, d'où vient ce nom, monsieur ? demanda Vine à Wexford quand il rentra au commissariat.

— Je l'ignore. On pourrait chercher dans le livre des Nombres *. *Faites le dénombrement de toute la communauté des Fils d'Israël d'après leurs familles, leurs maisons paternelles...* Vous savez, ce genre de choses. »

Vine n'avait pas l'air de savoir.

« Ou bien, on pourrait demander directement à Wright. Mike Burden va rendre visite au père Troy. Comme ils sont presque voisins, allez-y donc ensemble. »

* Ancien Testament, chap. 1, p. 383, Éditions Gallimard, coll. « la Pléiade », 1956. Traduction d'Édouard Dhorme, Franck Michaeli, Antoine Guillaumont.

Quant à Wexford, il avait prévu de se rendre à Savesbury Deeps, ou le plus près possible de la vallée, pour voir comment progressaient les hommes-grenouilles de Subaqua. Mais dès que la voiture, conduite par Pemberton, s'éloigna de huit cents mètres de Myfleet, il fut évident que la seule façon d'avoir une vue d'ensemble était de contourner ce qui était devenu un lac. D'habitude, les lacs sont entourés d'une route, mais là, il n'y avait que des prairies détrempées et quelques maisons d'où les propriétaires, comme Wexford, observaient avec appréhension les eaux qui montaient.

« Faites demi-tour, dit-il à Pemberton, et essayez de l'approcher à partir de Framhurst. »

Il remarqua pour la première fois que le chauffeur n'avait pas actionné les essuie-glaces.

Sur le chemin du retour, tandis qu'ils traversaient un gué qui n'existait que depuis peu, il composa son numéro personnel sur le téléphone de voiture. Dora répondit à la deuxième sonnerie.

« Ça n'a pas changé depuis que tu es parti. L'eau a même peut-être un peu baissé. Je pourrais redescendre une partie des livres.

— À ta place, je ne le ferais pas », dit-il, se rappelant le mal qu'il avait eu à monter les caisses à l'étage.

Framhurst, à part les flaques, avait le même aspect qu'en plein été. Les nuages s'étaient dissipés pendant le coup de fil de Wexford, le ciel était bleu, et tout scintillait au soleil. Pemberton emprunta la route de Kingsmarkham jusqu'à ce qu'il vît une étendue semblable à un littoral à marée montante.

En faisant marche arrière sur une douzaine de mètres, il tourna à droite dans ce qui était d'ordinaire un chemin de campagne, mais contournait à présent le lac. Le soleil était si brillant, transformant la surface de l'eau en un lac d'argent, qu'au début ils ne purent rien voir. La Brede avait disparu sous les eaux. Un peu plus loin, sur la route, Wexford aperçut une fourgonnette, un camion de pompiers et une voiture particulière, garés aussi près du bord que le permettait la prudence. Un bateau à moteur décrivait lentement des cercles. Ils s'approchèrent et s'arrêtèrent. Dès que Wexford sortit de la voiture, il vit une créature amphibie, luisante et noire, émerger de la surface, puis commencer à nager vers la rive. Elle barbota dans les tout derniers mètres.

« Ah, le monstre du loch Brede », fit-il.

L'homme-grenouille ôta une partie de sa combinaison.

« Il n'y a rien là-dessous, j'en suis sûr. Mon collègue n'est pas encore remonté, mais il vous dira la même chose.

— En tout cas, merci pour votre aide.

— De rien. En fait, on aime ça. Quoique, si je puis me permettre, c'est assez fou d'avoir cru qu'il ait pu y avoir quelqu'un là-dessous. Je veux dire, ils n'avaient pas de raison d'y aller.

— Je suis bien de votre avis, renchérit Wexford. Mais la mère s'est mis dans la tête qu'ils se sont noyés.

— Ce n'est pas comme s'il y avait eu de la glace et qu'ils avaient patiné, non ? insista l'homme-grenouille, échafaudant des hypothèses improbables.

58

Ou comme s'il avait fait chaud et qu'ils avaient été nager. Ou même, comme si l'un d'eux était tombé à l'eau et qu'il avait fallu le secourir. C'est aussi peu profond qu'une pataugeoire sur les bords. Ah, voilà mon camarade qui monte sur le bateau. Il vous confirmera ce que j'ai dit. »

Ce qu'il fit. Wexford se demanda s'il devait retourner à Lyndhurst Drive et à *Antrim* mais, se rappelant l'hystérie de Mrs. Dade, il préféra téléphoner.

George Troy vivait dans la seule maison de Forest Road qui possédait un intérêt architectural. Elle avait été jadis la loge du gardien d'un château, démoli au début du vingtième siècle, dont le parc s'étendait sur la zone encadrée par la forêt de Cheriton, Kingsmarkham et Pomfret. Depuis, l'ensemble était devenu méconnaissable, mais la loge avait survécu, petite maison gothique de forme biscornue, avec deux tourelles crénelées et un pinacle. Elle était séparée de la route par un jardin de banlieue incongru, orné d'une pelouse et de parterres, et fermé par un portail et une barrière en bois.

Ils durent donner beaucoup d'explications et montrer leurs cartes de police pour que la femme qui leur ouvrit accepte de les laisser entrer. Elle semblait ne pas vouloir comprendre que deux policiers puissent vraiment se présenter chez elle, afin de parler à son mari de l'endroit où se trouvait sa fille. Elle dit :

« Elle n'est pas ici. Elle ne vit pas chez nous. Elle est dans sa maison. »

Burden répéta que Joanna Troy n'y était pas, que lui et Vine l'avaient soigneusement vérifié avant de venir.

« Pouvons-nous entrer, Mrs. Troy ? »

Elle resta soupçonneuse.

« Je dois demander à mon mari. Attendez là, s'il vous plaît... »

Une voix, du haut de l'escalier, l'interrompit :

« Qui est-ce, Effie ? »

Burden répondit à sa place :

« L'inspecteur principal Burden et l'inspecteur Vine, de la Direction des affaires criminelles de Kingsmarkham.

— *Criminelles ?* (La voix était devenue incrédule et Burden pensa, pas pour la première fois, quel effet malheureux ce nouveau titre avait sur les citoyens respectueux des lois.) Criminelles ? Pas possible ! C'est à quel sujet ?

— Si nous pouvions entrer, monsieur... »

Ils virent alors celui à qui appartenait la voix. Effie Troy lui murmura quelque chose et s'écarta. C'était un homme corpulent, très droit, qui avait eu la chance de garder ses cheveux et leur couleur blond sable, sans doute jusqu'à la soixantaine, estima Burden. Vine se dit que Joanna Troy ressemblait beaucoup à son père. Il avait le même front haut, le nez long, les yeux bleus et le teint frais, mais sa peau était un peu rougie sur les pommettes.

Burden dut répéter sa question et Troy hocha la tête en s'exclamant :

« Bien sûr, bien sûr, je me demande ce qui nous a pris de vous laisser dehors, sous la pluie. Entrez,

entrez. Bienvenue dans notre humble demeure. Pourquoi vouliez-vous voir Joanna ? »

Avant de répondre, ils attendirent d'être introduits dans un petit salon très sombre. Aux meilleures heures de la journée, la lumière ne devait pas pénétrer beaucoup par les deux petites fenêtres arquées ; et l'heure était loin d'être la meilleure, le soleil déclinait et les nuages gris s'amoncelaient une fois de plus. Effie Troy alluma une lampe et s'assit, le visage impénétrable.

« Quand avez-vous parlé à votre fille pour la dernière fois, Mr. Troy ?

— Euh... (Il fronça les sourcils, en commençant à révéler son anxiété.) Elle va bien, n'est-ce pas ? Je veux dire, il ne lui est rien arrivé ?

— Pas que je sache, monsieur. Cela vous ennuierait de nous dire quand vous lui avez parlé pour la dernière fois ?

— Ce devait être, voyons... vendredi, dans l'après-midi. Ou bien, plutôt jeudi ? Non, vendredi, j'en suis presque sûr. Dans l'après-midi, vers quatre heures. Ou même, quatre heures et demie, n'est-ce pas, Effie ?

— À peu près, dit sa femme sur un ton circonspect.

— Vous lui avez téléphoné ?

— Elle m'a appelé. Oui, c'était elle et pas moi. Elle m'a... elle nous a téléphoné (sa femme lui adressa un sourire rassurant) entre quatre heures et quatre heures et demie. »

Ils en auraient pour un moment, se dit Burden,

avec cette habitude qu'avait Troy de tout répéter plusieurs fois.

« Vous savez, reprit-il, je suis à la retraite. Je n'ai plus d'emploi rémunéré, je suis devenu un vieux truc. Ce n'est plus moi qui fais bouillir la marmite. Je suis toujours à la maison, elle savait qu'elle m'y trouverait. Il ne lui est vraiment rien arrivé ?

— *A priori*. Qu'a-t-elle dit, Mr. Troy ?

— Voyons voir... Je me demande ce qu'elle a dit, exactement. Rien de particulier, je suis sûr que ce n'était pas grand-chose. Je ne dis pas que ce n'était pas une jeune femme cultivée, bien informée, avec beaucoup de choses à dire, oh non. Mais à cette occasion, justement... »

À la surprise générale, sauf peut-être de son mari, Effie Troy intervint soudain :

« Elle a dit qu'elle allait chez son amie Katrina Dade pour le week-end. Elle devait tenir compagnie aux enfants pendant que les parents étaient partis. Je crois qu'ils allaient à Paris. Elle devait rentrer chez elle dimanche soir, et passer ici mercredi, c'est-à-dire demain, pour nous emmener à Tonbridge voir ma sœur, qui a été malade. La voiture est à George, mais il la laisse à Joanna parce qu'il ne conduit plus. »

Troy sourit, fier de sa femme. Burden se tourna vers elle.

« Quel genre de voiture, Mrs. Troy ? Auriez-vous, par hasard, son numéro d'immatriculation ?

— Oui, répondit-elle. Mais d'abord, j'aimerais que vous disiez au père de Joanna ce qui vous amène ici. »

Vine les dévisagea, l'homme qui paraissait jeune

pour son âge et se comportait comme un vieillard, et la femme dont la méfiance initiale s'était changée en vigilance avisée. Elle était d'une beauté étrange, de dix ans plus jeune que son mari, aussi mince qu'il était gros et aussi brune qu'il était blond, avec une masse de cheveux noirs mêlés de gris et des sourcils épais et sombres. Son teint bistre était accentué par des lunettes cerclées d'une lourde monture noire.

Vine tourna les yeux vers Troy :

« Votre fille semble avoir disparu, monsieur. Elle et les deux enfants n'étaient pas chez eux au retour des Dade, et on ignore où ils se trouvent actuellement. La voiture – la vôtre – a disparu aussi, apparemment. »

Troy secoua simplement la tête. C'était visiblement un optimiste, toujours enclin à adopter l'opinion la plus rassurante.

« Elle a dû les emmener en excursion, non ? Leur offrir une sortie quelque part ? Ce n'est pas la première fois. Ce n'est que ça, n'est-ce pas ?

— Pas vraiment, Mr. Troy. Les enfants auraient dû être à l'école hier matin. Et votre fille ne devait-elle pas aller travailler ? Quel est son métier ? »

Craignant peut-être que son mari ne se lance dans une longue dissertation sur le travail, la retraite et l'emploi en général, Effie Troy répondit, à sa manière précise :

« Joanna a été professeur. Elle a étudié à l'université, puis enseigné à l'école Haldon Finch. Mais à présent, elle travaille à son compte comme traductrice. Elle a une maîtrise et un diplôme de langues modernes, et elle donne des cours de français sur

Internet. (Elle jeta un coup d'œil à Burden.) Je ne sais pas si ça a un rapport – elle devait avoir une grande expérience des digressions superflues –, mais c'est comme ça qu'elle a rencontré Katrina. Lorsqu'elle enseignait à l'école, Katrina y était secrétaire. Je vais vous chercher le numéro de la voiture.

— Ma femme est une merveille, déclara George Troy quand elle fut sortie. Moi-même, je suis du genre rêveur, un peu vague à ce qu'on dit, j'ai du mal à m'en tenir à un sujet. Mais elle est si parfaite et elle a une telle capacité d'organisation – elle range tout dans un ordre impeccable. Elle va vous trouver ce numéro, assura-t-il, comme si sa femme allait recourir pour ce faire au calcul différentiel. Rien n'est trop difficile pour elle. J'ignore pourquoi elle m'a épousé, je ne l'ai jamais compris, j'en rends grâce à Dieu, bien sûr, chaque jour de ma vie. Mais le *pourquoi* de ça, pour moi, c'est un mystère. Elle dit que je suis un type bien, vous vous rendez compte ! Elle dit que je suis gentil... C'est une drôle de raison pour épouser quelqu'un, non ? Une drôle de raison démodée...

— Le numéro est LC02 YMY, dit Effie Troy en revenant dans la pièce. C'est une Golf bleu sombre, quatre portes. »

Si elle est immatriculée avec un L, elle n'a que deux ou trois ans, pensa Burden. Qu'était-il donc arrivé pour que Troy cesse de conduire juste après avoir acheté une voiture neuve ? Ce n'était pas important pour l'instant.

« J'aimerais aller chez votre fille, Mr. Troy. Auriez-vous par hasard une clef ? »

Il s'adressait au père, mais il espérait que la

réponse viendrait de la belle-mère. Ce fut le cas, mais seulement après que Troy eut radoté quelques minutes sur les différents types de clefs, les serrures Banham et Yale, le danger de la perte des clefs et l'importance capitale de bien fermer sa porte la nuit.

« Oui », répondit Effie Troy. Sa méfiance revenait. « Mais je ne suis pas sûre qu'elle aimerait que je vous la donne.

— Tout va bien, ma chérie. Il n'y a pas de mal. Ce sont des policiers, ils ne feront rien d'illégal. Tu peux la leur confier, il n'y aura pas de problème.

— Très bien. »

L'épouse avait manifestement décidé depuis long-temps que, malgré son intelligence supérieure et son discernement, c'était à son mari de prendre les déci-sions. Elle alla chercher la clef, mais pas avant que Troy leur eût répété que sa femme était une mer-veille et qu'il ne faisait pas de doute qu'elle la déni-cherait.

« Vous-même ne verriez pas d'objection à ce que nous jetions un coup d'œil dans la maison en l'ab-sence de Ms. Troy ? »

Le fait que sa fille ait disparu depuis deux jours sembla finalement entamer la bonhomie enjouée de George Troy. Sa manie de la répétition s'évanouit brusquement. Il demanda, avec une lenteur déli-bérée :

« Alors, Joanna a vraiment disparu ? Personne ne sait où elle est ?

— Nous venons juste de commencer notre

enquête, dit Burden. Nous n'avons pas de raison de penser qu'il lui soit arrivé quelque chose. »

Vraiment ? Le simple fait qu'elle se soit évaporée sans même laisser un mot ou un message aux parents Dade était une raison en soi. Mais sa réponse semblait avoir un peu apaisé les craintes de Troy.

« Encore une chose, Mrs. Troy. Votre belle-fille avait-elle de bonnes relations avec les enfants Dade ? Est-ce qu'ils s'entendaient bien ? (Mon Dieu, voilà qu'il se mettait à répéter, lui aussi...)

— Oh oui. Ils l'aimaient beaucoup. Elle les connaissait depuis qu'ils avaient sept et neuf ans. C'est à ce moment-là que leur mère est venue travailler à l'école.

— Vous avez une question à poser, Barry ? demanda Burden à Vine.

— Juste une. Elle sait nager ?

— Joanna ? (Pour la première fois, Effie Troy sourit, ce qui la rendit encore plus belle.) C'est une nageuse de premier ordre. Quand le professeur d'éducation physique a été malade pendant un trimestre, Joanna a emmené nager les élèves et a donné des cours aux première et deuxième années. C'était un an avant sa démission. »

Elle hésita, avant d'ajouter :

« Si c'est aux inondations que vous pensez – à un accident, je veux dire –, vous faites fausse route. Joanna disait toujours que les dernières inondations que nous avons eues étaient horribles, qu'elles avaient fait d'énormes dégâts, qu'elle aurait bien aimé pouvoir hiberner jusqu'à ce que tout soit fini. Cela l'impressionnait terriblement. Résultat, en octobre, elle ne s'est déplacée qu'en voiture. Quand elle nous a parlé vendredi, elle m'a dit que, dès qu'elle serait chez les Dade, elle ne mettrait pas le nez dehors avant de prendre le volant pour rentrer dimanche soir. »

Pas de sorties alors, pas d'excursions. Et la pluie était tombée plus fort que jamais la nuit du vendredi et presque tout le samedi. Joanna Troy ne se serait pas approchée de Savesbury Deeps. Elle n'aurait pas emmené Giles et Sophie en balade, pour aller voir les eaux submerger le pont du Kingsbrook. Quand elle était partie, comme elle avait dû le faire, c'était en voiture et avec les enfants. Parce que, se dit soudain Burden, il le fallait. Il s'était passé quelque chose qui les avait forcés à quitter la maison à un moment donné pendant le week-end...

« Vous avez mentionné un cours qu'elle donne sur Internet. Sauriez-vous, par hasard... »

Il était sûr que non. Ils ne le sauraient ni l'un ni l'autre.

George Troy ne connaissait pas le nom du site, mais cela ne l'empêcha pas de se lancer dans un long discours sur les complexités et l'obscurité du cyberespace, sa propre incapacité à y comprendre quelque chose, et sa « complète imbécillité dans ce domaine ».

Effie attendit qu'il ait fini sa phrase avant de répondre tranquillement : « www.langlearn.com ».

« À propos, on a prévenu les médias », lança Wexford. Et, voyant le regard de Burden, il ajouta : « Oui, je sais. Mais c'était une directive de Freeborn. (Le nom du chef constable adjoint arracha un grognement à Burden.) Il dit que c'est le meilleur moyen de les trouver et c'est peut-être vrai.

— Le meilleur moyen de recevoir des appels, oui, et sans doute des e-mails, de pas mal de cinglés.

— Je suis assez d'accord. D'avance, nous savons qu'on aura vu les enfants à Jakarta et à Rio, et dévalant les chutes du Niagara dans un tonneau. Mais ils sont peut-être dans un hôtel quelque part. Elle peut avoir loué un appartement pour eux trois.

— Pourquoi?

— Je ne dis pas qu'elle l'a fait, Mike. Mais c'est possible. Nous en savons très peu sur elle. On dit par exemple qu'elle s'entend bien avec les enfants Dade. Supposons que cela aille plus loin, qu'elle les aime tellement qu'elle veuille les garder pour elle.

— Les adopter, vous voulez dire? Ils ne se laisseraient pas faire comme ça. Le garçon a quinze ans. Il faudrait qu'elle soit folle.

— Et alors? Le fait même qu'elle ait disparu, et avec deux enfants, la fait un peu sortir de l'ordinaire, non? Vous avez réussi à voir le pasteur du Saint-Évangile? »

Oui. Burden et Vine avaient gravi sur une centaine de mètres la route qui montait à une maison très différente de celle des Troy, un pavillon mitoyen assez quelconque. Ils avaient été surpris par le révérend Wright. Burden s'était fait une idée préconçue de son physique, inspirée des dramatiques et des articles de presse sur les intégristes d'Amérique. Il s'imaginait un fanatique à la voix vibrante, aux yeux brûlants et au regard fixe, un ascète grand et mince en col de clergyman et en costume miteux. La réalité était tout autre. Certes, Jashub Wright était mince, mais d'assez petite taille. Il n'avait pas plus de trente ans, une voix calme et des manières affables. Il invita sans hésiter les deux policiers à entrer et les présenta à une jeune fille blonde portant un bébé dans les bras :

« Ma femme, Thekla. »

Assis dans un fauteuil avec une tasse de thé près de lui, Burden avait posé la question la plus importante :

« Giles Dade a-t-il assisté à l'office dimanche matin ?

— Non, répondit aussitôt le pasteur. (Il ne tourna pas autour du pot, ne lui demanda pas pourquoi il voulait le savoir.) Ni à celui de l'après-midi. Nous en avons un pour les jeunes une fois par mois, le dimanche après-midi. J'ai fait remarquer à ma femme que son absence était bizarre, en espérant qu'il n'était pas souffrant.

— Tout à fait. »

Thekla Wright tenait à présent le bébé dans le creux de son bras gauche, tout en passant de la main droite le sucrier à Vine. Il se servit abondamment.

« C'était si inhabituel que j'ai téléphoné pour voir s'il allait bien, ajouta-t-elle. Nous étions tous les deux soucieux. »

Burden se pencha en avant.

« Pourriez-vous me dire à quelle heure vous avez appelé, Mrs. Wright ? »

Elle s'assit, posant sur ses genoux le bébé endormi.

« C'était après le service de l'après-midi. Je ne peux pas assister à toutes les messes à cause du petit, mais j'étais à celle-là et je l'ai fait quand je suis rentrée, vers cinq heures.

— Quelqu'un a décroché ?

— Il y avait le répondeur. Il disait juste qu'ils n'étaient pas disponibles, le message classique. »

Thekla Wright demanda très poliment :

« Cela vous ennuierait de nous dire pourquoi vous voulez savoir tout ça ? »

Vine le lui expliqua. Les deux Wright eurent l'air très inquiets.

« Je suis navré, dit alors Jashub Wright. Mr. et Mrs. Dade doivent être bouleversés. Y a-t-il quelque chose que nous puissions faire ?

— Je doute que vous puissiez intervenir directement, monsieur, mais cela nous aiderait si vous vouliez bien répondre à une autre question.

— Bien sûr. »

Burden était embarrassé. Ces gens-là étaient si gentils, si serviables, si différents de ce qu'il avait cru. Et voilà qu'il devait leur poser une question qui, à moins qu'il ne la formule soigneusement, pourrait sembler insultante. Il se jeta à l'eau :

« Je me suis demandé, Mr. Wright, ce qui peut attirer un adolescent vers votre Église. Pardonnez-moi si je vous parais grossier, ce n'est pas du tout mon intention... Mais votre... euh... slogan, *Le Seigneur aime la pureté de la vie*, a l'air – excusez-moi encore – d'une chose qui aurait plus tendance à susciter...

enfin, de la dérision chez un garçon de quinze ans qu'un désir d'en faire partie. »

Malgré ses excuses répétées, Wright eut l'air très vexé. Sa voix se fit plus sèche.

« Nous pratiquons une foi simple, inspecteur. Aime ton prochain, sois bon, dis la vérité et garde tes activités sexuelles pour le mariage. Je ne vous détaillerai pas notre liturgie et notre rituel, c'est inutile et de toute façon, c'est également très simple. Giles était un membre confirmé de l'Église d'Angleterre, il avait chanté dans le chœur à St Peter. Apparemment, il a décidé un jour que c'était trop confus et compliqué pour lui. Avec tous ces livres de prières, toutes ces bibles. On ne sait pas si on va entendre la messe catholique, l'office du matin de 1928, un service olé olé ou l'Alternative Service Book★. Cela peut être des cloches et de l'encens, ou des tambourins et de la *soul*. Alors, il est venu chez nous.

— Ses parents ne font pas partie de votre Église ? Avez-vous des fidèles parmi ses amis et les membres de sa famille ?

— Pas que je sache. »

Thekla Wright se mêla à la conversation :

« Vous voyez, nous sommes simples. C'est ce qu'aiment les gens. Nous ne faisons pas de compromis et nous sommes francs. C'est le... enfin, c'est ce qui nous définit. Les règles sont immuables et les principes aussi, ils n'ont pas beaucoup changé depuis cent quarante ans. »

★ Livre de prières de l'Église d'Angleterre depuis 1980.

Son mari lui jeta un coup d'œil appuyé. Burden n'arriva pas à l'interpréter jusqu'à ce qu'elle dît, assez humblement :

« Je suis désolée, chéri. Je sais que ce n'est pas à moi d'expliquer la doctrine. »

Un sourire de Wright fit rougir son joli visage. Qu'est-ce que cela signifiait ? Qu'elle ne devait pas intervenir parce qu'elle était une *femme* ?

« Nous accueillons les nouveaux membres, inspecteur, mais nous n'en faisons pas toute une histoire. Les jeunes, vous le savez, sont souvent bien plus enthousiastes que les gens plus âgés. Ils pratiquent leur foi de tout leur cœur et de toute leur âme. »

Ni Burden ni Vine ne trouvèrent rien à répondre.

Sur ce, Thekla Wright hocha la tête.

« Vous voulez une autre tasse de thé ? »

Il avait rapporté l'entretien à Wexford :

« Il n'est pas spécialement fanatique. Il a l'air d'un type bien et son Église est simple et franche. Il n'y a rien de louche là-dessous.

— On dirait que vous allez être son prochain disciple, dit l'inspecteur principal. On vous verra à son office dimanche matin.

— Bien sûr que non. Premièrement, je n'aime pas son attitude envers les femmes. Ces gens-là sont aussi intégristes que les talibans.

— L'essentiel, de toute façon, c'est que Giles ne soit pas allé à l'église dimanche, ni le matin ni l'après-midi. Or, il semble que, s'il avait été chez lui, il y aurait été, quoi qu'il arrive. Et vendredi soir, lorsque Mrs. Dade a appelé de Paris, le répondeur n'était pas branché, mais il l'était samedi soir et dimanche soir aussi. Tous ces éléments donnent à penser qu'ils ont tous les trois quitté la maison dans la journée de samedi. En revanche, le répondeur peut avoir été branché samedi soir pour la simple raison qu'ils voulaient regarder tranquillement la télévision.

— En effet, ce soir-là, comme chacun sait dans le pays, ITV a diffusé le dernier épisode de *L'Échelle de Jacob*, celui où l'inspecteur Martin Jacob se fait tuer. L'audience, paraît-il, a atteint douze millions de téléspectateurs et il se peut bien que Giles, Sophie Dade et Joanna Troy en aient fait partie. Brancher le répondeur aurait été le meilleur moyen d'avoir la paix. Mais le fait que Giles ait manqué la messe le jour suivant nous en dit bien plus long sur le moment où ils ont pu quitter la maison.

— Tôt le dimanche matin, répondit Burden, ou peut-être à l'heure du déjeuner. Mais pourquoi sont-ils partis ? Pour quelle raison ? »

4

L'eau avait monté dans la matinée, et à présent elle était à quelques centimètres du muret. Dora avait pris plusieurs photos, d'abord lorsqu'elle approchait du mûrier, mais ne le touchait pas encore, enfin à son point le plus haut à seize heures. Le crépuscule était tombé, et puis l'obscurité, qui, heureusement, voilait la scène, et Dora avait rangé son appareil photo pour la nuit.

« Moi, je n'aurais jamais pu le faire, dit Wexford, mi-horrifié, mi-admiratif.

— C'est vrai, Reg, mais tu n'as jamais été un grand photographe, non ?

— Tu sais que je ne parle pas de ça. Nous allons être engloutis et tu prends des *photos* !

— Comme Néron qui jouait de la lyre pendant l'incendie de Rome ?

— Plutôt comme Sheridan assis dans un café devant le théâtre Drury Lane en flammes, disant qu'il pouvait bien boire un verre chez lui au coin du feu. »

Cela fit rire Sylvia. Mais pas son nouvel ami

qu'elle avait justement emmené boire un verre. Ce n'était pas la première fois que Wexford le voyait et il n'était pas plus impressionné qu'à sa dernière visite. Callum Chapman était beau, mais ni intelligent ni loquace. La beauté chez un homme était-elle si importante pour une femme ? Il avait toujours pensé que non, mais à moins que sa fille ne fût une exception, il devait avoir tort. Chapman était dépourvu de charme, et il n'était guère souriant. Wexford ne l'avait jamais vu rire. Peut-être était-il comme Diane de Poitiers, qui tenait tant à sa beauté qu'elle ne souriait pas, de peur que le mouvement ne ride son visage.

Chapman, apparemment, ne savait quoi penser de l'anecdote de Wexford. Il objecta, d'une voix nasale :

« Je ne comprends pas. Qu'est-ce que ça veut dire ? »

Wexford essaya de lui expliquer. Le théâtre était presque celui du dramaturge, toutes ses pièces y avaient été jouées, il y avait mis tout son cœur et son âme et il le voyait démoli sous ses yeux.

« C'est censé être drôle ?

— C'est un exemple de panache, de bravade face à la tragédie.

— Je ne vois toujours pas. »

Sylvia se remit à rire.

« Peut-être que demain Papa ira boire un verre au bord de son étang. Cal, il faut qu'on y aille. La baby-sitter va s'impatienter. »

« Cal, soupira Wexford après leur départ. Cal...

— Elle l'appelle aussi *chéri*, dit fielleusement Dora. Oh, ne fais pas cette tête. Je ne crois pas qu'elle va l'épouser. Ils ne vivent même pas ensemble, pas vraiment.

— Ça veut dire quoi, *pas vraiment*? »

Elle ne daigna pas répondre. Il s'y attendait, de toute façon.

« Elle dit qu'il est gentil. Quand il reste pour la nuit, il lui monte son thé et lui prépare son petit déjeuner.

— Ça ne durera pas, dit Wexford. Ce truc des nouveaux hommes ne tient jamais la route. Il me rappelle ce Casey que Sheila avait amené une fois ici. Le type nominé pour le Booker Prize. Oh, je sais qu'il n'est pas du tout comme lui. J'admets qu'il n'est pas aussi odieux et qu'il a un beau visage. Mais il n'est pas non plus intelligent, ni amusant, ni...

— Grossier, acheva Dora.

— Ce n'est pas qu'il ressemble à Casey, c'est juste que je ne comprends pas pourquoi mes filles s'attachent à ce genre d'hommes. Des types horribles. Le Paul de Sheila n'est pas horrible, je te l'accorde. Mais il est si charmant et si beau que je ne peux pas croire qu'il ne court pas après les autres femmes. Ce n'est pas normal d'avoir un physique pareil sans être homosexuel, ou sans tromper sa femme, ou sa compagne. Je ne peux pas m'empêcher de le soupçonner d'avoir une double vie.

— Tu es impossible. »

Elle était irritée, sa voix n'avait plus rien d'indulgent ni de taquin. Il s'approcha de la fenêtre pour scruter le niveau de l'eau éclairée par la lampe du voisin, et la pluie lourde qui tombait avec insistance. Le désastre était pour bientôt. Encore un demi-pouce, ou il ne savait combien de millimètres, et l'eau aurait atteint le mur. Encore un pouce...

« Tu disais que tu voulais regarder les informations.

— J'arrive. »

Simplement les faits bruts : après une nouvelle catastrophe ferroviaire, la pagaille dans les chemins de fer, des embouteillages sur les routes, encore un enfant assassiné dans le Nord, un autre nouveau-né abandonné dans une cabine téléphonique. Juste une brève annonce, disant qu'ils avaient tous les trois disparu, suivie de leurs photographies très agrandies. Un numéro de téléphone s'afficha pour les gens qui pourraient avoir des informations à donner. Wexford soupira : il savait bien quel genre d'informations ce serait.

« Dis-moi une chose. Pourquoi un adolescent beau, intelligent et d'un milieu bourgeois, fréquentant une bonne école, voudrait-il aller dans une église fondamentaliste ? Ses parents n'y vont pas. Et ses amis non plus.

— Peut-être y trouve-t-il des réponses, Reg. Les adolescents ont besoin de réponses. Beaucoup de jeunes sont révoltés par la vie moderne. Ils pensent que si tout était plus simple et plus honnête, plus fondamental, en fait, le monde serait meilleur. Et c'est peut-être vrai. Bien souvent, ils n'aiment pas que les réalités et les rituels qui devraient être clairs soient obscurcis par des termes archaïques qu'ils ne peuvent pas comprendre. Ça finira par lui passer et je ne sais pas si l'on doit s'en réjouir ou bien le regretter. »

77

Il se réveilla dans la nuit. Il était trois heures passées et la pluie continuait à tomber. Il descendit au rez-de-chaussée, alla dans la salle à manger et s'approcha des portes-fenêtres. La lampe n'était pas allumée, mais quand ses yeux se furent habitués à l'obscurité, il parvint à voir assez bien dans le jardin. L'eau avait commencé à lécher le muret.

Deux hommes déchargeaient des sacs dans la cour du commissariat. Wexford mit un moment à comprendre. Puis il gara sa voiture, entra dans le bâtiment et demanda au brigadier Camb :

« Pourquoi a-t-on commandé des sacs de sable ? L'eau ne risque pas d'arriver jusqu'ici. »

Personne ne put lui répondre. Le chauffeur du camion entra avec un reçu et le brigadier Peach le signa.

« À vrai dire, je ne sais pas ce qu'on en fera. (Il regarda Wexford.) Vous n'êtes pas loin de la rivière, non ? »

Puis il ajouta, d'une voix un peu moqueuse :

« Vous ne nous en prendriez pas quelques-uns ? Pour nous débarrasser ? »

Wexford répondit sur le même ton :

« Je serais ravi de vous dépanner, brigadier. »

Dix minutes plus tard, quatre douzaines de sacs avaient été chargées sur une camionnette, que Pemberton conduisit chez Wexford. Il appela sa femme.

« Je ne pourrai pas monter les fortifications avant ce soir.

— Ne t'inquiète pas, chéri. Cal et Sylvia sont là. Cal va nous aider. »

Cal... Il ne sut pas quoi dire et sortit platement : « C'est bien. »

C'était, en effet, une bonne chose. D'autant plus que le déluge avait recommencé. Wexford consulta les appels que l'annonce des médias avait suscités, mais il n'y avait rien d'intéressant, rien même qui semblait avoir été suggéré par une personne sensée. Burden entra pour dire que les coups de fil aux parents et aux amis des enfants disparus n'avaient à peu près rien donné. Les grands-parents maternels de Giles et Sophie vivaient à Berningham, sur la côte du Suffolk, près du site occupé vingt à trente ans plus tôt par une base de l'armée de l'air américaine. Ils avaient l'air de bien s'entendre avec leurs petits-enfants, mais ils ne les avaient pas vus depuis le mois de septembre, lorsque Giles et Sophie étaient venus passer une semaine à Berningham.

Mais c'était apparemment la mère de Roger Dade, remariée après avoir divorcé du père, qui était la préférée des enfants. Elle vivait seule dans un village des Costwolds. La dernière fois qu'elle avait vu Giles et Sophie, c'était au mois d'octobre, quand elle avait passé trois jours chez les Dade. Après quoi, elle était tombée en disgrâce. À cause d'une dispute, avait compris Burden, mais on ne lui avait pas donné de détails. Katrina était fille unique.

« Et Joanna Troy ?

— Aussi, répondit Burden. L'actuelle Mrs. Troy a deux enfants d'un premier mariage. Joanna s'est mariée, mais elle a divorcé au bout d'un an. Nous n'avons pas encore retrouvé son ex-mari. »

Wexford observa d'un air pensif :

« C'est du côté de Joanna qu'il faut chercher, vous ne croyez pas ? Je ne vois pas comment il pourrait en être autrement. Un adolescent ne peut pas convaincre une femme de trente et un ans de l'emmener avec sa sœur sans en parler à ses parents, ou sans laisser la moindre indication sur leur destination. Elle doit être à l'origine de tout ça. Je ne vois pas non plus comment elle a pu agir sans intention criminelle.

— Cela va un peu loin.

— Ah bon ? Alors trouvez-moi un scénario qui contienne tous ces éléments et dans lequel Ms Troy soit innocente.

— La noyade, par exemple.

— Ils ne sont pas noyés, Mike. Et même si c'était le cas, qu'est devenue sa voiture, ou plutôt la voiture de son père ? Qui est tombé à l'eau et qui a sauvé qui ? Si, par un grand effort d'imagination, on peut le concevoir, n'est-ce pas un peu bizarre qu'ils se soient tous noyés ? Il n'y aurait pas eu de survivant, dans une profondeur d'un mètre vingt ?

— Vous, vous avez le don de tout ridiculiser, grogna Burden avec humeur. Vous le faites constamment. Je ne suis pas sûr que ce soit une vertu. »

Wexford se mit à rire.

« Vous avez visité sa maison avec Barry. Où est votre rapport ?

— Sur votre bureau. Sous une montagne de

trucs. Il a dû disparaître sous la masse. Je peux vous le résumer, si vous voulez. »

C'était une très petite maison, avec un salon et une cuisine au rez-de-chaussée, deux chambres et une salle de bains à l'étage. Elle faisait partie d'une rangée de huit appelée Kingsbridge Mews, bâtie dans les années quatre-vingt par un spéculateur immobilier.

« Comme l'a dit Roger Dade, elle garait sa voiture devant, rappela Burden. Inutile de vous dire qu'elle n'y est pas. »

Il faisait froid dans la maison. Avant de partir le vendredi, Joanna Troy avait probablement éteint le chauffage central. Par nature ou par nécessité, elle devait être économe. Vine avait également trouvé son passeport, dans le tiroir d'un bureau qui offrait par ailleurs assez peu d'intérêt. Il ne renfermait ni lettres, ni contrat d'emprunt immobilier, ni papiers de voiture, ni certificat d'assurance – lesquels, bien entendu, devaient se trouver chez son père. La police d'assurance de la maison était aussi dans le tiroir. Divers diplômes étaient rangés dans une grande enveloppe : une licence de français de l'université de Warwick, une maîtrise de littérature européenne de l'université de Birmingham, et un autre diplôme qui, d'après Burden, couronnait les études pédagogiques du troisième cycle. Une des chambres de l'étage avait été transformée en bureau et contenait un ordinateur et une imprimante, une photocopieuse, un magnétophone sophistiqué et deux grands classeurs à tiroirs. Les murs étaient tapissés de livres, surtout de dictionnaires et de romans en allemand et en français.

« Vine dit qu'elle a tous les livres en français que vous avez trouvés dans la chambre de Giles. Les *Lettres de mon* quelque chose, Émile Zola et je ne sais plus le nom de l'autre écrivain. Elle doit avoir en tout une centaine de livres en français. »

Sur le bureau, à la gauche du PC, ils avaient trouvé les épreuves d'un roman français. Et à sa droite, quelques pages en anglais, fraîchement sorties de l'imprimante de Joanna Troy. Elle s'était apparemment livrée à un travail de traduction le jour où elle était allée passer le week-end avec les enfants Dade. Dans la chambre, Burden avait regardé ses vêtements avec intérêt.

« Par exemple ! » s'exclama Wexford sur un ton sarcastique, mesurant du regard le costume bleu ardoise, la chemise bleu clair et la cravate pourpre en soie sauvage de son collègue. On ne l'aurait jamais pris pour un policier.

« À mon sens, répondit Burden d'un ton distant, c'est un signe de civilisation de s'habiller décemment.

— D'accord, ça dépend de ce que vous entendez par *décemment*. Vous, vous avez trouvé quelque chose de bizarre à ses tenues vestimentaires. Je le lis dans votre œil perçant.

— Eh bien oui, je crois... Sa garde-robe était remplie de tenues sport. Je veux dire, vraiment sport. Il n'y avait pas une robe ni une jupe. Rien que des jeans, des Dockers, des chinos...

82

— Je n'ai pas la moindre idée de ce que cela peut être, coupa Wexford.

— Moi, si. Ne vous inquiétez pas. Des T-shirts, des chemisiers, pulls, vestes, cabans et blousons matelassés, un manteau en laine polaire... D'accord, je sais que cela ne vous dit rien non plus. Croyez-moi, ce n'est pas une chose qu'une femme porterait à une soirée. Le fait est qu'elle n'a rien à se mettre pour sortir, rien d'habillé, sauf peut-être un pantalon noir. Que faisait-elle quand elle était invitée au théâtre ou à dîner ?

— J'ai déjà été plusieurs fois au théâtre, et même au National, lorsque ma fille Sheila y a joué, et il y avait des femmes habillées comme dans une porcherie. Vous êtes une telle gravure de mode que vous n'avez pas l'air de voir qu'on n'est plus dans les années trente. Je sais, ce n'est pas la question, et je reconnais que c'est bizarre. Cela ne fait que confirmer mes premières impressions. On va devoir retourner chez les Dade pour fouiller la maison, et si c'est nécessaire, on prendra une équipe avec nous. Mike, cela fait quatre jours que ces enfants ont disparu. »

En voiture, on arrivait très vite à la maison nommée *Antrim*, mais Wexford pria le chauffeur de faire un détour, pour aller regarder certaines zones inondées. La pluie tombait à verse et l'eau continuait à monter. On ne voyait plus que le haut du parapet du pont du Kingsbrook.

« Ici, l'eau monte à plus d'un mètre vingt, dit Burden.

— Pas depuis très longtemps. Je ne sais pas où ils

sont et ce qu'ils ont pu faire, mais ils ne sont pas restés là à attendre qu'elle soit assez profonde pour pouvoir s'y noyer. »

Burden émit un son inarticulé montrant qu'il trouvait sa remarque de mauvais goût, et l'inspecteur Lynn Fancourt, assise avec le chauffeur à l'avant, se racla la gorge. L'inspecteur principal restait pour elle un mystère, bien qu'elle fût attachée à la Criminelle de Kingsmarkham depuis deux ans. Comment un homme pouvait-il réunir autant de contradictions dans son caractère ? Comment pouvait-il être généreux, compatissant, cultivé et sensible, et en même temps grivois, acerbe et désinvolte à l'égard des choses graves ? Wexford n'avait jamais été désagréable avec elle, pas comme il pouvait l'être avec d'autres, mais elle avait quand même peur de lui. Ou plutôt, il l'impressionnait, mais elle ne l'aurait jamais avoué à personne. Assise dans la voiture et cherchant à distinguer quelque chose par la vitre battue par la pluie, elle savait qu'il était plus sage de se taire jusqu'à ce qu'on lui adresse la parole, ce que personne ne fit. Donaldson suivit la déviation imposée à tous les véhicules à l'approche du pont, éclaboussa la chaussée en montant dans York Street, puis il emprunta le trajet à sens unique.

Wexford était très à cheval sur l'éthique de son métier. Et il exigeait l'obéissance de ses subordonnés. Lynn avait désobéi un jour, pendant l'enquête sur le meurtre de Devenish – une affaire qui avait été liée à des manifestations contre un pédophile –, et Wexford l'avait gratifiée d'un sermon qui l'avait fait frémir. Ce n'était que justice, pas par méchanceté, elle le reconnaissait, et cela lui avait donné une leçon. Sur les devoirs d'un policier, pour commencer, et elle fut d'autant plus étonnée quand Wexford demanda au chauffeur de le déposer chez lui quelques minutes.

Il entra avec sa clef, appela, mais n'obtint pas de réponse. Il traversa la salle à manger. Derrière les portes-fenêtres, sous une pluie battante, Dora, Callum Chapman et Sylvia érigeaient deux murets avec des sacs de sable. Ils travaillaient visiblement aussi vite que possible, car la pluie montait le long des murs. Les sacs étaient arrivés juste à temps. Wexford tapa à la vitre, puis ouvrit une fenêtre latérale.

« Merci pour le coup de main, lança-t-il à Callum.

— De rien, c'est un plaisir. »

Ce n'était sûrement pas le cas. Sylvia, qui était bien plus aimable et facile à vivre depuis son divorce, s'accrocha à l'épaule de son ami et, debout sur une jambe, ôta sa botte et jeta l'eau qu'elle contenait.

« Parle pour toi, blagua-t-elle. Moi, j'ai horreur de ça et maman aussi.

— Ce pourrait être pire. Imagine, si l'eau inonde le rez-de-chaussée, on devra aller s'installer chez toi. »

Il ferma la fenêtre, regagna la voiture. Il se demanda si sa fille, qui travaillait pour les autorités locales, était toujours bénévole au refuge des femmes battues. Sans doute, car autrement Dora l'aurait mis au courant, mais il devrait s'en assurer. Ce serait un soulagement de savoir qu'elle avait arrêté, qu'elle n'allait plus dans un endroit où elle risquait sans cesse d'être agressée par des maris ou des compagnons rejetés. Il rejoignit Burden dans la voiture et, deux minutes plus tard, ils étaient à *Antrim*.

Femme d'humeur changeante, Mrs. Dade semblait aujourd'hui très différente, puérile mais calme et réservée, les yeux fixes et écarquillés. Ce jour-là, elle portait aussi des vêtements pratiques, un pantalon et un pull-over. Son mari, au contraire, était plus poli et plus expansif. Pourquoi n'était-il pas à son travail à cette heure-ci ? Tous deux avaient l'air de n'avoir pas beaucoup dormi.

« Je crois que nous venons juste de réaliser. Avant, ce n'était pas réel, c'était un mauvais rêve, dit Katrina avec tristesse. Cette idée de noyade, c'était idiot, n'est-ce pas ? Je ne sais pas ce qui m'a fait penser qu'ils s'étaient noyés.

— C'est très compréhensible, Mrs. Dade, dit Burden, ce qui lui valut un froncement de sourcils de la part de Wexford. Nous aurons à vous parler en profondeur un peu plus tard. (Il espéra que personne n'avait remarqué son calembour involontaire, mais bien sûr, il n'avait pas échappé à Wexford.) Il nous faut d'abord voir la chambre où Ms Troy a passé une ou deux nuits.

— Elle n'y a rien laissé, dit Katrina lorsqu'ils furent dans l'escalier. Si elle a apporté un sac, elle est partie avec. »

La pièce se trouvait sous les combles. Il y avait des poutres au plafond, qui s'inclinait à angle aigu au-dessus d'un lit étroit. Si l'on se redressait encore ensommeillé, pensa Wexford, on risquait fort de se cogner. Ce qu'avait dit Katrina semblait se confirmer, car Joanna n'y avait effectivement rien laissé, mais il vit d'un œil approbateur Lynn s'agenouiller pour scruter le plancher. Il n'y avait pas de salle de bains attenante et le placard à vêtements encastré était vide. Il n'y avait rien non plus dans la commode, hormis une boucle d'oreille dans le tiroir de gauche.

« Ce n'est pas la sienne, dit Katrina, d'une voix de gamine. Elle n'en portait jamais. »

Alors qu'une autre femme aurait parlé d'oreilles « percées », elle ajouta :

« Elle n'avait pas de trous dans les oreilles pour les passer. »

Elle tint la perle dans la paume de sa main, disant d'un ton méchant et froid :

« Elle doit appartenir à mon affreuse belle-mère. Elle est venue ici en octobre, la vieille bique. Je peux la jeter, vous croyez ? Elle a peut-être de la valeur. »

Nul ne lui répondit. Lynn se releva, visiblement déçue, et tous descendirent l'escalier. Alors, Mrs. Dade perdit son calme éphémère. Elle s'écroula sur une chaise de l'entrée et se mit à pleurer. Elle balbutia en sanglotant qu'elle avait honte. Pourquoi donc disait-elle des choses pareilles ? Avoir été abandonnée par ses enfants la punissait d'avoir dit ces horreurs. Son mari sortit du salon avec une poignée de Kleenex et l'entoura d'un bras peu enthousiaste.

« Elle se met dans des états impossibles, maugréat-il. Elle ne sait pas ce qu'elle dit. »

Wexford pensait exactement le contraire : si la maxime *in vino veritas* était peut-être vraie, *in miseria veritas*, « la vérité dans le chagrin », l'était certainement. Mais il ne le dit pas. Il observait Lynn, qui s'était accroupie à nouveau, mais pas pour examiner le plancher – elle avait aperçu quelque chose. Elle se redressa et dit, en jeune inspectrice prometteuse :

« Pourrais-je avoir un autre sac en plastique, monsieur, et une pince stérile ?

— Voyez avec Archbold, lui répondit Wexford. Cela vaut mieux. Il vous apportera tout ce qu'il faut.

— Mais de quoi s'agit-il ? demanda Roger Dade, ébahi, lorsqu'ils furent dans le salon.

— Nous verrons ça plus tard... (Burden en avait une assez bonne idée, mais il n'allait pas lui en faire part. Pas encore.) Voyons, Mrs. Dade, vous sentez-vous capable de nous parler de Ms Troy ? D'après ce que nous savons, elle a été enseignante avant d'être traductrice, elle a trente et un ans et a été mariée, mais elle est à présent divorcée. Je crois que vous l'avez rencontrée quand vous étiez secrétaire et elle, professeur à l'école Haldon Finch ?

— J'y suis restée seulement un an, précisa Katrina. Mon mari n'aimait pas que je travaille. J'étais trop fatiguée.

— Tu étais épuisée, tu le sais bien. D'autres femmes arrivent à jongler avec une maison et un métier, mais toi, tu ne peux pas. Tu t'effondrais toujours le vendredi soir. »

Il dit cela d'un ton léger, mais Wexford pouvait s'imaginer ces effondrements. Cela lui donna froid dans le dos.

« À quand cela remonte-t-il, Mrs. Dade ?

— Laissez-moi réfléchir. Sophie avait six ans

lorsque j'ai commencé. Cela doit faire sept ans. Oh, ma petite Sophie ! Qu'est-ce qui lui est arrivé ? »

Ils auraient bien voulu pouvoir lui répondre. Burden lui assura :

« Nous faisons de notre mieux pour les retrouver, elle et son frère. Le meilleur moyen de nous y aider est de nous dire tout ce que vous savez sur Ms Troy. Donc, vous vous êtes rencontrées et vous êtes devenues amies. »

Il ajouta sans ménagement :

« Elle était bien plus jeune que vous. »

Katrina le regarda comme une femme qui vient d'être non pas tant insultée que profondément blessée. S'il l'avait accusée à tort d'avoir battu ses enfants, cambriolé ses voisins ou vendu des secrets d'État à une puissance étrangère, elle n'aurait pas eu l'air plus horrifiée. Elle riposta en bégayant, d'une voix brisée :

« Vous croyez que c'est juste de me parler comme ça ? Avec l'épreuve que je traverse ? Vous le croyez vraiment ?

— Je ne voulais pas vous offenser, lui dit Burden avec froideur. N'en parlons plus. (Mais vous aviez au moins treize ans d'écart, ajouta-t-il intérieurement.) Par la suite, Ms Troy a quitté l'enseignement – vous savez quand ? »

Elle lui répondit d'un ton maussade :

« Il y a trois ans.

— Pour quelle raison ? Pourquoi a-t-elle renoncé au professorat ? »

Dade l'interrompit :

« Je suis surpris que vous ayez à le demander. La

conduite des collégiens d'aujourd'hui ne vous suffit-elle pas? Le bruit, la violence, les grossièretés. Et l'impossibilité de maintenir la discipline. De nos jours, un professeur qui ose donner une tape à un enfant se fait traîner devant la Cour européenne des droits de l'homme. N'est-ce pas assez pour dégoûter un enseignant?

— Je suppose que Giles et Sophie sont inscrits dans une école privée? dit Wexford.

— Vous avez raison de le supposer. Je tiens à ce que mes enfants aient la meilleure éducation, et pour moi, ce n'est pas synonyme de farniente et de liberté. Ils me remercieront un jour. J'exige qu'ils fassent leurs devoirs très régulièrement. Et ils ont aussi un professeur particulier en plus de l'école.

— Mais ce n'est pas Ms Troy?

— Absolument pas. »

Avant que Dade ait pu ajouter un mot, la sonnette retentit de façon stridente, comme si Archbold s'était cramponné au cordon, ce qu'il avait probablement fait. Lynn alla ouvrir.

Burden reprit :

« Ms Troy était-elle déjà venue s'occuper de vos enfants?

— Je vous l'ai déjà dit! Roger et moi ne sommes jamais partis ensemble depuis notre mariage. Pas avant le week-end dernier. Si vous voulez parler de nos soirées en ville – remarquez, c'était plutôt rare –, oui, elle les a gardés. La dernière fois, ce devait être il y a un mois, ou quelque chose comme ça. Oh, et puis il y a eu le soir où nous sommes allés à Londres à un dîner dansant. Là, elle a dormi ici.

— J'espérais que ce week-end serait la dernière fois où il faudrait les faire garder. Giles aurait eu... non, il aura... seize ans très prochainement. (Roger Dade devint cramoisi, mais cela ne fit qu'empirer les choses.) Ou plutôt... Enfin, je voulais dire...

— Que tu penses qu'il est mort ! » À nouveau, Katrina fondit en larmes.

Son mari prit sa tête dans ses mains, et marmonna entre ses doigts :

« Je ne sais pas ce que je pense. Je n'arrive plus à penser correctement. Cette histoire me rend fou... (Il leva les yeux.) Combien de temps va-t-il encore falloir que je prenne sur mon travail ? »

Wexford était presque décidé à s'en aller et à changer de tactique, lorsque Archbold frappa à la porte. Il entra, tenant à la main un sachet stérile, qu'il leva pour le montrer à Wexford. À travers l'enveloppe transparente, il vit une chose qui ressemblait à un petit fragment de porcelaine blanchâtre, avec un bord en or.

« Qu'est-ce que c'est ?

— À mon avis, patron, une couronne dentaire. »

Roger Dade sortit de son abattement. Il se redressa et Katrina se frotta les yeux avec un Kleenex. On leur tendit le sachet scellé, puis ils le passèrent à Burden et à Lynn.

« Un de vos enfants avait-il des couronnes ? » demanda Burden.

Katrina secoua la tête.

« Non, mais Joanna en avait deux. On les lui a posées il y a longtemps. Elle était tombée dans un gymnase ou quelque chose comme ça, et elle s'était cassé deux dents. Plus tard, elle a perdu une de ses couronnes en mangeant un caramel et elle l'a fait consolider par un dentiste. Il lui a alors conseillé de se les faire remplacer et de ne pas mâcher de chewing-gum en attendant, mais elle le faisait de temps en temps. »

Wexford ne l'avait jamais vue parler de manière aussi rationnelle. Il se demanda si c'était parce que la conversation s'en tenait à des choses superficielles. Elle devait sans doute discuter savamment de gymnastique et de régime, de chirurgie esthétique et d'affections mineures, autant de sujets chers à son cœur.

« Elle n'aurait pas remarqué si elle était tombée ?

— Peut-être pas, dit Katrina avec le même sérieux. Pas tout de suite. Pas avant de remuer la langue dans la bouche et de sentir un bout rugueux.

— Nous aimerions revenir cet après-midi, déclara Wexford, pour que vous nous en disiez un peu plus sur vos enfants – sur leurs intérêts, leurs goûts et leurs amis –, et sur Ms Troy aussi. »

Dade répondit, de sa voix dure et cinglante :

« N'avez-vous jamais appris que les actes sont plus parlants que les mots ?

— Nous agissons, Mr. Dade. (Wexford domina la colère qui montait en lui.) Nous mettons tout en œuvre pour retrouver vos enfants. »

Il détestait les termes qu'il était obligé d'employer. Pour lui, cela ne faisait qu'aggraver les choses. Qu'espérait donc cet homme ? Que lui et Burden feraient avancer les recherches en fouillant la terre de son jardin ou les nappes d'eau avec une perche ?

« Vous conviendrez sûrement que le meilleur moyen de savoir où sont partis Ms Troy et vos enfants est de découvrir ce qu'ils ont le plus de chances de faire et où ils ont le plus de chances d'aller. »

Dade se borna à hausser les épaules d'un air méprisant.

« De toute façon, je ne serai pas là. Vous devrez faire avec ma femme. »

Wexford et Burden se levèrent. Lynn Fancourt et Archbold étaient déjà partis. Il voulut dire un mot à Katrina, mais elle s'était si profondément repliée sur elle-même qu'elle avait l'air de n'être plus qu'une carapace, la coquille d'une femme aux yeux aveugles et fixes. Sa transformation en être doué de raison n'avait pas duré longtemps.

L'enquête de voisinage menée à Lyndhurst Drive avait donné très peu de résultats. Tous les riverains questionnés sur le dernier week-end parlèrent de la pluie, de la pluie incessante, torrentielle. On peut voir à travers l'eau, mais la pluie, quand elle tombe à seaux, crée un mur gris qui n'a rien de transparent, mais forme un voile épais, sans cesse mouvant. De plus, les hommes, sous nos climats, n'ont pas la même attitude envers le temps que les habitants des pays arides. Loin d'accueillir la pluie avec gratitude, ils la détestent et s'en détournent. C'était ce qu'avaient fait les voisins de la famille Dade quand la pluie avait commencé le samedi après-midi. Plus elle tombait, plus ils se calfeutraient chez eux en fermant les rideaux. En outre, elle était bruyante. Au plus fort de l'averse, elle grondait constamment en couvrant les autres sons. De sorte que les Fowler et les Holloway, voisins de la famille Dade, n'avaient rien vu ni entendu. Ils avaient seulement entendu claquer le rabat de leurs boîtes aux lettres quand le journal du soir, l'*Evening Courier*, avait été déposé vers six heures ; et ils avaient pensé qu'on en avait livré comme d'habitude un exemplaire aux Dade. Les autres voisins d'*Antrim*, qui occupaient la première maison à l'entrée de Kingston Drive, étaient partis pour le week-end.

Pourtant, Rita Fowler avait vu Giles sortir samedi après-midi, avant le début de la pluie.

« L'heure ? Je ne m'en souviens pas. Mais nous avions déjà déjeuné et débarrassé. Mon mari regardait le rugby à la télé. Il ne pleuvait pas encore. »

Lynn Fancourt lui rappela que la pluie avait commencé un peu avant quatre heures, mais elle savait qu'elle avait aperçu Giles plus tôt. À quatre heures, la nuit commençait à tomber, et quand elle l'avait vu, il faisait encore jour. Peut-être à deux heures et demie ? Ou trois heures ? Giles n'était pas accompagné. Mais elle ne savait pas s'il était rentré. Elle n'avait plus regardé dehors avant d'aller prendre le journal sur le paillasson.

« Avez-vous aperçu une voiture bleu foncé garée dans l'allée de la famille Dade pendant le week-end ? »

Oui, et elle était fière de sa mémoire.

« Je l'ai vue arriver – c'était la garde d'enfants –

vendredi en fin de journée. Et je peux vous dire que cette voiture était là quand Giles est sorti. »

Mais l'était-elle encore quand elle avait ramassé le journal du soir ? Elle n'avait pas remarqué, vu qu'il pleuvait si fort. Était-elle toujours là le matin suivant ? Elle ne pouvait pas répondre, mais elle savait qu'elle ne l'était plus le dimanche après-midi.

Si quelqu'un était entré dans la maison pour enlever Joanna Troy et les enfants Dade, ou pour les attirer dehors, cela s'était apparemment passé après le début de la pluie. Ou alors, ils étaient tous partis en voiture le samedi soir, une heure très improbable pour aller faire un tour. La pluie diluvienne avait cloîtré chez eux tous ceux qui n'étaient pas obligés de sortir. Wexford retournait toutes ces hypothèses dans son esprit, pensant qu'elles rendaient la théorie de la noyade de moins en moins probable, quand Barry Vine entra et lui tendit sur un plateau un objet mouillé et taché de boue.

« Qu'est-ce que c'est ?

— Un T-shirt, patron. Une femme l'a trouvé dans l'eau au fond de son jardin et nous l'a rapporté. Voyez, il y a un nom imprimé. C'est ce qui l'a alertée. »

Wexford prit le vêtement par les épaules et le souleva un peu. Il avait un fond bleu et il était plus court, mais à part ça, c'était le jumeau du rouge qu'il avait vu dans le placard de Giles. Seulement, le visage était celui d'une fille, et il y était inscrit « Sophie ».

5

C'était dans la partie la plus inondée de Kingsmarkham. La femme qui avait trouvé le T-shirt soupira tristement : lorsqu'elle avait cherché une maison dans la région avec son compagnon, ils avaient failli refuser celle-là parce qu'elle était loin du Kingsbrook. « Mais pas assez, visiblement. »

Beaucoup plus, cependant, que celle de Wexford. Mais également plus bas, et malgré la pluie qui tombait sans relâche depuis neuf heures, l'eau était montée sur un tiers du jardin seulement, drainant dans son sillage des détritus crasseux – bouteilles en plastique, sac de supermarché, canette de Coca-Cola, brosse à dents et préservatifs usagés, feuilles mortes et petites branches cassées...

« Et ce T-shirt.

— Vous l'avez trouvé là ?

— Oui. Dans ce fatras. J'ai vu le nom, et puis ça a fait tilt. »

Wexford rentra chez lui. Il devait retrouver Burden pour un déjeuner sur le pouce, mais d'abord il voulait passer voir le nouveau mur, et pour cela il n'avait pas besoin de mettre le pied dehors. Deux digues formées de sacs de sable empilés rehaussaient de soixante centimètres la hauteur des murs, mais l'eau n'avait pas encore tout à fait atteint le bas des premiers sacs.

« C'était très gentil de la part de Cal, dit Dora.

— Oui.

— Il m'emmène déjeuner.

— Quoi ? Et Sylvia ?

— Elle est à son travail. C'est son jour de congé, mais elle a proposé d'assurer la permanence téléphonique du Hide. Une autre bénévole est tombée malade. »

Wexford ne fit pas de commentaire. Il lui semblait qu'un homme n'invite pas à déjeuner la mère de sa compagne, à moins d'avoir des intentions sérieuses – de vouloir en faire sa belle-mère, ou quelque chose d'approchant. Pourquoi cela le gênait-il autant ? Callum Chapman était plutôt convenable. Il était veuf. Il n'avait pas d'enfants. Il exerçait l'honnête métier d'actuaire (dont Wexford, à vrai dire, ne savait pas grand-chose), et il possédait un appartement à Stowerton. Il venait d'avoir quarante ans et Sylvia disait que ses enfants l'aimaient bien. C'était apparemment aussi le cas de Dora. De plus, Chapman avait tenu à faire une bonne action en proposant de venir entasser les sacs de sable pour combattre les inondations.

« Il est terne », se dit Wexford dans sa voiture, en descendant la colline sous la pluie pour retrouver Burden au nouveau restaurant *Moonflower*. « Incolore, inodore, et sans saveur. » Mais était-ce si grave ?

Wexford ne serait pas obligé de vivre avec lui, de contempler son beau visage sur l'oreiller – il sourit à cette idée –, de le voir rester sans réaction face à une plaisanterie. Mais au fait, cette chose-là risquait bien d'arriver si Sylvia se liait durablement avec lui... Et était-il vraiment pour le partage des tâches ? Ces temps-ci, pensa-t-il, les femmes semblaient préférer les hommes qui faisaient le ménage, s'occupaient des enfants et repassaient leurs chemises, même s'ils étaient ennuyeux comme la pluie. De la même manière, les hommes avaient jadis préféré (et beaucoup le faisaient encore) les femmes d'intérieur à la tête vide et au joli minois. Cela en disait long sur le discernement humain.

Burden avait déjà pris place à l'une des tables du *Moonflower*. Mark Ling et son frère Pete avaient ouvert ce restaurant il y a un an. Très apprécié dans le quartier pour ses plats chinois à emporter, il était également réputé dans toute la région, et son maître d'hôtel, le neveu de Ling, était pour beaucoup dans ce succès. Raffy Johnson était jeune, beau et, de l'avis de Wexford, le serveur le plus courtois du Mid-Sussex. Nul ne disposait une serviette avec plus d'élégance. Nul n'était plus rapide à tendre le menu, ou à vérifier que l'anémone rouge ou mauve qui ornait la table ne gênait pas la vue des convives, ou n'empêchait pas de disposer les plats de calmars aux haricots noirs et de poulet au citron. Il était pour lors occupé à servir de l'eau pétillante à Burden. Il posa la bouteille, sourit et tira une chaise devant Wexford.

98

« Bonjour, Mr. Wexford. Comment allez-vous ? J'imagine que cette pluie ne vous plaît pas trop. »

Bel exemple de réussite... Wexford se souvenait de Raffy quelques années plus tôt, quand il était encore un fainéant de dix-sept ans, un garçon sans cervelle dont la seule qualité était apparemment son amour pour sa mère, et que sa tante Mhonum Ling l'avait traité de cas désespéré et de bon à rien. Mais sa mère Oni avait gagné à la loterie et une grande partie de la somme avait été investie dans la formation de Raffy. Il avait travaillé dans des hôtels à Londres, en Suisse et en Jordanie, et maintenant, il était associé à ses oncles et sa tante dans cette affaire prospère.

« Je me rassure en pensant à Raffy quand je suis déprimé, dit Wexford.

— Tant mieux. Je devrais essayer. Nous sommes tous un peu abattus en ce moment. Je vais prendre les Œufs de dragon et les nouilles aux fleurs de cerisier.

— Vous plaisantez. Ce plat n'existe pas.

— Mais si. Il est sur la page quatre. Raffy me l'a conseillé. Mais ce ne sont pas vraiment des Œufs de dragon. »

Wexford leva les yeux du menu.

« Sans doute, car les dragons sont des monstres mythiques. Je prendrai la même chose. Mike, je sais que ce n'est pas drôle, mais cet après-midi, nous devrons montrer ce T-shirt aux Dade. Il vaut mieux le faire sans attendre. »

Ils passèrent commande et Raffy, admettant qu'« Œufs de dragon » était peut-être un nom fâcheux, leur assura que c'était un très bon assortiment de

fruits de mer. Il en parlerait à son oncle et ils trouve-
raient une dénomination plus adéquate. Mr. Wexford
avait peut-être quelque chose à suggérer ? Ce dernier
répondit qu'il y penserait.

« À mon avis, déclara-t-il à Burden, nous devrions
chercher quand, exactement, ces inondations ont
commencé. Je veux dire, à quel moment précis le
Kingsbrook est sorti de son lit, ce genre de choses.
Quand je suis rentré chez moi vendredi dernier, il
pleuvait, mais pas fort, et il n'y avait pas d'inondations. Samedi, je ne suis pas sorti et c'est seulement en regardant les informations télévisées à cinq
heures et quart que j'ai appris qu'il y en aurait.

— Oui, et moi, je l'ai appris samedi matin par la
radio, mais je me suis dit que nous étions à l'abri,
bien trop hauts et trop loin de la Brede ou du Kingsbrook. Mais samedi après-midi – enfin, en début de
soirée –, je suis allé chez mes beaux-parents avec
Mark et Jenny, pour voir à quel point ils étaient tou-
chés. Vous savez, ils sont au bord de la rivière, l'arrière de leur maison donne sur le Kingsbrook, et ils
ont dû la quitter dimanche après-midi pour aller
s'installer chez la sœur de Jenny. Mais pour nous
rendre chez eux, nous avons traversé le pont du
Kingsbrook, on pouvait le faire sans problème à six
heures. La rivière n'avait pas encore commencé à
l'inonder, et il était toujours praticable quand nous
sommes repassés à sept heures et demie. Mais il
ne pleuvait pas encore très fort à ce moment-là. Le
vrai déluge n'a débuté que vers dix ou onze heures.
Vous savez que j'ai une lucarne sur mon toit. Eh
bien, quand je me suis couché, j'ai entendu la vitre

100

se briser. Un moment, j'ai cru que l'eau allait rentrer et Jenny a glissé une vieille cuvette en émail en dessous, au cas où. Ces lucarnes sont une vraie plaie. Finalement, l'eau ne s'est pas infiltrée, mais on est restés un long moment au lit à écouter la pluie. Je ne sais pas quand je l'ai entendue redoubler, mais elle a réveillé Mark et on a dû le prendre avec nous. J'ai fini par m'endormir, mais je me suis réveillé à cinq heures et le fracas ne cessait pas. Je peux vous dire que j'avais peur de regarder par la fenêtre. »

Les Œufs de dragon arrivèrent. C'était un plat joliment coloré, une rosace de pinces de homard et de crevettes grises et roses, garnie de germes de soja et de carottes râpées, nappée d'une sauce jaune. Wexford, qui avait oublié de sortir de sa bague d'argent la serviette de lin aux motifs d'anémones et d'oiseaux de paradis, vit Raffy la déployer gracieusement sur ses genoux.

« Et l'eau a continué à monter toute la journée, dit-il.

— Absolument. Les enfants Dade et Ms Troy auraient pu sortir à n'importe quelle heure dimanche pour aller voir les crues, et c'est à ce moment-là qu'ils seraient tombés à l'eau.

— Impossible », dit Wexford.

Juste à ce moment-là, la porte s'ouvrit et Dora entra avec Callum Chapman. Au début, ils ne le virent pas. Mais quand Raffy les conduisit à leur table, Dora jeta un coup d'œil dans la salle et l'aperçut. Tous les deux s'approchèrent ; Wexford commençait à remercier Chapman pour son aide quand, regardant alternativement les deux policiers, ce dernier sourit – au moins, il avait souri – et l'interrompit de sa voix lente et morne :

« Alors, on tire au flanc ? C'est comme ça que vous gaspillez nos impôts ? »

Wexford fut soudain si furieux qu'il ne put rien répondre. Il se détourna pendant que Dora cherchait à détendre l'atmosphère. Il n'était plus question de lui présenter Burden, et la mère et l'amant de Sylvia regagnèrent leur table. Wexford n'aurait su dire si sa femme avait encore faim après ça, mais Chapman lui avait coupé l'appétit. Burden jeta un coup d'œil par-dessus son épaule.

« Qui était-ce ?

— Visiblement, mes filles ne choisissent pas leurs hommes aussi bien que leur mère, dit Wexford en essayant vainement de faire de l'humour. Le nouveau mec de Sylvia.

— Vous me faites marcher.

— Non, malheureusement.

— Il faut de tout pour faire un monde.

— Oui, eh bien moi, je préférerais qu'il y ait seulement deux ou trois sortes de gens. Des hommes prévenants, aimables et amusants, des types sensibles et imaginatifs, tolérants et indulgents, avec une conversation intéressante, ce genre de gars. Pas des salauds mesquins et suffisants comme celui-là. »

Ils finirent leur repas et Burden paya l'addition.

« Vous savez, ce qu'il a dit, ce n'était pas si grave, fit-il en se levant. Vous ne croyez pas que vous l'avez pris un peu trop à cœur ? Les gens racontent toujours ce genre de choses sur nous.

« — Oui, mais ils ne couchent pas tous avec ma fille. »

Burden haussa les épaules.

« Vous alliez m'expliquer pourquoi vous ne pensiez pas que ce T-shirt prouvait qu'ils étaient tous les trois tombés à l'eau. »

Wexford monta dans la voiture.

« J'ignore s'ils sont tombés à l'eau ou pas. Je veux dire qu'ils ne se sont pas noyés. Si Sophie portait ce T-shirt, comment aurait-elle pu le perdre ? Je l'ai bien examiné, il a un col assez étroit – c'est bien ce qu'on appelle un ras-du-cou ? (Burden opina.) Il aurait pu être emporté si elle était tombée dans les chutes du Niagara, mais pas dans le Kingsbrook. En plus, ne l'aurait-elle pas porté sous une veste ou un imperméable ? Et si oui, où est-il ? Vous allez dire que nous finirons bien par le trouver. C'est possible. D'ailleurs, cet après-midi, nous devrons identifier précisément les manteaux qui manquent chez les Dade.

— Si Sophie ne l'a pas perdu dans l'eau, qu'est-ce qu'il y faisait ?

— On l'a mis là pour nous faire croire qu'elle s'était noyée, et pour brouiller les pistes. Pour nous ôter l'envie d'aller chercher plus loin, du moins pendant un temps. »

Katrina reconnut le T-shirt, bien qu'ils fussent déjà certains qu'il appartenait à sa fille. À nouveau, elle réagit de manière calme et sensée face à une chose liée à l'apparence.

« Giles et Sophie les ont fait faire. C'était au mois

d'avril, lorsque nous sommes partis en vacances en Floride. Vous pouvez jeter un coup d'œil à celui de Giles, il est dans sa chambre.

— Merci, mais nous l'avons déjà vu, Mrs. Dade.

— Avec ça, vous allez peut-être admettre qu'ils se sont noyés. (Elle avait à nouveau changé d'avis. Après s'être reproché d'avoir ne fût-ce qu'envisagé cette possibilité, elle s'était remise à y croire.) Oh, j'aimerais tellement que mon mari soit là. Je veux qu'il vienne. Pourquoi travaille-t-il toujours quand j'ai besoin de lui ? »

Nul ne pouvait répondre à cela.

« Je veux les corps de mes enfants. Je veux leur donner une digne sépulture.

— Nous n'en sommes pas là, Mrs. Dade », dit Burden.

Il lui assura que les hommes-grenouilles avaient recommencé à plonger dès que le T-shirt avait été trouvé.

« Juste par précaution, dit-il, refoulant son avis personnel. Nous n'acceptons pas la théorie de la noyade, toujours pas. Nous aimerions profiter de notre visite pour voir exactement quels manteaux, ou quelles vestes, Giles et Sophie portaient quand ils ont quitté cette maison. Ils ont forcément dû en mettre.

— J'ai été assez surprise que Sophie ait pris son anorak marron, dit-elle. Je me demande pourquoi. Alors qu'elle avait une veste neuve jaune canari, à doublure écossaise. Elle l'adorait. Elle l'a choisie elle-même. »

Moi, je vois bien pourquoi, se dit intérieurement

Wexford. Pour qu'on ne l'identifie pas aisément, pour qu'on ne la repère pas à un kilomètre. Ce pouvait être aussi une bonne raison pour se débarrasser du T-shirt. Ou pour qu'une autre personne le fasse et persuade Sophie de ne pas mettre la veste jaune...

« Ms Troy voyait-elle beaucoup son ancien mari, Mrs. Dade ?

— Non, jamais.

— Il s'appelle Ralph Jennings, je crois, et il vit à Reading.

— Je ne sais pas où il habite. (Katrina, qui était incapable de se conduire avec naturel et dont l'affectation frisait la maladie, paraissait hésiter sur l'attitude à prendre envers Joanna Troy. La jeune femme était-elle toujours son amie, ou bien une ennemie ?) Je lui ai dit un jour qu'il y avait une chose qu'elle ne pouvait pas connaître, je ne sais plus trop quoi, parce qu'elle n'avait jamais été mariée. Et elle m'a répondu que si, elle avait eu un mari. "Cela peut sembler incroyable, mais j'ai été un jour une Mrs. Ralph Jennings." Puis elle s'est mise à rire. Je me souviens du nom, je ne sais pas pourquoi. Elle n'est pas faite pour le mariage, ça se voit.

— Pour quelle raison ? demanda Burden.

— Mon mari pense que c'est parce qu'elle est lesbienne. Il dit que ça saute aux yeux. (Sur quoi, elle battit des paupières, prenant un air effarouché qui les mit mal à l'aise.) Il affirme qu'il reconnaît toujours les gouines. »

Wexford se dit qu'il avait rarement eu affaire à un homme aussi déplaisant. Comparé à lui, Chapman était un ange.

« Il dit que je suis naïve, qu'il est content que je ne l'aie pas su avant, parce que ça prouve qu'elle n'a jamais essayé avec moi. » Katrina réussit à produire un frisson convaincant, puis elle ajouta : « C'est Joanna qui a fait ça, n'est-ce pas ? Qui les a emmenés je ne sais où, dans un endroit risqué ? C'est peut-être elle qui les a noyés, non ? »

Avant même que Wexford ait pu trouver quoi lui répondre, la porte de la maison claqua et Dade entra à grands pas.

« Tu voulais que je vienne, lança-t-il à sa femme, eh bien, me voilà. Je reste dix minutes. »

Il jeta un coup d'œil exaspéré à Wexford.

Celui-ci demanda :

« J'aimerais avoir une liste des amis de vos enfants. Ce sont sans doute des camarades d'école. Leurs noms et leurs adresses, s'il vous plaît. »

Katrina se leva, s'approcha des portes-fenêtres et, en se tenant d'une main au rideau, elle regarda dehors. Montrant clairement son impatience, son mari écrivit, d'une écriture large et penchée, sur la feuille de papier que lui avait donnée Wexford. Il traversa la pièce pour prendre un annuaire.

« Que faites-vous dans la vie, Mr. Dade ? »

Il posa violemment son stylo.

« Qu'est-ce que mon métier a à voir avec cette enquête ? Vous pouvez me le dire ?

— On ne sait jamais. Rien, probablement. Mais j'aimerais savoir. »

Il se remit à écrire.

« Je suis marchand de biens.

« — N'est-ce pas ce qu'on appelle un agent immobilier? » s'enquit Burden.

Dade ne répondit pas. Il tendit la liste à Wexford.
Katrina se retourna et dit avec exaltation :

« Regardez, le soleil est revenu! »

Il était apparu, en effet, dans un halo brumeux.
Leur jardin, les arbres et les buissons, et les dernières
fleurs d'automne, luisaient sous un million de
gouttes d'eau. Décrivant une courbe sur les coins de
ciel bleu et les nuages gris ardoise, un arc-en-ciel
avait un pied à Forby, et l'autre dans la vallée de la
Brede.

« Je peux garder le T-shirt de ma petite fille ?

— Je crains que non, Mrs. Dade. Pas maintenant.
Mais il vous sera rendu plus tard, bien sûr. »

Wexford n'aimait pas avoir à formuler les choses
ainsi, mais il n'avait pas trouvé de meilleure expression. Pour lui, cela rappelait à l'évidence l'autopsie.

Soudain, au moment où il gagnait la porte avec
Burden, Katrina se jeta à ses pieds, enserrant ses
genoux de ses bras. Cela ne lui était encore jamais
arrivé et, chose rare chez lui, il fut extrêmement
gêné.

« Ramenez-moi mes enfants, Mr. Wexford! Vous
allez retrouver mes enfants chéris? »

Après, comme il le raconta à Dora, il ne savait
trop comment Burden et lui avaient pu s'esquiver.
Ils entendirent le marchand de biens reprocher
avec hargne à sa femme de « s'être donnée en spectacle », tout en s'efforçant de la relever.

« J'aimerais aller voir ce que fait Subaqua, dit

Wexford quand il se fut remis de son embarras. Où en sont les plongeurs ?

— Ils sont retournés au pont, pour sonder encore une fois les eaux du Kingsbrook. C'est la partie la plus profonde. Apparemment, ils ont fermé le barrage. Vous saviez qu'on pouvait faire ça ?

— Non, mais comme on peut fermer les chutes du Niagara, cela ne m'étonne pas. »

« Je croyais qu'on avait cherché à localiser la voiture de Joanna Troy ? Ou plutôt, qu'on avait vérifié qu'elle n'était pas garée dans le secteur ?

— On l'a fait hier. On n'a pas retrouvé de Golf bleu foncé avec ce numéro d'immatriculation dans la région. La, euh... dent est partie au labo de Stowerton pour je ne sais quels examens. Peut-être juste pour établir que c'est bien une couronne. »

En bottes de caoutchouc et cape de pluie, ils se tenaient sur le pont de bois provisoire, construit le jeudi lors d'une accalmie, pour que les riverains puissent gagner le terrain plus sec de la rue principale. Le beau temps du mercredi se maintenait et, comme toujours, chacun espérait que c'était moins une accalmie que la fin de la pluie. Mais les nuages étaient trop gros et trop sombres, le vent trop vif et la température trop douce. En amont, les hommes-grenouilles plongeaient dans les eaux du barrage. L'eau était toujours plus profonde à cet endroit, et les enfants du coin en avaient fait leur lieu de baignade. À coup sûr, un nouveau membre du conseil municipal n'allait pas tarder à donner l'alarme dans un journal national : « Tôt ou tard, il y aura un malheur... » L'eau avait encore monté, et elle s'élargissait, créant une mer intérieure dont les confins s'élevaient jusqu'au jardin de Wexford. L'idée d'une malédiction bien réelle avait traversé tous les esprits, sauf le sien.

Il n'aurait jamais pensé voir un jour un bateau sur cette eau. L'homme-grenouille remonta à la surface en se cramponnant au plat-bord. Wexford se demanda si c'était celui auquel il avait parlé sur la Brede. Tout était si mouillé et si dégoulinant qu'il ne sut pas si la goutte froide qu'il reçut sur la joue était le début d'une nouvelle averse ou si c'était Burden qui l'avait éclaboussé en faisant des ricochets dans l'eau. Mais elle fut suivie d'une autre et puis d'une autre, et, dans une avalanche de gouttes, la pluie se mit à tomber pour de bon, menaçant de les tremper. Ils regagnèrent la voiture en pataugeant. Le radiotéléphone de Wexford était en train de sonner.

« Freeborn veut me voir. (Sir James Freeborn était le chef constable adjoint.) Il avait l'air ravi que nous soyons ici à *observer les opérations*, comme il dit. Je me demande pourquoi. »

Il ne tarda pas à le savoir. Wexford trouva Freeborn installé dans son bureau sans vergogne. C'était ce qu'il faisait toujours quand il venait à Kingsmarkham, au lieu de le convoquer au siège à Myringham. Il n'y avait rien de personnel dans cette pièce et Wexford n'était pas homme à y mettre des photos de sa femme et de ses enfants. Pourtant, il trouvait toujours Freeborn assis dans son fauteuil, fouinant dans les fichiers de son ordinateur et même, un jour où il était rentré plus tôt que prévu, la main et le nez dans un de ses tiroirs. Cette fois, il n'était pas assis, mais debout devant la fenêtre, contemplant, dans le jour déclinant et à travers la pluie brumeuse, les nappes d'eau qui s'étendaient depuis la forêt de Cheriton.

« On se croirait en Suisse », remarqua-t-il sans détourner les yeux.

Un lac et une forêt de pins... Oui, peut-être un peu.

« Vous trouvez, monsieur ? Pourquoi désiriez-vous me voir ? »

Pour le voir, Freeborn fut obligé de se retourner, ce qu'il fit avec lourdeur. « Asseyez-vous », dit-il, en prenant le fauteuil de Wexford.

La chaise qui faisait face au bureau n'était pas tout à fait assez grande pour la corpulence de Wexford, mais il n'avait pas le choix et s'installa malaisément.

« Cette femme et ces enfants sont quelque part là-dessous. (Freeborn eut un geste impatient vers la fenêtre.) Ici, ou dans la vallée de la Brede. Forcément. La découverte de ce, euh... vêtement, l'a confirmé, non ?

— Je ne pense pas. C'est plutôt, à mon sens, ce que Joanna Troy veut nous faire croire.

— Vraiment ? Et vous avez la preuve que Ms Troy a enlevé les enfants ? Voire même assassiné ?

— Non, monsieur, je ne l'ai pas. Mais il n'y a absolument rien qui prouve qu'ils soient allés dans l'eau, encore moins qu'ils se soient noyés. D'ailleurs, où est la voiture ?

110

— Sous l'eau aussi, dit Freeborn. J'ai été à Framhurst moi-même, j'ai bien vu que la route avait été engloutie par les eaux. Il y a une pente raide entre cette route et la vallée – ou plutôt, il y avait. Ils étaient tous dans la voiture, l'eau montait et elle a essayé de conduire à travers le déluge. La voiture a basculé, et a dégringolé la pente avec ses passagers. C'est simple. »

Alors, comment le T-shirt avait-il dérivé entre le pont du Kingsbrook et le barrage, sur une distance d'au moins cinq kilomètres ? En admettant que les corps puissent être là, que les plongeurs ne les aient toujours pas trouvés, les hommes-grenouilles n'auraient tout de même pas manqué de repérer une automobile. Et l'eau n'avait pas commencé à monter avant samedi, tard dans la nuit, de sorte que cette balade en voiture, sans doute pour aller voir les crues, n'aurait pu avoir lieu avant le dimanche matin, et plus probablement l'après-midi. Dans ce cas, pourquoi Giles Dade n'était-il pas allé à l'église, *comme il le faisait toujours* ? Pourquoi sa sœur portait-elle une veste sombre, anonyme, alors qu'elle en avait une jaune, toute neuve, qu'elle adorait ?

Wexford savait qu'il ne servait à rien de parler de tout ça. « Je persiste à penser qu'il faut chercher à les localiser ailleurs, monsieur. Je crois qu'ils ont tous quitté la maison samedi soir avant le début des inondations.

— Pour quelle raison ? »

Il pouvait imaginer le visage de Freeborn s'il disait : « Parce que Giles n'est pas allé à l'église. » Il ne le ferait pas, de toute façon. Freeborn ne lui en donnait pas l'occasion.

« Je veux que vous interrompiez ces recherches, Reg. Que vous mettiez fin à cette *localisation*, comme vous dites. Laissez cela aux gens de Subaqua. Ils sont très compétents et ils vont bientôt recevoir des renforts de Myringham. Leur chef – avec qui, soit dit en passant, je suis très lié au Rotary Club – m'a assuré qu'ils mettraient tout en œuvre pour les retrouver. S'ils sont au fond de l'eau, ce qui ne fait pas de doute, ils les retrouveront. »

S'ils sont au fond de l'eau... Mais ils n'y étaient pas, ne pouvaient pas y être. Et on perdait du temps, il avait pu se passer n'importe quoi... Quand il rentra chez lui, il demanda à Dora si elle pouvait lui trouver un site sur Internet. Dora avait suivi des cours et excellait en informatique.

« Oui, je crois.

— Ça s'appelle www.langlearn.com. Et quand tu y seras, appelle-moi pour me le montrer.

— Chéri, lui dit-elle avec indulgence, cela n'est pas la peine. Je peux te l'imprimer. (Elle chercha un langage qu'il puisse comprendre.) Tu verras. Ce sera comme un journal ou un livre. »

Et c'était vrai. « Page 1/2 », lisait-on en haut de la feuille. Puis, en caractères Times New Roman, corps trente-six : « Un français fabuleux avec Joanna Troy. » La photo était floue, difficilement reconnaissable. Il y avait une page de texte, quasiment incompréhensible pour Wexford, non parce qu'elle était en français, ce n'était pas le cas, mais à cause du langage cybernétique qu'il ne pouvait pas suivre. Une colonne en bas à gauche, continuant sur la page suivante, proposait vingt ou trente rubriques, dont *Tous vos mots à vous, Les verbes sans peine, Manuels de base, La tchatche immédiate*. On cliquait sur celle qu'on voulait. Dora avait apparemment cliqué sur *Tous vos mots à vous* et téléchargé la page 1 (il y en avait 51). Elle contenait un lexique instructif, mais pas un mot dont il puisse imaginer se servir lui-même. Ici, les élèves pouvaient apprendre les équivalents français des termes de la pop music, *House* et *Garage*, des types de cigarettes et, soupçonna-t-il, des sortes de cannabis, des boissons préférées et des vêtements d'adolescents, « minijupe », « débardeur », « jean délavé » et « talons compensés », où, quand et comment acheter des préservatifs, et ce que dirait une jeune Française pour acheter la pilule du lendemain.

Cela lui apprenait-il quelque chose sur Joanna Troy ? Peut-être. Elle comprenait bien, par exemple, ce que les jeunes de l'âge de ses anciens élèves demandaient à Internet. Elle était sans inhibitions, nullement choquée par le libre accès aux moyens contraceptifs et par l'usage des drogues. Elle était ce qu'on appelait à son époque « branchée » et, du temps de son père, « à la page ». Elle ne portait peut-être pas de vêtements à la mode, mais elle connaissait bien les tenues des adolescents. Néanmoins, pourquoi supposer que tous ceux qui voulaient apprendre le français avaient moins de dix-huit ans ? Et pourquoi leur demander de maîtriser un langage bien plus obscur que la langue qu'elle se proposait d'enseigner ?

Mais l'abîme qui la séparait de Mrs. Dade se voyait dans tous les mots du texte qu'il pouvait comprendre, et peut-être même plus dans ceux qu'il ne comprenait pas. Malgré la différence d'âge, elle avait nettement plus de points communs avec les enfants Dade. Bien plus qu'avec leur mère, qui, il en était sûr, aurait simplement défini « garage » comme un endroit où l'on mettait sa voiture, et « joint », comme un bout de caoutchouc assurant l'étanchéité d'un conduit.

La réponse à ce qu'il cherchait devait se trouver dans les raisons de l'amitié de Mrs. Dade et Joanna Troy, quelles qu'elles soient. Pour Katrina, c'était évident. Elle était flattée par les attentions d'une femme plus jeune et plus intelligente qu'elle. En outre, elle était ce que les psychothérapeutes, ce que la fille de Wexford, appelaient un sujet « en demande ». Mais quelles étaient les raisons de Joanna ? Peut-être finiront-elles par apparaître, se dit-il en glissant le tirage papier dans sa poche.

6

D'après l'Agence pour l'environnement, le sol du Mid-Sussex, en fait, tout le sud de l'Angleterre, était gorgé d'eau. Même quand la pluie s'arrêterait, l'eau accumulée ne pourrait pas s'écouler. Sheila Wexford, qui avait atterri à Gatwick en rentrant des États-Unis, vint passer une soirée chez ses parents et leur raconta que la descente de l'avion avait ressemblé à un atterrissage en hydravion ; ils avaient survolé des milliers d'hectares d'inondations et des collines émergeant des eaux comme des îles.

Les jours passaient, des jours de pluie, des jours humides. Mais la pluie faiblissait, les déluges faisaient place aux averses, les ondées à la bruine. Le week-end était nuageux et le ciel menaçant, mais ce que la météorologie nationale avait longtemps appelé les « précipitations », un nom absurde abandonné récemment, avait enfin cessé. Cela faisait une semaine que Joanna Troy et les enfants Dade avaient disparu. Le lundi, un pâle soleil se montra, et le vent, au lieu d'agiter la surface des eaux, la rida légèrement. Et contrairement aux sinistres présages, leur niveau commença à baisser.

Dans le jardin de Wexford, l'eau n'avait jamais atteint les plus hauts sacs de sable, mais, pendant de longs jours, elle avait léché les murs en formant une mare inquiétante. Le lundi, le niveau diminua au fil des heures. Ce soir-là, Wexford descendit ses livres au rez-de-chaussée, avec les meubles préférés de sa femme.

Subaqua, qui avait son siège à Myringham, venait d'ouvrir un bureau provisoire à Kinsgmarkham. Sa seule utilité, de l'avis de Wexford, était de le soulager des parents Dade lorsque leurs demandes se faisaient trop pressantes. Mais elles étaient assez naturelles, ces demandes, et en fait il commençait à éprouver une grande compassion pour eux. L'irritation causée par les larmes de Katrina et par la brusquerie de son mari s'effaçait derrière une pitié irrépressible pour un couple dont les enfants avaient disparu, et qui devait se sentir totalement démuni face à un enquêteur forcé de suspendre temporairement son enquête. Elle, du moins, devait passer de longues heures dans la remorque de Subaqua garée sur le côté sec de Brook Road, près de la Société nationale de crédit immobilier, à attendre des nouvelles qui ne venaient pas. Et le temps que Roger Dade prenait sur son travail devait être pour lui un supplice. Ni l'un ni l'autre n'avaient l'air d'avoir mangé depuis une semaine.

George et Effie Troy, maintenant aussi anxieux que les autres parents, demandaient eux aussi à le voir, et il les dirigeait également vers Subaqua.

En fait, il n'avait pas totalement obéi à l'ordre de Freeborn, jugeant qu'il s'appliquait seulement à sa part active dans cette affaire. L'assistance passive était une autre histoire. Il ne pouvait pas (ou ne voulait pas) empêcher les gens de venir le voir pour lui exprimer leurs craintes. Bien sûr, il avait la possibilité de les envoyer à Subaqua, mais ce n'était pas une raison pour ne pas les écouter d'abord?

Le premier parent arriva pendant qu'il lisait le rapport du labo sur le petit objet que Lynn Fancourt avait trouvé à *Antrim*. C'était une dent, ou plutôt, une couronne dentaire, en or et en porcelaine. Il n'y avait pas lieu de supposer qu'elle avait été violemment séparée de la dent sur laquelle elle avait été fixée. Mais, de l'avis du légiste qui l'avait examinée, elle présentait un élément intéressant, des traces d'adhésif; or, Joanna Troy aurait pu acheter ce produit dans une pharmacie pour consolider sa couronne au cas où elle aurait été, disons, dans l'incapacité d'aller voir son dentiste. Wexford ne savait trop si cela avait un intérêt ou non. Il avait beau ne pas avoir de couronnes dentaires, s'il en avait eu une qui s'était détachée, il aurait pu recourir à ce genre d'adhésif, surtout si cela l'avait fait souffrir. Tout le monde le ferait sûrement en attendant. On rafistole sa dent, et on prend rendez-vous chez son dentiste.

Peut-être souffrait-elle en ce moment. Allait-elle chercher un dentiste à l'endroit où elle se trouvait? Et Wexford devait-il faire quelque chose à cet égard? Alerter tous les dentistes du pays... Non, c'était impossible, car Freeborn lui avait interdit de poursuivre l'enquête. Au moment où il songeait à tout cela, Vine entra pour dire qu'une Mrs. Carrish voulait le voir. Matilda Carrish.

« Elle m'a donné son nom comme si elle s'attendait à ce que je le connaisse. Il vous dit peut-être quelque chose.

— Tout à fait. C'est une photographe, ou elle l'a été. Célèbre pour ses photos d'objets hideux qui font tache dans le paysage. (Il allait ajouter qu'elle avait eu aussi beaucoup de succès en exposant des portraits de gens de la rue à la National Portrait Gallery, quand il s'interrompit, devant l'air dégoûté de Vine.) Elle doit commencer à vieillir maintenant. Qu'est-ce qu'elle veut ?

— Vous voir, monsieur. C'est la grand-mère des enfants Dade. La mère de Roger Dade.

— Vraiment ? »

C'est si invraisemblable, pensa-t-il. L'était-elle réellement ? Les policiers étaient toujours confrontés à des foules d'imposteurs dans ce genre d'affaires. S'il avait eu à s'imaginer la mère de Roger Dade, vu la boucle d'oreille en perle et le « vieille bique » humiliant dont l'avait gratifiée Katrina, il se serait figuré une créature artificielle et intrusive. Une femme qui n'aurait jamais travaillé, et aurait eu peu d'occupations ou de passions pour apaiser sa frustration chronique.

« Vous feriez mieux de la faire monter ici », dit-il, curieux maintenant de voir à quoi elle ressemblait, qu'elle fût ou non ce qu'elle disait être.

Le fait que Matilda Carrish commençait en effet à vieillir se voyait à son visage ridé et ses cheveux argentés, mais pas dans sa démarche, son maintien et son agilité. Elle était fine et souple, mais ses gestes n'étaient pas nerveux comme ceux de sa belle-fille. Elle lui tendit une main sèche et froide, sans bagues, aux ongles coupés court. Il lui arrivait parfois de ne pas prendre les mains qu'on lui tendait, mais il prit la sienne et fut bizarrement surpris par la fragilité de ses os. Se rappelant la photographie dans la chambre de Sophie Dade, il sut aussitôt qu'elle était bel et bien sa grand-mère.

Le tailleur-pantalon noir qu'elle portait avait été créé pour une jeune femme. Pourtant, il lui allait parfaitement, comme s'il avait été fait sur mesure, ce qui était peut-être le cas. Malgré son nez aquilin, ses joues anguleuses et ses lèvres minces, il reconnut les traits de Roger Dade. Et il se rendit compte qu'en étoffant et en défroissant un peu son visage, en le lissant et en l'arrondissant, la mère et le fils se ressembleraient comme des jumeaux.

Elle alla droit au but, sans préambule ni excuses.

« Que faites-vous pour retrouver mes petits-enfants ? »

C'était la question que redoutait Wexford. C'était lui qui devait y répondre, pas Freeborn, et il savait que toutes les réponses qu'il donnerait pourraient sembler bien faibles, et donner l'impression que la police n'agissait pas. Toutefois, il essaya. Mrs. Dade avait cru dès le départ que ses enfants s'étaient noyés et la police partageait à présent cet avis. Aujourd'hui, ou demain au plus tard, les eaux auraient suffisamment baissé pour que cela soit hors de doute.

« J'ai cru comprendre que des hommes-grenouilles avaient sondé toutes les zones inondées.

119

— C'est vrai et... (Il pouvait utiliser ces mots devant une grand-mère, pas devant des parents.)... on n'a pas retrouvé de corps.

— Alors – si je vous comprends bien –, pourquoi n'a-t-on pas élargi les recherches ? Avez-vous alerté les ports et les aéroports ? Et d'autres instances policières ? Je crois savoir qu'il existe à présent un fichier national des personnes disparues. Y a-t-on inscrit Giles et Sophie ? »

Elle avait plus l'air d'une journaliste que d'une photographe. Sa voix était brusque et directe, et son regard perçant. Quand elle avait commencé à parler, ses yeux bleu turquoise s'étaient fixés sur Wexford et ne l'avaient plus quitté. Il lui répondit, sans conviction :

« Les passeports des enfants sont là. Ms Troy n'a pas pu, par exemple, les emmener à l'étranger. »

Elle haussa les épaules, de la même manière que son fils. Pour la première fois, elle exprima une opinion :

« Je suis allée trois jours chez mon fils en octobre. J'ai trouvé ces enfants exceptionnellement mûrs pour leur âge. Mûrs, et aussi particulièrement intelligents. Je ne sais pas si on vous a dit que Giles a passé brillamment l'épreuve de français du GCSE au printemps dernier. »

Je me demande s'il s'est débrouillé pour placer *garage* et *minijupe* dans sa dissertation, pensa Wexford.

« Sophie sera une scientifique un jour, poursuivit Matilda Carrish. Cela me dépasse qu'ils aient eu besoin d'une garde d'enfants. C'est une fille de treize ans responsable et son frère a presque seize ans. Non, il les a déjà. C'était son anniversaire il y a deux jours.

— Un peu jeunes pour rester seuls.

— Vous trouvez? Un garçon ou une fille peut se marier à seize ans, inspecteur principal. À en croire les journaux, une grande partie de la population féminine de ce pays a des enfants à treize, quatorze ou quinze ans, et les autorités locales installent les jeunes mères dans des appartements avec leurs enfants. Personne ne les garde, ce sont elles qui gardent leurs bébés.

— La décision de faire garder Giles et Sophie a été prise par leurs parents, soutint Wexford. (Décidément, la femme que Dade avait épousée était bien différente de sa mère.) Nous n'avons pas de raison (il faillit ajouter "pour l'instant", mais il se retint) de voir en Ms Troy une criminelle. Quoi qu'il ait pu leur arriver à tous les trois, elle peut être une victime aussi innocente que vos petits-enfants. »

Matilda Carrish sourit. Il n'y avait pas d'humour dans ce sourire. Elle étira les lèvres comme une femme consciente de détenir une information qu'il ne possédait pas, avec une expression de triomphe.

«Vous croyez? Je vois que vous ignorez pourquoi Joanna Troy a quitté son poste d'enseignante à Haldon Finch. Je vais vous le dire. Elle a été renvoyée pour avoir volé un billet de vingt livres à un de ses élèves. »

Wexford hocha la tête, sans répondre. Il se rappela que, d'après le fils de cette femme, Joanna Troy avait cessé d'enseigner parce qu'elle ne supportait pas la conduite de certains élèves de sa classe.

« Si nous avons besoin d'élargir nos recherches, dit-il, vous pouvez être sûre que nous enquêterons sur les antécédents de Ms Troy. Maintenant, si vous n'avez rien à ajouter, Mrs. Carrish...

— Oh, mais si. Je dois vous avertir que ce matin à la première heure, avant même de venir ici – j'habite le Gloucestershire –, j'ai pris contact avec une agence de détectives privés, Search and Find Limited, à Bedford Square. Je vous donnerai son numéro de téléphone.

— Bedford Square, à Londres ? demanda Wexford.

— Y a-t-il une autre place de ce nom ? »

Wexford soupira. Elle ferait un excellent témoin, se dit-il, en la raccompagnant jusqu'à la porte et en fermant le battant derrière elle. Une bouffée de son parfum avait flotté brièvement jusqu'à lui, mais il avait senti aussi une autre odeur. Était-ce... du cannabis ? Non, pas à son âge, pas chez une femme comme elle. L'eau de Cologne de Mrs. Carrish devait contenir un ingrédient à l'odeur voisine, et avec son odorat très fin, Wexford l'avait discerné.

Il chassa cette idée de son esprit. Il ne lui avait pas demandé si elle s'entendait bien avec ses petits-enfants, et il était trop tard maintenant. Il était difficile d'imaginer que de jeunes enfants puissent l'aimer, mais bien sûr, Giles et Sophie étaient déjà grands. Pourtant, il la voyait mal avoir des affinités avec des adolescents, faire des concessions pour eux, et partager leurs intérêts. Savait-elle, par exemple, ce qu'était le hip-hop ? Ou le *gangsta rap* ? Connaissait-

elle Eminem ? La vente libre de la pilule du lendemain voulait-elle dire quelque chose pour elle, et si
oui, la condamnait-elle ? Elle avait parlé des mères
adolescentes comme d'une espèce particulière, qui
ne pouvait exister qu'avec l'aide d'une autorité misé-
ricordieuse.

Mais que penser de la version qu'elle lui avait
donnée sur la raison ayant poussé Ms Troy à quitter
son métier ? Si elle était vraie, pourquoi les Dade ne
lui en avaient-ils pas parlé ? Pourquoi Roger Dade
avait-il pris soin de l'étouffer ? Wexford n'arrivait pas
à faire cadrer Matilda Carrish avec le couple Dade.
À part une ressemblance physique, elle semblait
n'avoir rien en commun avec son fils. Il se pouvait,
bien sûr, qu'elle ait inventé cette histoire de vol. Il se
gardait bien de croire qu'une personne à l'air franc,
direct, sachant bien s'exprimer, évitant les circonlo-
cutions et répondant avec précision, était forcément
sincère et honnête. Il suffisait de penser aux escrocs
de génie. Il s'approcha de la fenêtre et regarda le
paysage. Trempée ou non, la terre pouvait encore
absorber de l'eau, et elle en absorbait. Il voyait reculer les inondations, l'eau s'enfoncer dans un sol
encore assez spongieux pour la recevoir, les prés
réapparaître et les saules émerger, avec leurs troncs
et leurs branches fines que le vent faisait à nouveau
osciller.

Supposons, lorsque la Brede ne serait plus un lac
et redeviendrait une rivière, que l'on découvre une
Golf bleue couverte de boue dans ce qui avait été
l'endroit le plus profond. Supposons aussi que trois
corps, bien que gonflés par des gaz, ne soient pas

remontés à la surface parce qu'ils étaient restés *à l'intérieur* de la voiture. La raison lui disait que c'était impossible, que la Golf ne pouvait pas être tombée au plus profond du lac à moins d'avoir été garée sur la rive, à moins que tous ses occupants aient été inconscients pendant que l'eau montait. Supposons que ce soit le cas et qu'ils aient succombé à des émanations de monoxyde de carbone... Impossible, mais Burden et Freeborn devaient avoir pensé à quelque chose comme ça. Et si oui, quand Joanna Troy s'était-elle garée sur la berge ? Dimanche matin ? Sous la pluie battante et bien qu'on ait annoncé des inondations ? En tout cas, Giles ne serait pas venu. Il serait allé à l'église...

Wexford n'arrêtait pas de réfléchir à tout cela. Il enfila son imperméable, plus par habitude que par nécessité, et sortit s'acheter un sandwich pour le déjeuner. Il en profiterait pour aller voir le niveau des eaux. Pour la première fois depuis près de quinze jours, les trottoirs étaient secs. En passant par la grande rue, il remarqua que le cimetière de St Peter n'était plus inondé. Les pierres tombales ressemblaient à nouveau à des sépultures. Elles avaient cessé d'être des rochers affleurant sur la mer. Le parapet du pont du Kingsbrook était dégagé, et sa chaussée, maculée de traces de boue. Tout ce qui émergeait de la décrue, les murs, les lampadaires, les bornes et les poteaux indicateurs, avait un air trempé, non pas lessivé à grande eau, mais souillé de lignes de crasse, taché de boue et couvert de plantes poisseuses. Combien allait coûter la remise en état de ces structures ? Sans parler des maisons sinistrées, dont certaines avaient été inondées à deux reprises depuis septembre ? Les compagnies d'assurances allaient-elles les indemniser et leurs propriétaires pourraient-ils jamais les vendre ?

En rentrant, il fit un détour par le haut de York Street pour aller acheter son sandwich. On trouvait les meilleurs de Kingsmarkham au *Savoy Sandwich Bar*, où on les confectionnait devant vous. Il en choisit un au pain complet et au saumon fumé, sans pâte à tartiner. Le Dr Archbold lui avait interdit le beurre, sauf en petites quantités, lui défendant tellement de substituts que Wexford en avait oublié la moitié. Il était plus facile de s'en passer, mais il demanda un peu de cresson sur le saumon, non par goût, mais parce que son médecin l'avait conseillé. Le client suivant, un petit homme au col de clergyman, demanda le sandwich le moins cher, au fromage et aux pickles. Ce fut cela qui fit s'attarder Wexford, et son intuition se confirma quand le serveur lança à quelqu'un dans la cuisine :

« Comme d'habitude pour Mr. Wright ! »

« Vous ne me connaissez pas, dit Wexford, quand on leur tendit les sandwichs emballés. Deux de mes agents vous ont interrogé. Inspecteur principal Wexford, de la Criminelle de Kingsmarkham. »

Wright le regarda d'un air mal assuré. Beaucoup de gens réagissaient ainsi quand ils le voyaient pour la première fois. Ils se demandaient ce qu'ils avaient fait et ce qu'il leur voulait. L'air méfiant du pasteur fit place à un léger sourire.

« On n'a toujours pas retrouvé Giles et Sophie Dade ?

— Non. »

Ils quittèrent la boutique. Comme Wright tournait à droite et se dirigeait vers « la baraque », Wexford lui emboîta le pas. Alors le pasteur de l'Église du Saint-Évangile lui parla des inondations. À Kingsmarkham et dans les villages des environs, le sujet était au cœur de toutes les conversations, et cela durerait encore des semaines et des mois. Mais tandis qu'il parlait, un pâle soleil, juste une flaque de lumière, pointa entre les nuages.

« Quel genre de pureté de la vie... ? s'enquit Wexford quand ils s'arrêtèrent devant l'église, et la plaque qui portait cette inscription.

— Toutes sortes, en fait. La pureté de l'esprit et des actes. Une certaine propreté intérieure, si cela ne ressemble pas trop à cette mode actuelle appelant à purger le corps des toxines. (Wright rit de sa plaisanterie.) On pourrait dire que notre but est de délivrer la pensée, le corps *et* l'esprit des toxines. »

Wexford avait toujours eu du mal à faire la différence entre la pensée et l'esprit, à définir et à situer ces deux entités. Quant à l'âme... Il n'en souffla pas mot, mais demanda très simplement :

« Comment procédez-vous ?

— C'est un peu compliqué à expliquer sur un trottoir en plein midi. »

Wright partit d'un autre éclat de rire.

« En gros.

— Les gens qui veulent rejoindre notre congrégation doivent se confesser avant d'être acceptés. Nous les soumettons à une séance de purification et ils s'engagent à ne plus commettre de péchés. Nous comprenons la tentation, et si elle les tourmente, ils n'ont qu'à venir nous trouver – c'est-à-dire moi, et les anciens de l'Église –, et nous leur donnons toute l'aide que nous pouvons pour y résister. Maintenant, si vous voulez bien m'excuser... »

Wexford le regarda pénétrer dans l'église par une porte latérale, s'interrogeant sur ce qui avait pu pousser Burden à le qualifier de type « bien ». Ces séances de purification avaient l'air sinistres – comment pouvait-on être admis à y assister ? En demandant à entrer dans la communauté, se dit-il, mais il n'irait pas jusque-là.

« J'étais partie, commença la femme. Je me suis absentée quinze jours. Et quand je suis rentrée hier, un voisin m'a dit que Joanna avait disparu. »

C'était sa deuxième visiteuse inattendue, une femme de quarante ans, petite et ronde, vêtue de rouge. Elle était là depuis un bon moment et il avait dû avaler son sandwich en vitesse pour ne pas la faire attendre davantage. Des brûlures d'estomac le tiraillaient.

« Et vous êtes ? »

On le lui avait dit, mais il n'avait retenu que son prénom, Yvonne...

« Moody. Je suis la voisine de Joanna. Je pense qu'il y a une chose qu'il faut que vous sachiez. J'ignore ce que vous ont raconté les Dade et le père de Joanna, mais s'ils vous ont dit qu'elle aimait bien ces enfants et que c'était réciproque, ils se fourraient le doigt dans l'œil.

— Que voulez-vous dire, Mrs. Moody?

— Miss, répliqua-t-elle. Je ne suis pas mariée. Je vais vous expliquer. D'abord, n'allez pas vous imaginer qu'elle était très liée avec Mrs. Dade. Katrina avait peut-être de l'affection pour elle, mais Joanna ne la lui rendait pas. Loin de là. Elles n'avaient rien en commun. Je ne sais pas ce qui a pu les rapprocher, bien que j'aie ma petite idée. Joanna m'a dit un jour en revenant d'*Antrim* qu'elle allait cesser de fréquenter cette famille. Elle n'en a rien fait, mais elle m'a affirmé que c'était la dernière fois qu'elle ferait du baby-sitting pour eux – enfin, pas du baby-sitting, mais vous voyez ce que je veux dire –, elle y allait seulement pour Katrina, pour lui rendre service… et la semaine d'après, elle y est retournée.

— Pourriez-vous préciser quelle était votre petite idée?

— C'est évident, non? Elle aimait bien Roger Dade – un peu trop, à mon avis. Comme personne ne devrait se laisser aller à aimer un homme marié. Je ne le connais pas, j'ai seulement rencontré son fils, mais même si c'est un Adonis, c'était mal de faire ce qu'elle faisait. Elle m'a dit une ou deux fois que si Katrina continuait comme ça, avec toutes ses scènes, ses drames et ses larmes, elle le perdrait. Si ça ne veut pas dire qu'elle voulait la remplacer, alors, je ne vois pas. Je lui ai répondu qu'en plus de se conduire de façon immorale elle allait s'attirer des ennuis. On peut commettre l'adultère aussi bien dans son cœur que dans sa chair. Je le lui ai dit, mais elle a ri et refusé d'en parler. »

Wexford n'en était pas surpris. Il n'aurait sûrement pas voulu confier sa vie privée à cette femme. Au moment où Burden entrait dans son bureau, le téléphone sonna et on lui passa le chef constable adjoint.

«Vous pouvez reprendre l'enquête, Reg. Demain, nous pourrons être entièrement certains... (Freeborn avait l'air un peu gêné.) Il n'y a, euh... rien, sur les lieux des inondations. »

Aurait-il préféré y trouver trois cadavres et une voiture pleine d'eau?

Burden était allé à Framhurst, où le niveau baissait très rapidement.

« Comme si quelqu'un avait ouvert une bonde, précisa-t-il. Demain à cette heure-ci, on verra de nouveau les champs. »

C'était, aux yeux de Wexford, un peu trop optimiste.

« Et que fait-on de la vertueuse Ms Moody? Si ce qu'elle a dit est vrai, en quoi enlever Giles et Sophie aurait-il aidé Joanna? Cela n'aurait fait que monter leurs parents contre elle, le père compris. Ou alors, Ms Moody ne m'a-t-elle raconté que des mensonges?

— Qui sait? Il faut reconnaître qu'il y a des éléments étranges dans cette affaire. Je veux dire, qu'est-ce que Mrs. Dade pouvait avoir en commun avec une femme célibataire cultivée de quinze ans sa cadette? Katrina ressentait peut-être de l'admiration, mais Joanna? Ce que dit Ms Moody peut expliquer pourquoi elle s'est liée avec Katrina et allait parfois s'occuper de ses enfants. Mais il y a tant de choses que nous ignorons sur tous ces gens. Par exemple, il semble que le week-end où elle a disparu elle ait passé la nuit pour la première fois dans la maison...

— Non, j'ai posé la question. En avril ou en mai dernier, ils ne savaient plus trop, elle a dormi là-bas quand ils étaient à Londres, à une sorte de pince-fesses d'agents immobiliers. Dade ne voulait pas reprendre la route après, de peur d'avoir trop bu. »

Burden hocha la tête.

« D'accord. Les autres fois, elle est juste restée pour la soirée, mais il a bien dû y avoir des soirs où elle a gardé les enfants, pour que Mrs. Dade puisse sortir quand son mari travaillait tard. Seulement, il rentrait plus tôt que prévu, ou plus tôt qu'il ne l'avait dit à sa femme. D'autres fois, elle a pu venir exprès à pied, pour qu'il puisse la raccompagner chez elle.

— Je n'avais jamais pensé que vous étiez un tel expert en séduction, ou même en adultère. »

Burden, qui après un veuvage en était à son deuxième mariage, répondit avec franchise :

« Eh bien, vous le savez, j'ai commis ce qu'on appelait jadis la fornication, mais jamais l'adultère. Simplement, on repère ces choses-là dans notre métier.

— C'est vrai. Votre solution est ingénieuse, mais elle n'explique pas pourquoi Joanna a enlevé les enfants, si tant est qu'elle l'ait fait. Piquer un billet de vingt livres ne prépare pas vraiment à enlever deux personnes. Toutefois, si vos prévisions météo se vérifient demain ou je ne sais trop quand, et si l'on peut établir que la voiture et ces trois-là n'ont pas versé dans l'eau, on pourra reprendre les recherches.

— Mieux vaut d'abord alerter tous les dentistes d'Angleterre, au cas où ils recevraient une jeune femme qui a perdu une couronne dentaire. Ou bien leur demander s'ils n'en ont pas vu une en consultation récemment.

— Nous pouvons essayer, dit Wexford. Mais si elle est aussi intelligente que vous le dites, et je crois qu'elle l'est, bien que ce site Web ait pu me tromper, elle aura deviné que nous ferions le tour des dentistes ; et au lieu de faire consolider sa couronne par un professionnel, elle sera retournée chez un pharmacien pour acheter une autre boîte de ce truc adhésif. »

7

Lorsque les eaux se retirèrent, parmi les détritus qu'elles révélèrent, on vit une bicyclette, deux Caddie, un squelette de parapluie, les habituels paquets de chips, canettes de Coca-Cola et préservatifs, vêtements divers et baskets dépareillées ; de même qu'une chaise en osier, un prototype de caméra vidéo et un tapis indien.

Wexford attendit vainement une nouvelle directive de Freeborn. Puis il appela le siège, où on lui dit que le chef constable adjoint avait pris une semaine de congé.

« On continue, n'est-ce pas ? dit-il à Mike Burden.

— Est-ce vraiment utile de vérifier d'où viennent tous ces jeans et ces sweat-shirts ? Certains sont en lambeaux, à peine reconnaissables.

— Ça ne peut pas faire de mal. Demandez à Lynn de s'en occuper. Notre priorité doit rester les parents et l'enquête sur les antécédents de Joanna Troy. »

Très tôt ce matin-là, Wexford avait fait le tour de son jardin. Le constat avait été déprimant. Ce n'était pas qu'il fût lui-même bon jardinier. Il était incapable d'identifier la plupart des plantes, ne connaissait pas leurs noms latins ou linnéens, n'avait jamais su dire à laquelle il fallait du soleil, de l'ombre, beaucoup d'eau, ou très peu. Mais il aimait contempler le jardin, s'y reposer les soirs d'été, savourer ses parfums, son calme et sa beauté lorsque les fleurs pâles refermaient leurs pétales pour la nuit. Bien qu'il fût révolté par le poème de Brown, glorifiant les jardins avec maints adjectifs et expressions horribles – « Dieu marchait dans les jardins », vraiment ! –, il partageait son sentiment. Son jardin était un havre de paix. À présent, il ressemblait à un marécage, pire, à un marais mal asséché, abandonné à l'état de terrain vague. Les plantes qui y avaient poussé et qu'il avait appelées « cette charmante fleur rouge », ou « celle qui sent si bon », avaient disparu ou survécu sous forme de tiges trempées. C'était pour Dora qu'il était le plus triste. Elle avait créé ce jardin, choisi les plantes et les arbustes, elle les avait soignés et elle adorait cet endroit. Seule la pelouse avait été épargnée, honteusement parée d'un vert vif et brillant.

Il rentra dans la maison, ôta ses bottes et se mit en quête de ses chaussures. Dora était au téléphone. Elle disait : « C'est à toi de décider, non ? » Il sut alors qu'elle devait parler d'une chose désagréable, d'une chose qu'il n'avait pas envie de savoir.

Elle dit au revoir et raccrocha. Une seule personne, à part Burden, pouvait les appeler à huit heures du matin, et Dora n'aurait jamais parlé à Mike sur ce ton tranchant.

« Tu ferais mieux de dire ce que fabrique Sylvia.

— Cal s'installe chez elle. Apparemment, il l'avait déjà proposé avant, mais Neil ne voulait pas en entendre parler. À cause des garçons, je suppose.

— Cela ne m'étonne pas. Moi, j'aurais fait pareil.

— On dirait qu'il a retiré ses objections maintenant qu'il a quelqu'un de son côté. »

Il songeait à sa fille tout en roulant vers Forest Road. Dora et lui avaient-ils eu de la chance que leur mariage ait duré ? Ou bien, à leur époque, les gens s'efforçaient-ils davantage de maintenir leur couple et de rester soudés coûte que coûte – le divorce étant, non pas réellement scandaleux, mais un dernier recours ? Si la première femme de Burden avait vécu, ce mariage aurait-il tenu ? Il ne se rappelait pas avoir eu dans son enfance des camarades de classe aux parents séparés. Parmi les voisins et amis de ses parents, il n'y avait pas de divorcés. La moitié de ces unions étaient-elles donc malheureuses ? Ces ménages résonnaient-ils souvent de querelles éclatant devant les enfants ? Nul ne le saurait jamais. Il répugnait même à penser à ce qu'éprouvait son gendre Neil, pour qui il avait de l'affection et qui adorait ses deux fils. Et maintenant, il allait les voir confiés aux soins d'un nouveau père, auquel ils s'attacheraient peut-être plus. Allait-il leur donner aussi une belle-mère ? Tout cela parce que Sylvia le trouvait ennuyeux et qu'il ne lui parlait pas assez. Peut-être Wexford se montrait-il injuste, mais Cal n'était-il pas autrement plus raseur ? Avec le temps, sa beauté se fanerait et ses prouesses sexuelles, si elles faisaient aussi partie de ses attraits, diminueraient...

N'y pense pas, se dit-il, tandis qu'il gagnait avec Barry Vine la dernière rue de Kingsmarkham. Ce serait sa première entrevue avec le couple Troy, mais Vine leur avait déjà rendu visite. Il remarqua la corpulence de George, plus gros que Wexford ne l'avait jamais été au temps de ses excès, et aussi plus petit. Son épouse, visiblement une femme de caractère, avait des traits singuliers. Ces petites maisons gothiques au charme désuet, dispersées autour de Kingsmarkham et de Pomfret, n'étaient pas rares dans la région. Mais elles étaient sombres et exiguës, car le confort, même à l'époque de leur construction, y avait été sacrifié à l'idée fausse – celle du mouvement d'Oxford, puis de Ruskin – qu'un retour aux vertus médiévales serait profitable au pays. Il s'assit sur une chaise bien trop étroite pour lui.

Après avoir échangé quelques mots avec les Troy, il sut qu'Effie parlerait pour les deux. Elle était l'interlocuteur le plus cohérent et le moins émotif. Or, il avait une question délicate à poser.

« Je suis désolé d'avoir à vous demander ça, je ne le ferais pas si je ne le jugeais pas nécessaire... »

Effie posa sur lui un regard impénétrable.

« J'ai appris que votre fille avait renoncé à l'enseignement parce qu'on l'avait accusée d'avoir volé de l'argent à un élève.

— Qui vous a raconté une chose pareille ? (C'était le père qui posait la question, pas la belle-mère.)

— Je ne suis pas autorisé à vous répondre. Est-ce vrai ? »

Effie Troy répondit lentement, sur un ton mesuré. Wexford se dit soudain que si l'on devait avoir une belle-mère, comme ses petits-enfants bientôt, celle-ci ne serait pas si mal.

« Il est vrai qu'elle a été accusée par un garçon de seize ans d'avoir pris un billet de vingt livres dans son sac à dos. Plus tard, il s'est, euh... rétracté. C'était il y a quelques années. Vous avez raison : elle a *renoncé* à l'enseignement à cause de ça, et elle l'a fait de son plein gré. Elle n'a pas été renvoyée et on ne lui a pas non plus demandé de démissionner. Elle n'a jamais été inculpée de vol. »

Cela, Wexford le savait déjà. Il allait demander pourquoi elle était partie après avoir été apparemment disculpée, quand le père, incapable de se contenir plus longtemps, se lança dans une violente diatribe. Sa fille avait été persécutée, ce garçon était un psychopathe. Il l'avait accusée uniquement pour faire des histoires et attirer l'attention sur lui. Il la haïssait parce qu'elle lui demandait trop de devoirs. Effie écouta tout cela avec un sourire indulgent, puis caressa la main de son mari en lui disant comme à un enfant :

« Ça va, chéri, ne te mets pas dans tous tes états. »

Obéissant, mais toujours révolté, George Troy se tut. Vine demanda :

« Connaissez-vous le nom du garçon ?

— Damian ou Damon, un de ces prénoms à la mode. Je ne me rappelle pas son nom de famille.

— Mr. Troy ?

— Ne me le demandez pas. Je n'avais qu'une envie, c'était me le sortir de la tête. Je n'arrive pas à comprendre la conduite monstrueuse des enfants d'aujourd'hui. Et je ne tiens pas à la comprendre. Joanna a pu nous dire son nom de famille, mais je ne m'en souviens pas. Je ne veux pas m'en souvenir. D'ailleurs, personne ne s'appelle plus par son nom de famille, n'est-ce pas? Un jour, elle a amené un de ses élèves ici – je ne les appelle pas des étudiants, ça, c'est pour le supérieur –, elle est passée avec cet élève, j'ai oublié pourquoi. Et il m'a appelé George, rien que ça! À l'école, ils appelaient tous ma fille Joanna. Moi, quand j'étais enfant, on appelait nos professeurs "monsieur" ou "mademoiselle", on avait du respect...

— Parlez-moi de votre fille, poursuivit Wexford. Quelle sorte de femme est-elle? »

Il avait l'air de s'adresser aux deux, mais regardait Effie.

Elle dit alors, à la grande surprise de Wexford, car il pensait que le mari allait justement le demander à sa femme :

« Pourrais-tu nous préparer un peu de café, chéri? »

Et il sortit, sans soupçonner apparemment qu'Effie avait voulu l'écarter un moment. Mais était-ce vraiment pour cela?

« Sa mère est morte quand elle avait seize ans, commença Effie. J'ai épousé son père trois ans plus tard. Le fait d'être sa belle-mère ne m'a pas posé de problèmes. Je la connaissais depuis toujours. Elle n'a jamais été récalcitrante, ni rancunière. Joanna est très brillante, vous savez, elle a décroché des tas de bourses. Elle est allée à l'université de Warwick et de Birmingham. Je crois qu'elle travaillait dur, mais elle s'arrangeait pour donner l'impression du contraire. C'est bien le genre de choses que vous voulez savoir ? »

Wexford hocha la tête. Heureusement, le vieil homme n'était pas rapide.« J'ai été étonnée quand elle a décidé d'enseigner. Enfin, qu'elle ait choisi ce genre d'enseignement. Mais elle adorait ça. Elle disait que c'était toute sa vie.

— Elle s'est mariée ?

— Elle a rencontré son mari à Birmingham. Ils étaient tous les deux en troisième cycle et ils se sont installés ensemble. Ralph est un mordu d'informatique. Son père est mort et il lui a laissé pas mal d'argent, assez pour qu'il puisse s'acheter une maison. Joanna voulait vivre dans la région et Ralph a acheté une maison assez vaste. Puis elle a obtenu ce poste à l'école Haldon Finch, une très bonne situation pour une fille aussi jeune, mais bien sûr, elle avait d'excellents diplômes. Elle et Ralph semblaient faire partie de ces gens qui s'entendent bien quand ils vivent ensemble, mais ne se supportent plus une fois mariés. Ils se sont séparés au bout d'un an, il a vendu la maison et, avec sa part, elle s'en est acheté une moins grande. »

Effie sourit gentiment à son mari quand il entra pesamment avec un plateau sur lequel le café avait débordé. Il l'avait servi d'autorité avec du lait, dans des grandes tasses, sans sucre ni cuillères.

« Merci, George chéri. »

Elle n'avait pas dit un mot qui n'aurait pu être entendu par son mari, songea Wexford. Peut-être l'aurait-elle fait s'il avait mis plus de temps. George, qui avait saisi ses dernières paroles, se répandit en critiques sur la maison de Kingbridge Mews. Elle était trop petite, mal conçue, les fenêtres étaient trop étroites, l'escalier trop dangereux. Un psychiatre aurait qualifié cela de projection, songea Wexford, qui avait remarqué l'escalier de la maison des Troy, aussi raide et étroit qu'une échelle. Il s'adressa au père.

« Votre fille se sert de votre voiture, je crois ? »

Wexford s'attendait à une explication longue et confuse sur la raison pour laquelle George avait acheté une nouvelle voiture et l'avait cédée à sa fille au lieu de la conduire. Il ne fut donc pas surpris par son torrent de paroles. Effie interrompit gentiment son mari au moment où il s'arrêta pour boire son café.

« En fait, mon mari n'était plus très sûr de lui au volant, et il redoutait de provoquer un accident. »

C'était plutôt *vous* qui le redoutiez, estima Wexford.

« Sa vue commençait à baisser. Bien sûr, j'aurais dû conduire à sa place, mais je n'ai pas mon permis. Je n'ai jamais appris. C'est absurde, n'est-ce pas ? Joanna a dit qu'elle songeait à s'acheter une voiture et George l'en a dissuadée en lui offrant de lui prêter la sienne. »

Loin d'être vexé que sa femme ait repris la conversation, George Troy avait l'air fier et enchanté. Il lui tapota la main pour la féliciter. Effie continua :

« Joanna est alors devenue traductrice. Et bien sûr, elle a donné des leçons particulières – on appelle ça, je crois, du soutien scolaire. De français et d'allemand. Les étudiants, euh... les élèves, venaient en général chez elle, mais quelquefois, elle allait aussi chez eux. Puis elle a décroché ce poste de professeur de français sur Internet. Enfin, je ne dois pas formuler ça très bien, mais vous me comprenez, n'est-ce pas ? La société avait un site Web et elle y a mis ses cours, d'abord un cours élémentaire, ensuite un cours moyen, et enfin un troisième pour les étudiants d'un niveau avancé. Je ne vois pas trop ce que je pourrais vous dire de plus. »

Quel dommage que le vieil homme soit revenu !

« Des liaisons depuis son divorce, Mrs. Troy ?

— Non, répondit George. Elle était trop occupée pour ce genre de choses. Elle devait bâtir sa nouvelle carrière, non ? Pas de place pour les hommes et toutes ces bêtises. »

La belle-mère ajouta :

« Joanna m'a confié qu'elle n'aimait pas trop les enfants. Enfin, pas les petits. Elle les appréciait quand ils étaient assez grands pour être ses élèves. Elle aimait les enfants *intelligents*. Mais elle n'aurait pas voulu se remarier pour en avoir. »

Au dire de leur grand-mère, les enfants Dade étaient très intelligents.

« Mr. Troy, Mrs. Troy, avez-vous entendu parler de l'Église du Saint-Évangile ? Un groupe religieux qui a pour slogan : *Dieu aime la pureté de la vie.* »

Ils le regardèrent, ébahis.

« Giles Dade en fait partie. Ms Troy ne l'a jamais mentionnée devant vous ?

— Jamais, répondit Effie. Joanna n'est pas

croyante, et je ne pense pas qu'elle s'intéressait beaucoup à la religion.

— Trop de cérémonial et de tralala, intervint son mari. Je suis du même avis.

— Enfin, demanda Wexford, Joanna avait-elle des couronnes dentaires ?

— Des couronnes… ?

— Nous en avons trouvé une chez les Dade, et nous pensons qu'elle lui appartient. Il semblerait qu'elle soit tombée et qu'elle l'ait collée temporairement – et pas très solidement – avec une sorte d'adhésif. »

Effie savait exactement de quoi il retournait.

« Oui, elle en avait deux. Elle se les était fait poser il y a des années parce que ses dents avaient jauni. Elle disait que ça la vieillissait, mais bien sûr, ce n'était pas vrai. Elle ne devait pas avoir plus de vingt et un ans à l'époque. La couronne dont vous parlez est tombée il y a trois semaines. En fait, elle l'a perdue ici en mangeant un caramel. Elle a dit qu'elle devait aller chez le dentiste, mais qu'elle n'avait pas le temps cette semaine-là. J'allais justement faire des courses, elle m'a demandé de lui prendre un tube de ce truc à la pharmacie et je l'ai fait. »

Chez les Dade, seule Katrina était à la maison. Roger se trouvait, comme d'habitude, à son travail et Katrina était en compagnie de sa mère, une femme qui ne lui ressemblait guère et qui était bien différente de Matilda Carrish. Maternelle, ronde et énergique, elle portait ce que l'on appelle des vêtements pratiques, jupe, chemisier et cardigan, et des chaussures de marche à lacets. Elle semblait avoir pris la maison en main. L'intérieur n'avait jamais été sale, juste un peu trop désordonné pour être confortable, mais en bonne ménagère, Mrs. Bruce l'avait transformé. Elle avait astiqué toutes les vitres en losange, épousseté les bibelots et placé des magazines sur une table basse, comme dans le salon d'une auberge de campagne. Dans une coupe vaguement décorative, elle avait disposé des chrysanthèmes rouges et jaunes. Un chat noir, probablement le sien, au poil lisse et brillant comme du satin, était alangui sur le manteau de la cheminée.

La seule chose négligée de la pièce était Katrina. Recroquevillée dans un fauteuil et enveloppée dans une couverture, elle avait le visage émacié et ses cheveux bruns, qui avaient perdu leur éclat, pendaient en queue-de-rat. Wexford sentit qu'il n'y aurait plus de comédie, plus de pose, plus de mise en scène. La dure réalité avait balayé tout cela. Elle ne se souciait plus de son apparence ni du regard des autres.

Dans cette maison, on ne leur avait jamais offert de thé, de café, ou même d'eau. Doreen Bruce leur proposa les trois. Wexford était sûr que, s'ils avaient accepté, elle les aurait servis dans des tasses en porcelaine, sur un napperon de dentelle. Il demanda alors à la grand-mère quand elle avait vu – ou eu au téléphone – ses petits-enfants pour la dernière fois.

Elle avait l'air d'une femme à la voix grave et plaisante, mais, contre toute attente, sa voix était aiguë et stridente.

« Mon cher, je ne leur ai jamais téléphoné. Je n'ai

jamais trop aimé le téléphone, je ne sais pas de quoi parler devant un combiné. Je peux dire ce que j'ai à dire ou transmettre un message, mais quant à tenir une vraie conversation, j'en serais totalement incapable.

— Ils venaient chez vous pendant les vacances scolaires, je crois ?

— Oh oui, ça c'est très différent. Nous aimons beaucoup les avoir à la maison. Ils sont toujours venus pendant les vacances, à Pâques et quelquefois aussi l'été. Il y a plein de choses à faire par chez nous, vous savez. C'est une région charmante, assez écartée, il y a des tas de choses à faire pour les jeunes. »

En fait, pas tellement, à ce que savait Wexford. Rien pour le genre d'adolescents qui surfaient sur le site de Joanna. Il n'avait jamais été là-bas, mais il savait que la côte du Suffolk, bien qu'à seulement une heure de route de Londres, était par endroits très isolée. Que pouvait-on y faire ? La mer n'était peut-être qu'à une quinzaine de kilomètres, mais il n'y avait pas de station balnéaire, les champs étaient clôturés de barbelé, et la circulation rapide rendait les promenades difficiles sur les routes. Il n'y avait pas de structures pour la jeunesse, pas de club, pas de cinéma ni de boutiques et pas plus d'un car par jour.

« Où croyez-vous que soient Giles et Sophie, Mrs. Bruce ? »

Elle jeta un coup d'œil à sa fille.

« Eh bien, mon cher, je n'en sais rien. Pas par chez nous, en tout cas. Je suis sûre qu'ils étaient heureux

143

ici, qu'ils avaient tout ce qu'ils voulaient, que leurs parents se mettaient en quatre pour leur faire plaisir. Ce n'était pas une de ces – comment appelle-t-on ça ? – familles dysfonctionnelles. »

Il remarqua qu'elle parlait au passé. Katrina avait sans doute noté la même chose, car elle se retourna pour le regarder et, toujours blottie dans sa couverture, elle lui cria :

« Quand allez-vous les retrouver ? Quand ? Quelqu'un a-t-il vraiment enquêté ? »

Il répondit, ce qui était la pure vérité :

« Mrs. Dade, toutes les forces de police du Royaume-Uni savent qu'ils ont disparu. Tout le monde les recherche. Nous avons lancé un appel à la télévision. La presse est avertie. Nous allons continuer à faire tout ce qui est en notre pouvoir pour les retrouver. Je vous le garantis. »

Lui-même trouvait ce discours faible et peu convaincant. Deux adolescents et une femme de trente et un ans avaient quand même disparu de la surface de la terre... Le visage emmitouflé émergea de la couverture, bientôt trempé de larmes.

Plus tard dans la journée, il en parla avec Burden.

« Cela fait presque deux semaines, Mike.

— Que leur est-il arrivé, à votre avis ? Vous avez bien une théorie, vous en avez toujours. »

Wexford ne dit pas que c'était justement la théorie de la noyade soutenue par Burden qui, en influençant Freeborn, avait retardé l'enquête d'une semaine. « Joanna Troy n'a pas de casier judiciaire, on est sûrs de cela. Mais quelle est la vérité sur ce prétendu vol de vingt livres ? Y a-t-il eu d'autres incidents de ce genre dans son passé ?

— On a retrouvé son ex-mari. Il n'habite plus Brighton. Il a déménagé à Southampton, il s'y est trouvé une nouvelle amie. Il sera peut-être en mesure de nous renseigner.

— Cette Joanna Troy me semble un peu mystérieuse. C'est une jeune femme qui a été mariée, mais n'a apparemment pas eu d'amants depuis. C'est un professeur qui adore l'enseignement, mais n'aime pas les enfants. Et pourtant, elle s'occupe assez régulièrement de deux enfants quand leurs parents sortent le soir. Si elle a des amies à part Katrina et, jusqu'à un certain point, la voisine que j'ai rencontrée, on n'en a pas trouvé. Quand on interroge celle-ci sur une éventuelle liaison avec Roger Dade, elle rit, mais ne nie pas. Il nous faut absolument en savoir plus.

— Vous ne m'avez toujours pas dit quelle était votre théorie.

— Mike, je suppose, d'après les maigres éléments que nous possédons, que Joanna a tué ces enfants. Je ne sais pas pourquoi et je ne sais pas où – certainement pas chez les Dade. J'ignore si elle s'est débarrassée des corps ou ce qu'elle a fait de sa voiture. Mais si tout cela s'est passé le samedi soir, elle a eu le temps de les éliminer, le temps aussi de quitter le pays avant qu'on s'aperçoive de leur disparition.

— Mais elle n'a pas pu partir à l'étranger : son passeport est chez elle.

— Exactement, dit Wexford. Et nous ne croyons pas aux faux passeports, n'est-ce pas ? Sauf pour les espions, les escrocs internationaux et les gangsters,

145

surtout dans les romans. Sauf si les meurtres ont été soigneusement prémédités, et je suis sûr qu'ils ne l'ont pas été. Si improbable que cela puisse paraître, elle a emmené ces enfants quelque part et elle les a tués dans un accès de violence, car c'est une psychopathe qui déteste les adolescents. Et si vous pensez que c'est absurde, essayez de trouver mieux. »

8

Toxborough se trouve au nord-est de Kingsmar-kham, juste à la frontière du Kent, mais du côté Sussex de la M20. Petite ville très ancienne, jadis d'une grande beauté, sa dégradation a commencé dans les années soixante-dix, avec l'industrialisation de la région. Et la construction, à la sortie de la ville, d'une bretelle d'accès à l'autoroute a achevé de la défigurer. Mais certains villages des environs, encore éloignés dans la campagne, ont préservé leur charme. Passingham St John (que l'on prononce, pour des raisons obscures, « Passam Sinjen »), situé à moins de trois kilomètres de la gare de Passingham Park, est un lieu de résidence prisé des riches ban-lieusards qui travaillent à Londres. Peter Buxton était l'un d'eux : il avait acheté Passingham Hall deux ans auparavant, pour aller se retirer tranquille-ment le week-end à la campagne.

À l'origine, Buxton pensait y aller chaque ven-dredi soir et rentrer le lundi matin à Londres, mais il découvrit très vite que s'échapper dans la campagne du Kent n'était pas si facile qu'il le pensait. D'abord, le vendredi, entre quatre heures de l'après-midi et neuf heures du soir, la circulation était épouvantable. Le lundi matin, c'était la même chose. En outre, la plupart des réceptions londoniennes auxquelles ce patron des médias en pleine ascension devait se montrer avec sa ravissante épouse avaient lieu le vendredi ou le samedi soir. Et le dimanche à midi, les cocktails n'étaient pas rares. Les invitations affluaient, en particulier en hiver, si bien que, lorsque le couple revint à Passingham le premier week-end de décembre, plus d'un mois s'était écoulé depuis leur dernière visite.

La maison s'élevait à flanc de colline, et Buxton savait donc qu'elle ne risquait pas d'être inondée. De toute façon, Pauline, qui venait deux ou trois fois par semaine et avait l'œil sur tout, avait rassuré Sharonne Buxton à ce sujet. Son mari avait aussi travaillé pour les Buxton comme jardinier et factotum, mais il avait arrêté en octobre, prétextant un mal de dos. Peter Buxton, originaire de Greenwich, avait alors appris à ses dépens combien ce handicap était courant à la campagne. À moins d'être prêt à payer des sommes exorbitantes pour des services de base, les problèmes de dos expliquent le mal que l'on a à trouver un homme à tout faire.

Le vendredi 1ᵉʳ décembre, Sharonne et lui arrivèrent tard dans la nuit, remontèrent l'allée de gravier à travers les quatre hectares de bois et garèrent leur voiture devant l'entrée. Les lumières extérieures et le chauffage étaient allumés, et les draps avaient été changés. Pauline, au moins, n'avait pas mal au dos. Minuit était passé depuis longtemps et les

Buxton allèrent se coucher aussitôt. Les prévisions météorologiques étaient bonnes, et Peter fut réveillé à huit heures et demie par le soleil qui ruisselait par la fenêtre de sa chambre. Pour lui, il était tôt, mais pour les paysans du Kent, on était déjà en milieu de matinée.

Il songea à monter du thé à Sharonne, puis décida de ne pas la réveiller. Il mit des bottes en caoutchouc vert et la veste Barbour qu'il venait d'acheter, la tenue de rigueur pour un propriétaire terrien, et sortit. Le soleil brillait d'un vif éclat et il ne faisait pas particulièrement froid. Peter s'enorgueillissait de ses dix hectares de terre, mais il taisait sa fierté. Même sa femme n'en savait rien. Pour Sharonne, ce jardin, l'enclos, le bois et les pentes verdoyantes, n'étaient que son dû de mannequin vedette, l'une des rares à être connues – dans tout le pays, sinon dans le monde entier – seulement par son prénom (un peu amélioré). Mais Peter, dans son for intérieur, était fier de ses terres. Il avait l'intention d'agrandir sa propriété et négociait déjà avec un fermier pour acheter un champ voisin. Il rêvait de l'immense garden-party qu'il y donnerait l'été prochain, avec un grand auvent sur la pelouse et des tables de pique-nique dans la clairière fleurie, le grand terrain au cœur du bois.

C'était vers cette clairière qu'il marchait à présent, le long du chemin où débouchait une piste serpentant à travers la plantation de charmes. Malgré l'absence du mari de Pauline, l'herbe de l'accotement n'avait pas autant poussé qu'il le craignait – Peter ne savait toujours pas que l'herbe ne pousse pas entre novembre et mars –, mais il devait quand même trouver un autre jardinier, et vite. Sharonne aimait à recevoir dans un cadre impeccable. Elle détestait le désordre, le manque d'entretien, la saleté. Peter se tourna vers la piste et se demanda pourquoi les oiseaux ne chantaient pas. Le seul bruit qu'il perçut était le bourdonnement crépitant d'une perceuse, et il supposa que le fermier devait réparer une clôture. C'était en réalité un pic-vert, et il aurait été ravi s'il avait su ce que c'était.

La piste montait jusqu'à l'ancienne carrière, mais un sentier bifurquait sur la pente vers la gauche. Peter s'apprêtait à l'emprunter, car la carrière, un ancien gisement crayeux désormais envahi par la végétation, n'avait guère d'attraits à ses yeux. À l'intersection, il aperçut une chose qu'un homme plus observateur aurait déjà vue au sortir du chemin. Des ornières creusées par des pneus s'imprimaient profondément dans la terre caillouteuse de la piste. Au dire de Pauline, son mari ne conduisait plus à cause de son dos, et elle, de son côté, n'avait jamais appris. Ce n'était donc pas eux. Le fermier pouvait passer par le bois, mais il le ferait sûrement à pied. Un intrus était venu ici. Sharonne serait furieuse...

Peter suivit la piste jusqu'à l'orée de la carrière. Il était clair que le véhicule, quel qu'il fût, s'était renversé, arrachant dans sa chute deux jeunes arbres et une partie de l'herbe du bas-côté. En bas, le sol était couvert de buissons et de petits arbres, et parmi eux se trouvait la voiture, une auto bleu foncé gisant sur le côté, mais pas entièrement retournée. Des arbres plus épais l'avaient empêchée de faire un tonneau et

150

de tomber à l'envers sur son toit. Soudain, dans la carrière tachetée de lumière, dans le calme et le silence uniquement rompu par le bruit du pic-vert, il discerna l'odeur. Elle devait être là depuis le début, mais ce qu'il avait sous les yeux avait émoussé provisoirement ses autres sens. Il avait déjà senti quelque chose de semblable, quand il était jeune et pauvre et nettoyait le samedi les cuisines d'un restaurant. Les services d'hygiène avaient fini par faire fermer l'établissement, mais avant cela, un soir, il avait ouvert un sac en plastique appuyé contre un mur. Une pelle à la main, il voulait y jeter des ordures, mais il avait brusquement perçu une affreuse odeur et vu, tout au fond, des abats en putréfaction grouillant de vers blancs.

Une odeur très comparable montait de la voiture tombée dans la carrière. Il n'allait pas regarder à l'intérieur, il ne voulait pas savoir. Il ne tenait pas non plus à marcher jusqu'à la clairière. Il devait rentrer à la maison pour appeler la police. S'il avait eu son portable sur lui, comme toujours lorsqu'il était à Londres, il l'aurait fait sur-le-champ et composé le 999, faute de connaître le numéro de la police locale. Mais un gentilhomme campagnard en Barbour ne se promène pas avec un portable, il sait à peine ce que c'est. Peter rebroussa chemin, les genoux tremblants. S'il avait déjeuné avant de sortir, il aurait probablement vomi.

Sharonne s'était levée. Assise à la table de la cuisine, elle buvait du jus d'orange et une tasse de café instantané. Bien que rien ne pût porter atteinte à la beauté de sa silhouette et de son visage, elle faisait

151

partie de ces femmes qui ont l'air très différentes, et infiniment plus belles, une fois maquillées, coiffées et bien habillées. À présent, comme souvent le matin, elle était au naturel, enveloppée dans la vieille robe de chambre de Peter et chaussée de mules duveteuses. Elle avait la peau grasse, et ses cheveux blond cendré à la coupe déstructurée encadraient son visage blafard et anémique. Ce style peut avoir de l'allure, mais pas lorsque les mèches rebiquent sur les côtés et s'aplatissent sur le sommet du crâne, comme un champ de blé ravagé par le vent. Sharonne était tellement sûre de sa beauté qu'elle s'apprêtait seulement quand elle devait faire bonne impression.

« Qu'est-ce que tu as ? dit-elle. Tu as l'air d'avoir vu un cadavre. »

Peter s'assit à côté d'elle.

« C'est ça. Enfin, je crois. J'ai bien besoin d'un verre. »

Pour Sharonne, ces derniers mots sonnèrent comme un signal d'alarme, et elle en oublia la phrase qui les avait précédés.

« Certainement pas. Pas à neuf heures du matin. Rappelle-toi ce qu'a dit le Dr Klein.

— Sharonne, dit Peter en buvant, faute de mieux, le jus d'orange de sa femme, il y a une voiture dans la carrière. Je pense qu'il y a quelqu'un dedans, quelqu'un de mort. Et l'odeur est horrible, comme de la viande pourrie. »

Elle le regarda fixement.

« Qu'est-ce que tu racontes ?

— Je dis qu'il y a un mort dans une voiture au

152

fond de la carrière. De notre carrière. Là-haut, dans le bois. »

Sharonne se leva. Elle avait douze ans de moins que lui, mais elle était beaucoup plus dure, il l'avait toujours su. Elle ne manquait pas une occasion de le lui rappeler.

« Cette voiture, tu as regardé à l'intérieur ?

— Je n'ai pas pu. J'ai cru que j'allais vomir. Il faut que j'appelle la police.

— Tu n'as pas regardé à l'intérieur, tu as juste senti une odeur. Comment sais-tu qu'il y a un cadavre ? Comment sais-tu que ce n'était pas de la viande pourrie ?

— Seigneur, j'ai bien besoin d'un verre. Pourquoi y aurait-il de la viande dans une voiture ? Il y avait un conducteur et peut-être même des passagers. Maintenant, il faut que je prévienne la police.

— Pete, dit Sharonne, d'une voix qui convenait moins à un mannequin qu'à un adversaire du capitalisme ou à un militant de la SPA, tu ne peux pas faire ça. C'est de la folie. En quoi cela te regarde-t-il ? Si tu n'étais pas monté là-bas – Dieu sait pourquoi –, tu n'aurais jamais vu une voiture dans cette carrière. Tu as sans doute inventé cette odeur, tu sais que tu as beaucoup d'imagination.

— Je ne l'ai pas inventée, Sharonne. Et je sais de quelle voiture il s'agit. C'est la Golf bleue qui a disparu, celle de la femme qui a kidnappé ces enfants. On l'a dit à la télé, c'était dans les journaux.

— Mais comment le sais-tu ? Tu es descendu voir ? Non, justement. Tu ne pourrais pas dire si c'était une Golf, c'était seulement une voiture bleue.

— J'appelle la police.

— Non, Pete, tu ne le feras pas. On déjeune à une heure chez les Warren, et ce soir on a un cocktail chez les Gilbert. Je ne tiens pas à rater ça. Si tu fais venir la police ici, nous ne pourrons aller nulle part. Nous serons coincés à la maison, tout ça pour une chose qui ne nous concerne pas. S'il y a un cadavre dans cette voiture, ce dont je doute, on te soupçonnera. On te croira coupable. Les flics pensent toujours que c'est celui qui a trouvé le corps qui a fait le coup. Ils te convoqueront pour t'interroger et ils te feront passer en jugement. C'est ça que tu veux, Pete ?

— Nous ne pouvons pas la laisser là comme ça. »

En entendant ces mots, Sharonne sut qu'elle avait gagné la partie.

« Pourquoi pas ? Nous n'avons pas besoin de nous approcher de la carrière. (Comme elle ne le faisait jamais, cela ne lui serait pas difficile.) Quand le printemps viendra, il y aura des feuilles sur les arbres et tout sera caché par la verdure, on ne pourra même pas la distinguer. Je ne vois pas pourquoi elle ne pourrait pas rester là des années.

— Suppose que quelqu'un d'autre la trouve ?

— Génial. Qu'il vienne. Alors on ne pourra pas nous impliquer, n'est-ce pas ? »

Sûre maintenant d'avoir gagné son mari à son idée, elle monta l'escalier pour entamer les deux heures de préparatifs qui la rendraient présentable pour le déjeuner des Warren. Peter se traîna jusqu'au salon où, à l'abri de sa tyrannie, il se servit un généreux verre de Bushmills. Très vite, les effluves du whisky dissipèrent le souvenir de la puanteur. Plusieurs heures s'écoulèrent avant qu'ils n'abordent à nouveau le sujet. Ils rentraient de chez les Warren, et Sharonne, qui ne touchait jamais à rien de plus fort que l'eau pétillante, conduisait, car Peter était passablement ivre.

« Demain, il faudra que j'appelle la police, dit-il, d'une voix pâteuse. Je lui dirai que je viens de la trouver.

— Tu ne le feras pas, Pete.

— C'est probablement interdit de dichimuler... j'veux dire, dissimuler... un cadavre.

— Il n'y a pas de cadavre. C'est toi qui l'as imaginé. »

Bien qu'il ait trop bu à midi, Peter recommença chez les Gilbert. En temps normal, il respectait plus ou moins la limite fixée par le Dr Klein, parce qu'il voulait garder son foie encore quelques années, mais, en temps normal, il ne trouvait pas de voiture abandonnée qui empestait la chair pourrie. Le lendemain, il se sentit lui-même décomposé et n'appela pas la police. Il arriva tout juste à s'extraire péniblement de son lit à trois heures de l'après-midi pour prendre le volant et retourner à Londres.

« Loin des yeux, loin du cœur » est un truisme d'une justesse remarquable. Une fois rentré dans sa maison de South Kensington, d'où il ne voyait que sa voiture et celles des riverains garées dans la rue, et où les arbres étaient disciplinés, plantés sur le trottoir, le souvenir de sa découverte s'embruma et devint comme un rêve. Peut-être avait-il vraiment *imaginé* l'odeur. Peut-être n'était-ce pas celle d'un corps en décomposition, ni même un corps humain, mais une biche ou un blaireau mort, caché par les feuilles du sous-bois. Que savait-il de la vie de la campagne ? Sharonne avait raison quand elle disait que, de l'endroit où il était, il n'aurait pu distinguer si la voiture était une Golf ou une autre berline. Il n'avait pas vu sa galerie ni le nom de la marque sur le coffre.

C'était un homme actif, très pris par son métier. Il avait une OPA à éviter, une nouvelle fusion à accélérer. Ce genre d'opérations devient très réel dans une tour rutilante près de Trafalgar Square, tandis que les événements d'un village du Kent semblent curieusement éloignés. Mais le vendredi finit toujours par arriver. À moins que la mort ne frappe, ou bien la fin du monde, le vendredi revient.

Il continua à éviter le problème en décidant de ne pas aller à Passingham St John jusqu'à... eh bien, après Noël. Mais soudain, il fut saisi d'un sentiment étrange qui anéantit toute tentative de détachement. La voiture bleue se mit à hanter ses pensées. Il savait qu'elle était là et que l'odeur venait de l'intérieur. Sharonne avait raison quand elle disait qu'il avait beaucoup d'imagination. Il était doué, ou affligé, d'une imagination puissante. Petit à petit, la voiture grossit et doubla de volume, il la vit balayer les arbres et les buissons qui la dissimulaient en partie. L'odeur devint plus forte et plus pestilentielle, elle monta peu à peu de la clairière et se répandit dans le bois, suivit la piste et flotta jusqu'à la maison. Il se figura que, la prochaine fois qu'il irait dans sa maison de campagne, l'odeur viendrait à sa rencontre quand il tournerait dans le chemin. Et le vendredi vint, inexorablement. Buxton voulait à la fois aller dans le Kent et ne pas y aller, redoutant alors que la présence de la voiture dans la carrière ne l'éloigne de sa belle maison et de son parc, ne finisse par le repousser. Peut-être même ne voudrait-il jamais y retourner.

Sharonne n'avait pas l'intention d'y séjourner deux week-ends de suite. Avoir une maison de campagne était merveilleux, tant qu'on y allait peu. Cela permettait simplement de pouvoir en parler dans un dîner à ses voisins de table. Elle avait une nouvelle robe qu'elle voulait porter samedi soir à un gala de charité. Et dimanche, elle recevait sa mère, sa sœur et quatre autres personnes à déjeuner, elle avait déjà passé commande à des traiteurs. Pas question d'annuler ces mondanités pour aller à Passingham Hall. Peter n'osait pas y aller sans elle. Il ne l'avait jamais fait. Il devait s'efforcer de bannir cette voiture de son esprit et retrouver l'insouciance qu'il avait éprouvée avant d'aller se promener dans le bois samedi dernier.

9

Après avoir obtenu l'accord de la police du Hampshire, Wexford téléphona à Ralph Jennings pour prendre rendez-vous. « Le plus tôt possible, je vous prie. » Il dut laisser ce message à un répondeur téléphonique. Sur son bureau, devant lui, s'entassaient les rapports des autres services de police, et il s'aperçut très vite, en les parcourant, que la plupart d'entre eux n'apportaient rien de nouveau. Il en allait de même avec la longue liste des déclarations des citoyens qui disaient avoir vu les trois personnes disparues. Il ne pouvait pas les négliger, même si l'idée que Joanna Troy ait passé une annonce sur Internet pour vendre les enfants, ou épousé Giles Dade à Gretna Green, était franchement absurde. Karen Malahyde, Lynn Fancourt, Barry Vine et le reste de l'équipe allaient continuer ce travail épuisant.

Des heures passèrent, durant lesquelles il composa encore deux fois le numéro de Southampton, avant que Ralph Jennings ne le rappelle. La voix était prudente, presque craintive. De quoi s'agissait-il? Que pouvait lui vouloir la Criminelle de Kings-markham? Il avait quitté la région depuis six ans.

« Vous avez lu les journaux, Mr. Jennings? Vous avez regardé la télévision? Votre ancienne femme a disparu, il y a maintenant quinze jours.

— Peut-être, mais cela n'a rien à voir avec moi. Enfin, c'est mon *ex*-femme. »

Il prononçait ce terme comme s'il s'appliquait, non pas à une ancienne compagne, mais à un individu obscène.

« J'aimerais quand même vous voir. J'ai des questions importantes à vous poser. À quel moment pourrais-je venir avec un autre policier?

— Chez *moi*?

— Cela va sans dire, Mr. Jennings. Je ne vous demande pas de venir ici. Nous ne vous retiendrons pas longtemps, une heure au maximum. »

Un silence s'installa. Wexford pensa qu'ils avaient été coupés. « Mr. Jennings, vous m'entendez? »

D'une voix distraite, pour ne pas dire absente, Jennings marmonna :

« Oui, oui... »

Puis, comme s'il prenait une décision qui allait changer le cours de sa vie :

« Écoutez, vous ne pouvez pas venir chez moi. Cela n'ira pas. Je devrais donner trop... d'explications et puis... Vous avez vraiment besoin de me voir?

— Je croyais m'être bien fait comprendre, Mr. Jennings, répondit patiemment Wexford.

— On pourrait peut-être trouver autre chose. Je veux dire, euh... se rencontrer dehors. Dans un pub... non. Dans un... un restaurant et prendre un café. Ça vous va ? »

Il ne pouvait pas vraiment insister pour aller chez Jennings, bien que l'homme ait excité sa curiosité. Jennings était probablement capable de ne pas leur ouvrir ou de sortir à l'heure du rendez-vous. Or, pour un simple entretien, Wexford ne pouvait pas obtenir un mandat de perquisition.

« Très bien », répondit-il à contrecœur.

Jennings fixa une heure le jour suivant, indiquant un café où ils pourraient se retrouver. Il y avait plein de parkings « dans le coin », ajouta-t-il, parlant maintenant avec obligeance, presque avec gaieté. Et le café était excellent, ils en servaient quatre-vingt-dix-neuf variétés. C'était justement ça leur truc, c'était pour ça que l'endroit s'appelait le *Ninety-Nine Café*. Wexford le remercia et raccrocha.

Pourquoi diable Jennings refusait-il qu'ils viennent chez lui ? Hypothèse inquiétante, Joanna Troy s'y trouvait. Ou, hypothèse franchement sinistre, il y avait caché les corps de Giles et Sophie. Wexford ne croyait pas à tout cela. Jennings aurait pu éloigner Joanna pendant sa visite. Et si les corps avaient été, disons, enterrés dans son jardin, il n'aurait sûrement pas opposé un refus aux policiers, mais fait semblant, au contraire, de les accueillir à bras ouverts. Alors, quelles étaient ses raisons ? Wexford avait bien l'intention de les découvrir.

À peine avait-il raccroché que son téléphone se remit à sonner. Il crut que Jennings le rappelait pour lui donner un nouveau prétexte, ou bien changer le lieu du rendez-vous. Mais c'était sa fille Sylvia qui appelait du Hide, le refuge des femmes où elle travaillait un matin et deux soirs par semaine.

« Papa, tu le sais peut-être déjà, mais un type vient juste d'être arrêté, là, dans la rue, pour avoir agressé sa femme avec un marteau. Je l'ai vu de la fenêtre. Ça m'a pas mal secouée.

— Je comprends ! Tu ne veux pas dire qu'il l'a tuée, n'est-ce pas ?

— Non, il n'a pas été jusque-là. Il est plus petit qu'elle. Il a visé la tête, mais l'a touchée à l'épaule. Elle est tombée en hurlant et puis... elle s'est tue. Quelqu'un a appelé la police et quand elle est arrivée, il était assis dans l'allée près de sa femme. Il pleurait, le marteau à la main. Il y avait du sang partout.

— Tu veux que je vienne ?

— Non, non, ça va. J'avais simplement besoin de t'en parler. Aujourd'hui, Cal a pris la voiture, mais il a dit qu'il viendrait me chercher. Ça ira. »

Wexford grinça des dents, mais seulement après avoir reposé le combiné. Voulait-elle dire que les jours où elle allait au Hide elle laissait sa voiture à Chapman et partait travailler en bus ? Peut-être seulement certains jours, mais c'était déjà ça. N'avait-il pas une voiture à lui ? Il s'était bien débrouillé, se dit le père. Il profitait d'une belle maison, l'ancien presbytère qu'avait rénové Neil, d'une famille « toute faite », de l'usage d'une voiture... tout ça parce qu'il s'était montré charmant – ou quelque chose comme ça – avec une femme seule.

Il regarda par la fenêtre. La pluie s'était remise à tomber, cette pluie légère et fine qui, une fois qu'elle

161

a commencé, semble ne pas vouloir s'arrêter. Une voiture déboucha de la rue principale, le pare-brise balayé par les essuie-glaces, et se gara devant les portes du commissariat. Vine et Lynn Fancourt en sortirent, poussant dans l'entrée un homme à la tête cachée sous un manteau. Celui qui avait manié le marteau, probablement.

Et Sylvia ? Peut-être devrait-il passer avec Dora dans ce que tout le monde appelait désormais « l'ancien presbytère », pour voir si elle s'était bien remise de ses émotions. Il avait toujours plaisir à voir ses petits-fils. Mais il y aurait aussi Chapman. Wexford était affligé d'une trop grande imagination, et il lui vint alors l'idée affreuse que Sylvia *pourrait avoir un autre enfant*. Pourquoi pas ? C'était ce que voulaient les femmes quand elles s'engageaient dans une nouvelle relation, qu'elles espéraient solide et... quel était le mot politiquement correct ? Ah oui, *stable*. L'expression consacrée était écœurante : « Je veux avoir un enfant de lui. » Aucune femme raisonnable ne voudrait avoir un enfant de Chapman. Il était peut-être beau, mais stupide, et le manque d'intelligence était sans doute aussi héréditaire que la beauté – peut-être plus. Toutefois, Wexford pensait souvent que sa fille aînée n'était pas du tout raisonnable.

Et pourtant, ils iraient. Sylvia était sa fille, quel que soit l'homme qu'elle ait choisi, et elle avait reçu un choc. Il regrettait qu'elle n'ait pas choisi de travailler pour une cause moins louable.

« J'imagine un poltron bellâtre, dit Wexford, l'esprit toujours fixé sur Callum Chapman, dans la voiture qui l'emmenait sur la M3 avec Burden. Mais je ne sais pas pourquoi. Joanna Troy ne semble pas s'être beaucoup souciée de son apparence.

— Quand j'ai vu ses vêtements... »

Burden prononça ces mots sur un ton monocorde, bien plus parlant qu'un long discours. Il portait à nouveau son costume bleu ardoise, cette fois avec une chemise blanche et une cravate à motifs bleus, blancs et émeraude. Wexford se dit qu'il avait dû répugner à cacher sa tenue élégante sous son imperméable, mais reconnut intérieurement que cette pique pouvait être infondée.

« Si vous voulez savoir l'image que j'en ai, je vois un freluquet avec de grandes dents.

— Un joli mot, freluquet, dit Wexford. Un peu démodé aujourd'hui.

— De toute façon, cela ne sert à rien de faire des hypothèses sur son physique. Les gens ne ressemblent jamais à l'idée qu'on s'en fait. La loi des probabilités devrait parfois nous donner raison, mais cela n'arrive jamais.

— Je ne crois pas à la loi des probabilités », dit Wexford.

Le café ressemblait à un millier d'autres établissements du même genre. Vaguement high-tech, avec beaucoup de chromes, un sol en vinyle rouge et des sièges en cuir noir, il offrait des alcôves pour se cacher ou pour se réfugier, des tables rondes, grandes et basses pour consommer assis, ou bien petites et hautes pour siroter debout. Ils étaient en avance, mais ce n'était pas le cas de Jennings. Il n'y avait pas d'homme seul au *Ninety-Nine Café*.

« Quelle idée de faire du café aux noix…, dit Wexford, lorsque Burden et lui se furent assis dans une alcôve, après avoir commandé respectivement un cappuccino et un grand filtre.

— Ou aux amandes ou à la cannelle. C'est un truc pour attirer le client. »

La commande arriva. Wexford s'était assis face à la porte, de façon à observer Jennings au moment de son entrée. Il se demanda si le barman et la serveuse avaient deviné qu'ils étaient policiers. Son allure le trahissait, contrairement à l'élégance de Burden.

« Mais enfin, où est-il ? s'impatienta Wexford, en regardant sa montre. Il est onze heures passées et il devait être ici à l'heure pile.

— Aujourd'hui, les gens attachent moins d'importance à la ponctualité, vous avez remarqué ? Les jeunes, surtout. Ils ont tendance à rajouter mentalement une sorte d'*à peu près* à l'heure des rendez-vous, et viennent *vers dix heures* ou *autour de onze heures*, ou même à la demie. Mais jamais un quart d'heure avant. »

Wexford acquiesça.

« Le problème, c'est qu'on ne peut pas s'en aller en se drapant dans notre dignité. On a beaucoup plus besoin de lui qu'il n'a besoin de nous. » Il finit son café, puis soupira et dit : « Vous vous rappelez ce type enquiquinant, Callum Chapman ? Eh bien, il… Mais voilà, si je ne me trompe, notre témoin récalcitrant. »

Comme l'avait prévu Burden, il était très différent

de ce qu'ils avaient imaginé. Néanmoins, Wexford avait eu raison de penser qu'ils étaient aisément repérables, car Jennings se dirigea droit vers eux. C'était un homme grand et mince. Il s'assit à côté de Burden, face à Wexford. Le père de Joanna leur avait dit que Jennings avait trente-deux ans, mais à part un crâne dégarni qu'il essayait de cacher sous des mèches clairsemées, il faisait bien plus jeune que son âge. Il avait le visage presque enfantin d'un Peter Pan ou d'un lutin, avec de grands yeux, un petit nez, et une bouche en forme de bouton de rose. Ses cheveux blonds, un peu ondulés, se massaient sur les tempes et frisottaient autour des oreilles.

« Qu'est-ce qui vous a retenu, Mr. Jennings ? (Le ton de Wexford était plus affable que ses paroles.)

— Je m'excuse d'être en retard. J'ai eu beaucoup de mal à partir de chez moi. (La voix, par contraste, était plutôt grave et nettement masculine, même si ses joues semblaient n'avoir jamais connu le rasoir.) On n'a pas, euh... cru à mon histoire.

— Votre histoire ? répéta Burden.

— Oui, c'est ça. »

La serveuse s'approcha.

« Je prendrai un de vos *latte* à la cannelle, s'il vous plaît. Écoutez, j'ai décidé que je devais vous expliquer. Je sais que ça a l'air bizarre. Le fait est... mon Dieu, comme c'est embarrassant... le fait est que ma compagne... elle s'appelle Virginia... est folle de jalousie. Je veux dire, d'une jalousie maladive, mais ce n'est peut-être pas très gentil d'en parler.

— Nous ne le lui dirons pas, dit gravement Wexford.

165

— Non, non, j'en suis certain. Le fait est qu'elle ne supporte pas que j'aie été marié. Je veux dire, si ma femme était morte, je ne crois pas que ce serait aussi grave. Mais comme je suis divorcé, elle m'a même interdit de prononcer, euh... le nom de Joanna. Pour vous montrer jusqu'où ça va, elle ne supporte même pas de lire ce prénom dans un autre contexte et si elle croise une Joanna... ça doit être flatteur, dans un sens... oui, sûrement. J'ai beaucoup de chance d'être, euh... enfin, aimé comme ça.

— J'ai été adoré, une fois, murmura Wexford. Donc, si je vous comprends bien, Mr. Jennings, vous dites que vous nous avez empêchés de venir chez vous parce que votre compagne aurait été présente, et aurait difficilement accepté le sujet de notre entretien ? »

Jennings confirma, admiratif :

« C'est exactement ça.

— Et pour nous rencontrer, vous avez dû inventer un prétexte en béton pour pouvoir, euh... sortir seul à onze heures du matin ? Oui ? Eh bien, vous devez probablement savoir ce que vous faites, Mr. Jennings. (Tout homme sensé s'enfuirait loin de cette Virginia, se dit intérieurement Wexford.) Et maintenant, nous allons peut-être en venir à ce qui nous occupe. Parlez-nous de votre ex-femme, s'il vous plaît. Dites-nous un peu comment elle est, quels sont ses intérêts, ses passe-temps, ses habitudes... » Il ajouta du même ton grave : « Ne vous inquiétez pas. Personne n'entendra ce que nous disons. »

Jennings n'était pas un homme sensé. Ses tergiversations et son impuissance à résister à la tyrannie le prouvaient. Mais il n'était pas mauvais en analyse psychologique, même si, quand il parlait, il regardait quelquefois par-dessus son épaule, craignant sans doute une irruption de Virginia. Wexford, qui s'attendait à une réponse du genre : « Oh, elle est comme tout le monde », fut agréablement surpris.

« On s'est rencontrés à l'université. On avait vingt-trois ans et on était tous les deux en troisième cycle. Je suivais des études commerciales et elle, un cursus de langues modernes. Beaucoup de gens diraient que nous étions trop jeunes pour vivre ensemble, mais c'est ce qu'on a fait. Elle voulait décrocher un poste dans une école à Kingsmarkham. C'est là que vit son père. Et sa mère était morte.

« Joanna est très intelligente. Si elle ne l'était pas, elle aurait dû attendre encore un an pour obtenir une telle situation. Elle est très, euh... déterminée. Je veux dire qu'elle a des opinions arrêtées sur tout. Et aussi, impulsive. Quand elle veut quelque chose, il faut qu'elle l'ait, tout de suite. *Je suppose que j'étais amoureux, quoi que cela veuille dire* – n'est-ce pas une phrase d'un homme célèbre ?

— Du prince de Galles, confirma Burden.

— Ah oui ? Enfin, je devais être amoureux de Joanna, parce qu'elle n'est pas... Ce que j'essaie de dire, c'est que je ne l'ai jamais trouvée agréable, elle n'est pas très *sympathique*. Elle peut se montrer aimable si elle veut quelque chose, mais une fois seule avec la personne qu'elle a choisie pour partager sa vie, elle peut être assez énervante. Quand je l'ai rencontrée, j'ai remarqué qu'elle n'avait pas d'amies. Non, ce n'est pas tout à fait vrai. Elle en avait une ou deux, mais après notre séparation, je me suis rendu compte qu'elles étaient effacées, du genre à laisser Joanna leur marcher sur les pieds. C'est comme si elle ne pouvait pas avoir de relation d'égalité. »

Maintenant qu'il parlait du tempérament et des penchants de sa femme, Jennings était lancé. Il ne sursautait plus chaque fois qu'un client entrait dans le *Ninety-Nine Café*. Wexford le laissa parler. Les questions viendraient plus tard.

« Nous avons décidé de nous marier. Je ne sais pas pourquoi. Quand j'y repense, je ne comprends toujours pas. Je veux dire, je savais déjà que ça irait mal pour moi si je n'étais pas d'accord avec elle sur tout. Elle avait toujours raison et les autres devaient partager ses opinions, à commencer par moi. Je crois que je me suis dit que je ne trouverais jamais une femme aussi dynamique et intelligente. Une femme qui aurait autant d'énergie et... enfin, de vitalité. Elle n'arrête pas de toute la journée et elle se lève tôt, le week-end aussi. Elle est douchée et habillée à six heures et demie. Mais bon, vous n'avez peut-être pas besoin d'entendre ça. En fin de compte, je me suis dit que je ne trouverais jamais personne d'aussi bien. En fait, j'avais tort, mais je croyais avoir raison. »

Cela ferait une bonne épitaphe pour pas mal de gens, se dit Wexford, peut-être pour la plupart des hommes : *Il avait tort, mais il croyait avoir raison.*

« Mon père nous a acheté une maison à Pomfret. Il allait mourir, mais il disait que c'était aussi bien de me la donner avant. Il est mort deux mois après notre mariage. Joanna travaillait dans une école de Kingsmarkham – à Haldon Finch – et moi, dans une entreprise à Londres. Je faisais le trajet tous les jours. Vous voulez encore du café ? Je crois que je vais en reprendre. »

Wexford et Burden acceptèrent. Tous deux craignaient que, s'ils ne choisissaient pas ce moyen de prolonger l'entretien, Jennings finisse par remarquer l'heure et s'en aille. Il fit un signe à la serveuse.

« J'en étais où ? Ah oui. J'ai entendu dire qu'on peut très bien s'entendre avec la personne avec qui l'on vit, mais que dès que l'on se marie, ça commence à mal tourner. Peut-être, mais Joanna et moi, on ne s'entendait vraiment que si je disais oui à tout ce qu'elle voulait. Et il y avait les relations sexuelles. (Il s'interrompit lorsque la serveuse vint prendre les commandes, regarda sa montre et sourit.) J'ai dit à Virginia que je ne serais pas absent plus d'une heure et demie. Il me reste encore du temps. Oui, les relations sexuelles. Vous voulez que je vous en parle ? (Wexford opina.) Bon. C'était formidable au début, c'est-à-dire, quand on s'est rencontrés, mais ça s'est dégradé bien avant notre mariage. Après, au bout de six mois, c'était presque le calme plat. Mais ne croyez pas qu'à ce moment-là j'aie accepté de me coucher. »

Une expression plutôt mal choisie, jugea Wexford, mais Jennings ne semblait pas en avoir conscience.

« Non, j'ai essayé de lui dire ce que je pensais. Je ne me suis pas gêné. Je veux dire, j'avais vingt-six ans, j'étais un homme normal et en bonne santé. Je

169

dois reconnaître, à la décharge de Joanna, qu'elle n'a pas cherché à contourner le problème. Elle a toujours été très franche. Elle m'a dit carrément : "Tu ne me plais plus, tu deviens chauve." Là, je lui ai répondu qu'elle était folle. Je veux dire, la calvitie précoce est une chose courante dans ma famille. Et alors ? Apparemment, mon père n'avait déjà plus de cheveux quand il a rencontré ma mère, et il n'avait que trente ans. Cela ne les a pas empêchés d'avoir trois enfants. »

Leur café arriva. Jennings le huma, sans doute pour voir s'il avait la bonne dose de cannelle.

« Bref, dit-il, j'ai cru qu'il y avait quelqu'un d'autre. Elle venait juste de rencontrer cette Katrina, la mère des enfants qui ont disparu, et elles étaient toujours ensemble. N'allez pas vous imaginer que Joanna soit lesbienne. D'abord, j'ai remarqué qu'elle ne laissait jamais les femmes la toucher, elle ne permettait même pas à sa belle-mère de l'embrasser et Effie n'a rien de répugnant, loin de là. Une ou deux fois, Katrina a posé sa main sur son bras, mais Joanna a reculé et lui a même retiré sa main. D'ailleurs, je n'étais pas le premier homme dans sa vie. Elle avait eu des tas de relations avant moi, dès l'école secondaire. Je me suis demandé si elle ne fréquentait pas Katrina à cause de son mari. Il n'est vraiment pas beau et il est assez ennuyeux, mais avec les femmes, on ne sait jamais, n'est-ce pas ? Je ne voyais pas d'autre raison pour qu'elle soit avec elle tout le temps – enfin si, une, je crois. Katrina approuvait toujours ce que disait Joanna, elle n'arrêtait pas de lui répéter qu'elle était intelligente et douée. Et Joanna aimait ça, elle *s'en délectait*. En tout cas, peu de temps après avoir connu les Dade, elle a décrété que nous n'aurions plus de rapports sexuels. Notre union devait être, je cite, un "mariage de convenance", un "partenariat".

— C'est vous qui l'avez quittée, Mr. Jennings ?

— Ça oui ! Et je ne laisserai personne dire le contraire. J'ai vendu la maison et je lui ai donné la moitié de la somme. J'ai tout fait pour me sortir de cette histoire. Je ne l'ai pas revue depuis. »

Burden lui demanda :

« Ms Troy a-t-elle jamais été violente avec vous ? Quand vous vous disputiez, vous a-t-elle frappé ? Et vous a-t-elle jamais dit si, avant de vous connaître, elle avait eu des épisodes de violence dans son passé ?

— Non. C'était purement verbal. Joanna sait manier le langage. Il y a juste un...

— Oui, Mr. Jennings ?

— J'allais dire un incident – enfin, du genre dont vous voulez parler. Mais pas avec moi. C'était bien avant que je la rencontre. Elle ne me l'a pas dit, je l'ai su par un type que j'ai croisé à l'université. Je ne sais pas si je dois vous le raconter, même si ça n'avait pas l'air d'être un secret.

— Je crois que vous feriez mieux de nous en parler, dit fermement Wexford.

— Oui, bon. D'accord. Quand ce type a appris que je sortais avec Joanna, il m'a dit que son cousin avait été à l'école avec elle, au collège de Kingsmarkham. À l'époque, ils étaient adolescents, mais elle était un peu plus âgée, de trois ans environ. Un jour, elle l'a tabassé, lui a fait les yeux au beurre noir, et même sauter une dent. Il était couvert de bleus, mais n'avait rien de cassé. Son cousin m'a dit qu'on avait étouffé l'affaire parce qu'il n'avait pas été gravement blessé, mais aussi parce que la mère de Joanna venait de mourir. D'après un conseiller pédagogique, cela expliquait sa conduite. J'en ai parlé à Joanna, bien sûr, et elle m'a dit la même chose : sa mère était morte, elle était en état de choc, et elle ne savait pas ce qu'elle faisait. À propos, le cousin a nié, mais elle a déclaré qu'il avait manqué de respect à sa mère. C'est ce que Joanna m'a raconté, qu'il avait insulté la mémoire de sa mère.

« Mais ensuite, il s'est passé quelque chose de drôle. Enfin, pas vraiment drôle, mais vous voyez ce que je veux dire. Le jeune type qu'elle avait frappé est mort. Bien des années après, à vingt et un ou vingt-deux ans ; je crois qu'il avait une leucémie. C'est Joanna qui me l'a appris avant notre mariage. Nous étions encore en maîtrise et elle m'a dit : "Tu sais, ce Ludovic Brown" – c'est drôle que je me rappelle son nom, mais il est un peu bizarre, hein ? – "tu sais, ce Ludovic Brown est mort. D'une sorte de cancer." Puis elle a ajouté : "Il y a des gens qui n'ont que ce qu'ils méritent, non ?" C'était typique de Joanna de lancer des trucs pareils. Le pauvre s'était peut-être montré insultant, et rien que pour cela, il méritait de mourir. Mais Joanna était comme ça. Comme je vous le disais, elle n'était pas très sympathique. »

Ludovic Brown, pensa Wexford. Il devait habiter Kingsmarkham, ou dans les environs. Mort jeune,

172

élève au collège de la ville, on n'aurait aucun mal à trouver sa famille.

« Je vous remercie, Mr. Jennings. Vous nous avez beaucoup aidés.

— Je ne peux pas vraiment dire que c'était un plaisir, hein ? (À nouveau, il jeta un coup d'œil à sa montre, s'alarma aussitôt.) Mon Dieu, je n'ai plus que cinq minutes pour rentrer. Je vais prendre un taxi, si je peux en trouver. »

Il détala. La serveuse le regarda partir avec un petit sourire. Venait-il ici avec Virginia et se montrait-elle possessive en public ?

« Il y a des gens, soupira Burden lorsque Wexford eut réglé l'addition, qui ne semblent pas avoir le moindre instinct de conservation. En voilà un qui tombe tout droit de Charybde en Scylla...

— Il est faible et il est attiré par les femmes fortes. Malheureusement, jusqu'ici, il en a choisi deux dont la force est assez tyrannique. Je crois qu'on pourrait le convaincre de faire n'importe quoi, avaler du cyanure ou vendre sa grand-mère en esclavage. Pourtant, il vaut bien mieux que les autres témoins qu'on a interrogés dans cette affaire, non ? Il nous a donné quelques bonnes pistes. »

10

Burden s'endormit dans la voiture. Et comme Donaldson ne parlait jamais à moins d'y être invité ou de se sentir obligé d'intervenir, Wexford se plongea dans ses pensées. Il songea à Sylvia et à la visite qu'il lui avait faite la veille au soir. Il était allé chez elle avec Dora après le dîner, soi-disant pour prendre de ses nouvelles après ce qui s'était passé au Hide dans la matinée. Chapman leur avait ouvert et n'avait pas semblé ravi de les voir.

« Sylvia n'a pas dit qu'elle vous attendait. »

Comme Dora lui avait conseillé de tenir sa langue, Wexford n'avait pas réagi. Dora avait demandé comment allait Sylvia.

« Très bien. Pourquoi ça n'irait pas ? »

Les garçons étaient occupés à faire leurs devoirs dans ce qu'on appelait la salle de jeux. La télévision était allumée, mais le volume baissé. Et d'après le verre de vin à moitié plein sur la table roulante, le siège creusé du fauteuil et le *Radio Times* froissé dans sa main, Chapman venait de s'offrir un moment de détente. Wexford, qui avait très vite embrassé la scène, avait dit bonsoir à Ben et à Robin, puis suivi Dora dans la cuisine. Là, ils avaient trouvé Sylvia qui préparait le repas du soir. Des pâtes cuisaient dans une casserole, des herbes, des tomates et des champignons dans une autre, et les ingrédients d'une salade étaient disposés sur la table.

« Je viens juste de rentrer, avait-elle dit, comme si elle avait besoin de s'excuser ou de se justifier. Cal allait le faire, mais il y eut cette émission de télévision et maintenant, il aide les garçons à finir leurs devoirs. »

À nouveau, Wexford s'était abstenu de tout commentaire.

« Comment te sens-tu ?

— Très bien. Je devrais être blindée maintenant, ce n'est pas la première fois que je vois ça. Seulement, le plus souvent, je n'assiste pas vraiment à l'agression, on me la raconte après. Mais ça va mieux, il le fallait. La vie continue. »

Tout homme digne de ce nom – Wexford fut stupéfait de se voir employer, même en pensée, une telle expression –, n'importe quel type bien l'aurait fait asseoir en lui servant à boire, aurait éloigné les enfants, et l'aurait fait parler pour la réconforter.

« Il est affreusement tard pour dîner, mais j'étais un peu obligée de rester. Vous voulez quelque chose ? Un verre ?

— On ne fait que passer, avait répondu Dora sur un ton apaisant. On va rentrer, maintenant. »

Dans la voiture, Wexford avait lancé :

« Il n'est pas censé être un as du partage des

tâches ? Je croyais que c'était son point fort. Il a d'autres qualités, à part ça ? »

Dora, qui mettait généralement un frein à ses excès, l'avait approuvé. Il avait souvent entendu dire qu'une femme ne restait pas avec un homme pour son caractère ni pour son physique, mais pour ses performances sexuelles, mais il n'en croyait rien. Bien sûr, la sexualité était gratifiante lorsque l'on aimait l'autre ou qu'on était fortement attiré par lui. Autrement, elle changeait les hommes et les femmes en machines, pourvues de boutons et d'interrupteurs. Il aurait volontiers demandé l'avis de Burden si celui-ci n'était pas aussi prude. D'ailleurs, il dormait. En repensant à Chapman et à sa fille, à Neil et au travail de Sylvia, Wexford le laissa dormir encore dix minutes, puis il le réveilla.

« Je ne dormais pas, protesta Burden, comme une vieille baderne assoupie dans un fauteuil club.

— Non, vous étiez tombé en catalepsie. Comment s'appelle le directeur du collège de Kingsmarkham ?

— Ce n'est pas à moi qu'il faut le demander, mais à Jenny. Elle enseigne dans ce collège.

— Oui, mais elle n'est pas là. Elle doit être justement en cours. »

Donaldson, à qui l'on n'avait pas adressé la parole, répondit :

« Dame Flora Gregg, monsieur.

— *Dame ?*

— C'est bien ça, confirma Burden. Elle a été anoblie par la reine.

— Pour avoir sorti le collège de la pagaille où il

176

était plongé. Mon fils de quatorze ans fait ses études là-bas, monsieur.

— Alors, elle ne doit pas y être depuis longtemps, estima Wexford. Cette histoire avec Joanna Troy s'est passée – quand ? Il y a quinze ans. Qui occupait le poste avant dame Flora Gregg ? »

Donaldson n'en savait rien.

« Un homme, répondit Burden. Laissez-moi réfléchir... Il était là lorsque j'ai rencontré Jenny, et elle enseignait déjà dans ce collège. Elle disait qu'il était paresseux, je m'en souviens très bien, et à cheval sur les détails sans intérêt. Là, ça me revient : il s'appelait Lockhart. Brendon Lockhart.

— Je suppose que vous ignorez où on peut le trouver.

— Vous avez raison de le supposer, comme dirait Roger Dade. Mais, attendez... Cela va faire cinq ou six ans qu'il a pris sa retraite et que Flora Gregg lui a succédé. Il devait avoir alors soixante-cinq ans. Il est peut-être mort.

— Nous aussi, on pourrait être morts. On ne meurt pas uniquement de vieillesse. Où s'est-il retiré ?

— Il est resté dans la région. Ça, j'en suis sûr. »

Wexford réfléchit.

« Alors, on commence par qui ? Par Lockhart ou les parents du pauvre Ludovic Brown ?

— Il faudrait d'abord savoir où ils habitent. »

Trouver Lockhart fut un jeu d'enfant. C'était le seul de ce nom dans l'annuaire. Wexford laissa à Lynn Fancourt la tâche peu enviable de contacter les cinquante-huit Brown de la région et de leur demander, avec autant de tact et de ménagement que possible, s'ils avaient eu par hasard un fils mort à vingt et un ans d'une leucémie. Et, pendant que Donaldson l'emmenait à Pomfret avec Barry Vine, il se dit que les deux méfaits attribués à Ms Troy s'étaient produits l'un et l'autre en milieu scolaire. D'abord, il y avait eu l'agression du garçon de quatorze ans, puis le prétendu vol. Le lien avec l'école avait-il une importance ? Ou bien était-ce seulement une coïncidence ?

Brendon Lockhart était veuf. Il l'apprit à Wexford presque aussitôt après avoir ouvert sa porte. Peut-être était-ce seulement pour justifier sa solitude. Il habitait une petite maison victorienne, d'une propreté presque inquiétante, entourée par un jardin qui devait ressembler, en été, aux paysages idylliques des calendriers. Il introduisit les policiers dans un salon parfaitement rangé, une pièce sans caractère évoquant les publicités pour les tissus d'ameublement. D'instinct, Wexford sut qu'il ne leur offrirait pas de thé. Il s'assit avec précaution sur le chintz immaculé d'un divan à fleurs. Vine se percha au bord d'un fauteuil droit, aux bras polis comme le verre.

« Ah oui, le collège, dit Lockhart. C'est une femme qui m'a succédé, vous savez. D'habitude, je n'aime pas dire du mal des gens, mais elle, c'est une arriviste. Un joli mot, *arriviste*, qui convient parfaitement à dame Flora Gregg. C'est ridicule, n'est-ce pas, de donner à une femme un titre de chevalerie ? Je ne l'ai rencontrée qu'une fois, mais je l'ai trouvée arrogante, didactique et malheureusement gauchiste. Mais aujourd'hui, les femmes dominent le monde. Voyez comme elles ont pris le contrôle de nos écoles ! J'ai appris que même Haldon Finch avait une directrice. En un temps étonnamment court, les femmes ont complètement pris le pouvoir, elles ont réussi à forcer les portes de tous les milieux qui leur étaient autrefois interdits. Je dois dire que je suis très heureux de ne pas avoir affaire à deux *policières*.

— Dans ce cas, Mr. Lockhart, dit Wexford, vous ne verrez sans doute pas d'inconvénients à ce que nous vous interrogions sur deux de vos anciens élèves, Ludovic Brown et Joanna Troy. »

Lockhart était un petit homme fin, alerte, au visage rose et lisse pour son âge, avec des cheveux blancs mieux répartis que ceux de Ralph Jennings. Pourtant, lorsqu'il parlait, sa figure se déformait et se crispait, ce qui donnait à ses traits une apparence morbide.

« Je suis si content de vous entendre employer ce mot, "élève". La bonne *dame* préférerait sans doute "étudiant". »

Wexford aurait bien aimé lui demander s'il avait pensé à consulter quelqu'un pour sa paranoïa. Mais il ne le pouvait évidemment pas.

« Joanna Troy, monsieur. Et Ludovic Brown.

– C'était la jeune personne qui avait agressé le garçon ? Ah oui, dans le vestiaire, après le *groupe théâtre*, comme j'étais censé appeler le club d'art dramatique. Je crois qu'elle a dit après qu'il l'avait embêtée lors d'une répétition. C'est bien ça. Ils jouaient *Androclès et le Lion*. Une pièce très appréciée des clubs d'art dramatique scolaires, principalement, je pense, à cause de sa nombreuse distribution.

— Il a été assez gravement blessé, je crois, même s'il n'a rien eu de cassé ?

— Il avait les yeux au beurre noir. Et beaucoup de contusions.

— Mais on n'a pas appelé la police, ni même une ambulance ? On m'a dit qu'on avait étouffé l'affaire. »

Lockhart eut l'air un peu gêné. Son visage se tordit en un masque de gargouille, puis il lui répondit : « C'est le garçon qui l'a voulu. Nous avons fait venir les parents – enfin, la mère. Je crois qu'il y avait un divorce dans l'air. C'est souvent le cas de nos jours, vous ne trouvez pas ? Et elle a dit qu'ils ne feraient pas d'histoires. »

Le garçon n'avait alors que quatorze ans. Wexford tenta de se remémorer des bribes de la pièce de Shaw, mais il ne se rappelait que la Rome antique et les chrétiens jetés aux lions.

« Ludovic devait être un figurant, n'est-ce pas ? Il jouait peut-être un esclave, un petit rôle de chrétien ?

— Oui, quelque chose comme ça. Je crois que Ms Troy a dit qu'il lui avait fait une grimace ou un croche-pied. C'était une broutille. À propos, il n'est pas mort de maladie. Vous avez bien parlé d'une leucémie ? »

Wexford hocha la tête.

« Non, non. Il avait un cancer, c'est vrai, mais il suivait un traitement qui stabilisait la maladie. Ma chère défunte connaissait sa grand-mère, qui travaillait comme domestique chez une de ses amies.

Et elle lui a raconté ce qui s'était passé. Non, en réalité, il est tombé d'une falaise. »

Vine demanda :

« Où ça, monsieur ?

— J'y arrive. Laissez-moi terminer. Sa mère et... enfin son beau-père, je suppose – il était peut-être alors le soupirant de Mrs. Brown, je ne connais rien à ces choses –, l'ont emmené en vacances sur la côte sud, pas loin d'ici. Il est sorti seul un après-midi et il est tombé d'une falaise. Ça a été une histoire tragique. Il y a eu une enquête, mais les circonstances n'avaient rien de suspect. Il était faible, il ne pouvait pas marcher loin, on a pensé qu'il s'était trop approché du bord et qu'il avait basculé. »

Wexford se leva.

« Merci, Mr. Lockhart. Vous nous avez beaucoup aidés.

— J'ai appris que Joanna Troy était entrée dans l'enseignement. C'est vrai ? Elle n'était pas du tout faite pour s'occuper d'enfants. »

« Donc, où se trouvait Joanna Troy quand Ludovic Brown était à Eastbourne, Hastings, ou je ne sais où ? »

Wexford avait lancé cette question dans son bureau, où il buvait du thé avec Burden.

« Et comment allons-nous le découvrir ? repartit Burden. Cela devait se passer – voyons... – il y a huit ans. Elle enseignait alors sans doute à Haldon Finch et habitait avec Jennings, mais ils n'étaient pas encore mariés. Elle aurait très bien pu faire un saut sur la côte sud. En voiture, ce n'est pas loin.

— On ne sait pas très bien ce que Brown a fait pour la contrarier. D'après Jennings, il a insulté sa mère, et d'après Lockhart, il lui a fait une grimace ou un croche-pied. Laquelle de ces versions est la bonne ? Les deux, peut-être ? D'ailleurs, connaissait-elle vraiment Ludovic Brown ? A-t-elle jamais eu affaire à lui, à part le jour où il l'a plus ou moins insultée ou offensée à une répétition théâtrale ?

— On peut éventuellement répondre oui à toutes ces questions si Joanna est une psychopathe criminelle.

— Pour l'instant, rien ne le prouve. Si vous ne voulez pas plus de thé, allons rendre visite à la mère de Ludovic. Lynn l'a trouvée dans un appartement à Stowerton et elle s'appelle toujours Brown malgré son soupirant.

— Son quoi ?

— C'est comme ça que Lockhart l'a appelé, avec ses idées archaïques... »

Apparemment, Mrs. Brown s'était beaucoup moins bien sortie de son divorce que Joanna Troy. Elle partageait une petite maison dans Rhombus Road à Stowerton, dont la fenêtre, sur le devant, donnait sur une route. Au moment de leur arrivée, un bruit sourd de batterie et la voix d'Eminem pénétraient à travers le mur mitoyen. Jacqueline Brown donna un grand coup de poing dans la paroi et le volume baissa très légèrement.

« Je ne sais pas pourquoi elle a agressé Ludo. (Elle avait une voix lasse, grisâtre, comme son physique.

La vie l'avait vidée de ses couleurs et de sa gaieté, et cela se voyait.) Un prénom idiot, n'est-ce pas ? C'est son père qui l'avait choisi. Cette Joanna, il ne la connaissait même pas, elle était beaucoup plus vieille que lui. Enfin, la différence d'âge paraît plus grande quand on a quatorze ans. Elle n'avait jamais frappé personne avant, du moins c'est ce qu'on a dit. Tout ça parce qu'il lui avait fait une grimace quand elle était sur scène. Il lui avait tiré la langue, c'est tout.

— Je suis désolé d'avoir à vous poser toutes ces questions, Mrs. Brown, commença Wexford. Je vais essayer de ne pas les rendre trop pénibles. En 1993, vous avez emmené votre fils en vacances à... où, exactement ?

— On est partis avec mon compagnon, Mr. Wilkins. L'idée venait de lui, c'est un homme très gentil. On est allés quelques jours chez sa sœur, à Eastbourne. »

Burden intervint.

« Ni vous ni votre fils n'avez revu Ms Troy après l'agression ?

— Non, jamais. Il n'y avait pas de raison. Ludo allait se promener tous les après-midi. Le docteur disait que c'était bon pour lui. D'habitude, Mr. Wilkins l'accompagnait, mais ce jour-là, sa jambe lui faisait mal, il pouvait à peine poser le pied par terre. On ne savait pas ce qu'il avait, on ne l'a jamais su, mais le résultat, c'était qu'il ne pouvait pas marcher et que Ludo est sorti seul. La plupart du temps, il restait dehors au maximum vingt minutes. Cette fois-là, il n'est pas revenu. »

Des bruits de pas résonnèrent dans l'escalier, la porte s'ouvrit et un homme entra. Il était petit et rond, avec un double menton. Ce fut ainsi que Mrs. Brown leur présenta « Mr. Wilkins ». Wexford aurait bien aimé que Lockhart fût là. En voyant cet homme qui n'avait rien de séduisant, il aurait peut-être cessé de le qualifier de « soupirant ».

« Nous parlions de la mort tragique de Ludovic.

— Ah bon ? »

À l'arrivée de son compagnon, Jacqueline Brown s'était animée. Elle répéta ce qu'elle avait dit avant, mais d'une voix plus joyeuse :

« Un prénom idiot, n'est-ce pas ? C'est son père qui l'avait choisi.

— Vous voulez savoir d'où il l'avait sorti ? (Wilkins s'assit et prit la main de sa compagne.) Il avait lu un livre. (Il disait cela comme si c'était une activité ésotérique, un peu comme l'étude des métaplasmes ou bien la collection des sigmodons.) Un livre de Ludovic Kennedy, sur un tueur en série. Bizarre, non, de donner à son fils unique le nom d'un type qui a écrit ce genre de livre ? »

Mrs. Brown secoua la tête, en esquissant un petit sourire.

« Pauvre Ludo. Mais c'était peut-être mieux comme ça. Il n'en avait plus pour longtemps, de toute façon. Il n'aurait pas fait de vieux os. »

« Les gens m'étonneront toujours, dit Wexford quand ils descendirent l'escalier raide et sombre.

— Moi aussi. Il nous reste encore deux parents à

voir et peut-être aussi le garçon. Celui à qui elle a soi-disant volé le billet de vingt livres.

— Pas aujourd'hui. Il attendra. Je dois aller faire ma visite habituelle aux parents Dade. Vous pouvez venir avec moi si ça vous chante. Et pendant que j'y suis, j'aimerais aussi passer chez les Holloway. Il y a quelque chose qui me travaille depuis longtemps, une chose que la mère du fils Holloway a dite et qu'il a niée. »

Roger Dade était chez lui. Il leur ouvrit sans rien dire, mais en les fixant comme s'ils étaient deux enfants venus demander pour la cinquième fois leur ballon. Katrina était allongée, la tête enfouie dans des coussins.

« Comment allez-vous ?

— À votre avis ? répliqua Dade. On est fous d'inquiétude, on a un cafard noir.

— Je ne suis pas inquiète, dit Katrina d'une voix étouffée. Je suis au-delà de ça. *Je pleure la mort de mes enfants.*

— Oh, la ferme, lui lança son mari.

— Mr. Dade, reprit Wexford, nous avons essayé de reconstituer les événements du samedi où vous étiez partis. Apparemment, votre fils est sorti seul dans l'après-midi. Savez-vous où il a pu aller ?

— Comment voulez-vous que je le sache ? Faire des courses, sans doute, en profitant de mon absence. Dès qu'on les laisse faire, ces enfants passent leur temps dans les magasins. Mais pas quand je suis là, je vous le garantis. Pour moi, il n'y a pas de manière plus futile de perdre son temps. »

Wexford hocha la tête. Il avait l'impression que

Burden était un peu gêné, lui qui prenait un grand plaisir à faire du lèche-vitrine. Si Giles avait été faire des courses, qu'avait-il acheté ? C'était presque impossible à dire. Il n'aurait pu savoir quels objets, dans sa chambre, étaient vieux, plus récents ou flambant neufs, et il était certain que Dade n'en savait rien non plus.

« Un de ses amis, Scott Holloway, le fils de votre voisin, a laissé un message sur votre répondeur. Et il a rappelé plusieurs fois sans qu'on lui réponde. Il voulait passer prendre Giles et l'emmener chez lui écouter de nouveaux CD. Il venait souvent ici ? »

Dade eut l'air exaspéré.

« Je croyais vous avoir dit que mes enfants reçoivent peu de visites et ne vont jamais chez les autres. Ils n'ont pas le temps. »

Soudain, Katrina se redressa. Elle semblait avoir oublié qu'elle avait récemment qualifié sa « meilleure amie » de meurtrière.

« Là, j'ai pu rendre service à Joanna. Je l'ai recommandée quand Peter a voulu que Scott prenne des cours particuliers de français.

— Peter ? répéta Burden.

— Holloway, expliqua Dade. Giles, cela va sans dire, n'a pas besoin de soutien en français.

— Et elle lui a donné des cours ?

— Quelques-uns. (Katrina afficha une grimace hypocrite.) J'étais vraiment navrée pour ces pauvres Holloway. Joanna disait que Scott était nul en français. »

Après cet échange, Roger les poursuivit de ses

insultes jusqu'à la porte, les traitant d'incapables et de policiers à la manque.

« C'est vraiment bizarre, dit Wexford tandis qu'ils parcouraient les cinquante mètres qui menaient chez les Holloway. Sa rosserie m'atteint presque aussi peu que les sarcasmes de Chapman. Elle semble faire partie intégrante de son caractère, un peu comme chez vous, ajouta-t-il avec malice, faire les boutiques et s'habiller chic.

— Merci du compliment ! »

La sonnette des Holloway était presque inaccessible sous la guirlande de feuilles vertes, de poinsettias rouges et de rubans dorés accrochée devant la porte. Ils étaient très en avance sur les autres riverains pour leurs décorations de Noël. Une couronne de houx pendait sur le heurtoir en fer forgé, mais Burden parvint à y glisser les doigts et à frapper deux coups.

« Seigneur, dit Mrs. Holloway d'une voix sévère. Quel bruit ! (Comme s'ils étaient responsables de la présence des poinsettias.) Vous voulez revoir Scott ? »

Le garçon descendait l'escalier, penchant la tête pour éviter un bouquet de gui, sans doute installé là pour les baisers de fin d'année. Tous pénétrèrent dans un salon aussi scintillant et chargé que le rayon d'accessoires de Noël d'un supermarché.

« N'est-ce pas ravissant ? dit Mrs. Holloway. Scott et ses sœurs l'ont décoré eux-mêmes.

— Très joli », répondit Wexford.

Visiblement, Scott était terrifié. Ses mains tremblaient et il pressait ses paumes sur ses genoux pour les maîtriser.

« Allons, Scott, tu n'as pas à t'inquiéter. Tu dois simplement nous dire la vérité. »

La mère de Scott l'interrompit :

« Qu'est-ce que vous voulez dire ? Bien sûr qu'il le fera. Il ne ment jamais. Mes enfants disent toujours la vérité. »

Ce doit être un garçon modèle, pensa Wexford. Voire surhumain ? Existait-il une personne qui dise *toujours* la vérité ?

« Es-tu allé chez Giles ce samedi après-midi-là, Scott ? »

Le garçon secoua la tête et sa mère explosa :

« S'il le dit, c'est qu'il n'y est pas allé, c'est tout.

— Non », chuchota Scott, puis, un peu plus fort : « Je n'y ai pas été. »

Burden hocha la tête, puis expliqua d'un ton gentil :

« Nous cherchons juste à reconstituer ce qui s'est passé chez les Dade ce jour-là : qui a téléphoné, qui est venu, sorti, etc. Si tu avais été là-bas, tu aurais peut-être pu nous aider, mais comme tu dis que tu ne l'as pas fait...

— Non.

— Je pense que tu sais que Ms Troy, Joanna Troy, a disparu elle aussi. Elle a été ta répétitrice (employait-on encore ce terme ?) de français ?

— Oui, et elle a aussi donné des cours à ma fille Kerry. »

Mrs. Holloway avait manifestement décidé, avec quelque raison, que Scott n'était pas à même de répondre à d'autres questions.

« Mon fils n'a pris que trois leçons avec elle, il ne

s'entendait pas avec cette femme. Kerry ne l'aimait pas non plus – il semble que personne ne l'aimait –, mais la petite a quand même fait des progrès. Elle a eu son examen, en tout cas. »

Il n'y avait rien à ajouter.

« Je sais que cet enfant ment, dit Wexford lorsqu'ils remontèrent en voiture. Je me demande pourquoi, et de quoi il a peur. Il est temps de rentrer. Je vais réfléchir à tout cela ce soir, pour voir si je peux me faire une idée de l'endroit où se trouve la Golf. On se heurte à cette inconnue depuis le début. Toutes les polices la cherchent, mais nous n'avons pas vraiment réussi à échafauder une théorie valable sur l'endroit où elle peut être.

— Nous avons appris qu'un garçon était tombé d'une falaise. Il se peut qu'elle l'ait poussé et que, bien des années après, elle ait fait basculer sa propre voiture du haut d'une corniche.

— Pas sur la côte sud, dit Wexford. Ce n'est pas comme dans l'ouest de l'Écosse où l'on peut conduire une voiture jusqu'au bord des à-pics. Ça paraît inimaginable dans la région d'Eastbourne. J'y réfléchirai chez moi. Vous voulez bien me déposer, Jim ? »

En fait, il est très difficile de rester longtemps assis, même seul et dans un calme absolu, pour se concentrer sur un sujet précis. Comme l'ont découvert les gens qui pratiquent la méditation et la prière, beaucoup de choses insignifiantes vous distraient de vos pensées – une voix dans la rue ou dans une pièce voisine, le bruit de la circulation, « le bourdonnement d'une mouche », comme l'a dit John Donne. Wexford n'essayait pas de prier, seulement de tirer

189

un problème au clair. Mais après être demeuré une demi-heure assis, s'être endormi une fois, puis s'être forcé à rester éveillé, avoir senti deux fois ses pensées dériver vers Sylvia et la crainte d'un retour des inondations, il déclara forfait. On arrive à se concentrer plus facilement en marchant. Mais dehors il pleuvait, la bruine alternait avec les giboulées, et les caprices de la pluie avaient contribué à interrompre le fil de ses pensées. Qu'était-il arrivé à la Golf bleu foncé de George Troy, immatriculée LC02 YMY ? Il se le demandait toujours.

Cette nuit-là, il en rêva, plongeant dans un de ces rêves chaotiques et insensés foisonnant de métamorphoses. La voiture, conduite par un chauffeur vaguement masculin, se trouvait devant lui sur une grande artère. Mais lorsqu'elle s'engagea dans une aire de repos pour se garer, elle se changea en éléphant et l'animal se mit à mâcher placidement des feuilles de pommier. Le conducteur avait disparu. Il voulut monter sur le dos de l'éléphant, mais celui-ci s'était à nouveau transformé, ses contours ondulant pour se muer en un cheval de Troie à la carrosserie bleu foncé. Quand il le regarda, une porte s'ouvrit sur son flanc et il en sortit une femme et deux enfants. Il se réveilla avant d'avoir pu distinguer leurs visages.

Ce n'était pas le genre d'état de veille dont on sait qu'il va bientôt céder à nouveau la place au sommeil. Il allait rester couché sans dormir pendant au moins une heure. Alors il se leva, dénicha le *Théâtre complet* de Bernard Shaw et commença à lire *Androclès et le Lion*. La pièce était plus fantaisiste que dans son souvenir – cela faisait trente-cinq ans qu'il l'avait lue –,

190

très datée, et les idées qui avaient pu sembler neuves à l'époque de sa création étaient à présent éculées. Elle comportait seulement deux rôles de femmes, Megaera, la femme d'Androclès, et Lavinia, la belle chrétienne. Cette dernière avait dû être incarnée par Joanna Troy. Quel rôle avait pu jouer Ludovic Brown? Le seul personnage de jeune garçon était celui du héraut, et il n'avait que six ou sept lignes de texte. Sûrement celui-là.

À un moment donné, sans doute quand Lavinia flirtait avec le capitaine – une scène qui avait des chances de faire ricaner les garçons de quatorze ans –, Ludovic avait dû faire une grimace en lui tirant la langue. Ou bien, il l'avait fait avant d'entrer en scène pour appeler un gladiateur ou la victime d'un lion dans l'arène. Et Joanna l'avait battu comme plâtre pour ça? D'où sortait cette histoire selon laquelle il aurait insulté sa mère? Il semblait évident que c'était seulement la version que Joanna avait donnée à son mari. Cela lui permettait de mieux justifier l'agression de Ludovic, alors que le garçon avait dû se borner à lui tirer la langue.

Wexford se recoucha et se rendormit. Il se réveilla à sept heures. En émergeant du sommeil, il pensa très clairement : la voiture est quelque part dans un terrain privé. Dans une propriété, le parc d'une grande maison, les terres en friche d'un domaine délaissé. Quelque part où personne ne va pendant les mois d'hiver. C'est là qu'elle l'a conduite et l'a abandonnée. Parce qu'il y avait à l'intérieur des traces indélébiles, des taches, des preuves incriminantes, ou les corps des enfants.

11

George Troy essayait de répondre à Vine, mais il ne faisait que se perdre en digressions. Il évoqua tour à tour les propriétés de la Caisse nationale des monuments historiques qu'il avait visitées, de grands manoirs comme Chatsworth et Blenheim, qu'il avait toujours voulu voir, sans jamais en trouver le temps, ou encore une lande en Écosse, où un lointain cousin, mort depuis longtemps, avait reçu une balle dans la jambe lors d'une partie de chasse. Ce fut sa femme, et non pas Vine, qui l'interrompit enfin en disant :

« C'est très intéressant, chéri, mais pas tout à fait ce que l'inspecteur te demande.

— Cette lande, reprit Vine, où flânait votre cousin, s'agissait-il d'une propriété familiale ? Je veux dire, celle d'un de ses amis ou bien de ses parents ?

— Grands dieux, non ! s'exclama Effie Troy, qui avait visiblement déjà entendu l'histoire, peut-être trop souvent. Les Troy ne font pas partie de ces milieux-là. Le cousin venait de Morecambe et ça remonte à 1926. »

Vine n'en fut pas surpris.

« Et donc, Joanna – il s'était mis peu à peu à la désigner par son prénom, puisque nul ne semblait y voir d'objection – ne connaissait personne qui avait une grande propriété à la campagne ?

— Pas vraiment. La seule fois où elle a été en contact avec des gens comme ça, c'était quand elle donnait des cours particuliers à des élèves pour le GCSE. Il y avait une fille, je ne me rappelle pas son nom... (Mrs. Troy eut l'air de quêter l'aide de son mari, tout en ne se faisant guère d'illusions sur le résultat.) Julia ou Judith quelque chose. Joanna ne l'aimait pas, elle la trouvait mal élevée. Ses parents étaient les propriétaires de Saltram House, ils doivent toujours l'être. Vous savez, cette grande maison avec dix hectares de terres sur la route de Forby, qui a été entièrement rénovée il y a une quinzaine d'années ? Mais comment s'appellent-ils ?

— Greenwell », répondit Barry Vine.

La police, qui menait une vaste enquête sur les domaines de la région, avait déjà visité la demeure et son parc, et interrogé les Greenwell.

« Il n'y pas d'endroit où Joanna allait marcher ? Même loin d'ici et sans forcément connaître les propriétaires. Un endroit où elle se promenait et où il y avait des sentiers publics ?

— Elle n'aime pas trop la marche, répondit George Troy, qui ne pouvait plus s'empêcher de parler. Elle va courir, ou faire du jogging, comme on appelle ça maintenant. Mais personne n'irait faire des kilomètres pour aller courir dans un sentier, sur un terrain privé. Non, on n'imagine pas que quelqu'un fasse cela, pas quand il a plein d'espace pour courir ou jogger près de chez lui. Quand elle voulait faire de l'exercice, elle allait au *gymnase*. Elle m'a dit que ça venait d'un mot grec qui voulait dire "se mettre nu". Je ne dis pas qu'elle se mettait nue, bien sûr. Joanna est toujours correctement vêtue, n'est-ce pas, Effie ? Elle porte des shorts quand il fait chaud, et sans doute aussi à son gymnase. En tout cas, c'est là, dans ce gymnase, qu'elle va faire de l'exercice. »

Il fit une pause pour reprendre son souffle et Effie le coupa aussitôt.

« Nous ne pouvons pas vous aider, j'en ai peur. Joanna est née à la campagne et elle y a passé pratiquement toute sa vie, mais je ne dirais pas que c'est une campagnarde. L'environnement, l'agriculture, la faune et la flore, ce genre de choses ne l'intéressent pas trop.

— Quand vous l'aurez retrouvée, vous nous le direz, n'est-ce pas ? »

George Troy, qui avait apparemment cessé de s'inquiéter pour sa fille, parlait comme si la police de Kingsmarkham et de tout le pays cherchait un parapluie égaré dans un bus.

« Quand elle se montrera, où qu'elle soit ? Nous aimerions savoir.

— Vous pouvez compter sur nous, répondit Vine, s'efforçant de ne pas prendre un ton sinistre.

— C'est rassurant, n'est-ce pas, Effie ? C'est bon de savoir qu'ils nous tiendront au courant. Je me faisais du souci, au début, nous nous en faisions tous les deux. Ma femme était aussi inquiète que moi. Ce n'est pas une belle-mère classique, vous savez, pas du tout. C'était une amie de la famille quand ma pauvre première femme chérie était encore en vie. En fait, c'était la marraine de Joanna. Marraine et belle-mère, ce n'est pas très courant, n'est-ce pas ? Et mon Effie est les deux, vous voyez. La pauvre Joanna avait seulement seize ans lorsque sa mère est morte, c'est une chose terrible pour une jeune fille, et ça l'a perturbée, gravement perturbée, et je n'arrivais pas à l'aider. C'est Effie qui a tout fait. Effie est apparue comme un ange, elle a sauvé Joanna, elle a été en même temps sa mère, sa belle-mère et sa marraine, et je n'exagère pas en disant qu'elle a sauvé la santé mentale de Joanna... »

Mais à ce moment-là, Vine, qui avait l'impression d'avoir été frappé sur la tête par quelque chose de lourd, cessa de l'écouter. Il restait assis là, la patience incarnée, comme l'aurait formulé Wexford, souriant à ces torrents d'absurdités jusqu'à ce qu'Effie le libère en sautant de sa chaise :

« Nous ne pouvons vraiment pas vous aider, j'en ai peur », répéta-t-elle.

Elle l'accompagna jusqu'à la porte, s'arrêta sur le seuil et lui dit :

« Je suis toujours inquiète. J'ai des raisons de l'être ? »

Vine répondit sincèrement :

« Je ne sais pas, Mrs. Troy. Je ne sais vraiment pas. »

Aucun dentiste n'avait signalé la visite d'une jeune femme ayant perdu une couronne dentaire. Or

195

Wexford était certain que plusieurs praticiens se seraient manifestés, même s'ils l'avaient confondue avec une autre. Mais pas un seul n'avait contacté la police. C'était si inhabituel qu'il fit même passer un appel à un commissariat, choisi au hasard dans une région d'Écosse, pour vérifier que ses policiers avaient vraiment alerté les dentistes. Aucun doute là-dessus, tous les praticiens de la région avaient été prévenus, et chacun avait été désireux de collaborer.

Souffrait-on en perdant une couronne dentaire ? Il n'en savait rien. Il téléphona à son dentiste et apprit que cela dépendait du support. Si le nerf de la dent qui avait encore sa racine était mort, ou si la couronne était fixée à un implant, on ne sentait rien. D'un point de vue esthétique, la dent cassée ne se voyait pas si c'était une molaire, ce qui devait être le cas. Mais lorsqu'il raccrocha, Wexford se rappela ce qu'avait dit Effie Troy, que Joanna s'était fait poser des couronnes parce qu'elle pensait avoir deux vilaines dents qui la vieillissaient.

Si la jeune femme n'avait pas été chez le dentiste, sa dent devait être encore plus vilaine à présent. Et pourquoi n'y avait-elle pas été ? Parce qu'elle ne souffrait pas et ne se souciait plus de cet aspect de son physique ? Qu'elle supposait qu'on avait prévenu les dentistes et ne voulait pas attirer l'attention sur elle ? Ou pour une raison plus sinistre ?

Tandis que les recherches continuaient à Mynford New Hall et Savesbury House, deux propriétés aux vastes parcs aisément accessibles de la route, Wexford se rendit à pied à son rendez-vous à l'école Haldon Finch. Ce grand collège était généralement considéré – du moins avant l'arrivée de Philippa Sikorski, la nouvelle directrice – comme un établissement plus sélect que l'ancienne école secondaire du comté de Kingsmarkham. C'était là qu'on envoyait ses enfants quand on en avait les moyens. Des parents soucieux de l'éducation de leur progéniture s'étaient notoirement installés pour cela dans le secteur de l'école. Joanna Troy devait avoir d'excellents diplômes et produit une impression exceptionnelle pour y décrocher un poste à un âge aussi jeune.

C'était le dernier jour du trimestre. Les élèves allaient quitter l'école à l'heure du déjeuner, pour retourner chez eux pendant les vacances de Noël. À partir de demain, il n'y aurait plus personne pour contempler le sapin, paré d'austères ornements blancs et argentés, planté sur un petit socle dans l'entrée.

Un homme sortit de l'ascenseur. Il n'avait pas l'air d'un enseignant, d'un inspecteur d'académie ou d'un parent, mais il aurait pu être l'un des trois. Il était petit, mince, avec des cheveux blond-roux, vêtu d'un jean et d'une veste en cuir brun. Wexford fut escorté dans l'escalier jusqu'au bureau de la directrice. Elle ne correspondait pas du tout à l'idée qu'il se faisait d'une « principale ». Elle avait des ongles cramoisis assortis à son rouge à lèvres, et sa jupe atteignait à peine ses genoux. Ses cheveux blond pâle bouclaient autour de son visage régulier. Elle semblait avoir une quarantaine d'années, elle était grande et élancée, et portait un parfum que Wexford reconnut aussitôt : Roma, de Laura Biagiotti.

Comme beaucoup de femmes qui avaient réussi professionnellement au tournant du vingtième siècle, Philippa Sikorski n'avait rien de stéréotypé, ni dans son élocution, ni dans son attitude, ni dans son aspect.

« J'ai lu, naturellement, des articles sur la disparition de Joanna, inspecteur. J'imagine que vous voulez m'interroger sur les circonstances qui l'ont poussée à démissionner. »

La voix qu'il s'attendait à trouver distinguée était teintée d'un fort accent du Lancashire. Une surprise de plus.

« À propos, cela vous intéressera peut-être de savoir qu'un certain Mr. Colman était là il y a un instant. Il a dit qu'il était détective privé. Mais je ne l'ai pas reçu, parce que je vous attendais.

— J'ai dû le croiser en bas. Il a été engagé par la grand-mère des enfants disparus.

— Je vois. Mais revenons à Joanna Troy. J'étais là depuis six mois à peine quand elle a démissionné, mais aujourd'hui, cinq ans après, je ne m'en suis toujours pas remise.

— Pourquoi cela, Ms Sikorski ?

— C'était si *inutile*, soupira-t-elle. Elle n'avait rien fait de mal. Le garçon avait inventé ce vol, je ne sais pas pourquoi. Un conseiller pédagogique a dit qu'il était au bord de la dépression. J'ai répondu que c'était absurde, je ne crois pas à ces dépressions. (Wexford était de son avis, mais il ne le dit pas.) Mais ce qui vous intéresse, c'est ce qui s'est passé. Avez-vous entendu la version des Wimborne ?

— Les Wimborne ? »

— Oh, excusez-moi. Ce sont les parents de Damon. Il s'appelle Damon Wimborne. Ainsi, vous ne la connaissez pas. Pour résumer les choses, Joanna remplaçait le professeur d'éducation physique qui était malade. Elle était dehors avec les étudiants sur les courts, où les filles jouaient au basket et les garçons au tennis. Ils avaient deux heures d'activités en plein air dans l'après-midi. Elle est rentrée avec eux au vestiaire, mais elle n'y est pas restée plus de deux ou trois minutes. Et le lendemain, Mr. et Mrs. Wimborne sont arrivés ici dans une colère noire, prétendant que Joanna avait volé un billet de vingt livres dans le sac à dos de leur fils. Il était accroché à sa patère, et quand Damon est entré avec les autres garçons dans le vestiaire – les filles y étaient déjà –, Ms Troy, d'après lui, avait la main dedans.

« C'était très délicat. J'ai questionné Damon et il a maintenu son histoire. Il m'a raconté qu'il n'en avait rien su avant de rentrer chez lui. Et là, en cherchant son argent, il a découvert qu'il avait disparu. Je lui ai demandé ce qui lui avait pris de laisser un billet de vingt livres dans un sac au vestiaire, mais bien sûr, ce n'était pas vraiment la question. J'ai interrogé les filles qui étaient là, mais elles n'avaient rien vu. Après, il m'a fallu questionner Joanna.

— Ça n'a pas dû être agréable, dit Wexford.

— Non. C'était assez bizarre. Je m'attendais à ce qu'elle soit choquée, incrédule, indignée. Mais elle ne semblait pas vraiment surprise. Non, je m'exprime mal. Elle avait l'air d'accepter les choses comme – eh bien, comme on accepterait un événement pénible qui avait de fortes chances de se produire. Cela vous étonnera peut-être que je m'en souvienne après tant d'années. (Elle sourit en voyant Wexford faire non de la tête.) Je m'en souviens, c'est tout. Je me rappelle chaque détail de cet entretien, il m'a beaucoup marquée. Joanna a dit alors une chose très étrange, j'en croyais à peine mes oreilles : "Je n'ai pas volé son argent, mais je lui donnerai vingt livres si ça peut le rassurer." Elle a dit cela très fermement, d'une voix calme et imperturbable. Puis elle a ajouté : "De toute façon, je vais quitter l'école. Vous aurez ma démission cet après-midi." Elle ne s'est pas défendue, elle ne m'a pas demandé de ne pas appeler la police. Je lui ai répondu : "Je ne peux pas empêcher Mr. et Mrs. Wimborne de porter plainte, s'ils le souhaitent", et elle a répondu : "Bien sûr que non. Je le sais bien."

— Et que s'est-il passé ?

— Les Wimborne, vous êtes au courant, je crois, n'en ont rien fait. Je ne sais pas pourquoi, mais je pense qu'ils en savaient plus sur leur précieux fils qu'ils ne voulaient bien le reconnaître. Peut-être avait-il déjà porté ce genre d'accusations infondées. Mais comme je vous l'ai dit, je ne sais pas pourquoi. Malgré ça, Joanna est restée inébranlable, je n'ai pas pu la faire changer d'avis. J'étais extrêmement peinée. C'était une excellente enseignante et je ne peux m'empêcher de penser que c'est dommage, quand on est un professeur aussi doué, de perdre son temps à faire des traductions, à donner des cours sur le Net, ou je ne sais quoi d'autre. »

Philippa Sikorski s'était animée et son visage

s'était légèrement empourpré. Encore une autre personne qui semblait avoir apprécié Joanna Troy, la femme que son ex-mari présentait comme un être peu sympathique.

« Êtes-vous restée en contact avec elle ? dit Wexford.

— C'est étrange que vous me demandiez cela, vu les circonstances. J'ai essayé, mais elle ne semblait pas le désirer. J'avais l'impression qu'elle voulait couper tout contact avec l'école Haldon Finch, tirer un trait sur cette période et tenter d'oublier. Soit dit en passant, Damon a quitté l'école à seize ans, et la dernière fois que j'ai entendu parler de lui, il faisait le tour du monde en vivant de petits boulots. (Elle sourit.) Apparemment, l'incident dans les vestiaires ne l'a pas dégoûté des sacs à dos. »

En la remerciant, Wexford se demanda s'il était vraiment utile de parler à la famille Wimborne, puisque le jeune Damon, qui avait maintenant vingt-deux ans, était absent. Néanmoins, ses parents pouvaient en savoir autant que leur fils sur cette affaire, peut-être même plus. Pourquoi un garçon de seize ans accuserait-il une enseignante de l'avoir volé ? Peut-être parce qu'il l'avait réellement vue, ou croyait l'avoir vue, fouiller son sac. Alors, qu'est-ce qui l'avait poussé à changer d'avis ? Ou bien il ne l'avait pas vue, mais, pour une raison ou pour une autre, il voulait la compromettre. Mais là encore, pourquoi être revenu sur ses accusations ? Mrs. Wimborne ou son mari pourraient peut-être l'éclairer.

Leur maison était assez proche de l'école. En

entrant dans la rue où ils habitaient, il songea aux mécanismes de défense et de protection que déclenchaient souvent chez les parents les accusations portées contre leur enfant. Surtout chez la mère. Les femmes pouvaient se changer en tigresses quand elles sentaient leur progéniture menacée. Même les plus sensées avaient du mal à accepter l'idée que leur petit s'était mal comporté.

Rosemary Wimborne ne faisait pas partie des plus sensées. Dès qu'il lui eut annoncé ce qu'il voulait, assis devant elle dans un minuscule salon en désordre, elle affirma d'une voix stridente que la conduite de Damon avait toujours été exemplaire. Il avait juste fait une erreur. Tout le monde pouvait se tromper, non ? Il avait cru voir « cette femme » lui voler son argent. Il était si bouleversé qu'il ne savait pas ce qu'il disait. Mais quand il avait découvert que son billet de banque avait disparu... Vingt livres, c'était beaucoup pour le pauvre Damon, une petite fortune. Ils n'étaient pas des riches, ils avaient juste assez d'argent pour joindre les deux bouts. Damon avait gagné cette somme en travaillant au marché le samedi, pour le marchand de fruits et légumes.

« Mais Ms Troy ne l'avait pas volé, n'est-ce pas, Mrs. Wimborne ?

— Personne n'avait volé cet argent, je vous l'ai déjà dit. Tout le monde peut se tromper, non ? »

C'était une véritable virago, avec une figure aux traits anguleux, précocement ridée.

« Elle n'avait pas besoin de démissionner. Damon a reconnu qu'il s'était trompé. Mais elle était fière. Elle était si orgueilleuse qu'elle n'a pas pu le supporter. Alors elle a pris la mouche et a claqué la porte.

— Votre fils aimait-il bien Ms Troy ?

— L'aimer bien ? Mais ça n'a rien à voir. Pour lui, ce n'était qu'une enseignante. Il préférait sans doute le vrai professeur d'éducation physique. D'ailleurs, c'était un homme, et il disait qu'il n'avait pas besoin d'être surveillé par une femme. »

Wexford lui demanda avec délicatesse :

« Où Damon a-t-il finalement retrouvé son billet ?

— En fait, il était resté dans son sac, plié et glissé dans un livre en guise de marque-page. »

Une visite totalement inutile, se dit Wexford en revenant sur ses pas. Le chemin était assez long jusqu'au commissariat, et il ne comprenait pas ce qui lui avait pris de venir à pied. C'était peut-être bon pour lui, mais il n'avait pas pensé au retour. La pluie avait recommencé et tombait sans arrêt.

On fait ses achats de Noël ? demandait l'inscription au néon clignotant sur le pont du Kingsbrook. Jadis, on aurait dit *La quinzaine de Noël*, mais aujourd'hui, on faisait ses courses tous les jours. Depuis quand ce néon était-il installé ? Wexford n'avait pas non plus remarqué les décorations de la rue principale, les symboles traditionnels, anges, sapins, clochettes, vieillards à barbe blanche coiffés de drôles de chapeaux. Ces divers ornements, formés de lumières rouges, blanches et vertes, avaient l'air de plus mauvais goût que d'ordinaire. Une affiche portant la mention « disparus » avec, en dessous, deux photos en couleurs de Giles et Sophie venait d'être posée. Il ne reconnut pas le numéro de téléphone, l'indicatif n'était pas celui de la région. Ce devait être une ligne spéciale, ouverte par Search and Find Limited. Pour une raison ou pour une autre, cette affiche l'irrita, et il s'en voulut encore plus de n'avoir pas acheté de cadeaux de Noël. Dora et lui étaient-ils censés offrir quelque chose à Chapman? Il fut soudain saisi par la panique de Noël. Mais, au fond, il devait seulement acheter un cadeau à sa femme. Elle aurait probablement déjà veillé à tout le reste, emballant des cadeaux pour chacun avec son goût habituel. Il éprouva une pointe de culpabilité, espérant qu'elle *aimait vraiment* le faire, et n'avait pas seulement feint d'apprécier tous ces préparatifs pendant des années.

Le titre du film donné au cinéma était aussi de circonstance : *Ce que veulent les femmes*. Elles ne semblaient jamais apprécier les cadeaux qu'il leur faisait. Il entra à pas lents dans le centre commercial du Kingsbrook, remarquant au passage d'autres affiches portant l'inscription « disparus ». Il fixa avec perplexité une vitrine présentant des vêtements, des sacs à main et des babioles ridicules « pour la femme qui a tout » : bouteilles de parfum, collants – absurde –, et sous-vêtements ahurissants. Il pénétra dans la boutique. Burden se tenait devant le comptoir, faisant son choix en connaisseur.

« Quelle coïncidence... », lâcha Wexford.

Il se sentit rassuré. Mike *saurait*, sans doute bien mieux que lui, ce qu'aimaient ou portaient les femmes des autres. Il connaîtrait peut-être même leur taille. Avec un soupir de soulagement, il alla s'en remettre à la sagacité de l'inspecteur.

12

Dans l'idée que Peter Buxton se faisait du mariage, il n'était pas question de vivre constamment l'un sur l'autre. Il avait déjà été marié une fois. Sa première femme et lui n'avaient pas exactement mené des vies séparées, mais ils avaient chacun leurs passe-temps et leurs intérêts, et ils sortaient souvent l'un sans l'autre. D'après Sharonne, c'était pour cette raison que cela n'avait pas marché. Elle avait une vision des choses très différente.

Elle pensait que son mari avait besoin de son soutien et de ses conseils, de sa voix qui lui soufflait des paroles de sagesse et de prudence. Sans elle, il serait perdu. Elle refusait même qu'il s'asseye à côté d'un autre convive dans un dîner, de peur que ses bévues et ses propos irréfléchis ne lui créent des ennuis. Elle n'était pas jalouse, ni même possessive. Son absolue confiance en elle, en son pouvoir sexuel et en sa beauté, lui épargnait de connaître ces sentiments. À ses yeux, elle était là pour le protéger à tout instant, sauf quand il était à Trafalgar Square, où elle téléphonait très souvent. Son pouvoir sur lui résidait dans sa dépendance vis-à-vis d'elle, dépendance qu'elle avait elle-même créée. Elle avait entrepris de le façonner à l'image de son homme idéal. Cependant, elle n'avait pu lutter contre son alcoolisme invétéré.

Sa seule défaite, ou presque. La nature humaine est telle que peu de gens acceptent de demeurer longtemps prisonniers. Peter ne voulait pas échapper à son mariage. Il en était heureux et il était fier de sa femme. Quand elle aurait des enfants, elle reporterait sur eux son autorité et son besoin de se sentir indispensable. Il n'aspirait pas à une évasion permanente, il cherchait juste à trouver un moyen de s'échapper quelques heures. Pour se sentir indépendant, un individu à part entière, et non plus la moitié de cette entité qu'est le couple.

Un autre week-end était passé, et puis un autre. Sharonne faisait ses achats de Noël et il achetait des cadeaux pour Sharonne. Outre son cadeau principal, elle aimait que son mari lui offre un soulier rempli de babioles : parfums, produits de maquillage de luxe, porte-clefs en or de dix-huit carats et boucles d'oreilles en perles. Elle semblait avoir totalement oublié la voiture bleue dans la carrière, l'odeur et ce qu'il y avait à l'intérieur. Ils n'en parlaient jamais, ni l'un ni l'autre n'en avait dit un mot depuis leur retour de Passingham Hall. Sharonne croyait sans doute qu'il avait suivi son conseil et décidé, comme elle, d'oublier la voiture, de la laisser où elle était jusqu'à ce que la végétation la recouvre, que la rouille mine sa carrosserie et que son contenu pourrisse et se réduise à un tas d'os. Jusqu'à ce que le temps ait absorbé et neutralisé cette horrible odeur.

Mais il ne l'avait pas oubliée. Cette voiture le hantait presque en permanence. Il y pensait en réunion, en conférence, pendant qu'il assistait à des projections ou faisait ses achats de Noël, quand il était en ligne ou signait des contrats. La seule façon de se débarrasser de cette monstrueuse image où la voiture emplissait la carrière, et où l'odeur flottait à travers la campagne comme un gaz asphyxiant, n'était-elle pas d'aller là-bas voir ce qu'il en était et peut-être – peut-être – d'agir? Mais comment s'arranger pour que Sharonne n'en sache rien?

Il était le patron, après tout. S'il ne voulait pas assister à la réunion hebdomadaire, personne ne pouvait le lui reprocher. En tout état de cause, à moins que ne se produise cette OPA, personne ne pouvait le virer. Il n'avait qu'à prétexter un autre rendez-vous plus important. Hélas, Sharonne l'appellerait. Son assistante ne le dérangerait pas en conférence, sauf en cas d'urgence, mais il *ne serait pas en conférence*, il roulerait sur la M2. Si Sharonne demandait le lieu du rendez-vous, l'assistante pourrait répondre qu'elle ne savait pas, d'ailleurs elle *ne pourrait pas* le savoir puisque ce rendez-vous n'existait pas, et là, Sharonne gâcherait tout. Comme souvent, les choses se passèrent tout autrement. Peter Buxton dit à sa femme qu'il devait rencontrer un investisseur important à Basingstoke et qu'il ne reviendrait à Londres qu'après le déjeuner. Elle ne lui demanda ni son nom ni son numéro de téléphone. Elle devait se faire coiffer à dix heures et assister ensuite à un défilé.

Aux collègues de bureau qu'il se donna la peine d'avertir, Peter donna une version différente. Un enterrement dans le Surrey. Son chauffeur insista un peu trop quand il lui dit qu'il n'aurait pas besoin de la Bentley et qu'il conduirait lui-même. Il n'avait jamais vu une chose pareille. Quand Peter déclara que sa voiture avait besoin de faire un tour, qu'elle n'était pas sortie du garage depuis trois semaines, Antonio proposa de le conduire à Godalming. Son employeur, au pied du mur, en fut réduit à bredouiller qu'il voulait être seul pour réfléchir.

Il n'avait pas été seul dans la Mercedes depuis qu'il se l'était offerte, dix-huit mois plus tôt. Au début, c'était assez agréable. Mais au bout d'un moment, quand une zone de travaux provoqua des bouchons et des ralentissements, il commença à regretter de n'avoir personne à qui parler de la circulation, une femme qui lui dirait que c'était pire l'année dernière et que c'était la faute du gouvernement. Finalement, le trafic redevint fluide. Il quitta la grande artère, s'engagea dans la petite route et, en fin de matinée, il entra dans l'allée qui menait à Passingham Hall. Bien qu'il fît assez froid ce jour-là, il baissa la vitre de sa portière et renifla. Pas d'odeur, rien. Avait-il vraiment pensé qu'elle se serait propagée jusque-là ? Bien sûr que oui, cette crainte avait troublé ses jours et affreusement hanté ses nuits. Alors, comme il n'y avait pas d'odeur, puisqu'il ne sentait rien en montant le chemin vers la maison, il fut saisi par l'espoir, un espoir absurde et irrationnel, que la voiture était partie, qu'elle s'était enfoncée dans la terre humide, ou qu'elle avait été remorquée dans le champ. Il parvint presque à se persuader qu'il avait imaginé cette histoire. Après tout, personne d'autre ne l'avait vue, sa terreur était peut-être le fruit d'une hallucination...

Il aurait pu se garer à l'entrée de la piste, mais il roula jusqu'à la maison. Une fois devant le porche, il dut résister à l'envie de remettre à plus tard l'examen de la carrière. Car, bien sûr, il n'avait pas eu d'hallucination. Il sortit lentement de la Mercedes et, à nouveau, flaira l'air. S'il ne faisait rien au sujet de cette voiture, chaque fois qu'il viendrait ici, il passerait son temps à renifler, cela ferait à jamais partie de sa vie à Passingham Hall. J'arrive, je me gare, je flaire. Je me lève le matin, je sors, je flaire... Il ôta ses souliers, chaussa ses bottes de caoutchouc et commença à marcher dans le chemin. C'est alors que se produisit une chose très gênante. Il avait complètement oublié la cabane du fermier dans le champ voisin. Mais l'homme était là, debout sur son toit, élaguant des branches d'arbre à la tronçonneuse. Impossible de l'éviter. Rick Mitchell l'aperçut, leva la main et le héla :

« Alors, ça va ? Ça fait longtemps qu'on ne s'est pas vus. »

Peter hocha la tête, en agitant vaguement le bras. Arrivé au croisement, où Mitchell ne le voyait pas, il leva à nouveau la tête, inspira par le nez, recommença. Rien. Si la voiture n'était pas là, il devrait aller voir un psychiatre. Derrière lui, la tronçonneuse vibrait et gémissait dans un bruit de ferraille.

Bien sûr qu'elle était là. Une petite voiture bleu foncé gisant sur le côté, dégageant une puanteur terrible. Il pouvait déjà la sentir alors qu'il la dominait de six mètres. Devait-il s'engager dans la pente, s'approcher, *regarder dedans*?

Pour gagner le fond de la carrière, il fallait descendre une pente escarpée, couverte de petits éboulements, de ronces, de racines, de fougères sèches et de petites branches. De dangereuses brindilles qu'on pouvait confondre avec des racines, sur lesquelles on croyait pouvoir poser solidement le pied, mais qui vous faisaient perdre l'équilibre. Peter commença à descendre avec précaution. Le bois, couvert de mousse noircie, était glissant et humide. Il fit un faux pas et s'accrocha à ce qui avait l'air d'être une racine, mais était en réalité une branche coupée. Il dérapa, laissa échapper un son entre le cri et le juron, mais empoigna une grosse racine et réussit à s'arrêter. De là, il regarda de nouveau en bas. Dans la voiture, il put voir une chose bleue qui ressemblait à un vêtement en jean et aperçut une main, une main pâle aux longs doigts effilés.

C'était ça. Il n'irait pas plus près. C'était un de ces enfants. Il commença à gravir la pente. La montée était plus facile que la descente. Il était maintenant conscient des pièges et des dangers. En haut, il voulut essuyer ses mains crottées sur l'herbe mouillée, mais les retira vivement quand son doigt entra en contact avec une limace. En se redressant et en levant les yeux, il aperçut quelque chose qui lui coupa le souffle. Rick Mitchell avançait dans sa direction.

« Alors, ça va ? répéta Mitchell lorsque Peter fut à

portée de voix. (C'était son expression favorite.) Je vous ai entendu crier. Vous êtes couvert de boue. »

Peter maudit son cri involontaire. Il savait maintenant que tout était fichu. Il ne pourrait plus faire comme s'il n'y avait rien au fond de la carrière. Mitchell, en s'approchant du bord, flairait l'air à présent.

« Qu'est-ce qui pue comme ça ? »

Avouant enfin la vérité, Peter répondit :

« Vous voyez cette voiture ? Il y a un corps dedans – enfin, deux, il me semble.

— Ce sont ces enfants qui ont disparu. »

Mitchell était stupéfait. Il fit un pas en arrière, puis deux.

« Qu'est-ce qui vous a poussé à regarder par là ? Cela fait des semaines que vous n'êtes pas passé ici, n'est-ce pas ? (Il répondit lui-même à sa question.) L'odeur, je pense. C'est une bonne chose que vous soyez venu. Un coup de chance. »

Peter se retourna et commença à remonter le sentier. À ses côtés, Mitchell lui demanda : « Alors, ça va ? », et il se mit à l'abreuver de conseils. Contacter la police. L'appeler sur-le-champ. Avait-il un portable sur lui ? Sinon, lui, Mitchell, en avait un. Il allait rester avec Peter, lui apporter un peu de soutien. Peter répondit qu'il préférait téléphoner de la maison.

« Je ne veux pas vous retenir, ajouta-t-il. Je peux m'en occuper. Ce n'est pas la peine de vous en charger. »

Mitchell secoua la tête.

« Je vous en prie. Je ne veux pas vous laisser affronter ça tout seul. »

De toute évidence, il mourait d'envie d'avoir un rôle dans le drame qui se déroulait. C'était beaucoup mieux que de jouer de la tronçonneuse. En arrivant dans le chemin, il dit, comme si de rien n'était :

« Vous faites quoi pour Noël ? Vous descendez ici avec Mrs. Buxton, ou vous avez prévu de passer les fêtes à Londres ? »

Résistant à la tentation d'avouer qu'il aimerait mieux ne plus jamais remettre les pieds dans ce village sinistre, Peter répondit qu'ils allaient rester dans la capitale. Il regarda fixement la maison. Elle avait l'air négligée, mal entretenue et même abandonnée, comme l'est une demeure où personne ne vient pendant des semaines, sauf une femme de ménage expédiant son travail pour rentrer plus vite chez elle. Pas d'arbre de Noël clignotant derrière la vitre du salon, pas de lumières, malgré le gris du ciel. Suivi de Mitchell, il gravit le perron, ouvrit les trois serrures de la porte d'entrée et pénétra dans la maison.

Il faisait froid à l'intérieur. Très froid. Qu'était-il arrivé à ce chauffage central si efficace, réglé pour se mettre en route à neuf heures du matin et s'éteindre à neuf heures du soir ?

« Je croyais que vous laissiez le chauffage allumé, dit Mitchell.

— En effet. Il a dû se détraquer ».

Avec ostentation, pour donner l'exemple à Mitchell, il ôta ses bottes sur le paillasson. Mais le fermier, qui portait des baskets pleines de boue, les garda aux pieds et traversa lourdement le vestibule. Peter essaya de ne pas regarder les traces de boue. Piégé comme il l'était, il savait qu'à présent il valait mieux agir et en finir. Le Noël de Sharonne, le sien par conséquent, allait être gâché. Pourquoi n'avait-il pas réfléchi davantage avant de venir ? Pourtant, il l'avait fait. Voilà des semaines qu'il était obsédé par cette fichue voiture, qu'il y pensait sans arrêt. Il décrocha le téléphone, prit conscience qu'il ignorait le numéro de la police locale et se tourna vers son assistant.

« Zéro-un-huit-neuf-deux… », commença Mitchell. Il le savait par cœur. Il l'aurait parié…

Deux policiers en civil arrivèrent et demandèrent à Peter de leur indiquer où était la voiture. Le brigadier connaissait bien Rick Mitchell, il était très copain avec lui. Il lui demanda des nouvelles de sa famille et ce qu'il allait faire pour Noël. Aucun des deux policiers ne semblait agacé par la présence du fermier. Et quand Peter leur eut montré la voiture, ils lui suggérèrent de retourner dans la maison pour « éviter de revivre son expérience désagréable ».

Peter sentit qu'il n'avait pas le choix. Il s'assit dans la cuisine glaciale et se demanda ce qu'il aurait fait si Mitchell n'était pas venu. Rien, pensa-t-il alors, rien. Il aurait laissé la voiture là où elle était et il serait rentré chez lui. Au bout de quelques minutes, il se leva, ouvrit la porte du four et régla le thermostat au maximum. Cela lui rappela sa jeunesse, lorsqu'il vivait dans un studio avec « coin cuisine », où le four était quelquefois son seul moyen de chauffage. Il se rassit et tenta de joindre Pauline puis le chauffagiste. Tous deux avaient branché leur répondeur.

Oubliant commodément ses propres origines, Peter se dit que rien n'allait plus dans ce pays si les femmes de ménage avaient des voitures et des répondeurs.

Une demi-heure s'écoula avant le retour des policiers, flanqués de Mitchell. Tous trois émirent des commentaires sur le froid et le fait que son four était allumé, mais les deux policiers semblaient trouver tout à fait naturel que Peter reste indéfiniment à Passingham Hall pour répondre au téléphone et recevoir d'autres visites de la police.

« Je dois rentrer à Londres.

— Je suis sûr que vous pourrez repartir dès ce soir », lui assura le brigadier.

Son subordonné suggéra que cela lui donnerait le temps, « avec un peu de chance », de faire réparer son chauffage.

« Je veux rentrer maintenant, insista Peter.

— Je crains que ce ne soit pas possible. Cette affaire concerne la PJ. Le médecin légiste voudra sans doute voir le... euh... les lieux. Après, il faudra faire venir du matériel pour enlever le véhicule.

— Qu'est-ce qu'il y a dedans ? demanda Peter.

— Ça, je n'ai pas le droit de vous le dire pour l'instant », répondit le brigadier.

Il posa la même question à Mitchell après le départ des policiers. Il trouvait ridicule qu'un voisin trop curieux en sache peut-être plus que lui sur une voiture contenant des cadavres et située *sur ses terres*.

« Mieux vaut laisser à la police le soin de vous répondre, répliqua Mitchell, pénétré de son importance. Elle vous le dira en temps utile. »

214

Peter en conclut que les policiers n'avaient pas autorisé le fermier à s'approcher de la voiture.

« On meurt de froid, ici, hein ? Je vais rentrer dîner chez moi. Je peux demander à ma femme de vous apporter quelque chose ? Peut-être une pizza ou une part de quiche ?

— Ça ira, répondit Peter en serrant les dents. (Après les femmes de ménage équipées de répondeurs, c'était le bouquet de voir des paysans manger des quiches et des pizzas.) Ne vous dérangez pas. »

« Même pas un merci..., souffla Mitchell en s'en allant. Il aurait quand même pu être poli. »

Le sol de la cuisine était couvert de traces de boue. Comme la majorité des propriétaires employant un personnel limité, Peter avait toujours peur de perdre Pauline. Elle n'apprécierait pas du tout d'avoir à nettoyer de la boue l'avant-veille de Noël. Il faillit se mettre à genoux pour l'essuyer, et il l'aurait fait s'il n'avait pas entendu sonner un petit air mécanique. Il était dans un tel état de nervosité que, pendant un moment, il se demanda qui pouvait bien jouer *Sur le pont d'Avignon* à midi dix dans sa cuisine. Finalement, il comprit et sortit son portable de sa poche. C'était Sharonne.

« Mais, Peter, où es-tu ? J'ai essayé de te joindre partout, au bureau, et là où ta secrétaire pensait que tu étais. Elle m'a dit que tu étais allé à un enterrement ? »

Il ne répondit pas.

« C'est important, euh... chérie ?

— Ça dépend si tu veux que les tuyaux de Passingham gèlent au premier coup de froid. Pauline vient de m'annoncer que le chauffage s'est arrêté et qu'elle n'a pas réussi à le rallumer. *Mais dis-moi, où es-tu ?* »

Oui, c'était un bon prétexte. Il pouvait dire... Une foule d'échappatoires lui vinrent à l'esprit.

« Je suis à Guildford. Écoute, pourquoi ne ferais-je pas un saut à Passingham pour voir ce que je peux faire ? J'ai une ou deux heures devant moi. (Il dirait que l'odeur était si forte qu'il avait dû avertir la police...) Je peux peut-être réparer le chauffage moi-même.

— Promets-moi de me rappeler.

— Bien sûr, chérie. »

Il eut alors recours au bar. Bien qu'il sût que l'alcool le menait à sa perte, il s'offrit une bonne rasade de whisky au goulot. Puis il monta à l'étage et ouvrit le placard de la chaudière. Il n'eut qu'à soulever le couvercle et à presser longuement un bouton pour qu'une flamme s'allume et que le chauffage reparte. C'était le genre de choses qui remontait le moral. Il méritait au moins un diplôme d'ingénieur du gaz. Les radiateurs toussèrent et crachotèrent, et la maison commença à se réchauffer. Il n'allait pas rappeler immédiatement Sharonne. Mieux valait lui faire croire qu'il avait dû s'échiner une heure ou deux sur l'appareil. Au moment où il descendit l'escalier, la sonnette de l'entrée et le téléphone retentirent en même temps. D'abord, le téléphone. C'était un certain Vine, de la Criminelle de Kingsmarkham.

« Ne quittez pas », dit Peter.

Deux policiers en civil se tenaient devant la porte. Dans leur voiture, au milieu de la cour, se trouvait un homme aux cheveux grisonnants vêtu d'un manteau en poil de chameau.

« Lord Tremlett est là, monsieur. »

Excédé, Peter s'écria :

« Qui diable est lord Tremlett ?

— Le médecin légiste. Il vient examiner le corps *in situ*.

— Vous voulez dire *les* corps, n'est-ce pas ?

— Ça, je ne peux pas vous le dire, monsieur. »

Le type au téléphone pourrait peut-être le renseigner. Peter lui demanda, mais il ne répondit pas.

« Nous aimerions vous voir, Mr. Buxton. Le plus vite possible. »

13

Quand Burden et Vine arrivèrent à Passingham Hall, le médecin légiste était parti, mais la voiture était toujours à l'endroit où Buxton avait dit l'avoir vue pour la première fois. Les policiers avaient pris des mesures et prélevé des échantillons sur la scène de crime, et les spécialistes des empreintes étaient encore là. Un camion surmonté d'une grue descendit l'allée derrière eux, prêt à hisser la Golf et son contenu hors de la carrière, suivi d'une voiture conduite par le mari de Pauline, Ted, qui avait miraculeusement oublié son mal de dos et les ordres de son médecin. À cinq heures et demie, il faisait déjà nuit, mais des lampes puissantes avaient été apportées sur les lieux, et on pouvait les voir illuminer le bois entre les arbres. Une fourgonnette et deux voitures étaient garées sur l'accotement herbeux en bordure du chemin.

Une seule lampe extérieure éclairait la façade du manoir, les deux volées de marches montant jusqu'au portique et la porte d'entrée, ainsi que les deux autos garées devant la maison, une Mercedes ordinaire et une Porsche fringante. Vine pressa la sonnette et une femme d'une beauté spectaculaire, qui semblait avoir autour de vingt-sept ans, lui ouvrit. Visiblement, leur visite ne l'enchantait pas. Cependant, pensa Burden, l'expert en cosmétiques et en tenues vestimentaires, cet effet de négligence décontractée – pas de bijoux ni de maquillage, les cheveux blonds aux mèches rebelles, le jean et le pull blanc – avait dû être conçu à leur intention, ou pour les techniciens de scène de crime.

« Mon mari est dans le salon » furent les seules paroles qu'elle prononça. Puis, en ouvrant les portes à deux battants, elle les précéda dans la pièce.

Peter Buxton avait trente-neuf ans et en paraissait quinze de plus, avec sa peau terne et d'un rouge grisâtre. Il faisait partie de ces hommes étroits d'épaules et aux jambes grêles qui, malgré une minceur extrême, ont un ventre proéminent semblable à un coussin dans un sac. Leur problème est alors de savoir s'ils doivent le faire bomber au-dessus ou au-dessous de leur ceinture. Buxton avait opté pour la première solution. Il était assis dans un fauteuil avec, près de lui, sur une petite table, ce qui semblait être un whisky coupé d'eau. La pièce était remplie de tables de ce style, ornées de lampes et au bord délicatement sculpté, voisinant avec des consoles, deux chaises longues, face aux fenêtres encadrées de rideaux à volants plissés. Dans l'ensemble, elle avait l'air d'avoir été agencée par un architecte d'intérieur dépressif.

« Quand pourrai-je retourner à Londres ? » demanda Peter Buxton.

Burden possédait quelques renseignements sur lui, sur l'endroit où il habitait et sur son activité professionnelle.

« L'inspecteur principal Wexford tient à vous voir demain, Mr. Buxton...

— Ici ?

— Vous pourrez venir au commissariat de Kingsmarkham, si vous préférez.

— Bien sûr que non. Je veux rentrer à Londres. C'est Noël. Sharonne – c'est-à-dire, ma femme – et moi devons nous préparer pour Noël. Elle a eu la gentillesse de venir me rejoindre à Passingham cet après-midi, mais maintenant, nous voulons rentrer chez nous.

— Et si vous me parliez de la façon dont vous avez découvert cette voiture sur vos terres, monsieur ? Vous êtes venu ici ce matin, m'a-t-on dit. Parce que votre chauffage central ne fonctionnait pas, c'est ça ? »

Avant que Buxton ait eu le temps de lui répondre, la porte s'ouvrit et une femme entra, suivie d'un homme assez corpulent qui, voyant la compagnie, plaça une main derrière son dos. La femme était robuste, très droite, entre deux âges, et depuis sa mise en plis jusqu'à ses bottines à lacets, on aurait dit une actrice incarnant une femme de fermier dans un mélo rustique. Un flot de paroles jaillit de sa bouche :

« Désolée de faire irruption comme ça, Mrs. Buxton. Mais comme j'avais la clef, j'ai pensé que cela vous éviterait d'ouvrir la porte. J'ai entendu parler de vos ennuis au village, vous savez comme on jase à la campagne, et je me suis dit que vous auriez peut-être besoin d'aide. Je vois – je veux dire, je sens – que le chauffage est rallumé. Agréable, cette chaleur, n'est-ce pas ? Dehors, il commence à faire froid, je ne serais pas surprise qu'on ait un Noël blanc. Oh là là, je suis désolée, je ne m'étais pas rendu compte que vous aviez de la visite.

— Ce sont des policiers, répondit Buxton, d'une voix aussi froide que le temps hivernal.

— Dans ce cas, je vais m'asseoir une minute, si ça ne vous dérange pas. Je pourrais peut-être leur fournir des informations. Prends donc cette chaise, Ted, il faut que tu penses à ton dos. »

Apparemment, Buxton hésitait à leur demander de partir. Il voulut attirer l'attention de sa femme, mais elle garda la tête tournée, pour ne pas se laisser piéger.

« Mr. Buxton, reprit Burden, vous avez dit que vous étiez venu ici pour vous occuper de votre chauffage. (Dévisageant Buxton, il comprit qu'il y avait quelque chose qui clochait. L'homme avait l'air un peu trop gêné.) Vers quelle heure ? »

Il avait posé la bonne question.

« Je n'en sais rien. Je ne m'en souviens pas. »

Sharonne Buxton prit enfin la parole.

« Mais si, tu le sais, Peter. Laisse-moi te rafraîchir la mémoire. La première fois que j'ai essayé de te joindre au bureau, il était à peine dix heures. C'était sur mon portable chez le coiffeur, et tu étais déjà sorti. On m'a dit que tu étais parti seul au lieu de te laisser conduire par Antonio. Je voulais t'annoncer que Jason nous avait invités à dîner à l'Ivy deux jours après Noël. Ensuite, j'avais prévu d'aller voir la nouvelle collection d'Amerigo, mais je suis rentrée à la maison d'abord, et c'est à ce moment-là que Pauline m'a appelée pour le chauffage. »

Vine, qui comprenait vite, intervint :

« Mais vous saviez déjà pour le chauffage, Mr. Buxton, puisque c'est pour ça que vous êtes venu ici.

— Non, il ne le savait pas. (Pauline Pearson sauta sur l'occasion.) Il ne pouvait pas le savoir. Moi-même, je n'en savais rien avant de venir faire la poussière et ranger la maison. C'était à dix heures et demie. J'ai essayé plusieurs fois de téléphoner à Mrs. Buxton pour la prévenir, mais elle était sortie. Je me suis dit qu'elle allait rentrer chez elle pour le déjeuner, alors j'ai insisté, et j'ai finalement réussi à lui parler à onze heures passées.

— Tu étais déjà parti depuis longtemps, chéri. Tu ne te souviens pas ? Et quand j'ai fini par t'avoir, tu n'étais pas ici. Tu étais à Guildford. Tu me l'as dit. »

Intéressant, se dit Vine. Très intéressant... Peter Buxton s'était rendu en voiture à Passingham Hall sans son chauffeur, fait inhabituel, et il avait prétexté la panne de son chauffage pour justifier sa visite. Mais alors, pourquoi était-il venu ? Pour un rendez-vous galant ? Peut-être, mais d'après ses renseignements, l'homme était marié depuis moins de trois ans et Sharonne Buxton était superbe. De plus, il parlait d'elle et la regardait avec une admiration frisant l'idolâtrie. Et que faisait-il donc à Guildford ? Je verrai ça plus tard, se dit Vine. Il faudra que j'y réfléchisse. Et qui diable était Amerigo et de quoi faisait-il collection ?

« Vous êtes monté dans le bois, dit Burden. Pour-quoi cela ? (Il jeta un coup d'œil aux notes qu'il avait rassemblées.) Un Mr. Mitchell qui possède le champ voisin a dit à la police qu'il vous avait rencontré près de la carrière vers onze heures. Vous lui avez parlé de la voiture et la, euh… l'odeur était très forte. Il vous a raccompagné ici et vous a donné le numéro du commissariat le plus proche. C'est bien ça ? Mais qu'est-ce qui vous a poussé à aller dans le bois ?

— Vous ne pouviez pas l'avoir sentie d'ici ? » ajouta Vine.

Pauline Pearson intervint.

« Sûrement pas. Et j'ai un très bon odorat, n'est-ce pas, Ted ? J'étais là un peu plus tôt et je n'ai rien senti. Dieu merci. C'était à vous donner la nausée, n'est-ce pas ?

— Une odeur affreuse, renchérit Ted. Épouvan-table.

— Si ce n'est pas ça qui vous a poussé à aller dans le bois, pourquoi y êtes-vous allé ?

— Écoutez, j'ai trouvé cette fichue voiture et je vous ai appelés. C'est vraiment important de savoir comment et pourquoi ?

— Il s'agit d'une mort suspecte, monsieur, dit Burden. Il ne faut négliger aucun élément.

— Je n'ai rien à voir dans tout ça. Je ne sais même pas combien de gens il y avait dans cette voiture, ni si c'étaient ces enfants et la femme qui était avec eux. On ne me dit rien.

— Il n'y a pas grand-chose à dire, répondit Vine. Le corps dans la voiture n'a pas encore été identifié.

— Bon. Vous avez d'autres questions ? »

Peter Buxton tendit la main vers son verre, se rendit compte qu'il était vide, et leva vers sa femme un regard plein de convoitise.

Burden sourit intérieurement.

« Non, chéri, lui dit-elle fermement. Ça suffit. Je vais te faire une bonne tasse de thé. (Sa tête, aussi exquise qu'une fleur sur une tige, se tourna vers les policiers.) J'espère que vous ne serez pas longs. Mon mari doit se coucher tôt. Il vient d'avoir un choc. »

Il était six heures dix.

« Je vais vous préparer le thé, Mrs. Buxton, promit Pauline, dès que ces messieurs seront partis.

— Quand êtes-vous venus à Passingham Hall pour la dernière fois ? » Burden s'adressait à Mrs. Buxton.

Devant son air hésitant, Burden comprit qu'elle ne tenait pas trop à répondre à cette question.

« Il y a quelques semaines, je ne peux pas dire exactement. Quand était-ce précisément, chéri ? Peut-être fin novembre, ou le premier week-end de décembre. Quelque chose comme ça. Ici, ce n'est pas très amusant l'hiver, vous savez. »

Cela froissa Pauline, la femme du pays, qui montra sa réprobation en se raidissant et en pinçant les lèvres. Ted renifla bruyamment. Les Buxton auraient bien de la chance s'ils obtenaient leur thé, pensa Burden ; pour sa part, il n'en aurait pas refusé une tasse.

« Êtes-vous allé à Guildford *après* avoir trouvé la voiture dans la carrière, Mr. Buxton ? (Vine consulta ses notes.) Là, je ne comprends pas très bien votre emploi du temps. Vous avez trouvé la voiture vers

224

onze heures, appelé le commissariat local à onze heures et quart, et des policiers sont venus ici juste avant midi. Ils vous ont parlé et ils sont montés dans le bois avec Mr. Mitchell. À midi dix, Mrs. Buxton a pu vous joindre sur votre portable et vous étiez à Guildford. Mais *moi*, je vous ai appelé ici à midi vingt sur votre ligne fixe, et vous m'avez répondu. »

Les lèvres de Burden se contractèrent. Il prit une expression sévère.

« Comment faites-vous pour être à deux endroits en même temps, monsieur ? Ce doit être très utile. »

Peter Buxton regarda sa femme, et cette fois, leurs yeux se rencontrèrent. « Ma femme a dû se tromper. Je n'ai jamais dit que j'étais à Guildford. Je n'avais pas de raison d'y aller.

— Mais vous aviez une raison de venir ici ? Vous êtes-vous trompée, Mrs. Buxton ? »

Elle dit, d'un ton boudeur :

« Je crois...

— Très bien. (Burden se leva.) Ce sera tout pour aujourd'hui. L'inspecteur principal Wexford tient à vous voir demain matin. À dix heures, cela vous convient ?

— Je veux rentrer à la maison, maugréa Buxton, comme un enfant à son premier jour d'école.

— Vous pourrez sans doute le faire après votre entretien avec l'inspecteur principal. »

Une fois dans la voiture, Burden se mit à rire. Vine lui-même ne put s'empêcher de pouffer. Ils riaient toujours lorsque les Pearson descendirent le perron. Avant de s'éloigner, Pauline leur lança un regard furieux et marmonna quelques mots à l'oreille de son mari.

« Je ne devrais pas rire, dit Burden. Dieu sait ce qu'il a inventé. Maintenant qu'ils sont seuls, ils vont devoir s'expliquer.

— La divine Sharonne est très agréable à regarder, dit Vine.

— C'est vrai. Je pense qu'il lui pardonnera d'avoir, disons, vendu la mèche. C'est curieux qu'ils ne se soient pas mieux concertés avant notre arrivée, non ?

— Je crois qu'elle venait de débarquer. Il n'a pas eu le temps. »

Les lampes avaient disparu, le camion et la grue aussi. Seules les doubles rangées d'ornières éclairées par les phares de leur voiture témoignaient de leur passage.

« Qui va identifier le corps ? demanda Vine.

— Dieu seul le sait... Ce sera une tâche cruelle. *Sa Seigneurie* a l'air de penser qu'il est là depuis un mois. Probablement depuis le week-end où les Dade sont allés à Paris. Ça ne sera pas beau à voir. »

Une vision trop pénible pour un père, avait jugé Wexford. Car ce devait être Joanna Troy. Ils avaient vu en elle une criminelle, hypothèse assez légitime, mais c'était en réalité une victime, et il était très possible que Giles et Sophie le soient aussi. Il faudrait fouiller le parc de Passingham Hall et la campagne environnante pour rechercher leurs corps. En même temps, dans la matinée, Tremlett commencerait l'autopsie. Son dentiste, quel qu'il soit, devrait-il l'identifier ? Voir si sa dentition correspondait au bout de couronne brisé ? Ensuite, s'ils pouvaient rendre un semblant d'apparence humaine au visage de la victime, allaient-ils demander à la belle-mère de le regarder ? Wexford frissonna.

Joli cadeau de Noël, que d'être confrontée au visage en putréfaction de la fille unique de son mari. Peut-être pourraient-ils l'éviter. Quelle était la cause de sa mort ? D'après Tremlett, elle n'était pas apparente : il n'y avait pas de blessures flagrantes. En compagnie de Vine – « Ils ne seront pas ravis de me revoir », avait dit ce dernier en souriant –, Wexford avait pris lui-même le volant pour être à dix heures à Passingham Hall. Ils arrivèrent juste au moment où Peter Buxton portait une valise vers la Porsche.

« Vous avancez votre départ, Mr. Buxton ? demanda Vine.

— Vous aviez dit que je pourrais rentrer chez moi une fois que j'aurais parlé à je ne sais qui.

— Inspecteur principal Wexford. Hum... Nous en déciderons plus tard. »

Sa fonction le plaçant, comme Dieu, au-dessus des hommes, Wexford le considéra d'un air songeur.

« Pouvons-nous entrer ? »

Buxton haussa les épaules, puis acquiesça. Ils le suivirent dans la maison. « La divine Sharonne », comme l'avait nommée Vine, ne se montra pas. Une heure trop matinale pour une femme de sa classe, présuma Wexford. Ils entrèrent dans une pièce de dimensions modestes garnie de fauteuils en cuir, d'un bureau et de quelques livres, le genre de livres

227

qui ont l'air creux, malgré leur reliure ouvragée, comme s'ils n'avaient pas de pages sous leurs couvertures en maroquin doré. Une fenêtre donnait sur la forêt et Buxton sursauta quand un faisan s'éleva des sous-bois, poussant des cris rauques et battant des ailes.

« Quand avez-vous vu la voiture dans la carrière *pour la première fois*, Mr. Buxton ? »

Wexford agissait par intuition, et d'après ce que lui avaient dit Burden et Vine. Le rouge sombre qui monta aux joues de Buxton confirma sa prémonition.

« Hier matin. Ne vous l'a-t-on pas dit ?

— *On* m'a seulement rapporté votre déclaration. Ce qu'on ne m'a pas expliqué, parce qu'on ne le sait pas, c'est pourquoi vous êtes venu hier à Passingham Hall. Pas parce que vous aviez une panne de chauffage, vous l'ignoriez. À votre bureau de Londres, vous avez déclaré à Mr. Antonio Bellini que vous alliez à des obsèques à Godalming. Votre femme a l'air de penser que vous étiez à Guildford quand elle vous a appelé.

— Elle a reconnu qu'elle s'était trompée.

— Et Mr. Bellini s'est trompé, lui aussi ? Hier, quand l'inspecteur Burden lui a téléphoné chez lui à neuf heures du soir, il paraissait très sûr de ce que vous lui aviez dit. »

Peter Buxton feignit de soupirer avec impatience :

« Mais qu'est-ce que ça peut faire ? Je suis venu ici. Chez moi. Qu'y a-t-il là d'extraordinaire ? Ce n'était ni une violation de propriété ni une effraction. *C'était dans ma maison*. J'ai parfaitement le droit d'y être. J'ai trouvé une voiture dans les bois et j'ai appelé la police. Où est le mal?

— Nulle part, à première vue. Apparemment, vous avez fait preuve de civisme. Mais, je répète, quand avez-vous vu cette voiture dans la carrière *pour la première fois*? Était-ce lors de votre dernier séjour ici? Le week-end du samedi deux décembre, il y a moins de trois semaines?

— J'ignore ce que vous cherchez à insinuer. (Buxton se leva d'un bond et tendit le bras vers la fenêtre.) Mais qui sont tous ces gens dans ma propriété? Que font-ils? Que cherchent-ils?

— Premièrement, ils ne sont pas dans votre propriété, mais dans le champ de Mr. Mitchell. Ce sont des policiers et des citoyens coopératifs qui aident à rechercher deux enfants disparus. Nous aimerions aussi fouiller vos terres. Je suis sûr que vous n'y verrez pas d'objection.

— Je ne sais pas, répondit Buxton, je n'en sais rien du tout. D'ailleurs, voici ma femme. Nous sommes du même avis là-dessus. Nous n'admettons pas qu'on nous retienne ici, nous voulons rentrer chez nous. »

Sharonne Buxton n'était pas le genre de femmes que Wexford trouvait séduisantes : il les préférait plus gaies, aux cheveux plus sombres et au visage plus doux, mais il reconnaissait sa beauté. Néanmoins, son éclat aurait été rehaussé par un air moins méprisant et moins renfrogné. Au lieu d'un « bonjour » ou même d'un « salut », elle dit avec un accent qui s'accordait mal avec le raffinement de sa silhouette et de son visage :

« Vous n'avez pas besoin de nous garder ici. On nous attend à Londres. C'est Noël, au cas où vous ne le sauriez pas. »

Wexford l'ignora et se tourna vers son mari :

« Merci de votre permission. Cette fouille est capitale et nous ferons notre possible pour respecter vos terres.

— Je ne vous ai rien permis, il n'en est pas question. Sauf si vous nous laissez partir. C'est un marché équitable, non ? Vous nous laissez rentrer à Londres et vous pouvez fouiller mes terres jusqu'au nouvel an si ça vous chante. »

Wexford, qui jetait un coup d'œil à ses notes, referma son carnet d'un coup sec. Il eut envie de lui lancer, paraphrasant Lewis Carroll : « Les policiers ne marchandent pas. » Mais au lieu de cela, il dit :

« Dans ce cas, je devrai demander un mandat de perquisition. Je ne suis pas en mesure de vous forcer à rester ici, mais je dois vous rappeler que c'est un délit de faire obstacle à la police dans l'exercice de ses fonctions.

— Nous resterons, dit Sharonne Buxton. Mais nous refusons que la propriété soit fouillée ou que des policiers viennent chez nous. »

Ce fut Burden qui assista à l'autopsie. Pour un homme aussi élégant et aux goûts aussi délicats, il y était bizarrement insensible. Il y assista avec calme, comme d'autres auraient regardé une série médicale à la télévision. Wexford, que ce spectacle affectait davantage, mais qui était désormais habitué à le cacher, arriva presque à la fin. Lord Tremlett, dont le sens de l'humour macabre s'était accru depuis son anoblissement, parlait justement d'« ensacher le mouton mort » et de lui « faire un rapide lifting » pour le rendre présentable à la famille. Il semblait trouver amusant que le dentiste, venu voir si la dentition correspondait à la couronne et à la denture de sa patiente, ait eu un haut-le-cœur et ait dû prendre un verre d'eau avant de pouvoir examiner la bouche du cadavre.

« Mais c'est pourtant bien elle, déclara Burden, aussi dur que Tremlett pour le pauvre dentiste. C'est bien Joanna Troy.

— Je le ferai quand même confirmer par sa belle-mère, dit Wexford, se rappelant quelques erreurs d'identification. C'est une femme courageuse, et lord Tremlett a arrangé le visage. Alors, quelle est la cause du décès ? »

Tremlett commençait à retirer ses gants.

« Un choc à la tête. La mort a dû être instantanée. Le coup a pu être donné par ce vieux machin passe-partout, l'instrument contondant, mais je ne crois pas. Je pencherais plutôt pour une chute, sa tête a dû heurter quelque chose de dur. Le sol, mais pas la terre meuble. Votre fameux bois ne l'aurait pas tuée, mais plutôt engloutie, comme le bourbier dans le *Chien des Baskerville*.

— Serait-ce la voiture ? demanda Wexford. Je veux dire, quand elle a basculé dans la carrière, Ms Troy a-t-elle pu se cogner la tête contre le pare-brise avec assez de force pour se tuer ?

— Ce sont vos spécialistes qui vous le diront. En

231

examinant les marques sur la vitre et tout ça. Mais je n'en suis pas sûr. Je doute aussi que ce soit elle qui conduisait. J'en doute fort. C'est vraiment dommage que je n'aie pas pu la voir plus tôt, cela fait un mois qu'elle est morte.

— Vous auriez pu la voir si j'avais eu mon mot à dire, maugréa Wexford. (Mais à cause de ce crétin...) La chute – ou bien le coup – a-t-elle fait sauter sa couronne dentaire ?

— Comment voulez-vous que je le sache ? Je ne suis pas dentiste, juste un simple boucher. C'est possible, je ne peux pas dire. Ce qui est sûr, c'est qu'elle n'avait pas d'autres lésions et n'était pas enceinte. Vous verrez, vous aurez tout cela dans un langage châtié et incompréhensible dès que j'aurai bouclé mon rapport. »

« Je ne supporte pas cet homme, lâcha Burden, lorsqu'ils furent revenus dans le bureau de Wexford. Pour moi, rien ne vaut l'autre légiste – comment s'appelle-t-il, déjà ? – Mavrikiev.

— Vous n'êtes pas le seul. Mais que faisait-elle dans les bois de Passingham Hall, Mike, pourquoi était-elle là ? Je suis allé voir dans la forêt. J'ai fait le tour de la carrière et arpenté le bois. Au milieu, il y a une sorte de bel espace dégagé – enfin, il sera beau au printemps –, entouré d'arbres, mais à part ça, il n'y a que la carrière et d'autres zones boisées. Si elle ne conduisait pas, qui était au volant ? Et où sont Giles et Sophie ?

— Les recherches sont déjà bien entamées. Et cet

après-midi, nous aurons le mandat pour fouiller les terres de Buxton.

— À cette heure-là, il fera nuit. Je suis content d'avoir bloqué Buxton ici. Je le retiendrai à Noël et même jusqu'au nouvel an si je peux. D'habitude, je ne suis pas rancunier, mais j'aimerais bien lui faire tâter de la prison.

— La divine Sharonne devra aller s'acheter une dinde surgelée au supermarché, dit Burden, et un Christmas pudding sous vide. *Et en plus*, elle devra préparer le dîner elle-même.

— Si j'étais croyant, je dirais que le bon Dieu les a punis. »

Il neigea cet après-midi-là. C'était la première neige depuis sept ans à Kingsmarkham et dans l'est du pays. La fouille du champ de Rick Mitchell fut interrompue à trois heures et demie et les chercheurs, les policiers du Kent, ceux du Mid-Sussex et les villageois de Passingham St John, se replièrent dans la grande cuisine de la ferme des Mitchell. Là, Rick les régala de grands bols de thé (arrosé de whisky), de scones tout juste sortis du four, de cakes aux fruits secs, et d'un récit fielleux sur la manière dont Buxton l'avait traité la veille. Il déplorait l'ingratitude, le snobisme et le mépris de ce citadin pour les honnêtes gens de la campagne. Si ce Buxton croyait que lui, Rick, allait lui vendre ne serait-ce qu'un lopin de terre, eh bien, il pouvait toujours courir. Quant à Sharonne, d'après Mrs. Mitchell, une grosse femme en caleçon et en sweater d'un rose criard, elle était « d'une vulgarité crasse » et ne s'était mariée que pour l'argent. Ce couple, à son avis, ne tiendrait pas longtemps.

Il neigeait encore lorsqu'ils s'en allèrent. Le crépuscule offrait un paysage d'un blanc éblouissant, masquant les corps ou les tombes fraîchement creusées que la terre pouvait receler. Dans la soirée, annonça le présentateur météo juste après les informations de dix heures, il était tombé 12,7 centimètres de neige, un chiffre que seuls les moins de seize ans pouvaient comprendre. Wexford consulta un dictionnaire et vit que cela équivalait à cinq pouces. Il attendit que Dora soit montée se coucher pour emballer le parfum qu'il lui avait acheté, avec la photo de ses quatre petits-enfants dans un cadre d'argent – les deux garçons et les deux filles –, et la veste en soie rose qui, lui avait assuré Burden, lui irait à merveille. L'emballage des cadeaux n'était pas son fort et ne fut pas une réussite. Dora dormait quand il la rejoignit. Il dissimula les paquets au fond de son armoire, puis il se mit au lit. Il resta un long moment sans trouver le sommeil, se demandant s'il y aurait d'autres inondations au moment du dégel.

La voiture de Joanna Troy offrait une mine d'informations. L'intérieur était couvert d'empreintes digitales, pour la plupart les siennes. Mais si l'on avait compté sur les empreintes pour savoir qui l'avait conduite, on aurait conclu que nul ne l'avait fait, car il n'y avait rien sur le volant, le pare-brise et le levier de vitesse. Tout avait été essuyé avec soin. La voiture était en désordre. Il y avait des livres sur la banquette arrière, d'autres livres et des papiers par terre, des emballages de chocolat, une bouteille d'eau à moitié vide dans le compartiment d'une portière, des notes d'essence sur des tickets de carte de crédit froissés. La boîte à gants contenait des lunettes de soleil, deux stylos bille, un bloc-notes, un peigne, et deux sucres d'orge dans leur papier sulfurisé. Les cheveux trouvés sur la banquette arrière appartenaient à Joanna, le reste peut-être à George Troy et à sa femme. Sur le sol à l'avant se trouvait un cheveu brun foncé, un cheveu fin d'une personne *jeune*, qui appartenait peut-être à Sophie Dade. Il était parti au labo pour être comparé aux cheveux prélevés sur sa brosse.

Le coffre renfermait un petit sac de voyage bleu foncé, portant en blanc les initiales « JRT ». Dedans se trouvaient des vêtements de rechange – un jean noir, un slip, un soutien-gorge et des T-shirts blancs, deux chaussettes grises et un cardigan de laine –, et du linge sale – deux soutiens-gorge, slips et paires de chaussettes dans un sac Marks and Spencer's. La trousse de toilette, au fond, contenait une brosse à dents, un petit poudrier et un atomiseur d'une eau de Cologne de luxe, *Forever and Ever* de Dior. La présence de ce parfum étonna Wexford. À moins que le sac n'ait contenu une robe du soir, c'était la dernière chose qu'il s'attendait à y voir.

Les habits trouvés sur le corps l'avaient rendu perplexe. Il était chaussé de baskets noires, mais seulement vêtu d'un T-shirt bleu pâle descendant à peine aux genoux, le genre de modèle conçu pour les hommes un peu forts. Rien d'autre, ni chaussettes ni sous-vêtements. Si Joanna s'était aspergée de *Forever and Ever*, il n'en restait pas trace.

Effie Troy se rendit à la morgue l'avant-veille de Noël et identifia sa belle-fille, Joanna Rachel Troy. Elle le fit avec calme, sans broncher, mais quand elle se détourna et que l'on recouvrit le visage de la morte, elle était blême. Wexford la raccompagna chez elle et passa une demi-heure avec le père en deuil. Apparemment, il ne lui était pas venu à l'esprit qu'une chose aussi terrible, la pire, pût arriver à sa fille. Il ne l'avait jamais envisagé. Elle devait aller bien, c'était une fille raisonnable, elle savait ce qu'elle faisait. Au début, il eut l'air incrédule, puis le choc le rendit sans voix. L'horreur avait tari ses torrents de paroles. Il ne put que fixer Wexford, bouche bée, en secouant la tête. Sa femme avait essayé de le préparer, mais il avait cru comprendre, à ses ménagements circonspects, que Joanna avait des ennuis avec la justice, ou bien avait quitté le pays pour une raison suspecte. L'idée qu'elle puisse être morte, et de surcroît assassinée, était pour lui inconcevable, et la nouvelle l'avait anéanti.

Wexford partit, sachant qu'il était entre de bonnes mains, après avoir parlé à sa femme des aides, psychologiques et autres, dont le couple pouvait bénéficier, bien qu'il doutât lui-même de leur efficacité. Il se rendit ensuite chez les Dade, remontant Lyndhurst Drive en longeant des jardins plantés de cyprès ornés de guirlandes électriques. Derrière les fenêtres, il voyait des arbres de Noël, des anges et des crèches, des guirlandes en papier. Mais il n'y avait rien derrière les vitres d'*Antrim*, pas de lumières en ce matin brumeux. Il devait annoncer aux Dade que, malgré la découverte du corps de Joanna, on ignorait toujours où étaient leurs enfants. Mais pas de nouvelles, bonnes nouvelles, et l'ignorance valait mieux que ce qu'il avait dû apprendre au père de la jeune femme.

Ils le bombardèrent de questions, Roger avec insolence, Katrina sur un ton implorant. Le père lui demanda pourquoi la police avait fait l'effort de retrouver Joanna, mais pas ses enfants, une question qu'on n'avait jamais posée à Wexford en de telles circonstances. Il ne voulait pas insister sur le fait que les fouilles se poursuivaient à Passingham St John, parce que cela aurait suggéré qu'on y cherchait des corps, mais il fut bien obligé de l'avouer, et Katrina quitta la pièce en larmes. Wexford s'arma alors de courage pour affronter l'orage inévitable qu'allait déclencher la question qu'il devait poser à Roger. Il n'y alla pas par quatre chemins.

« Avez-vous jamais eu le sentiment que Joanna Troy était amoureuse de vous ?

— *Quoi ?* »

Quoi, c'est facile à dire, pensa Wexford.

« Vous m'avez bien entendu, Mr. Dade. Avez-vous eu cette impression ? Et vous-même, étiez-vous intéressé par elle ? Étiez-vous attiré par cette femme ? »

Dade se mit à rugir comme un lion, hurlant des paroles inintelligibles. On entendait Katrina sangloter dans la cuisine.

« Au revoir », dit Wexford. Puis il ajouta, plus doucement : « Je reviendrai bientôt. »

La veille de Noël, il neigea à nouveau et les recherches furent temporairement suspendues. On n'avait retrouvé aucune trace des enfants, rien qui pût donner une idée de l'endroit où ils se trouvaient.

Tard dans la journée, Wexford apprit par le labo que le cheveu n'appartenait pas à Sophie, mais à un enfant inconnu. Et il se demanda pourquoi l'auteur du crime avait mis le sac de Joanna dans la voiture, mais rien pour les enfants.

14

Le jour de Noël, ce fut moins la célébration de leurs fêtes de famille qui empêcha Wexford et son équipe de poursuivre l'enquête que le sentiment qu'il aurait été déplacé de déranger les Troy et les Dade à ce moment-là. Wexford n'avait jamais vraiment aimé Noël et la neige ne l'enthousiasmait guère. Quant à Dora, la vue de leur jardin immaculé paraissait au contraire l'inspirer dans les préparatifs inévitables : cuisiner, dresser la table et ménager de la place pour les menus détails.

« Je n'aime pas cette façon dont elle recouvre tout, dit Wexford. On parle d'une couverture de neige, et c'est ce qui me déplaît. Comme si tout s'était endormi jusqu'à la saint-glinglin.

— La saint... mais de quoi parles-tu ?

— Oh, je ne sais pas. Je déteste l'hibernation, le temps suspendu, le fait que tout le monde doive s'arrêter de bouger.

— Tu n'as pas à t'arrêter de bouger, fit Dora. Tu devrais justement ouvrir le vin rouge pour qu'il s'aère et voir si nous avons assez de glace – oh, et vérifier les verres à liqueur pour ceux qui voudraient prendre un digestif, du Cointreau ou de la liqueur d'abricot. »

« Ceux » qui pourraient vouloir des liqueurs étaient Sheila et Sylvia, et leurs compagnons Paul et Callum. Tous seraient accompagnés de leur enfants – « Chéri, tu veux bien regarder s'il y a assez de jus d'orange et de Coca-Cola ? » lança Dora –, les fils de Sylvia, Ben et Robin, les filles de Sheila, Amulet et la petite dernière, Annoushka, Amy et Annie pour les intimes.

« Tu as prévu un cadeau pour Chapman ?
— Cal, Reg. Il faudra t'y habituer. Oui, bien sûr. »

Pauline Pearson avait trouvé grotesque que Sharonne lui ait suggéré de préparer son repas de Noël.

« Vous ne trouverez personne pour le faire, Mrs. Buxton. Pas le jour de Noël. Tout le monde sera en train de cuisiner le sien. C'était différent du temps de ma grand-mère, mais aujourd'hui on ne s'efface plus devant les gens de la haute, Dieu merci. On vit dans une société égalitaire. Vous auriez dû faire décongeler à fond cet oiseau que vous avez acheté, une bonne journée au moins, et là il est trop tard. S'il reste un peu de glace dedans, on peut attraper la salmonelle, ou bien pire. Une dame que connaissait ma tante a attrapé ce truc que les femmes se mettent sur le visage, comment ça s'appelle ? – Bot-quelque chose – en mangeant une dinde pas assez décongelée. »

Peter apprit avec stupéfaction que Sharonne ne savait pas faire la cuisine. Il ne s'était pas totalement affranchi de ses origines et considérait comme allant de soi que toutes les femmes sachent préparer un repas comme si c'était dans leurs gènes. Mais Sharonne en était incapable. Regardant désespérément la dinde décongeler avec lenteur, elle demanda à Peter pourquoi ils ne pouvaient pas aller manger dehors.

« Parce que tous les endroits où tu mettrais les pieds et pas mal de ceux où tu n'irais jamais sont complets depuis des mois pour le dîner de Noël.

— Ne dis pas dîner au lieu de déjeuner, Peter, c'est vulgaire.

— Tout le monde dit le *dîner* de Noël. Quelle que soit l'heure où on le prend. »

Peter fit cuire la dinde lui-même. Il l'enduisit de beurre, la mit au four et l'y laissa pendant six heures. Il aurait pu faire pire. Il l'avait garnie de pommes de terre en boîte et de petits pois surgelés, de sauce au jus de viande toute préparée, et il était assez fier du résultat. Tout en cuisinant, il s'était servi plusieurs verres de malt pour s'encourager, et quand le repas fut prêt, il fut content de s'asseoir car il ne tenait plus sur ses jambes.

L'alcool l'aida à oublier les précédentes visites des policiers et, perspective encore plus sombre, leurs éventuelles visites futures. Mais la soif et la migraine ayant ramené leur cortège d'idées noires, il commença à soupçonner que la police savait qu'il avait trouvé la voiture des semaines plus tôt. À présent, il ne pouvait s'expliquer sa conduite. Pourquoi n'avait-il pas averti la police immédiatement? Sûrement pas à cause des deux engagements qu'il aurait dû annuler pour ça et auxquels il ne tenait pas énormément. Non, c'était la faute de Sharonne. C'était elle qui l'en avait empêché.

Il la considéra de ses yeux troubles qui, par moments, voyaient double. Blottie dans un fauteuil, pieds nus, elle regardait d'un air serein une comédie de Noël à la télévision, son éternel verre d'eau gazeuse à la main. Pourquoi l'avait-il laissée le détourner de son devoir de citoyen? Les événements du deux décembre étaient devenus inexplicables. Lui, un homme sensé qui allait bientôt avoir quarante ans, avait laissé sa femme, de douze ans sa cadette, un mannequin, mais quand même pas un top model, une femme qui n'avait jamais rien fait d'autre qu'arpenter les podiums dans les tenues de ce couturier de troisième classe, Amerigo, *lui dire ce qu'il devait faire.* Et maintenant, Dieu seul savait ce qui allait lui arriver. C'était un délit de faire obstacle aux enquêtes policières, il le savait bien. S'il était traîné devant les tribunaux, ce serait dans tous les journaux.

« Sharonne? » demanda-t-il.

Elle ne tourna pas la tête.

« Quoi? Je regarde la télé.

— Est-ce qu'il y a un lit fait dans une chambre d'amis?

— Oui, je pense. Pourquoi? Ça ne va pas? (Elle se tourna à ce moment-là, se rappelant peut-être son rôle surprotecteur.) Tu ne dois t'en prendre qu'à toi, Peter. Je ne vois vraiment pas ce qui t'attire dans

242

tous ces alcools forts. Ne bouge pas, je vais te chercher un verre d'eau et un peu de Nurofen. »

Pourquoi ignorait-elle s'il y avait un lit fait? C'était son rôle de le savoir. Il ne comprenait pas pourquoi elle ne s'en chargeait pas, elle n'avait rien d'autre à faire. Elle ne l'avait même pas soutenu quand il avait cherché à expliquer pourquoi il était venu à Passingham. Personne ne lui avait demandé d'intervenir lorsque cet inspecteur l'interrogeait. Elle avait parlé délibérément, presque avec méchanceté. Elle n'avait pas de raison de dire *toute* la vérité. Elle aurait pu se taire. Quant à cette idiote de Pauline, elle n'aurait pas autant parlé du chauffage si Sharonne ne lui avait pas donné l'exemple.

Il prit l'analgésique avec une gorgée d'eau. Sharonne retourna à son émission et, cette fois, un sourire altéra ses traits sans défaut. Peter la regarda avec un sentiment proche de la haine. Puis il se leva sans un mot et sortit se chercher un lit avec des draps, sinon des couvertures, le plus loin possible de leur chambre.

Chapman jouait avec les deux garçons et la fillette de deux ans, confirmant ainsi sa réputation d'homme « qui sait s'y prendre avec les enfants ». Il était pourtant assez brusque avec eux, trouvait Wexford, choqué par la façon dont il malmenait la petite Amy. Les garçons, eux, étaient assez grands pour s'occuper d'eux-mêmes. Mais c'était aux parents d'Amy d'intervenir, pas à un grand-père.

Une femme vivant avec l'homme de son choix

devrait être sereine et épanouie, mais Sylvia semblait malheureuse. Bien sûr, ils étaient tous nerveux, s'efforçant un peu trop d'apprécier ce Noël « en famille ». Sheila avait l'air épuisée par l'allaitement et les répétitions d'une nouvelle pièce, et Paul était inquiet pour elle. Dora en voulait à Wexford parce qu'il avait oublié de s'occuper des glaçons et il n'arrivait pas à se détendre, l'esprit absorbé par les enfants Dade, la découverte du corps de Joanna et l'attitude inexplicable de Buxton.

Le conducteur de la Golf devait connaître les bois de Passingham, ou du moins l'existence de la forêt et d'une voie carrossable. Mais pas assez pour éviter de verser dans la carrière ? Ou au contraire, très bien pour y conduire la voiture à dessein ? Non, celui qui avait fait ça n'avait pas tenu le volant. Il était sorti de l'auto pour la pousser dedans. Avec Joanna acceptant passivement d'être assise à l'avant ? Ce n'était pas possible. Elle devait être morte ou, du moins, inconsciente, avant qu'il ne fasse basculer la Golf. Morte, plus probablement. Et les enfants ? Étaient-ils morts alors, ou cachés quelque part ? Si cet individu, quel qu'il fût, avait tué et enterré les enfants, pourquoi ne pas se débarrasser de même de Joanna ? Wexford ne voyait pas l'intérêt de mettre son corps dans la voiture. L'auto aurait aussi bien pu être poussée à vide dans la carrière. Le meurtrier devait savoir que le manoir et ses terres étaient souvent déserts, et il était donc possible que Buxton le connaisse. C'était peut-être même lui le coupable. Wexford était persuadé qu'il n'aurait jamais signalé la présence de la voiture si Rick Mitchell n'était pas entré dans le bois à ce moment-là...

« Reg, murmura Dora, réveille-toi. J'ai préparé du thé. »

Sylvia posa devant lui une tasse et une soucoupe. « Tu veux manger quelque chose, papa ? »

— Mon Dieu, non ! Pas après ce repas. »

Il leva les yeux et, tandis qu'elle reculait son bras, il vit une marque rouge sombre, pareille à une brûlure, autour de son poignet. Il se demanderait plus tard pourquoi il ne l'avait pas interrogée à ce sujet.

Le lendemain de Noël, ils fouillèrent à nouveau les bois. Ils ne cherchaient pas des vivants, mais des tombes. Pour comprendre le système métrique, Wexford calcula qu'il devait y avoir 7,6 centimètres de neige. Trois pouces avaient bien plus de signification pour lui, et en auraient toujours. Quoi qu'il en soit, cela rendait la fouille inutile, le confortant dans l'idée que la neige était un fléau, qui dissimulait tout. Il se remémora la journée de la veille – Chapman jetant Amy en l'air et faisant semblant de ne pas la rattraper, Sheila épuisée, Dora énervée, et l'atmosphère alourdie par le spectre de la fête, l'éternel absent : Neil Fairfax, l'ex-mari de Sylvia.

Il n'était pas facile d'être grand-parent. On ne pouvait pas intervenir, ou donner des conseils. On devait se taire et sourire, feindre d'approuver en tout la manière dont ses filles éduquaient leurs enfants. Avait-il prêté assez attention aux grands-parents dans la famille Dade ? Aux Bruce et à Mrs. Carrish ?

245

Ce pourrait être une bonne idée d'aller les voir chez eux, de s'entendre avec la police du Suffolk et du Gloucestershire pour faire un saut là-bas avant que la neige fonde. Les routes étaient déblayées et s'il ne reneigeait pas...

S'ils n'en savaient pas plus sur leurs petits-enfants que le père et la mère, ils avaient quelquefois des intuitions qui n'appartenaient qu'à eux. Par exemple, lui-même était certain qu'Amy n'aimait pas être ballottée par Chapman, il le voyait à son petit visage stoïque, à sa volonté de rester polie comme on le lui avait appris, alors que Paul, apparemment, n'avait rien remarqué. Sylvia se persuadait que son amant savait s'y prendre avec les enfants, mais Wexford lisait parfois du mépris dans les yeux de Robin. C'était décidé, il irait voir les grands-parents Dade. Il prendrait rendez-vous le plus vite possible.

Mais, pour l'instant, il devait se rendre chez les Dade eux-mêmes. Il ne demanda à personne de l'accompagner. Katrina lui ouvrit la porte, avec la même expression que la femme du *Cri* de Munch.

« Non, Mrs. Dade, non, s'empressa-t-il de dire. Je ne vous apporte aucune nouvelle, mauvaise ou bonne. J'aimerais juste vous parler, maintenant que la situation a changé.

— Changé ?

— Avec la découverte du corps de Ms Troy.

— Oui, oui. Vous feriez mieux d'entrer. »

Ce n'était pas très engageant, mais moins grossier que l'attitude de Roger Dade, qui en voyant Wexford détourna les yeux sans rien dire et retourna dans le salon.

« Je pensais que, peut-être, vous aviez retrouvé mes enfants, dit Katrina sur un ton pitoyable, toujours au bord des larmes. C'est-à-dire, enfin... que vous les aviez trouvés morts.

— Mrs. Dade, je vous en prie, asseyez-vous. La police n'a rien trouvé pour l'instant près de Passingham Hall.

— À quoi sert de chercher quand tout est sous la neige ? répliqua Dade.

— La neige rend, il est vrai, les fouilles plus difficiles, mais elle n'est pas très épaisse et elle commence à fondre. J'aimerais savoir si Giles ou Sophie sont déjà allés à Passingham St John ? Ont-ils déjà mentionné cet endroit ?

— Jamais. Il n'y avait pas de raison. On n'y connaît personne. »

Katrina fut moins brutale.

« Je n'avais jamais entendu parler de Passingham St John jusqu'à ce qu'on nous annonce qu'on y avait trouvé... Joanna. Je suis allée à Toxborough, mais ça fait des années et j'y étais sans les enfants... »

À ce mot, elle éclata en sanglots.

« La voiture a été trouvée dans les bois de Passingham Hall. Ils appartiennent à un homme nommé Peter Buxton. Vous le connaissez ?

— Je n'en ai jamais entendu parler, dit Roger. Ma femme vient de vous dire que nous ne connaissons pas cet endroit. Vous êtes sourd, ou quoi ? »

Le plus dur, pensait parfois Wexford, était de garder son calme lorsqu'un citoyen vous parlait en ces

247

termes, surtout quand on était soupe au lait soi-même. Mais il le fallait. Wexford devait se rappeler – et ne jamais oublier – que les deux enfants de cet homme avaient disparu, et qu'ils étaient peut-être morts.

À travers ses larmes, Katrina lança à son mari un regard cinglant. Mais au lieu de chercher à détendre l'atmosphère, elle dit :

« Savez-vous quand aura lieu l'enterrement de Joanna ?

— Je crains que non.

— J'aimerais y aller. C'était ma plus chère amie. Pauvre Joanna... »

Après ça, il se dit qu'il pourrait être utile de rendre une nouvelle visite à Buxton. Vine l'accompagna. Cette fois-ci, ils descendirent le sentier à pied, dans l'espoir de voir si l'orée des bois et le chemin qu'avait emprunté la Golf étaient bien visibles, mais tout était masqué par la neige. La seule chose qu'ils purent observer était qu'à l'entrée du chemin et jusqu'au cœur des bois les arbres étaient plus écartés, assez pour laisser passer une voiture.

Buxton leur ouvrit lui-même. À nouveau, l'heure était trop matinale pour sa femme. Il avait l'air d'un homme malade, voué à l'infarctus, avec son visage à la peau rêche, marbrée de gris et de la teinte du granit rose. Des veines rouge sang couraient sur ses globes oculaires. Ses mains étaient agitées par un léger tremblement, et son haleine, qu'un dentifrice à la menthe n'avait guère réussi à cacher, sentait à la fois l'enzyme digestive et le whisky éventé, un mélange repoussant qui fit reculer Wexford. Sentiment inhabituel chez lui, il fut tenté d'avertir cet homme qu'il se tuait à petit feu, mais il s'en abstint. Les journaux et les magazines étaient pleins d'articles sur ce qui arrivait lorsque l'on buvait trop et qu'on mangeait n'importe quoi. Il était prévenu.

« Il semble que ce soit le bon moment pour discuter un peu, Mr. Buxton », dit Vine d'un ton jovial.

Buxton lui jeta un regard noir. Pour lui, le moment était on ne peut plus mal choisi. Il les emmena à la cuisine, et Wexford en déduisit que le salon, sans doute jonché par la vaisselle de la veille, n'était pas en état d'accueillir des visites ce matin-là. En réalité, c'était peu probable, car la cuisine, où traînaient les reliefs du repas de Noël, des casseroles et des boîtes de conserve, était peut-être pire. Pour une raison quelconque, Buxton leur proposa un verre.

« Eau, Coca, jus d'orange, ou quelque chose de plus fort ? »

À l'évidence, il voulait prendre lui-même quelque chose de plus fort. Vine et Wexford auraient accepté du thé s'il leur en avait offert, mais Buxton ne le fit pas.

« Il faut bien un petit verre pour faire passer la gueule de bois, dit-il dans un ricanement sinistre, en se versant du scotch. (Il donna avec dédain de l'eau gazeuse aux policiers.) Alors, qu'y a-t-il de si important ?

— Qui connaît cet endroit à part vous et votre femme ? demanda Wexford. Qui donc vous rend visite ?

— Nos amis. Les gens qui travaillent pour nous. (Buxton prononça les deux premiers mots avec hauteur, les six derniers avec un mépris à peine dissimulé.) Vous ne vous attendez quand même pas à ce que je vous donne les noms de mes amis ! »

Vine le regarda, incrédule.

« Pourquoi pas, monsieur ? Ils n'ont pas de raison de s'y opposer s'ils n'ont rien fait de mal.

— Bien sûr que non. Chris Warren est conseiller régional et son épouse Marion, enfin... (Buxton semblait avoir quelque difficulté à définir précisément Mrs. Warren) est une dame bien connue dans la région.

— Et où habitent Mr. et Mrs. Warren ? (Vine nota l'adresse que Buxton lui donna à contrecœur.) Et qui d'autre, monsieur ? »

Leurs voisins, les Gilbert, répondit Buxton. Peutêtre entendait-il le mot « voisin » au sens large, pensa Wexford, car il n'y avait pas de maison visible de Passingham Hall.

« Ils vivent dans un ravissant manoir au milieu du village. »

Buxton s'exprimait comme une brochure touristique. Il ignorait le nom ou le numéro de la maison, il la connaissait seulement de vue, mais on ne pouvait pas la manquer. La persévérance de Vine lui arracha encore quelques noms : des habitants du village, rencontrés à la soirée du circuit du Chardonnay, un couple de Londoniens qu'ils avaient reçu une fois en week-end. Mais à propos de ceux qu'il considérait apparemment comme ses inférieurs dans l'échelle sociale, il se montra plus expansif et, dans le cas du couple Mitchell, vindicatif. C'étaient des gens curieux, envahissants, qui devaient sûrement fouiner dans sa propriété en son absence. Soudain, il sembla trouver que les enquêtes de police, bien loin de s'ingérer dans sa vie privée, lui offraient des occasions de s'exprimer par ailleurs assez rares.

« Pareil pour cette Pauline et son mari. Elle vient ici quand ça lui chante, elle n'a jamais d'horaires précis. Hier encore, je suis monté dans le bois – je ne crois pas que ces gens-là aient conscience que j'aime à marcher sur mes terres – et je suis tombé sur... devinez qui ? Le mari de Pauline et un intrus qu'il m'a présenté comme un Mr. Colman. Un détective privé. Chez moi. Et ce n'est qu'un exemple. Tous les gens du voisinage s'introduisent dans mes bois quand je ne suis pas là.

— Où est Mr. Colman en ce moment ?

— Comment voulez-vous que je le sache ? C'était hier. Le jour de Noël, si ce mot vous rappelle quelque chose. »

Wexford hocha la tête. Cela prouvait au moins que les gens de Search and Find étaient actifs et compétents.

« Depuis combien de temps possédez-vous Passingham Hall, Mr. Buxton ?

— Bientôt trois ans. J'ai acheté la propriété à un certain Shand-Gibb, si ça vous intéresse. »

Buxton se retourna – avec nervosité, jugea Wexford – en entendant entrer sa femme. Elle portait aujourd'hui un survêtement, aussi blanc que la neige qui recouvrait les champs. Afin d'aller courir, de faire de l'exercice dans un gymnase local, ou bien était-ce simplement sa tenue de la journée ? Wexford la salua et elle lui demanda sévèrement ce qu'il

251

voulait. Il ne se sentit pas obligé de lui répondre. Ce fut Buxton qui le fit, d'une voix boudeuse, pendant que Sharonne sautait sur le whisky, rebouchait la bouteille et l'éloignait prestement de son mari. Elle réagissait exactement comme Sylvia, arrachant des mains de Ben une boîte de bonbons à la menthe. Et l'expression qui se lisait sur le visage de Buxton lui rappelait celle de l'enfant : à la fois révoltée et furieuse.

« Y a-t-il d'autres personnes qui vous viennent à l'esprit, Mr. Buxton ?

— Non. La police fouille-t-elle encore les champs ? Et quand pourrons-nous rentrer à Londres ?

— Je répondrai oui à votre première question, dit Wexford, et demain matin à la seconde. Mais je ne suis pas convaincu par votre explication sur la découverte de la voiture. Nous en reparlerons. »

Sans lui laisser le temps de protester, il s'en alla, suivi de Barry Vine. Dehors, le soleil avait reparu et la neige avait commencé à fondre, devenant peu à peu transparente. De l'eau gouttait des toits de la maison.

« Si une vague de chaleur anglaise se réduit à deux jours de beau temps et à un orage, observa Wexford, alors, un coup de froid se ramène à douze heures de neige et à deux jours de fonte et de boue. »

Le sentier, qui encore une heure plus tôt était tapissé d'une couche de neige ferme, était sillonné de rigoles. À mi-chemin dans la montée, ils croisèrent un groupe d'enquêteurs qui n'avaient rien trouvé. Wexford éprouvait un désagréable sentiment de frustration. Logiquement, les enfants Dade devaient être quelque part à une distance raisonnable : sinon, où se trouvaient-ils ? Il tenta d'imaginer un scénario où ils avaient été amenés là avec Joanna par le meurtrier – peut-être aidé par un complice –, avant d'être tués. Puis Joanna avait été placée dans la voiture qui avait été poussée dans la carrière. Mais dans ce cas, qu'étaient devenus les autres corps ? Il ne servait à rien de les emporter en abandonnant celui de Joanna. Peut-être n'était-ce pas à des cadavres qu'il devait penser, mais à des vivants. Y avait-il eu deux voitures ? L'une qui aurait été laissée là pour servir de tombe à Joanna, l'autre qui aurait servi de véhicule au criminel ? Qui avait emmené les enfants – et où ?

Tout cela était trop irréaliste pour qu'il puisse construire une suite d'événements logiques. Qui étaient, par exemple, ces deux meurtriers, homme et femme peut-être, venus ici dans deux voitures ? Quel était leur mobile ? Comment, surtout, connaissaient-ils le parc de Passingham et la carrière au cœur des bois ? Soudain, il se prit à songer au grand espace, à la clairière dans la forêt, et suggéra à Barry Vine d'y retourner avant de s'en aller.

Ce devait être un des endroits où la neige mettrait le plus de temps à disparaître, car rien ne troublait sa blancheur immaculée, aucun pied ne l'avait foulée. Du chemin où ils se tenaient, on aurait dit un lac de neige au milieu d'un mur d'arbres gris sombre et dépouillés, tous de la même taille. Aucun vent n'agitait leurs branches.

« Peut-être ce Shand-Gibb pourra-t-il nous aider », supposa Vine.

253

15

Il n'avait aucun souvenir des événements récents. Et pour le vieux monsieur, « récent » voulait dire les trente dernières années. Ce qui s'était passé avant, dans sa jeunesse, il se le rappelait aisément. Wexford avait, bien sûr, déjà rencontré cette tendance chez les personnes âgées, mais rarement aussi prononcée. Bernard Shand-Gibb avait du mal à retenir le nom de sa gouvernante, une femme à peine plus jeune que lui, qu'il appela « Polly – Pansy – Myra – Penny » avant de s'exclamer « Betty ! » dans un cri de triomphe.

Cela faisait longtemps que Wexford n'avait pas entendu cet accent. C'était celui de l'aristocratie, de l'ancienne noblesse, un accent qui, dans son enfance, pouvait encore impressionner les couches les plus basses de l'échelle sociale, mais avait aujourd'hui quasiment disparu. Les acteurs devaient s'en imprégner, avait-il lu un jour, avant de tourner dans une dramatique sur les années vingt, apprendre à dire « oouh... » et non « oh », et « crouaah... » au lieu de « croix ». Cet accent-là était encore répandu, pensa-t-il, dans la jeunesse de son grand-père, lorsque le pasteur de la ville, passant à cheval devant lui, faisait claquer sa cravache en s'écriant : « On tire son chapeau devant un gentilhomme ! »

Shand-Gibb était un gentilhomme, mais aussi un homme très gentil, troublé par son incapacité à évoquer ses dernières années à Passingham Hall. « J'aimerais bien pouvouaahr... me rappeler quelque chose ou quelqu'un, mon bon ami, dit-il de sa voix incomparable, mais j'ai tout oublié...

— Peut-être votre gouvernante... »

Mrs. Shand-Gibb vivait encore à cette époque et Betty avait soigné les deux époux. Mais c'était une domestique de la vieille école, pas de celles qui cherchent à se mêler des affaires de son patron. Sans doute parlait-elle de lui en disant « le maître ». Elle s'assit en sa compagnie parce que Wexford l'avait priée de le faire, mais elle le fit avec gêne, et sur le bord d'une chaise.

« Pouvez-vous vous rappeler quoi que ce soit ? lui demanda Shand-Gibb à sa manière douce et courtoise. (Il n'était pas du genre à omettre les noms ou les titres des gens auxquels il s'adressait, et il avait fait un effort désespéré, mais vain, pour l'appeler par son prénom.)

— Je n'en ai pas la moindre idée, monsieur, répondit-elle. Je pourrais essayer... Il y avait les scouts qui allaient camper là-bas au printemps et à l'automne. C'étaient de bons garçons, ils n'ont jamais posé de problème, ni laissé de désordre en partant.

— D'autres personnes sont-elles venues camper

dans la forêt ? demanda Vine. Des amis ? Des relations ? »

Shand-Gibb écoutait poliment, hochant la tête de temps en temps. Il avait l'air d'un homme dérouté par une langue qu'il croyait pouvoir comprendre.

« Jamais, monsieur, affirma Betty. Pas pour *dormir*, en tout cas. Mais les gens du village y venaient pour la fête de l'été. C'est le genre de choses que vous voulez savoir ? Ils venaient en juin chaque année, montaient une grande tente pour la pluie, parce que le temps était souvent humide. Ils étaient propres eux aussi, ils n'ont jamais laissé traîner un seul papier. (Elle réfléchit.) Puis il y a eu ces gens qui venaient faire leurs chants et leurs danses. Sur la piste de danse, monsieur. »

Un sourire nostalgique éclaira le visage de Shand-Gibb. Une lueur parut s'allumer dans ses yeux bleus fanés, à moitié enfouis sous un lacis de rides.

« La piste de danse..., répéta-t-il. Nous avions de beaux étés alors, Mr., euh... Je ne crois pas qu'il ait jamais plu en juin. Tout le village venait danser le soir de la Saint-Jean, et il y avait des musiciens, on n'avait pas encore de phonographes en ce temps-là. »

Manifestement, il était passé à côté des nouvelles technologies comme la cassette audio et le CD. Le 33-tours devait être la dernière innovation dont il se souvenait.

« Nous dansions sur la piste de danse, la plus belle clairière du Kent, très haute, mais plate comme une crêpe et verte comme une émeraude. On devrait y retourner au début de l'été, Polly, euh... Daisy... peu importe. On devrait demander au jeune Mitchell de m'y emmener dans ma chaise roulante, qu'en pensez-vous ? »

Betty le regarda. C'était un regard doux, d'une infinie tendresse. Elle lui murmura gentiment :

« Vous n'habitez plus au manoir, monsieur Shand-Gibb. Vous êtes parti il y a trois ans. C'est un autre monsieur et une dame qui y vivent maintenant. Vous vous souvenez, n'est-ce pas ?

— Un peu..., soupira-t-il, quand vous me le rappelez... (Il passa sur son front une main tremblante, comme si ce mouvement pouvait dissiper le brouillard qui descendait sur sa mémoire.) Je vous crois sur parole. »

Wexford s'imagina un mât enrubanné dressé entre les arbres, et une jeune fille potelée, blonde, rustique, d'une beauté démodée, pas une Sharonne Buxton, couronnée Reine de Mai.

« C'étaient des gens à qui Mr. Shand-Gibb permettait d'utiliser la clairière ? demanda-t-il.

— Mais pas n'importe qui, dit rapidement Betty. S'ils étaient du genre à faire des saletés, il ne les laissait pas revenir. Il y a eu un couple qui l'a demandée pour son repas de mariage. Mr. Shand-Gibb a dit oui parce qu'il n'était pas trop bien et que Mrs. Shand-Gibb... (elle baissa insuffisamment la voix...) n'en avait plus pour très longtemps. »

Le vieil homme tressaillit, essaya de sourire.

« Oh, ils ont laissé l'endroit dans un état ! Jonché de boîtes de conserve et de papiers gras. Ils ont eu le culot de vouloir revenir pour une autre fête, mais Mr. Shand-Gibb a dit non, il était désolé, pas cette fois, et ils l'ont très mal pris. C'était choquant de voir comme ils étaient grossiers. »

Wexford nota le nom du couple, mais c'était le seul qu'il obtiendrait. Betty se rappelait d'autres gens qui avaient demandé à utiliser la clairière, mais elle ne connaissait pas leurs noms. Mr. Shand-Gibb, lui, les connaissait, mais il ne lui avait rien dit, ces choses-là ne la regardaient pas, dit-elle curieusement. Elle connaissait juste le nom des mariés, parce que Mrs. Mitchell et tout le village en avaient parlé.

« Quand vous avez mentionné les chants et les danses, demanda Vine, faisiez-vous allusion à cette fête de mariage ?

— Non, ça, c'étaient d'autres personnes, dit Betty. Eux n'ont jamais fait de saletés. Même après leur départ, on n'aurait jamais cru qu'ils étaient venus ici. Remarquez, ils faisaient beaucoup de bruit, on pourrait appeler ça chanter, mais on pourrait dire aussi crier et hurler. Mais ça ne dérangeait pas Mr. Shand-Gibb, il les a laissés revenir l'année d'après. (Son patron s'était assoupi.) Je ne crois pas qu'il pouvait les entendre de la maison, le pauvre monsieur. »

Crier et hurler..., repensa Wexford, tandis qu'ils regagnaient Passingham Hall, accompagnés d'un inspecteur de la police du Kent. Sans doute cette femme âgée faisait-elle référence au genre de musique diffusée dans les discothèques, ou bien par les voitures roulant vitres ouvertes. Les Mitchell, à la ferme, sauraient sûrement mieux les renseigner qu'une gouvernante de la vieille école et un vieillard qui perdait la mémoire.

Rick Mitchell et sa femme savaient tout. Ou du moins, c'était l'impression qu'ils aimaient donner. Ils savaient tout et c'étaient des « gens bien », le genre à inonder leurs visiteurs de boissons et de friandises, à veiller à leur confort et à leur accorder tout leur temps. La visite des trois policiers leur avait été annoncée à l'avance et Julie Mitchell leur servit un festin à dix heures du matin : café et orangeade, scones et tartelettes aux fruits secs, gâteau à la confiture et aux amandes. Vine et le jeune inspecteur mangèrent de bon cœur, mais Wexford n'osa pas se laisser tenter. Très vite, Rick Mitchell se lança dans un long discours sur la vie à Passingham St John depuis le Moyen Âge jusqu'à nos jours. Wexford n'arriva bientôt plus à placer un mot, car son interlocuteur ignorait ses interventions et poursuivait son laïus sans relâche. Il se demanda si Mitchell avait appris cette technique en écoutant les interviews des ministres à la radio.

Finalement, l'homme s'arrêta pour reprendre son souffle et Wexford intervint aussitôt :

« Et ce couple (il regarda ses notes), ces Mr. et Mrs. Croft dont le repas de mariage a eu lieu dans le bois ? Où vivent-ils ? »

Mitchell avait l'air offensé. Il était facile de deviner ce qu'il pensait. Vous venez ici et vous dégustez les bons gâteaux que ma femme a passé des heures à confectionner en suant devant son four, et vous n'avez même pas la courtoisie de me laisser finir ma phrase...

« En bas, au village, dit-il d'un ton maussade.

259

Dans une petite maison au nom bizarre. Elle s'appelle comment, Julie?

— *Avant*, ça s'appelait la Maison du Lierre, mais aujourd'hui, elle a un drôle de nom indien. Kerala, ou je ne sais quoi. Je ne sais pas si je prononce bien.

— C'était une Indienne, la mariée. (Tout à son plaisir de donner une information, Rick Mitchell parut oublier son grief.) Elle a un drôle de nom indien. Narinder, ou quelque chose comme ça. Le mari est aussi anglais que vous et moi. (Il jeta un coup d'œil gêné à l'inspecteur du Kent, homme au teint olivâtre, aux cheveux de jais et aux yeux très sombres.) Ils ont un bébé, ce qu'on appelle un métis, je suppose. Il faut de tout pour faire un monde.

— La gouvernante de Mr. Shand-Gibb nous a dit qu'il y avait des gens qui s'étaient servis du bois plusieurs années de suite. Ils poussaient beaucoup de cris et de hurlements. Cela vous dit quelque chose? »

Wexford dut attendre quelques minutes pour savoir si c'était le cas ou non. Car les deux Mitchell se répandirent aussitôt en éloges sur les anciens propriétaires du manoir, en déplorant vivement leur départ. C'étaient des gens adorables, de l'ancienne noblesse, mais qui ne prenaient jamais « de grands airs ».

« Ça a été un triste jour pour Passingham quand le cher Mr. Shand-Gibb a vendu son domaine, dit Julie Mitchell, de la voix lugubre des présentateurs des journaux télévisés qui, après avoir annoncé la victoire d'une équipe anglaise de football, doivent enchaîner sur la mort d'un chanteur pop. C'était la crème des hommes. Rien à voir avec les nouveaux propriétaires, les Buxton, ces yuppies *nouveaux riches*.

— On ne le répétera jamais assez », renchérit son mari, et pendant un instant, Wexford craignit justement qu'elle ne le fît. Mais elle se borna à secouer tristement la tête, et Mitchell poursuivit :

« Je suis convaincu qu'il savait depuis des semaines que cette voiture était dans la carrière. Il l'y a peut-être mise lui-même *et* ce qu'il y avait dedans, ça ne m'étonnerait pas de lui. Qu'est-ce qu'il faisait là-bas en semaine en plein mois de décembre, ça, j'aimerais bien le savoir. Il retournait sur le lieu de son crime, il n'y a pas d'autre explication. Il savait qu'elle était là, c'est sûr. »

Wexford était plutôt de cet avis, mais ne l'avoua pas.

« Revenons, voulez-vous, aux visiteurs qui faisaient de la musique. *Aux cris et aux hurlements.* Sauriez-vous par hasard qui c'était ? »

La pire question que l'on pouvait poser à un homme comme Mitchell était celle dont il ignorait la réponse. Il valait bien mieux lui soumettre une question qui, s'il y répondait sans mentir, pouvait se retourner contre lui. Il n'avait manifestement pas de réponse à donner, mais cela ne l'empêcha pas de répliquer :

« Pas exactement *qui* c'était, si vous voulez des noms. Mais je sais *ce* qu'ils étaient, une bande de vandales, vu la façon dont ils ont garé leurs voitures au bas du chemin. Ils ont fait d'horribles ornières dans l'herbe, sur les bords, et ces ornières-là ne partent jamais, elles gâchent le paysage.

— Et on pouvait les entendre crier et hurler, Rick, ajouta Julie. Tu te souviens ? On a même failli se plaindre...

— Remarquez, pas à Mr. Shand-Gibb. Il était déjà parti. On a vraiment pensé aller se plaindre à Buxton. Lui, ça ne le dérangeait pas. Il n'était pas là. Il faisait sans doute la fête à Londres...

— Ça n'avait pas l'air d'être de l'anglais, ce qu'ils criaient, dit Julie. Aïe, ci, aïe, ci, un truc comme ça.

— Quoi, les lettres *I* et *C*★ ? demanda Vine.

— Oui, ça y *ressemblait*, mais ce n'est pas de l'anglais, n'est-ce pas ? »

Cette marque de nationalisme dut réveiller un reste de conscience chez Mitchell, car, alors qu'ils partaient, il dit d'un ton gentil à l'inspecteur du Kent :

« Tout va bien, pas de problème ? »

Wexford revint à Kingsmarkham, laissant les deux autres poursuivre leur enquête au village. Il allait à un enterrement, celui de Joanna Troy. Elle n'avait pas versé dans la carrière en conduisant, elle était morte avant d'avoir été placée dans la voiture.

« Assassinée ? avait-il demandé au téléphone à Tremlett.

— Rien ne permet de le penser. »

Sauf que son corps avait été déplacé. On s'était donné bien du mal pour le cacher. Mais où étaient les enfants Dade ? Les parents, en tout cas, se trouvaient à Kingsmarkham à St Peter pour les

★ En anglais, *I* se prononce « aïe » et *C* « ci ».

obsèques, non seulement Mrs. Dade, mais Roger et les parents de Katrina (si le vieil homme, au bras de Mrs. Bruce, était effectivement son père). C'était peut-être l'occasion de parler à ces grands-parents. Peu importait que la discussion n'ait pas lieu chez eux. Les Dade se sentaient mieux, pensa Wexford, ils *avaient l'air* mieux. Comme Joanna est morte, que la voiture ne contenait que son corps et qu'on n'a pas retrouvé d'autres cadavres, ils croient que Giles et Sophie sont vivants. Est-ce que je le crois aussi? Il n'avait aucune raison de le penser et il savait que ces parents se fiaient à leur intuition plutôt qu'à la raison.

C'était une journée humide et froide, et l'église, grande comme une cathédrale, était glaciale. Combien de gens savent que le service funèbre n'est pas obligatoire? Qu'il n'est pas nécessaire ni prescrit par la loi d'écouter des morceaux d'orgue, de psalmodier des hymnes et des prières d'un ton morne – *Abide with me** ou *Le Seigneur est mon berger* – si l'on n'a pas la foi et que le défunt n'était pas croyant? Cela faisait des années que ces gens n'étaient pas allés à l'église, pensa-t-il. Il aurait mieux valu qu'ils fassent incinérer le corps de Joanna et se réunissent après dans l'intimité pour évoquer sa mémoire. Au moins, il n'y avait que des fleurs offertes par la famille, une simple couronne de

---

* *Abide with me* [Reste avec moi], hymne religieux adressé à Dieu et chanté à l'office le dimanche.

jonquilles, hommage du père et de la belle-mère de Joanna.

Ralph Jennings, l'ex-mari, n'était pas venu. Mais Yvonne Moody était là, la voisine qui avait soupçonné Joanna et Roger Dade d'avoir une liaison. À genoux quand tout le monde était assis ou debout, et versant des larmes en silence. Il remarqua que le père de Joanna ne pleurait pas. En revanche, il avait vieilli de dix ans. Les gens n'avaient toujours pas renoncé à l'habitude de porter du noir aux enterrements. Tous les assistants étaient en noir, mais seules Yvonne Moody et Doreen Bruce avaient mis des chapeaux. Ils sortirent lentement de l'église, George Troy cramponné au bras de sa femme, Katrina tenant de force la main de son mari, pour monter dans les voitures qui les emmèneraient dans la campagne, au crématorium de Muflett Tye. Les parents de Katrina n'y allèrent pas. Wexford avait déjà été surpris de les voir là, mais sans doute tenaient-ils à soutenir leur fille. Les Bruce étaient venus avec leur propre voiture, et tandis que la femme aidait son mari à s'asseoir et mettait le moteur en marche, Wexford prit la sienne et les suivit jusqu'à Lyndhurst Drive. Il était sur le seuil avant qu'ils aient eu le temps d'entrer dans la maison.

Doreen Bruce ne le reconnut pas, le prenant tout d'abord pour un démarcheur. Même après avoir compris, elle parut réticente, et lui dit que son mari devait se reposer. Il avait le cœur fragile, il fallait absolument qu'il s'étende un moment. Elle n'avait pas voulu qu'il vienne ce matin. Ce n'était pas comme s'ils avaient connu Joanna Troy. Eric avait eu un infarctus en octobre et, depuis, il devait se ménager. Bien sûr, cela ne se voyait pas, avec son habitude de courir dans tous les sens. De l'avis de Wexford, Eric Bruce n'avait l'air de « courir » nulle part. C'était un homme petit et mince, pâle et les traits tirés ; on imaginait difficilement qu'il pût avoir le cœur solide. Il ne fut pas autorisé à monter à l'étage, mais conduit vers le canapé du salon, pour y être allongé sous une couverture. Le chat noir, couché sur la tablette du radiateur, observait avec un mépris félin cette sollicitude maniaque, étirant une de ses pattes avant comme pour admirer ses griffes.

Wexford fut introduit dans la salle à manger, une pièce inusitée aux fenêtres obscurcies par des carreaux de couleur et de lourds rideaux en velours rubis. Doreen Bruce s'assit en face de lui et pianota nerveusement sur la table.

« Quelquefois, lui dit-il, les grands-parents connaissent mieux leurs petits-enfants que les parents. Je sais que Giles et Sophie aimaient venir chez vous – vous habitez dans le Suffolk, je crois ?

— C'est cela, mon cher. »

Elle devait sans doute appeler tout le monde « mon cher ». Ce n'était pas un signe d'affection ni d'intimité.

« À Berningham. Là où se trouvaient ces horribles bâtiments de l'armée de l'air américaine, mais c'est bien plus joli depuis qu'on les a démolis. On dit que les adolescents ne pensent qu'à se distraire, à aller en boîte, ou même pire, mais ces deux-là n'étaient pas comme ça. Ils aimaient la nature et la campagne, les sorties en plein air. Sophie pleurait toujours quand elle devait rentrer chez ses parents. Mais pas Giles, bien sûr, un garçon ne pleure jamais.

— Que faisaient-ils dans la journée? »

Elle sembla déroutée. Pour elle, à l'évidence, c'était ce qu'ils faisaient chez leurs parents qui était un mystère.

« Ils se promenaient, mon cher. Nous les emmenions à la plage. Eric et moi pensons qu'ils ne sont pas assez grands pour y aller tout seuls. Enfin, Eric si, mais vous savez comment sont les hommes, il dit que je les surprotège. Remarquez, il aimait beaucoup leur compagnie, il voulait toujours être avec Giles. Bien sûr, c'était avant son infarctus, mon cher.

— Quand sont-ils venus chez vous pour la dernière fois, Mrs. Bruce?

— En août. (Elle avait répondu très vite.) Pendant les vacances scolaires. Ils n'auraient pas eu la permission de venir un week-end. Roger les fait travailler sans relâche, vous savez. (Elle parlait maintenant sur un ton contrarié.) Des devoirs, des devoirs, tout le temps des devoirs. Je ne sais pas pourquoi ils ne se révoltent pas. À leur place, c'est ce que feraient la plupart des jeunes. Remarquez, je suis sûre qu'ils travailleraient dur même si Sa Seigneurie ne les cravachait pas comme ça. Ils aiment les études, Giles, surtout. C'est un garçon intelligent, il ira loin. »

Une chose avait frappé Wexford. Il demanda avec curiosité :

«Vous avez dit que Sophie pleurait quand elle rentrait chez ses parents?

— C'est vrai, mon cher. Toutes les larmes de son corps.

— Une fille de treize ans ? s'étonna-t-il. Diriez-vous qu'elle est immature pour son âge ?

— Oh non, mon cher. Ce n'est pas ça. »

Mrs. Bruce baissa la voix et jeta un coup d'œil prudent à la porte fermée. Puis elle parut se rappeler que son gendre n'était pas là.

« C'est plutôt qu'elle ne s'entend pas avec son père. Giles a peur de Roger, mais Sophie... elle a horreur d'être avec lui. C'est dommage, n'est-ce pas ? »

Et cette femme avait dit que les Dade n'étaient pas « une de ces familles dysfonctionnelles... ».

16

Wexford ne verrait donc pas la maison des Bruce ; cependant, devant celle de Matilda Carrish, il se dit que la leur devait être plus agréable pour des adolescents. D'ailleurs, Giles et Sophie avaient peut-être rarement séjourné ici. Nichée dans un charmant village des Costwolds aux chaumières et aux maisons gris or, la sienne était de la même pierre que les autres habitations de Trinity Lacy, mais avait l'air bien plus récente. C'était une maison austère, à première vue assez inhospitalière, à la façade terne et au toit d'ardoise en pente douce. Il était possible que Katrina se soit opposée à ce que ses enfants aillent séjourner chez leur grand-mère paternelle. Elle semblait détester particulièrement sa belle-mère. Que d'animosités dans cette famille !

« Ils venaient souvent ? demanda Burden, quand ils furent conduits dans une salle de séjour assez froide et sobrement meublée.

— Cela dépend de ce que vous entendez par *souvent*. Ils venaient quelquefois. Quand ils avaient la permission. Et quand j'avais le temps. »

Discrètement, Wexford balaya la pièce du regard. Son seul attrait était les bibliothèques remplies de livres qui tapissaient trois des quatre murs. Il remarqua la chaîne stéréo dernier cri, le meuble où s'encastrait un ordinateur visiblement pourvu d'un accès à Internet, d'une imprimante et d'autres accessoires non identifiables. Tous les meubles, hormis le canapé et les fauteuils blancs ou noirs, étaient en bois pâle, mélamine noire et acier chromé. Sur le seul mur dénué d'étagères, d'étranges tableaux abstraits voisinaient avec des photos illustrant le déclin industriel et la tristesse des quartiers pauvres. Wexford en reconnut certaines : les œuvres de Matilda Carrish. Elle avait l'air aussi froide et triste que ses photographies, avec son long corps mince au dos très droit et aux jambes grêles, et sa tenue sévère, une tunique noire sur un pantalon gris. Elle portait autour du cou un simple collier de galets gris et blancs montés sur un fil d'argent.

Elle devait avoir dépassé les soixante-dix ans, songea-t-il, et pourtant, la dernière chose que l'on pensait en la regardant était qu'elle était vieille. Malgré les rides, les mains noueuses et les cheveux blancs.

« Vous les avez vus pour la dernière fois en octobre, je crois ? »

Elle acquiesça.

« Étiez-vous proches ? reprit Burden. C'est un peu difficile à imaginer, mais est-ce qu'ils vous faisaient des confidences ? »

Cette fois-ci, elle sourit légèrement.

« Ils ne pouvaient sûrement pas être proches de leurs parents. Mon fils est un tyran, sa femme une

269

hystérique. (Elle dit cela très calmement, comme si elle parlait de connaissances dont elle avait observé quelquefois la conduite.) Ma petite-fille me parlait quand elle le pouvait, elle me confiait un peu ses sentiments. Mais c'était plutôt rare. Sa mère s'y serait formellement opposée.

— Giles et Sophie s'entendaient bien ? Étaient-ils bons amis, en plus d'être frère et sœur ?

— Oui, je crois. Sophie est très influencée par Giles. Elle a tendance à l'imiter. Par exemple, quand il aime un morceau de musique, elle l'aime aussi.

— Cela vous paraît-il plausible que Joanna Troy ait eu une liaison avec votre fils ? Ou bien qu'elle ait pu être attirée par lui ? »

Pour la première fois, Wexford la vit rire.

« On ne sait jamais avec les gens, n'est-ce pas ? Mais je ne crois pas Roger capable de jouer aussi bien la comédie. Bien sûr, je n'ai jamais rencontré Ms Troy. Elle aurait peut-être aimé avoir une relation avec mon fils. Tous les goûts sont dans la nature. »

Quelle femme effrayante... Parler ainsi de son propre fils...

« Vous parliez des *sentiments* de Sophie, Mrs. Carrish. Pourriez-vous nous en dire plus ?

— Ha ! ha ! Voilà une question importante... Mais je ne devrais pas plaisanter avec ça. Pour parler franchement, elle m'a dit qu'elle haïssait son père et n'aimait pas sa mère. Vous savez, Katrina la laisse soi-disant agir à sa guise, mais elle pique une crise dès qu'elle le fait vraiment. Quant à mon fils, il interdit le moindre plaisir à ses enfants et il les fait trimer sans répit. Ce que Sophie aimerait, c'est venir habiter ici. »

C'étaient des propos très semblables à ceux que lui avait tenus Doreen Bruce, mais formulés assez différemment.

« Que répondiez-vous à cela ?

— Mr. Wexford, je vais être sincère avec vous. Je n'ai pas une grande affection pour mes petits-enfants. Ce n'est pas étonnant. Je les vois seulement deux ou trois fois par an. J'éprouve pour eux – comment dirais-je ? – une certaine bienveillance, c'est tout. J'aime mon fils, évidemment, mais je n'ai pas de sympathie pour lui. Il est grossier et conventionnel, sans aucun savoir-vivre. Je ne prétends pas en avoir beaucoup moi-même, mais j'espère être plus honnête envers la vie. Je ne fais pas semblant d'être conformiste, je fais ce qui me plaît. Le pauvre Roger est malheureux parce qu'il ne fait jamais ce qui lui plaît, ça fait des années qu'il se l'interdit. »

Très sincère, en effet, pensa Wexford. Avait-il jamais entendu une femme, à la fois mère et grand-mère, s'exprimer de la sorte ?

« Katrina n'aurait jamais laissé un de ses enfants habiter avec moi, ajouta-t-elle. Cela dit, je n'aurais pas laissé mes propres enfants habiter chez leurs grands-parents. De plus, je suis égoïste, j'aime vivre seule, je veux continuer à le faire jusqu'à ma mort. C'est pour cela que je n'habite pas avec mon mari, même si nous sommes en très bons termes. »

Il fut stupéfait. Il croyait qu'elle était veuve, qu'elle avait perdu ses deux maris. Il était toujours amusé par la faculté des gens à lire dans l'esprit des autres ;

il avait lui-même ce don, et Matilda Carrish montra alors qu'elle l'avait aussi.

« Non, j'ai divorcé de mon premier mari, le père de Roger, et il est mort depuis. Mais mon deuxième mari enseigne dans une université européenne. Il préfère habiter à l'étranger et j'aime mieux vivre ici, c'est un arrangement à l'amiable. Nous passons quelque temps ensemble une ou deux fois par an – plus souvent que je ne vois Giles et Sophie. »

Burden revint sur ce qu'elle avait dit :

« Vous avez parlé de vos enfants, Mrs. Carrish. Vous en avez d'autres ?

— Oui, une fille, répondit-elle avec indifférence. Elle est mariée et vit en Irlande du Nord. Dans le comté d'Antrim. »

Burden nota le nom et l'adresse de cette femme. Il se demanda si Matilda Carrish éprouvait les mêmes sentiments pour elle que pour son fils, un amour viscéral, mais dénué de respect ou de sympathie. Sans doute n'avait-elle pas non plus un grand désir de la voir.

Au moment de leur départ, elle leur montra une gravure en couleurs sur le mur de l'entrée. Un mezzotinto, crut reconnaître Wexford. Elle représentait des bâtiments du dix-huitième siècle d'une ville quelconque d'Europe du Nord. Matilda Carrish semblait sur le point de faire un commentaire à son sujet, mais se détourna finalement sans rien dire.

« Mr. Buxton, je vous conseille vivement de faire ce que je vous demande, dit Wexford au téléphone.

Passez demain à midi au commissariat de Kingsmarkham. Je vous ai déjà prévenu que c'est un délit de faire obstacle au travail de la police. Eh bien, il est tout aussi illégal d'entraver le cours de la justice. Ne croyez pas que ce soit une menace en l'air. Je vous verrai demain.

— Je veux bien descendre à Kingsmarkham, dit Buxton sur un ton contrarié. Mais il y a plusieurs choses dont je dois m'occuper. Vous ne pouvez pas venir à Passingham?

— Non, répliqua Wexford. Ce n'est pas sur mon chemin. (Il marqua une pause.) Je vous attends à midi. »

Si Buxton ne venait pas, il aurait une bonne raison de l'inculper et, pour être franc, l'idée de l'arrêter lui plaisait assez. Il rappela ensuite Charlotte MacAllister, née Dade. Sa voix était étrangement semblable à celle de sa mère, claire, froide et ironique.

« Je ne connais pas très bien les enfants de Roger. Nous ne sommes pas en froid, mais je vais rarement en Angleterre et ils ne me rendent jamais visite. Katrina a peur des bombes. (Elle s'interrompit et partit d'un rire sec.) En fait, Giles a fait un petit séjour chez nous il y a trois ou quatre ans lorsque la situation politique était assez calme. Il avait l'air content de voir mes enfants. »

Rien de bien intéressant, estima Wexford. Puis il se rappela quelque chose.

« Mrs. MacAllister, savez-vous pourquoi ils ont baptisé leur maison *Antrim*?

— Ils l'ont appelée comme ça? Je n'avais pas remarqué.

— Je ne crois pas que ce soit une coïncidence, et vous ? Vous habitez le comté d'Antrim, votre frère appelle sa maison *Antrim*, et pourtant, vous n'avez pas l'air proches.

— Oh, c'est simple. Ils ont vécu ici quand ils se sont mariés. Giles est né en Irlande. Roger n'était pas encore dans l'immobilier à l'époque. Il a été à l'école avec mon mari, c'était son meilleur copain, et mon mari l'a aidé à trouver du travail. C'est pour ça qu'ils sont venus ici. Il était représentant pour un fournisseur en informatique, mais apparemment, il ne s'en sortait pas très bien. Il n'a pas hérité du cerveau de notre mère. »

Sous-entendu, moi si ? Peut-être.

« Katrina a été bouleversée quand il a été viré, mais elle ne voulait pas s'en aller. Elle adorait la maison qu'ils habitaient, elle voulait qu'il travaille ici. Puis l'IRA a fait sauter une bombe dans le pub du village et après ça, elle est partie très vite. »

Buxton fit le déplacement. Il paraissait malade. Il avait le blanc des yeux jaunâtre et les joues sillonnées par un lacis de veines éclatées. Son costume, une veste croisée gris pâle, semblait peu adapté à la saison ; l'imprimé de sa cravate, un peu trop desserrée, était lui aussi incongru, mélange de plantes annuelles, pétunias, capucines et pensées. Cette tenue gaie, presque estivale, contrastait de façon grotesque avec ses yeux cernés et ses cheveux clairsemés. Il semblait mal à l'aise dans le bureau de Wexford.

« Je vous ai demandé de venir pour deux raisons, Mr. Buxton, commença Wexford. La première a trait à une question à laquelle vous n'aurez aucun mal à répondre. La seconde vous semblera peut-être plus difficile – difficile au sens de délicate ou gênante. Mais laissons cela pour l'instant. »

Buxton avait détourné ses yeux qui trahissaient la crise de foie et fixait d'un air fasciné le téléphone couleur chocolat, comme si c'était le prototype d'une technologie révolutionnaire.

« Vous nous avez déjà donné les noms de plusieurs amis et relations qui sont venus dans votre manoir et qui connaissent bien votre propriété. Depuis, j'ai parlé à Mr. Shand-Gibb et à sa gouvernante. Ils ont mentionné des personnes qui ont emprunté ce qu'ils nomment la piste de danse pour y donner des réceptions. Il y a eu, par exemple, un couple qui y a fêté son mariage, et la gouvernante m'a parlé d'un groupe assez bruyant dont les cris et les chants pouvaient être entendus de la maison. Cela vous dit quelque chose ? »

Les joues déjà colorées de Buxton avaient encore rougi. Il donna la réponse classique :

« Ça se pourrait.

— Oui, Mr. Buxton, je sais que ça se pourrait. Pour moi, par exemple, cela *pourrait* signifier que des gens réunis pour une fête en plein air font très souvent beaucoup de bruit. Je vais reformuler ma question. Savez-vous qui étaient ces gens et les avez-vous autorisés à venir ? »

Buxton semblait parler à contrecœur, comme si on lui arrachait les mots de la bouche.

« Du temps où les Shand-Gibb possédaient le manoir, ce groupe venait régulièrement dans la clairière. Quand je me suis installé, le type – le patron, l'organisateur, je ne sais pas – m'a écrit pour me demander s'il pouvait continuer. Il voulait venir deux fois par an, en janvier et en juillet. On doit sacrément geler en janvier.

— Alors, vous avez accepté?

— Je ne voyais aucune raison de refuser. Sharonne et moi n'étions jamais là en semaine. Le bruit ne nous dérangeait pas.

— Donc, ils ont utilisé la clairière quatre ou cinq fois depuis votre arrivée?

— Je suppose.

— Et comme nous sommes en janvier, ils vont sans doute revenir d'ici peu?

— Plus maintenant. Pas après... ce qu'il y a eu dans la carrière. »

Pourquoi l'homme était-il aussi évasif et circonspect? Soudain, il comprit.

« Vous percevez un droit d'entrée? Ils paient un loyer?

— Un loyer symbolique, répondit Buxton avec embarras.

— Et à combien se monte cette somme *symbolique*, Mr. Buxton?

— Je n'ai pas à vous le dire.

— Si », insista laconiquement Wexford.

Peut-être Buxton se rappela-t-il alors les poursuites encourues pour entrave à la justice, car il n'hésita pas plus longtemps :

« Cent livres par soirée. »

Eh bien, cela rapportait, pensa Wexford. Surtout si cette somme tombait deux fois par an et s'il la percevait aussi pour d'autres réunions. Un complément de revenus non négligeable, mais dérisoire pour un homme aussi riche que Buxton. Sauf que... Il ne les déclarait pas, il ne payait pas d'impôts là-dessus. Et il exigeait d'être payé en liquide. Sans doute dans une enveloppe, discrètement glissée dans la boîte aux lettres. C'était la raison de sa gêne et de sa réserve...

« Qui sont ces gens ? Pourquoi ont-ils besoin de la clairière ? »

Remuant sur sa chaise comme si ses fesses le démangeaient, Buxton répondit :

« Ce sont des religieux, ces chants-là sont des hymnes. On les entend crier : "Je vois ! Je vois !" ce qui signifie qu'ils ont vu des anges, des esprits, ou quelque chose comme ça.

— Je croyais que vous n'étiez jamais là quand cela se passait ?

— J'y ai assisté la première année, après notre arrivée. Je voulais savoir à quoi je m'engageais.

— Mais *qui* sont ces personnes, Mr. Buxton ?

— Ils disent faire partie de l'Église du Saint-Évangile. »

Dont Giles était un fervent disciple. S'il y avait été plusieurs fois, il devait connaître le bois et la carrière. Et d'autres aussi devaient connaître l'endroit et l'adolescent. Assez pour l'enlever avec sa sœur, et tuer la femme qui les gardait ? Peut-être. Ce n'était sans doute pas la peine d'enquêter sur les autres personnes qui avaient utilisé la clairière, car cette piste menait directement à l'enfant disparu. C'était le premier lien entre Giles et Passingham Hall. « Le type, le patron, l'organisateur », comme avait dit Buxton, ne pouvait être que Jashub Wright, le pasteur de l'Église du Saint-Évangile.

Buxton le confirma, ébahi que Wexford ait pu l'identifier. Mais au lieu de le rassurer, l'omniscience apparente du policier parut l'effrayer encore plus. Il tira un portable de sa poche et demanda s'il pouvait téléphoner à sa femme. Wexford haussa les épaules, réprimant un sourire. Au moins, il ne lui avait pas demandé d'utiliser son téléphone personnel.

Sharonne, semblait-il, ignorait que son mari avait été convoqué au commissariat de Kingsmarkham. Wexford put déduire beaucoup de choses des réponses imprécises de Buxton, et bien qu'il ne dît pas vraiment « Je suis à Passingham » – cela aurait été trop criant de le faire devant lui –, il prononça quand même les mots « Passingham Hall ». Que ferait Buxton si sa femme le rappelait au manoir ? Peut-être expliquerait-il qu'il avait été obligé de se rendre à Guildford. Buxton se faisait passer un savon. Wexford percevait les notes aiguës de la réprimande. Il ne pouvait pas blâmer Sharonne. Buxton avait une tendance naturelle au mensonge, au point d'y céder même quand son interlocuteur était prêt à accepter la vérité. Par exemple, pourquoi dire à sa femme, comme il le faisait à l'instant, « Je dois partir, chérie. J'ai un déjeuner d'affaires dans cinq minutes » ? Quand il cesserait d'être follement épris de la « divine Sharonne », et se lancerait dans un tour-

278

billon d'adultères, il aurait une grande expérience de l'alibi.

« Je devrais dire, je suppose, que je ne vous retiendrai pas plus longtemps, lui glissa Wexford d'un ton mielleux. (Malgré tous ses faux-fuyants et ses mensonges, Buxton n'avait pas encore appris à ne pas rougir.) Mais malheureusement, je n'en ai pas tout à fait fini avec vous. J'ai une seconde série de questions à vous poser, je pense que vous savez de quoi il s'agit. »

L'homme acquiesça, haussant les épaules d'un air gêné.

« Quand avez-vous vu la Golf dans la carrière pour la première fois ? Non, ne me dites pas le vingt et un décembre. Je sais que vous étiez au courant plus tôt.

— Ce devait être un peu avant..., répondit lentement Buxton, à nouveau comme si on lui arrachait les mots de la bouche.

— Vous voulez dire bien avant, Mr. Buxton. Peut-être le week-end du quinze ? Le huit ? Même avant ? Le *premier* ? »

Wexford s'amusait évidemment beaucoup. D'ordinaire prévenant et compatissant, il n'avait aucune envie de ménager cet homme, et n'eut pas de scrupules à le voir se tortiller sur sa chaise. On est souvent pris à son propre piège, comme disait sa grand-mère, quand on commence à mentir. Buxton répondit piteusement :

« Je ne suis pas venu le huit ni le quinze.

— Alors, c'était le premier décembre, donc, le premier week-end du mois ?

— Ce devait être ça...

— Eh bien, Mr. Buxton, vous avez fait perdre beaucoup de temps à la police. Vous avez gaspillé l'argent des contribuables. Mais si vous arrêtez de mentir et si vous m'expliquez exactement ce qui s'est passé quand vous êtes allé dans le bois le premier week-end de décembre, une semaine après la disparition de Ms Troy et de Giles et Sophie Dade... (il marqua une pause, en fixant Buxton d'un air inquisiteur) je pense que le procureur général ne vous poursuivra pas. »

Il avait eu pitié de lui, mais au lieu d'être soulagé, Buxton semblait au bord des larmes.

Rien, dans les propos de Buxton, ne permettait de situer l'heure précise de l'arrivée de la Golf dans la carrière. Mais, dès le samedi deux décembre, le corps qu'elle renfermait dégageait déjà une forte odeur. Il ne faisait pas froid, mais on était quand même au milieu de l'hiver. Après toute cette pluie, l'air était doux et humide et la putréfaction avait dû commencer assez vite.

« Je n'ai pas de théorie, soupira Wexford en retrouvant Burden à l'*Olive and Dove* à la fin d'une dure journée. Et vous, avez-vous une idée ?

— Nous savons maintenant que Giles aurait pu indiquer le bois et la carrière au meurtrier de Joanna, mais je ne pense pas que les deux enfants auraient consenti à son assassinat. Il est plus probable qu'il a révélé en toute innocence l'existence de Passingham Hall. Il ignorait ce que voulait le criminel. Lui et Sophie ne savaient même pas que Joanna était morte. Ils ont peut-être été tués avant d'avoir pu le savoir. Ou bien enlevés pendant que Joanna était encore en vie. Voire emmenés par elle dans la voiture avec le meurtrier.

— Et donc, qu'est-ce que les disciples du Saint-Évangile ont à voir là-dedans?

— Rien. Leur seul rôle, dans tout ça, c'est d'avoir fait connaître à Giles les bois de Passingham Hall.

— Je veux aller les revoir quand même. Interroger plusieurs disciples, et pas seulement le révérend Wright. J'aimerais savoir ce qui se passe exactement quand ils vont faire leur cirque à Passingham Hall, sous le dôme bleu de Dieu.

— Le dôme bleu?

— Quand quelqu'un ne va pas à l'église, et pratique sa foi en dehors, on dit qu'il observe le culte sous le *dôme bleu* de Dieu. Mike, je ne sais pas comment, encore moins pourquoi, mais je pense que Joanna Troy a été tuée chez les Dade dans l'entrée de leur maison, ce fameux samedi soir. »

Wexford avait regardé par la fenêtre, sans rien observer de particulier. Mais soudain il vit trois silhouettes familières traverser le pont main dans la main. À la lumière du lampadaire, il avait reconnu son ancien gendre et ses deux petits-fils. Mais bien sûr, on était vendredi, le soir où Neil avait la garde de ses fils et sortait avec eux. S'ils traversaient le pont en direction du centre-ville, ils allaient sans doute au McDonald's, le fast-food préféré des garçons.

« Que regardez-vous?

— Neil, avec Ben et Robin. Je viens juste de les voir.

— Vous voulez sortir leur dire bonsoir ?

— Non. (Wexford se sentit soudain très triste. Pas irrité, contrarié ou nostalgique, seulement triste.) Il vaut mieux le laisser profiter un peu de ses enfants. Vous savez, Mike, c'est un problème insoluble. Les médias n'arrêtent pas de dire que les hommes doivent apprendre à être de bons pères, mais ils parlent rarement de celui qui n'en a pas la possibilité. Sa femme l'a quitté et elle a la garde des enfants. C'est *toujours* aux femmes qu'on la donne. Mais devraient-ils rester ensemble, être malheureux en couple pendant des années, pour qu'il puisse être un bon père ? Et supposons qu'elle ne le veuille pas ? Je ne vois pas de solution. Et vous ?

— Les époux devraient rester ensemble pour le bien des enfants, dit Burden sur un ton sentencieux.

— Facile à dire quand on est heureux en ménage. (Neil et ses enfants avaient disparu. Wexford soupira.) Vous voulez un autre verre ?

— Seulement si vous m'accompagnez.

— Non. Je préfère rentrer. »

Dehors, il pleuvait plus que jamais. Le Kingsbrook, à nouveau en crue, cascadait vers l'entrée du tunnel dans de grands jets d'écume. Wexford se demanda si les inondations allaient recommencer, pensant à son jardin avec consternation. Burden le déposa, mais déclina son invitation à entrer dans la maison. Wexford se dirigea vers la porte, remarquant les violents jets d'eau crachés par les gouttières. Il trouva Dora dans le salon, sirotant un de ses deux verres de vin de la soirée. Elle se leva, l'embrassa et dit :

« Reg, je viens d'avoir un étrange coup de fil de Sylvia.

— Comment ça, étrange ?

— Elle avait l'air furieuse. Elle a dit que Cal faisait pression sur elle pour qu'ils se marient. Elle a vraiment dit ça, "faire pression". Sylvia a répondu qu'elle y réfléchirait, mais qu'elle n'était pas encore prête pour le remariage. Tu as déjà entendu cette expression idiote, *le remariage* ?

— En tout cas, Dieu merci.

— Les garçons allaient sortir avec Neil, comme tous les vendredis. Sylvia pensait qu'une fois seule avec elle Cal reviendrait à la charge, et elle a ajouté qu'elle n'aimait pas la façon dont il la rudoyait.

— Pourquoi ne peut-elle pas simplement le quitter ? s'exclama Wexford sur un ton irrité. Après tout, elle a déjà quitté un homme, elle sait comment on fait. Je devrais plutôt dire, pourquoi ne le fiche-t-elle pas dehors, elle a fait ça aussi.

— Je ne savais pas que tu lui en voulais à ce point.

— Eh bien, si. Je leur en veux à tous les deux. À lui, parce que c'est un rustre et un sale type, et à elle, d'avoir agi comme une imbécile. Crois-tu que le jardin va être encore inondé ? »

En allant à Passingham vérifier l'état du chauffage – il ne pouvait faire confiance au jugement de Pauline –, Buxton trouva le dénommé Colman debout devant sa maison, les yeux levés vers la fenêtre de sa chambre.

« Que diable faites-vous ici ? Sortez de chez moi et ne revenez pas.

— Tout doux, siffla Colman, usant d'une expression que Buxton se rappelait vaguement avoir entendue dans la bouche de son grand-père. Pas la peine de vous exciter. (Il tira prestement une carte de sa poche et la lui tendit.) Vous savez que c'est vous qui avez le plus intérêt à ce qu'on retrouve ces enfants ? »

Buxton le pensait aussi, mais il ne le dit pas.

« Pour qui travaillez-vous ?

— Pour Matilda Carrish. Si nous montions dans le bois pour que vous me montriez l'endroit précis où vous avez trouvé la voiture – quand ça, exactement ?

— Juste avant Noël. »

Buxton devenait nerveux.

« Allons... On raconte que vous avez mis des semaines avant de la signaler à la police. Je me demande pourquoi vous l'avez bouclée si longtemps ? »

Buxton l'emmena dans le bois et lui indiqua le chemin qu'avait pu emprunter la Golf après avoir quitté la route en haut du sentier. Au bout d'un moment, il trouva la compagnie de Colman agréable, d'autant plus que le détective portait sur lui une flasque de whisky qu'ils partagèrent en devisant. Lorsqu'ils se séparèrent, Colman pour regagner les Costwolds et Buxton la capitale, ils étaient convenus de rester en contact.

Sharonne était sortie et n'avait pas laissé de message pour lui. Buxton se demanda avec inquiétude si, après cet appel qu'il lui avait passé du commissariat, elle avait téléphoné à Passingham et, ne trouvant personne, s'était absentée pour le punir. Ce ne serait pas la première fois. Le téléphone se tenait sur la petite table, muet et accusateur, petit instrument blanc dont l'invention et la propagation avaient sans doute causé plus d'ennuis dans le monde que le moteur à combustion interne. Saisi d'une impulsion soudaine, il décrocha le combiné et composa le 1471 pour savoir qui avait cherché à les joindre en dernier. Le numéro ne lui dit rien, mais il sut qu'il n'appartenait à aucun de leurs amis ni à aucun magasin qui les fournissait.

Quand il alla se servir un verre, il s'aperçut qu'il tripotait machinalement la carte que lui avait donnée le détective de Search and Find.

17

Les policiers passaient au crible le vestibule d'*Antrim*.

« Tout sera remis exactement comme avant », assura Vine à Katrina, sans trop y croire lui-même.

Mrs. Dade gémit et se tordit les mains, puis battit en retraite dans le salon, où elle se pelotonna dans un sofa, la tête enfouie dans des coussins.

Ils avaient soulevé le tapis et des lattes du plancher. Ils prélevèrent, en grattant, une trace brunâtre sur la plinthe, arrachèrent, au bas de la penderie, une partie du parquet marqué d'une tache rouge sombre. Vine savait ce qu'il devait faire ensuite et il n'aimait pas ça, mais les tâches pénibles sont le lot du policier, se disait-il parfois. L'inspecteur Lynn Fancourt lui glissa gentiment :

« Je le demanderai à la mère, si vous voulez, brigadier. Cela ne m'ennuie pas. Vraiment. »

Vine pensait quelquefois que, s'il n'était pas un mari comblé et un père chargé de responsabilités, il n'aurait pas été opposé à l'idée de sortir avec Lynn.

Elle était exactement son genre, avec son allure un peu démodée et ses beaux cheveux mordorés.

« Non, c'est à moi de le faire. Il faut en finir. Maintenant. »

Il entra dans le salon et toussota. Katrina leva vers lui un visage ruisselant de larmes. Vine s'éclaircit la gorge.

« Mrs. Dade, excusez-moi de vous demander ça. Croyez-moi, c'est juste une précaution, n'allez surtout rien imaginer... Mais sauriez-vous, par hasard, quel est le groupe sanguin de vos enfants ? »

Katrina imagina très bien. Elle poussa un long gémissement. Vine la regarda, impuissant, puis alla chercher Lynn qui entra avec calme, s'assit près de Katrina et lui murmura des paroles apaisantes. Pas de gifles, ni de remontrances. Katrina sanglota, hoqueta, plaqua ses poings sur ses yeux, avant de poser la tête sur l'épaule de Lynn. Mais elle balbutia finalement qu'elle ne savait pas, elle ne s'occupait pas de ce genre de choses.

« Votre mari pourrait-il nous aider ?

— Il est à son bureau. Il s'en fiche. Pour lui, les enfants ne sont qu'une chose qu'un homme dans sa position doit avoir. Il ne les a jamais *aimés*. »

Ce mot déclencha de nouveaux gémissements et un torrent de larmes.

Lynn lui tapota l'épaule et lui dit gentiment :

« Mais il connaît peut-être leurs groupes sanguins ?

— Je suppose. S'il y a quelque chose à savoir. »

On entendit le bruit de la porte d'entrée, puis Roger Dade pénétra dans la pièce. Katrina enfouit une nouvelle fois sa tête dans les coussins. Recherchant, comme toujours, une personne à blâmer, Dade tomba sur Vine :

« Qu'est-ce que vous lui avez dit ?

— Mr. Dade, nous avons besoin des groupes sanguins de vos enfants, lui répondit Lynn.

— Pourquoi ne pas me l'avoir demandé en premier ? Vous savez que c'est une folle hystérique. Regardez ce que vous lui avez fait. (Mais il souleva sa femme et la prit dans ses bras, ce qui était pour lui un geste de tendresse.) Allons, allons... Tu ne peux pas continuer comme ça. (Il leva les yeux vers Lynn.) Ils sont en haut, dans un dossier. Si je vous demande pourquoi vous en avez besoin, vous répondrez, je pense, que c'est par simple routine. »

Les deux policiers ne répondirent pas. Dade soupira, se dégagea de l'étreinte de sa femme – qui s'était accrochée à son cou – et monta l'escalier. Vine regarda Lynn, puis détourna les yeux.

Il n'y avait aucune raison de croire qu'un triple meurtre n'avait pas été commis dans ce vestibule. À moins que la raison ne fût justement les rares traces de sang. L'entrée allait être facile à nettoyer, jugea Wexford. Pas de tapis ni de moquette, le bois apparemment enduit d'une solide laque antitaches, que le sang ni aucun autre composé ne pouvait marquer. Il se demanda s'ils avaient même assez d'échantillons pour établir une comparaison avec le groupe sanguin de Joanna Troy.

L'un des enfants Dade, Sophie, était du même

groupe qu'elle, O positif, le plus courant. Giles était A positif. Si les échantillons sanguins ne contenaient que du sang O positif, ils ne leur apprendraient pas grand-chose, juste que Sophie avait pu être tuée avec Joanna. Mais aussi, peut-être pas. Toutefois, s'ils présentaient en outre du sang A positif, il était très probable que ce soit celui de Giles. Et s'ils pratiquaient des comparaisons ADN ? Ils avaient déjà recueilli des cheveux sur la brosse de Sophie. L'ADN pourrait être mis en évidence si les cheveux étaient tombés, pas s'ils avaient été coupés...

Il verrait Jashub Wright à midi. Chez lui, pour l'interroger sur les assemblées rituelles qui se tenaient dans la clairière. Lynn Fancourt, rentrée de Lyndhurst Drive, l'accompagna. C'était la première fois qu'il allait dans ce pavillon, aux murs garnis du plus déprimant des revêtements, un crépi gris. Aucune attention n'avait été portée au jardin de devant jusqu'à ce que, apparemment, quelqu'un décide d'attaquer à la faux les arbustes, l'herbe et les orties. Sans doute lors d'une des rares journées où il ne pleuvait pas. Mais la pluie tombait à présent, maculant d'anthracite les murs déjà gris. Chaque fois que Wexford voyait du crépi, il se rappelait un jour de son enfance où, pour une raison quelconque, il avait dormi chez une tante. On l'avait couché tôt dans une chambre à l'arrière de la maison, pendant que sa tante recevait des invités. La compagnie était assise dans des chaises longues sous la fenêtre, sa tante et son oncle, deux femmes âgées – âgées pour ses yeux de sept ans –, et un vieil homme au crâne chauve et luisant. Il les avait observés à leur insu de sa fenêtre et, incapable de résister à la tentation, il s'était mis à arracher des morceaux de crépi pour les lancer sur le crâne dégarni. Pendant quelques instants, il s'était délecté de voir le vieillard balayer de sa tête ce qu'il prenait pour un insecte. L'homme le fit deux, trois fois... puis il leva les yeux. Tous suivirent son regard. Tante Freda se rua en haut de l'escalier, empoigna son neveu et le frappa avec une brosse à cheveux, ce qui causa plus tard la vive indignation de la mère de Wexford. De nos jours, pensa-t-il, tandis que Lynn sonnait à la porte, elle aurait traduit sa belle-sœur devant la Cour européenne des droits de l'homme.

Thekla Wright leur ouvrit. Wexford ne l'avait jamais rencontrée et il fut un peu déconcerté. Elle était blonde et très jolie, mais ses vêtements... que lui rappelaient-ils donc ? Cela lui revint quand ils furent à l'entrée du salon. Une photo qu'il avait vue une fois, montrant les épouses d'un mormon dans l'Utah, où l'on fermait les yeux sur la polygamie, bien qu'elle fût depuis longtemps illégale. Elles étaient habillées comme Mrs. Wright, ou plutôt, la jeune femme était vêtue comme elles, avec sa robe de coton fanée tombant à mi-mollet, ses jambes nues couvertes de duvet blond, ses pieds chaussés de sandales plates rappelant celles que portaient les enfants au temps où il avait joué avec le crépi. Ses longs cheveux étaient relevés à la diable avec des pinces et des peignes.

Il s'était attendu à voir le pasteur seul. Mais en ouvrant la porte, la femme de Wright leur révéla une assemblée qui lui fit penser à une cérémonie dont il avait entendu parler, mais sans jamais y assister, une réunion de prière. Il dut faire un effort pour ne pas regarder. Dix chaises, sans doute la plupart de celles que possédaient les Wright, étaient placées en cercle, et huit hommes y étaient assis. Ils ne portaient pas de pantalons rayés ni de redingotes, et n'étaient pas coiffés de chapeaux en tuyau de poêle, mais pendant un moment il eut l'illusion de les voir ainsi. Tous étaient en costume-cravate et avaient les cheveux très courts. Ils se levèrent d'un même geste à l'entrée des policiers, tout en jetant d'étranges coups d'œil à Lynn. Wexford se dit que Mrs. Wright avait quitté la pièce car son bébé pleurait, ou parce que les femmes n'étaient pas admises dans leurs réunions. Pourtant, Jashub Wright s'avança et lui tendit la main. Wexford ne la prit pas – il était rodé à cet exercice – et lui présenta Lynn, s'attendant à une marque de réprobation. Mais il n'y eut pas de réaction, juste un silence oppressant.

Wexford s'assit, imité par Lynn. À présent, toutes les chaises étaient occupées. Mais, avant qu'il ait pu ouvrir la bouche, l'un des hommes prit la parole et il sut qu'il avait conclu trop vite qu'ils acceptaient la présence de Lynn.

« Je suis un ancien du conseil de l'Église de l'Évangile uni. Je m'appelle Hobab Winter. (Il jeta à Lynn un regard rapide, puis détourna les yeux. Une féministe aurait pu y déceler une peur des femmes.) Il est de mon devoir d'observer que les femmes ne sont pas normalement présentes à nos réunions, mais que nous faisons une exception dans ce cas-là. »

Wexford ne dit rien, mais Lynn intervint. Il était sûr qu'elle le ferait. « Pourquoi ? »

Personne ne souffla mot et elle insista :

« J'aimerais vraiment savoir pourquoi. »

Ce fut le pasteur qui répondit, sur un ton aimable et cordial, comme si Lynn ne pouvait qu'apprécier son explication :

« Nous ne devons jamais oublier que c'est une femme qui a entraîné la chute de l'homme. »

Lynn était à l'évidence trop sidérée pour riposter du tac au tac et, quand elle parvint à ouvrir la bouche, Wexford lui chuchota à l'oreille :

« Laissez, inspecteur Fancourt. Pas maintenant. »

Elle ne dit rien, mais il sentit le tremblement de rage qui la parcourait. Il demanda très vite :

« Puis-je avoir vos noms, s'il vous plaît ? Pour que nous sachions à qui nous nous adressons. »

Un à un, les membres du cercle déclinèrent leur identité, précédée de leurs titres, Ancien, Lecteur, Responsable, Délégué. Très bizarre, pensa-t-il. « Maintenant, quelqu'un voudrait-il me parler de la cérémonie qui a lieu deux fois par an, en janvier et en juillet, dans les bois de Passingham Hall ? Sans doute s'agit-il du rituel de purification que vous m'avez déjà cité.

— Ce rituel, comme vous dites, bien que nous préférions un autre nom, n'aura pas lieu là-bas en ce mois de janvier. Il se tiendra ailleurs, du fait des circonstances...

— Alors, si vous ne l'appelez pas comme ça, quel nom lui donnez-vous ?

— C'est notre assemblée pénitentielle. »

De toute évidence, ils n'étaient pas disposés à parler. Wexford dévisagea les assistants. Il connaissait vaguement certains d'entre eux, il les avait déjà vus à Kingsmarkham. Ils avaient le visage calme, doux et fermé, et tous se ressemblaient, mais aucun n'aurait pu être qualifié de beau. Ils avaient des figures rondes et glabres, avec des bouches minces et de petits yeux, mais des nez de taille et de forme variables, et des cheveux de couleurs différentes lorsqu'ils en avaient. Curieusement, aucun de leurs visages n'était ridé, mais, sans trop savoir pourquoi, il pouvait discerner que le plus jeune était dans la trentaine et le plus âgé dans la soixantaine. Si Giles était encore vivant et restait avec eux, finirait-il un jour par leur ressembler?

« Que se passe-t-il à l'assemblée pénitentielle?

— Tous les membres de l'Église y assistent, répondit Jashub Wright sur un ton laconique. Les nouveaux confessent leurs péchés et reçoivent l'absolution. Ils sont lavés. Purifiés. Comme je vous l'ai dit un jour, leurs corps et leurs esprits sont délivrés des toxines. Après, on sert des petits gâteaux, de la limonade et du Coca-Cola. Les femmes, bien entendu, interviennent dans les préparatifs de cette collation. » À nouveau, il sourit gentiment à Lynn, qui détourna la tête. « C'est Ms Moody qui s'en occupe. Les gens sont très heureux, ils chantent et se réjouissent d'accueillir le novice dans la congrégation. On affecte un mentor à chaque nouveau disciple – un des anciens, bien sûr. Pour l'empêcher de retomber dans le péché.

— Qui, disiez-vous, se chargeait des préparatifs?

— Ms Yvonne Moody. C'est un de nos membres les plus fervents. »

Ils quittèrent un instant la pièce.

« Elle est venue nous voir d'elle-même, plaida Lynn. Et elle a admis qu'elle connaissait Giles. Vous ne pouvez pas dire qu'elle a cherché à nous tromper.

— Non, quand même pas. Mais c'est intéressant à plusieurs titres, non ? Elle connaissait bien Joanna Troy, elle habitait la maison voisine, et était en relation avec Giles par le biais de son Église. Et ce n'est pas tout. Elle était au courant de l'existence de la clairière que Shand-Gibb nomme la piste de danse, et donc, aussi de la carrière et du chemin qui y mène par le bois. Je retire le *quand même pas*. Elle a vraiment essayé de nous tromper. Elle est venue nous voir spontanément parce qu'elle y a vu le meilleur moyen de nous faire croire à son innocence. On y retourne ? »

Le cercle des disciples était tel qu'ils l'avaient laissé, les visages toujours doux, sereins et insondables. Wexford perçut alors ce qu'il n'avait pas remarqué à leur arrivée, une odeur un peu désagréable qui imprégnait la pièce. Il mit un moment à se rendre compte que c'était celle de huit costumes portés quotidiennement, mais connaissant rarement le nettoyage à sec. Il s'assit à nouveau.

« Comment vous rendez-vous – ou plutôt, comment aviez-vous l'habitude de vous rendre sur le lieu de l'assemblée pénitentielle ? En voiture ?

— Bien sûr, répondit Wright. Certains y allaient parfois en train et en taxi, mais ces moyens de locomotion sont chers et peu commodes. Nos membres ne sont en général pas très riches. »

Le cercle marqua son approbation par des hochements de tête énergiques. « De plus, il n'y avait pas beaucoup de place pour se garer à Passingham Hall et Mr. Buxton n'aimait pas que nous laissions nos véhicules devant son manoir. Ajoutez à cela nos revenus modestes et vous comprendrez que nous y allions souvent à trois ou quatre par voiture.

— Ainsi, tous les membres de l'Église de l'Évangile uni, dit Wexford, savaient se rendre à Passingham, connaissaient l'allée qui monte au manoir, le chemin dans le bois et l'emplacement de la carrière ?

— Oui, en gros. »

C'était le nommé Hobab Winter qui avait répondu. D'où tiraient-ils ces noms ? Sûrement pas de leurs parrains ni de leurs marraines, jugea Wexford. Ils avaient dû les choisir plus tard.

« Évidemment, nous l'avons dit, quelques-uns y allaient dans les voitures des autres. Certains ne savent pas conduire. Un ou deux venaient en train et prenaient un taxi à la gare de Passingham Park. »

Jashub Wright ne lui laissa pas le temps d'ajouter autre chose.

« À quoi mènent ces questions ? » coupa-t-il.

Wexford répondit sévèrement :

« À trouver, arrêter, et traduire en justice le meurtrier de Joanna Troy, Mr. Wright. Et à localiser Giles et Sophie Dade. (Il marqua une pause.) Vivants ou morts. »

Wright hocha silencieusement la tête, mais d'un air offensé. Dehors, la voix de sa femme l'appela à la porte, et il l'ouvrit en grand pour la laisser entrer. Un plateau à la main, elle apportait dix verres d'un pâle liquide gazeux. Lynn but le sien avec une expression de surprise qui fit presque rire Wexford. C'était de la limonade maison, étonnamment bonne.

« Je suppose que vous êtes tous présents aux assemblées pénitentielles ? Oui. J'aimerais avoir vos noms, prénoms et adresses et... (Il lâcha sa bombe.)... j'aimerais savoir où vous étiez le samedi vingt-cinq novembre, de dix heures du matin à minuit. »

Il s'attendait à un concert de protestations, mais les visages demeurèrent impassibles et seul le pasteur s'indigna.

« Des alibis ? Vous n'êtes pas sérieux ?

— Bien sûr que si, Mr. Wright. Maintenant, vous allez peut-être faire ce que je vous demande et donner vos noms à l'inspecteur Fancourt. »

Wright essaya de répondre par une boutade, mais son ton était aigre :

« On ramasse les suspects habituels ? » grinça-t-il.

De retour dans son bureau, Wexford considéra la liste. Les sept hommes s'appelaient Hobab Winter, Pagiel Smith, Nun Plummer, Ev Taylor, Zurishaddai Wilton, Nemuel Morrison et Hanoch Crane. Les prénoms étaient grotesques, et les noms de famille résolument anglais. Non seulement il n'y avait parmi eux aucun nom asiatique – la vue des membres du Saint-Évangile l'avait déjà renseigné sur ce point –, mais aussi aucun nom d'origine galloise ou écossaise, ou même européenne. Il se demanda si les adeptes étaient soumis à un baptême à leur entrée dans la congrégation, et recevaient alors de nouveaux noms comme les gens convertis au judaïsme.

« C'est drôle, n'est-ce pas? dit-il à Burden. Les sectes chrétiennes que l'on appelait naguère dissidentes, non conformistes, et je ne sais comment aujourd'hui, n'arrêtent pas de parler de l'Évangile. Mais elles sont fascinées par les noms de l'Ancien Testament, de vieux noms juifs, en fait, alors que les Juifs, eux, ne les portent jamais. On s'attendrait à ce que leurs disciples s'appellent Jean, Marc, Luc, ou je ne sais quoi encore, mais non, ils croient que ce sont des noms catholiques.

— Je connais un Juif qui s'appelle Moïse, et il n'y a rien qui soit plus directement lié à l'Ancien Testament. Et mes fils s'appellent Mark et John, mais je ne suis pas catholique.

— Non, vous n'êtes pas croyant et moi non plus. Laissons ça, je me comprends. Karen et Barry sont partis contrôler les alibis et nous allons interroger Yvonne Moody. Mais cette fois, nous irons la voir chez elle. »

Il y avait une question qu'il avait omis de poser aux responsables et aux anciens de l'Église du Saint-Évangile, mais il allait mettre un certain temps à trouver ce que c'était.

La petite maison où Joanna Troy avait vécu paraissait triste et délaissée. Peut-être était-ce seulement parce qu'ils savaient que sa propriétaire était partie à jamais. Si Joanna était revenue le lundi vingt-sept novembre, le laurier planté dans un bac aurait sans doute été rentré à l'abri de la pluie, de la neige et du gel. Mais il avait succombé à ces conditions extrêmes, et s'était mué en pilier tremblant à feuilles rousses qui bruissaient dans le vent. La pluie avait fait place à une brume blanchâtre, pas assez dense pour être qualifiée de brouillard, mais qui obscurcissait l'horizon.

Collée derrière une vitre, au rez-de-chaussée de la maison d'Yvonne Moody, une affiche annonçait que la « faîte » de l'Hiver aurait lieu le vingt janvier à l'église du Saint-Évangile, York Street, à Kingsmarkham. «Vous êtes tous les bienvenus. Thé, stands de pâtisserie, jeux et tombola. » Elle ne faisait pas mystère de son affiliation, pensa Wexford. Mais il n'avait aucune raison de la soupçonner d'avoir menti, juste le vague sentiment qu'une femme honnête aurait dit en parlant de Giles : « J'ai seulement rencontré son fils, il fait partie de mon Église », au lieu de ne faire aucune mention de l'Église en question.

Lorsqu'ils furent dans la maison, assis dans un salon encombré qui sentait fortement le désodorisant « Fraîcheur des prés », il lui demanda pourquoi elle ne l'avait pas fait.

« Ce n'était pas important, dit-elle. Franchement, j'estimais que ça ne vous regardait pas.

— Mais vous pensiez que cela nous regardait que Roger Dade et Joanna puissent avoir une liaison ?

— C'était une information utile, non ? L'adultère mène au crime. Je le sais. Pas par expérience, évidemment, mais d'après ce que je vois à la télévision. La moitié des feuilletons et des dramatiques parlent de ce genre de choses. Je fais attention à ce que je regarde, bien sûr. Je dois éviter la moitié de ces films. Ce ne serait pas convenable pour une femme qui a voué, comme moi, sa vie à Jésus. »

Elle pourrait être séduisante, pensa-t-il, si elle ne débordait pas de façon presque indécente de son ensemble-pantalon en jersey vert. Il regarda – puis, par politesse, essaya de ne pas regarder – ses seins volumineux et le bourrelet de graisse bombant entre sa poitrine et sa taille boudinée dans une ceinture trop serrée. Ses cheveux noirs crépus étaient retenus par un bandeau, le genre de coiffure qu'aucune femme, jugea-t-il, ne devrait plus porter passé l'âge de vingt ans. Elle était outrageusement maquillée. Sans doute l'Église du Saint-Évangile n'avait-elle pas repris les restrictions bibliques sur les fards et les parures.

« Vous aimiez bien votre voisine, Mrs. Moody ?

— Vous pouvez m'appeler miss. Je n'ai pas honte de ma virginité. »

Burden cligna des yeux.

« *Si je l'aimais bien ?* Je ne la détestais pas. J'avais pitié d'elle. On a toujours pitié des pécheurs, n'est-ce pas ? Je plains toutes les femmes qui sont si éloignées de Dieu et du devoir qu'elles cherchent à se lier avec un homme marié. Pauvre Giles... J'étais si désolée pour *lui*.

— Pourquoi cela ? demanda Burden.

— Quinze ans, au seuil de l'âge adulte, et soumis à son influence. Il était assez grand pour voir ce qui se passait entre son père et Joanna. La corruption des innocents vous fait frémir. »

Parlait-elle toujours comme ça ? Ses amis

pouvaient-ils la supporter ? Mais elle n'en avait peut-être pas.

« Quand avez-vous assisté à une assemblée pénitentielle de l'Église du Saint-Évangile pour la dernière fois, Mrs. Moody ? »

Elle soupira, peut-être parce qu'il avait encore omis de rendre hommage à sa virginité.

« Je n'ai pas pu y aller en juillet dernier. J'ai préparé les boissons et le buffet, mais je n'y ai pas été. Ma mère était souffrante, elle vit à Aylesbury et elle est très âgée, elle a près de quatre-vingt-dix ans. Bien sûr, je sais que ça ne pourra pas continuer, il faudra qu'elle vienne s'installer chez moi. Ce genre de choses nous sont envoyées pour nous éprouver, non ? »

Ni Burden ni Wexford n'avaient d'opinion à ce sujet.

« Donc, vous n'y êtes pas allée depuis un an, mais vous connaissez assez bien l'endroit ? Je veux dire, le parc de Passingham Hall. »

Était-elle sur ses gardes ou l'avait-il seulement imaginé ?

« Je ne sais pas si je pourrais m'y repérer toute seule. D'habitude, c'est Mr. Morrison qui m'emmène, Mr. Nemuel Morrison. Avec sa femme, bien sûr. Je n'ai pas de voiture, je ne conduis pas.

— Vous ne voulez pas ou vous ne savez pas ? demanda Burden.

— Je sais conduire, mais je ne le fais plus. La circulation est devenue trop dense et dangereuse pour moi. Je ne pars jamais loin, excepté chez ma mère, et là, j'y vais en train. »

Elle leur décrivit en détail son trajet de Kingsmar-kham à Aylesbury : le train jusqu'à Victoria Station, puis le métro londonien jusqu'à Marylebone et enfin, un autre train.

« Je suis allée une fois à Passingham en train, un jour où les compartiments étaient bondés. C'était un voyage affreux, mais cela en valait la peine pour une aussi bonne cause. J'ai pris le train de Kingsmarkham à Toxborough, puis l'omnibus jusqu'à Passingham Park, et après un taxi. Il y a seulement trois kilomètres à partir de la gare. Remarquez, je pourrais m'offrir une voiture. J'ai un très bon poste dans le management.

— Nous aimerions savoir où vous étiez le samedi vingt-cinq novembre, s'enquit Wexford. C'est-à-dire, très probablement, le soir de la mort de Joanna. Pouvez-vous justifier vos déplacements ? Entre dix heures du matin et minuit, pour être précis ? »

Les questions sur les alibis provoquaient souvent la colère des gens qui n'étaient pas forcément suspects, mais devaient simplement être écartés de l'enquête. Mais Wexford et Burden avaient rarement rencontré une indignation aussi violente.

« Vous m'accusez, *moi*, d'avoir tué Joanna ? Mais vous êtes fous ! C'est de la cruauté ! Personne ne m'a jamais dit une chose pareille.

— On ne vous accuse de rien, Ms Moody. Tout ce que nous faisons, c'est... eh bien, rayer des noms d'une liste. Il est normal que nous ayons une liste des relations de Joanna. Des gens qui *l'ont bien connue*, c'est tout. Vous y figurez comme son père et sa belle-mère, et nous aimerions vous en retirer. »

Cela l'apaisa. Son visage, grimaçant d'écœurement et de fureur, se détendit un peu et ses mains aux poings serrés se décrispèrent.

« Vous feriez mieux de le faire tout de suite, souffla-t-elle. J'étais à Aylesbury avec ma mère. Je peux vous dire exactement quand j'y suis allée et quand je suis rentrée, sans même avoir à consulter mon agenda. Une voisine m'a appelée le vingt-trois novembre et je suis partie le jour suivant. Une fois de plus, j'ai dû m'absenter de mon travail et prendre les derniers jours de mon congé annuel. Mais quand je suis arrivée chez ma mère, on l'avait déjà emmenée à l'hôpital. Là-bas, tout le monde vous dira que je suis restée chez elle tout le week-end et que je suis allée la voir deux fois par jour à l'hôpital – enfin, pas le samedi après-midi, elle a subi une intervention et on l'a endormie, ça ne servait à rien que j'y reste jusqu'au dimanche. Tous les voisins vous diront que j'étais seule dans la maison toute la soirée. »

« Les voisins, maugréa Wexford en savourant tranquillement une bière au pub voisin avec Burden, nous diront qu'ils ne l'ont ni vue ni entendue, et n'ont perçu aucun bruit dans la maison, mais qu'ils la savaient là. Où voulez-vous qu'elle ait été ?

— Il faudra quand même leur poser la question. Ce soir-là, elle aurait sans doute pu faire l'aller-retour entre Aylesbury et Passingham, mais cela lui aurait pris très longtemps. Je suis sûr qu'elle n'est pas impliquée.

— Peut-être. On verra ça plus tard. Revenons à

Joanna. Il semble que le contenu de son sac de voyage indique l'heure à laquelle elle et les enfants sont partis – ou peut-être, devrais-je dire, ont été enlevés – d'*Antrim*.

— À savoir tard le soir, parce que Joanna portait apparemment... enfin, une chemise de nuit. C'est à ça que servent les T-shirts larges que les filles mettent pour dormir.

— Ah bon ? blagua Wexford dans un large sourire. Et comment le savez-vous... ? Mais ce n'était pas ce que je voulais dire.

— Non, et d'ailleurs, elle aurait aussi bien pu être tuée le dimanche matin. Elle portait peut-être encore ce T-shirt.

— Mike, dit Wexford, c'était une lève-tôt. Jennings nous l'a dit, vous ne vous souvenez pas ? Quand il parlait de son énergie ? Toujours debout à six heures et demie, week-end compris. Douchée et habillée, une phrase dans ce goût-là. Dans son sac, il y avait des sous-vêtements sales, un ensemble pour le vendredi, l'autre pour le samedi, et en plus, un ensemble *propre*. Pour le dimanche. Donc, on les a enlevés le samedi soir, et probablement assez tard dans la nuit. »

Burden hocha la tête.

« Vous avez raison.

— Je crois que je vais rentrer chez moi, conclut Wexford. J'aimerais jeter un œil à ces noms farfelus dans l'Ancien Testament, et peut-être aussi à la liste électorale sur Internet, pour voir comment s'appellent vraiment les adeptes du Saint-Évangile.

— Pour quoi faire ? s'enquit Burden alors qu'ils rebroussaient chemin.

— Juste pour me distraire. On est vendredi soir, j'ai besoin de me détendre. »

Il n'était pas capable de trouver le registre électoral sur Internet, mais Dora, si.

« Tu ne veux pas le télécharger, n'est-ce pas ? Il y en a des kilomètres.

— Non, bien sûr. Montre-le-moi seulement, et rappelle-moi comment tu fais défiler – c'est bien ça ? – le fichier. »

Sur l'écran devant lui s'affichaient les adresses des anciens de l'Église du Saint-Évangile. Il étudia le registre, rue par rue. Comme il l'avait pensé, aucun de ces hommes ne portait les noms que leur avaient donnés leurs parents. Le véritable patronyme de Hobab Winter était Kenneth G. Et Zurishaddai Wilton s'appelait en réalité George W. Seul Jashub Wright avait gardé son nom de baptême. Wexford se tourna ensuite vers la Bible. Il aurait pu aussi la consulter sur Internet, mais il ne voulait pas soustraire Dora à son feuilleton télévisé.

Il avait dit à Burden qu'il le parcourrait pour se distraire, mais il n'y avait rien d'amusant dans le livre des Nombres. En fait, c'était un texte impressionnant qui vous donnait froid dans le dos. Sans doute à cause de l'obéissance absolue que le dieu de ces gens exigeait des Israélites. Cet impératif de soumission avait-il été aussi transmis aux adeptes du Saint-Évangile avec leurs nouveaux noms ? Il était justement plongé dans l'étude de ces noms, apprenant que Hobab était le fils de Raguel le

304

Madianite et Nun, le père de Joshua, quand Dora revint dans la pièce. Elle regarda l'écran.

« Pourquoi t'intéresses-tu à Ken Winter?

— C'est un membre du Saint-Évangile. Un ancien, qui se fait appeler Hobab. Il vit dans la même rue que nous, mais beaucoup plus bas. »

Soudain, il fut frappé par le ton familier sur lequel elle avait prononcé ce nom.

« Pourquoi, tu le connais?

— Et *toi aussi*, Reg.

— Pas du tout, j'en suis sûr, soutint étourdiment Wexford, se rappelant au même instant que certains visages de l'assemblée lui avaient dit vaguement quelque chose.

— C'est notre marchand de journaux, dit-elle avec humeur. Il tient la maison de la presse de Queen Street. C'est sa fille qui nous livre le journal du soir, une fille de quinze ans.

— Ça y est, je vois.

— Je plains cette petite. Parfois, elle est encore en uniforme scolaire quand elle fait sa tournée. Elle va dans cette école privée de Sewingbury, celle où les enfants portent une veste brune à galon doré. Ce n'est pas normal qu'une fille de son âge soit dehors quand il fait noir, et je pense réellement... »

Il se demandait si cela avait une importance quand soudain le téléphone sonna. Wexford décrocha.

« Papa...? »

La voix était méconnaissable. Il crut à une erreur.

« Quel numéro demandez-vous?

— Papa, c'est moi. (Une voix faible, tremblante,

entrecoupée...) Papa, je t'appelle d'un portable. Il est très petit, je l'ai caché sur moi.

— Qu'est-ce qui se passe, Sylvia ?

— Cal... Cal m'a tabassée et m'a enfermée dans un placard. S'il te plaît, viens, envoie quelqu'un...

— Où sont les enfants ?

— Sortis. Avec Neil, c'est vendredi. Viens, Papa, je t'en prie... »

18

Il aurait mieux valu ne pas y aller lui-même, mais envoyer deux policiers, mettons l'inspecteur Hammond et Karen Malahyde, formée à lutter contre la violence domestique. Mais il ne pouvait pas rester à la maison sans rien faire. Il appela Donaldson pour qu'il vienne le chercher en voiture et put joindre Karen à son numéro personnel. Elle n'était pas de service, mais elle n'hésita pas. Elle arriva chez lui juste avant Donaldson.

« Je t'en prie, laisse-moi venir, insista Dora.

— Il pourrait se montrer violent. (Wexford ne voulait pas l'en empêcher, mais il le fallait.) Il l'*est* vraiment. Je t'appellerai quand j'aurai trouvé Sylvia. »

Pendant les dix premières minutes du trajet jusqu'au coin de campagne isolé où Sylvia – avec Neil autrefois – avait acheté et transformé l'ancien presbytère, Karen resta silencieuse. Puis elle dit qu'elle ne comprenait pas. Ce genre de choses ne pouvait pas arriver à *Sylvia*.

« Pas après avoir travaillé aussi longtemps au Hide.

Je veux dire, elle voit tous les jours comment ça se passe. Elle *sait.*

— C'est différent quand il s'agit de soi. (Wexford s'était posé la même question.) On se dit – et on dit aux autres – oui, mais là, ce n'est pas pareil. »

L'ancien presbytère était une grande bâtisse, accessible par une allée courbe longue d'une centaine de mètres. Le jardin de devant, si on pouvait l'appeler ainsi, car la maison, située au milieu d'un parc, était entourée de verdure, était envahi par les buissons et de grands arbres le surplombaient. C'était sans doute pour ça que Sylvia allumait toutes les lumières à la tombée de la nuit, pour son confort, peut-être, ou celui de ses fils. Mais ce soir, la maison était plongée dans le noir. Même quand Donaldson se fut garé devant la porte, ils ne purent discerner si les rideaux étaient tirés. La pluie ruisselait des branches des arbres et des flaques s'étaient formées sur les dalles.

La maison avait l'air inhabitée. Quand donc Neil devait-il rentrer avec les garçons ? À neuf heures ? Peut-être dix ? Comme ils n'allaient pas en classe le lendemain matin, ils pourraient faire la grasse matinée. Wexford, à la lueur des phares, gagna la porte d'entrée et pressa la sonnette. La relation parents-enfants a ceci de particulier que les enfants ont toujours la clef de la maison de leurs parents, mais jamais l'inverse. La sixième règle de Wexford, se dit-il avec ironie, oubliant à moitié quelles étaient les autres. Personne ne leur ouvrit. Il sonna de nouveau. Lorsqu'il se retourna, la pluie, poussée par une rafale de vent, lui cingla le visage.

Qu'allait-il faire si Chapman refusait de le laisser entrer ? Enfoncer la porte, bien sûr, mais pas tout de suite. Karen sortit de la voiture, une torche à la main, balayant du faisceau la façade de la maison. Toutes les fenêtres étaient fermées. Wexford revint vers la porte, souleva le battant de la boîte aux lettres et cria par l'ouverture : « Police ! Ouvrez ! » C'était pour avertir Sylvia ; il n'espérait pas que cela pût avoir un autre effet. De sa voix la plus retentissante et la plus énergique, il appela une seconde fois. Peut-être pouvait-elle l'entendre, où qu'elle fût.

Karen et lui firent avec précaution le tour de la maison. Il était impossible de la longer sans se faire tremper. Des arbustes non taillés, gorgés d'eau, envahissaient le sentier. La pluie tombait des arbres en grosses gouttes glaciales. Sans la lampe électrique, l'obscurité aurait été impénétrable. Son ampoule diffusait un halo blanc verdâtre qui perçait la jungle mouillée, révélant en dessous de hautes herbes également trempées. Elle éclaira un ballon de football en plastique rouge qu'un des garçons avait dû perdre dans les broussailles pendant l'été.

« Il n'y a donc personne pour s'occuper du jardin ici ? grommela Wexford, se rappelant au même instant que sa propre contribution à l'horticulture se réduisait à admirer les fleurs de son jardin les soirs d'été, assis sur la pelouse. (Une telle activité semblait irréelle ce soir-là, un souvenir chimérique.) La porte de derrière doit être quelque part par là, juste au bout de l'annexe. »

La porte était fermée à clef, mais était-elle verrouillée ? L'obscurité régnait également sur l'arrière de la maison. À la lumière de la lampe, il consulta sa montre. Huit heures et demie. À quelle heure Neil allait-il ramener les garçons, et possédait-il une clef? Ce n'était guère probable. Une autre règle de Wexford était que la première chose que fait une femme quand elle met son mari à la porte, c'est de lui prendre sa clef.

Puis il se rappela.

« Dans la remise, dit-il à Karen. Là-bas, dans l'appentis. Elle y mettait toujours une clef de la porte de derrière. Neil avait creusé une niche dans une poutre du fond en croyant que personne ne pourrait deviner la cachette.

— N'importe quel type louche résolu à forcer sa porte n'aurait aucun mal à la trouver.

— C'est ce que je lui ai dit. Elle m'a répondu qu'elle l'avait enlevée, mais je me demande quand même... »

Au moins, la porte de la remise n'était pas fermée à clef. À l'intérieur, il faisait sombre et on se serait cru dans une maison du Moyen Âge : la charpente était si basse que Wexford ne pouvait se tenir debout. Il n'y avait pas d'électricité. Jadis, cette chaumière avait abrité une famille qui s'éclairait alors aux bougies. Une tondeuse à gazon, de vieux outils de jardin, des sacs en plastique et des caisses en carton dessinaient des ombres noires dans l'obscurité. Il prit la torche de Karen et dirigea son faisceau vers la cinquième poutre à partir de la porte, éclairant des toiles d'araignée et une fissure irrégulière dans le chêne foncé. Ses mains devaient être plus larges que celles de Neil, car seul son petit doigt parvint à y entrer. Quand il le retira après l'avoir tortillé en tous sens, un objet métallique tomba au sol. Il se pencha pour ramasser la clef, se redressa dans un cri de triomphe et se cogna violemment la tête contre la poutre.

« Ça va, patron ? demanda Karen avec inquiétude.

— Très bien, répondit-il. (Mais il voyait trente-six chandelles. Il grimaça en se frottant la tête.) Une chance qu'elle n'ait pas suivi mon conseil. »

Pour peu que la porte ne soit pas verrouillée... Elle ne l'était pas. Il tourna la clef dans la serrure, entra dans la buanderie avec Karen et gagna la cuisine. Karen alluma les lumières. Les reliefs d'un repas traînaient sur la table, dont une bouteille de vin à moitié entamée. C'était surtout Chapman qui avait dû en boire, car le verre, à la place qu'il prenait d'ordinaire, était vide et Sylvia n'avait pas touché au sien. Wexford passa dans le vestibule, alluma d'autres lumières et cria :

« Sylvia ? Où es-tu ? »

Une porte s'ouvrit à l'étage. Chapman apparut.

« Qu'est-ce que vous faites ici ? Comment êtes-vous entré ?

— J'ai une clef, dit Wexford qui, au cas où l'homme ignorait sa cachette, ne voulait pas la lui révéler. J'ai sonné deux fois, mais vous n'avez pas ouvert. Où est Sylvia ? »

Chapman ne répondit pas. Il regarda Karen.

« Qui est-ce ?

— Inspecteur Malahyde, répliqua-t-elle. Dites-nous, s'il vous plaît, où se trouve Sylvia.

— Ça n'est pas votre affaire, rien de tout cela ne

vous regarde. On s'est juste disputés. C'est normal, non, dans un couple? »

Soudain, Wexford sut où elle devait être. Dans la pièce que Neil et elle appelaient le dressing, mais qui était en fait une penderie, assez grande pour pouvoir s'y changer. La porte était munie d'une serrure, il l'avait remarqué il y a quelques années, un jour où Sylvia avait eu la grippe et où il était venu lui rendre visite. Il posa un pied sur la marche du bas et, voyant que Chapman ne bougeait pas, lui cria :

« Allez, laissez-moi passer.

— Vous ne monterez pas », rétorqua Chapman, puis il ajouta, montrant qu'il ne savait rien de l'appel de Sylvia :

« Je ne sais pas ce qui vous amène, sauf peut-être ses jérémiades habituelles, mais elle ne veut pas vous voir et moi non plus. C'est notre vie privée, cela ne regarde que nous.

— Ben voyons... »

Wexford gravit l'escalier et tenta d'écarter Chapman. Ce dernier était moins grand que lui, mais beaucoup plus jeune. Il frappa Wexford, lui assénant un coup qui manqua sa mâchoire, mais l'atteignit à la clavicule. Puis, entraîné par son élan, Chapman perdit l'équilibre et dévala les premières marches. Il se releva en un éclair, le visage blême de rage. Wexford ne bougea pas, campé sur le carré de moquette en haut de l'escalier pour lui barrer le passage. Chapman se ruait vers lui, les poings levés, quand Karen l'interpella à voix basse :

« Mr. Chapman... »

Il se retourna et se jeta sur elle. Peut-être avait-il

cru, se dirait plus tard Wexford, que s'il s'en prenait à une femme, *à une autre femme*, son supérieur foncerait au bas de l'escalier pour la défendre. Comme il l'aurait fait, comme il allait le faire... Tout se passa très vite. Dès que Chapman tendit la main vers l'épaule de Karen, ou peut-être vers son cou, elle l'empoigna, et l'envoya valser avec fracas sur le sol de l'entrée.

« Bravo ! » s'écria Wexford.

Il avait complètement oublié les cours de karaté qu'elle prenait régulièrement depuis deux ans. Ça marchait. Il avait déjà vu faire cela auparavant, mais jamais avec une telle efficacité. Il alluma rapidement les lumières et se dirigea vers le dressing. Karen le suivit.

« Sylvia ! »

Le silence persistant était alarmant. Sylvia n'avait-elle rien entendu ? La porte de sa chambre n'était pas fermée à clef, celle du dressing non plus. Il l'ouvrit. Il était vide, à part les rangées de vêtements accrochés sur les cintres.

« Sylvia, où es-tu ? »

Pas de réponse. Puis il perçut un bruit de pieds tambourinant sur le plancher. Il y avait beaucoup de chambres dans la maison et toutes contenaient des penderies. Mais Chapman était sorti de celle du haut de l'escalier... Ce fut Karen qui la trouva, dans cette pièce qu'ils appelaient le séchoir mais où rien n'avait séché depuis des années. À l'intérieur, la chaleur était épouvantable, créée par la chaudière et un chauffe-eau mal isolé. Il devait faire près de quarante degrés. Sylvia était assise sur le plancher, inondée de sueur, au milieu des lainages qu'elle avait enlevés pour ne garder qu'une petite jupe et un T-shirt. Ses chevilles étaient ligotées avec, semblait-il, une ceinture de robe de chambre, mais ses mains étaient presque libres. Elle était probablement en train de défaire ses liens. Il comprit alors pourquoi elle ne lui avait pas répondu. Après le coup de fil qu'elle lui avait passé, mais pour une autre raison, Chapman l'avait bâillonnée avec du sparadrap.

Il la prit dans ses bras et la porta dans la chambre, l'allongeant sur le lit en désordre. Tandis que Karen lui enlevait le sparadrap avec précaution, il appela Dora et la rassura. Puis il se retourna pour regarder sa fille. Karen ôta le dernier coin du sparadrap récalcitrant en l'arrachant d'un coup sec et Sylvia porta la main à sa bouche, en gémissant entre ses doigts. Elle avait les yeux au beurre noir, une contusion sur la joue et une coupure sous le nez à l'endroit où le sparadrap avait été posé.

« C'est lui qui t'a fait ça ? »

Elle acquiesça, les yeux remplis de larmes. Wexford se mit à trembler et à bouillir de rage. En entendant Chapman remonter l'escalier, il eut le sentiment qu'il allait exploser. Toute pensée rationnelle l'abandonna, il oublia les conséquences, ses restes de prudence, et sa rage se déchaîna. Il se retourna brusquement et frappa Chapman à la joue d'un coup bien ajusté. C'était un exploit, car il n'avait frappé personne depuis ses cours de boxe à l'école. Mais il l'avait fait, dans les règles de l'art. L'amant de Sylvia était étalé sur le sol, bouche ouverte, et semblait inconscient. Mon Dieu, pensa Wexford, j'espère qu'il n'est pas mort.

Ce n'était pas le cas. Chapman se redressa péniblement.

« Ne le laisse pas s'approcher de moi ! hurla Sylvia.

— Ce serait trop beau..., marmonna Chapman en se frottant la mâchoire.

— Je veux qu'il s'en aille. Tout de suite. »

Dieu merci, pensa Wexford, en se demandant ce qu'il aurait fait si elle avait décidé de lui pardonner. Mais cela pouvait encore arriver... Karen demanda :

« Vous pouvez descendre l'escalier, Sylvia ? Ça ira ? Je vais vous préparer une boisson chaude. »

Elle hocha la tête, puis se leva avec difficulté, comme une vieille femme.

« Je ne dois pas être belle à voir, dit-elle. Et encore, vous n'avez vu que mon visage. (Elle regarda Chapman avec dégoût.) Tu peux faire tes valises et t'en aller. Je ne sais pas comment tu iras jusqu'à Kingsmarkham. À pied, probablement. Ce n'est qu'à onze kilomètres.

— Je ne suis pas en état de marcher, grommela-t-il. Ton fichu père a failli me tuer.

— J'aurais dû frapper plus fort », dit Wexford, puis il ajouta – c'était le seul moyen qu'il avait trouvé pour s'en débarrasser :

« Nous allons l'accompagner. Je n'en ai aucune envie, mais il n'y arrivera jamais à pied. (Soudain, il repensa au sarcasme que Chapman lui avait lancé au *Moonflower*, l'accusant de prendre du bon temps aux frais du contribuable.) Je préférerais le voir mort dans un fossé, mais ce sont toujours les meilleurs qui partent. »

Ils emmenèrent Sylvia au rez-de-chaussée. Il vit alors en pleine lumière les bleus sur ses jambes. Pourquoi n'avait-il pas compris quand il avait remarqué sur son poignet, à Noël, la marque pareille à un bracelet rouge ? Parce qu'il ne pouvait croire qu'une femme travaillant dans un refuge pour femmes battues accepte d'être maltraitée par son amant.

Étrangement, Chapman les rejoignit. Son agressivité avait fait place à un comportement de chien battu. Il traînait les pieds derrière eux en silence, et on aurait dit qu'il allait fondre en larmes. Karen fit chauffer la bouilloire et prépara du thé pour Sylvia, Wexford et elle, puis donna à Sylvia une tasse très sucrée. Elle ne buvait jamais son thé ainsi d'ordinaire, mais cela parut la réconforter. Son visage meurtri reprit des couleurs et elle se mit à parler. Wexford pensait qu'elle attendrait le départ de Chapman, mais elle semblait prendre plaisir, comme il l'aurait fait lui-même, s'avoua-t-il, à tout raconter en présence de son agresseur.

« Il veut m'épouser. Ou plutôt, il voulait. Je ne crois pas qu'il le veuille encore. Il n'a pas arrêté de me harceler, et une ou deux fois, il m'a frappée. » Elle leva les yeux vers son père. « Je suis idiote, n'est-ce pas ? J'aurais dû être la première à me méfier. Tout ce que je peux dire, c'est que ce n'est pas pareil quand ça vous arrive à vous. On les croit quand ils vous promettent de ne pas recommencer... »

Chapman l'interrompit.

316

« Mais je te le promets, Sylvia. Je ne recommencerai pas. Si tu veux, je le jure sur la Bible. Et je veux toujours t'épouser. Tout ça est arrivé uniquement parce que tu refusais qu'on se marie. »

Elle partit d'un rire sec, mais s'arrêta parce qu'il lui faisait mal.

« Ce soir, nous nous sommes disputés. Je lui ai dit que je n'avais pas envie de l'épouser et que je ne voulais plus vivre avec lui. Je lui ai demandé de partir et il a recommencé, il m'a jetée par terre et m'a donné un coup de poing au visage. Je me suis dégagée et j'ai couru en haut de l'escalier. Je croyais pouvoir m'enfermer dans ma chambre, mais je m'étais trompée. C'était plus facile pour lui de m'attraper là-haut. Plus facile, d'abord, de dénicher le sparadrap. » Chapman eut un regard d'une telle brutalité que Wexford en fut choqué. « Cette maison est si froide que c'était une bonne chose d'avoir autant de vêtements sur moi – enfin, d'un certain côté. J'ai failli mourir de chaleur dans ce placard, mais comme ça, mon portable ne se voyait pas, il était dans la poche de mon cardigan. »

Chapman secoua la tête, regrettant peut-être de n'avoir pas songé à la fouiller avant de l'enfermer. Sylvia poursuivit :

« Il est revenu plus tard pour me bâillonner, m'attacher les mains et les pieds et m'enfermer dans ce placard, le placard *brûlant*. C'était une torture délibérée. Je ne sais pas ce qu'il avait l'intention de faire après, peut-être prendre *ma* voiture, ou bien attendre que Neil ait ramené les garçons... Au fait, où sont les enfants ? »

À cet instant précis, la sonnette retentit. Wexford alla ouvrir. Ben et Robin se précipitèrent vers la cuisine. Voir leur mère dans cet état n'allait pas leur être agréable, mais il faudrait bien qu'ils sachent à un moment donné. Wexford mit Neil au courant aussi brièvement que possible.

« Où est-il ? Laissez-moi lui régler son compte.

— Non, Neil. N'allez pas vous y mettre aussi. Moi-même, je n'aurais pas dû le frapper et Dieu sait s'il ne va pas porter plainte pour ça. De toute façon, il s'en va. Le mieux serait que Sylvia et les garçons viennent passer quelque temps à la maison. Karen va les emmener dans la voiture de Sylvia.

— Non, je préfère le faire », dit Neil.

Sylvia avait apparemment dit à ses fils qu'elle était tombée dans l'escalier. Elle était sortie de la chambre où se trouvait le placard de la chaudière, il faisait sombre, elle avait perdu l'équilibre et dévalé l'escalier. Croyaient-ils vraiment que les yeux au beurre noir de Sylvia étaient dus à cette chute ? Wexford l'ignorait. Mais ils semblaient satisfaits de cette explication et emballés, comme le sont généralement les enfants, à l'idée de passer la nuit hors de chez eux. Chapman, qui avait perdu toute envie de se battre, était monté faire ses bagages.

« Pourquoi a-t-il éteint toutes les lumières ? s'étonna Karen.

— Je ne sais pas. Il disait toujours que je gaspillais l'électricité, mais je paye les factures et je suis chez moi. J'ignore ce qu'il pensait faire au retour des enfants. Peut-être leur dire que je ne me sentais pas bien et que je m'étais couchée, pour pouvoir me garder là toute la nuit. Il en est bien capable. Quelle imbécile je suis ! »

Neil emmena sa famille chez son ex-beau-père, et Wexford et Karen reconduisirent Chapman. Ce dernier avait bourré le coffre de tellement de valises, de caisses et de sacs en plastique que Wexford en vint à se demander combien d'objets il avait fauchés à Sylvia. Mais le plus important était de se débarrasser de lui. Personne ne parlait. Donaldson, qui conduisait, était dévoré de curiosité, et il tendait vainement l'oreille pour glaner quelques informations. On lui demanda d'aller dans un quartier de Stowerton où il n'aurait jamais imaginé trouver un proche de la fille de Wexford. Là, dans une rue située derrière une usine désaffectée, on lui dit de déposer leur passager au pied d'un immeuble décrépit. Plusieurs lettres manquaient à la plaque de la façade, et sur les quatre globes lumineux qui dominaient l'entrée, un seul fonctionnait. Donaldson s'apprêtait à monter les caisses et les valises jusqu'à la porte, mais Wexford lui dit de les laisser sur la chaussée.

Chapman sortit de la voiture et il resta là, au milieu de toutes ses affaires.

« Bonsoir », lança Wexford par la vitre de la portière.

La dernière chose qu'ils aperçurent fut une silhouette fatiguée traînant des bagages inélégants. Il y en avait tellement qu'il devrait faire plusieurs voyages. Peut-être était-ce la dernière fois qu'ils le voyaient... Et peut-être pas, se dit Wexford, ayant constaté que les couples, quand ils se séparaient, le faisaient rarement de manière définitive, mais passaient par une série de rapprochements et d'éloignements, dans un triste processus ponctué de querelles, de réconciliations et de reproches. Mais pas cette fois, mon Dieu, pas avec sa fille blessée...

Et s'il inculpait Chapman, disons... pour coups et blessures, ou pour avoir résisté à une arrestation? Non. Il s'agissait de *sa* fille. Allait-il devancer la plainte que l'homme pourrait porter contre lui en informant Freeborn de ses agissements? Chapman chercherait peut-être à se venger en l'accusant d'agression, mais c'était peu probable. Ce serait admettre avoir été envoyé au tapis par un homme bien plus âgé que lui. Wexford ne pouvait pas vraiment dire qu'il regrettait son geste, car le coup qu'il lui avait asséné l'avait aussi purgé de son aigreur contre tous les sales types qui avaient traversé la vie de ses filles. Le raseur maigrichon avec qui Sylvia était sortie entre Neil et Chapman; l'affreux lauréat de prix littéraire que Sheila avait fréquenté; et, bien des années plus tôt, au temps où elle suivait des cours de théâtre, le Sebastian Machinchose qui leur avait laissé son chien, obligeant Wexford à le promener. N'y pense pas, se dit-il, pas maintenant.

Il dit bonsoir à Karen et la remercia pour son aide. Quand elle fut partie, il se demanda ce qui s'était passé à *Antrim* ce fameux soir, et qui le tracassait. Une chose qui était liée à cet escalier, à la façon dont la porte de la chambre s'ouvrait juste à un mètre de la marche du haut. Celui qui sortait de cette chambre pouvait facilement tomber au bas des marches, comme l'avait fait à moitié Chapman quand il avait basculé après l'avoir frappé. Wexford se concentra et repensa à la scène...

La disposition de l'escalier par rapport à la porte de la chambre était la même à *Antrim* et chez Sylvia. Une conception peu pratique dans les deux cas, mais quand même assez sûre si l'on était prudent. Imaginons, cependant, quelqu'un qui s'approche de cette porte... Non, pas « quelqu'un ». Joanna. Parce que Giles était dans cette chambre, penché sur les éternels devoirs imposés par son père, quand elle avait frappé, peut-être pour lui dire qu'il était temps d'éteindre la lumière et d'aller se coucher. Les parents Dade lui avaient probablement demandé de veiller à ce que leurs enfants se couchent tôt. Peut-être était-elle déjà venue avant, et Giles, irrité, avait brutalement ouvert la porte et l'avait repoussée.

Non, c'était impossible. Aucun garçon de quinze ans ne ferait ça, à moins d'être un psychopathe et un criminel en puissance...

19

Dans toutes les affaires complexes, il arrive un moment où l'enquêteur se trouve dans une impasse, où il n'y a apparemment plus moyen d'avancer et plus de voies inexplorées à emprunter. Wexford en était à ce stade dans l'affaire des adolescents disparus. Il avait cru tenir une bonne piste avec l'Église du Saint-Évangile, mais les investigations de ses policiers n'avaient rien révélé de suspect, mis à part que les adeptes de la secte connaissaient les bois de Passingham et que Giles avait été l'un d'eux. Chacun des anciens avait vu son alibi confirmé par sa femme, et pour certains, par ses enfants. Le passé de Joanna Troy lui avait semblé intéressant, mais il s'était davantage occupé de ses méfaits que de ce qu'elle avait subi dans sa vie. À présent qu'elle était morte, sans doute assassinée, les délits qu'elle avait pu commettre avaient peu d'importance. Qui se souciait encore du vol dont l'avait accusée un collégien ? De l'échec de son mariage ? Ou bien du camarade d'école qu'elle avait agressé, mort des années plus tard en tombant d'une falaise ? Elle-même avait été retrouvée morte dans une voiture au fond d'une carrière détrempée. Quant aux adolescents qui avaient eu des contacts avec elle, Giles et Sophie, Scott et Kerry Holloway, et la fille de Hobab Winter, ils *faisaient partie* de sa vie. Elle était enseignante.

Les enfants Dade étaient probablement morts, eux aussi. Wexford savait très bien qu'on pouvait facilement trouver un corps enfoui dans son jardin ou celui du voisin, mais que la tâche pouvait être insurmontable si le meurtrier s'en était débarrassé dans un endroit lointain, où lui-même n'avait encore jamais mis les pieds. Wexford devait envisager l'affaire sous un autre angle. Mais lequel? Et par où commencer?

Il pouvait peut-être demander à Lynn Fancourt d'enquêter sur les camarades de classe des enfants Dade, même s'ils avaient été au départ écartés de l'affaire. Les élèves de l'école privée de Sewingbury où l'on portait cet uniforme brun et or que la fille Winter, lui avait appris Dora, portait en livrant les journaux.

« Comment s'appelle-t-elle? avait-il demandé à sa femme.

— Elle a un drôle de nom biblique. Dorcas.

— *Dorcas?*

— Je t'avais dit que c'était un nom bizarre. Mais à la réflexion, pas plus que Deborah, sauf que l'un est à la mode et pas l'autre. »

Plus tard, il demanda à Lynn :

« Est-elle sur la liste? »

Elle la parcourut.

« Non. C'est une amie de Giles ou Sophie?

— Je ne sais pas. Ils ont à peu près le même âge et ils fréquentent la même école. Elle habite dans ma rue et c'est la fille du marchand de journaux de Queen Street.

— Vous voulez que je fasse un saut chez elle pour lui demander si elle connaît Giles ? »

Non, en fait, à quoi bon ? Il secoua la tête.

« Si jamais je décide de suivre cette piste, j'irai là-bas moi-même. »

Encore une déception... Il se consola à l'idée que son jardin n'était pas inondé, alors que certaines propriétés du bas de Kingsmarkham, surtout celles qui longeaient la rivière, l'avaient été une nouvelle fois. La maison abritait de nouveaux occupants, Sylvia et ses fils. Sylvia craignait de rentrer chez elle de peur que Chapman ne revienne. Comment pouvait-elle savoir s'il avait une clef ou pas ? Il avait égaré la sienne et elle l'avait récupérée dans la chambre où ils avaient dormi. Mais il aurait très bien pu en faire refaire une autre pendant les périodes orageuses où il la pressait d'« officialiser », et où elle lui répliquait que, s'il continuait comme ça, il n'aurait qu'à s'en aller. Elle expliquait sans cesse à ses parents comment elle avait pu le supporter ne serait-ce qu'un jour après qu'il l'eut frappée pour la première fois, elle qui avait ardemment fait campagne contre la violence conjugale, elle qui avait si souvent exhorté des femmes à quitter leurs compagnons violents, même s'ils leur promettaient de ne pas recommencer.

« C'est différent quand ça vous arrive à vous, répétait-elle. C'est une vraie personne avec des qualités, et qui vous frappe par sa sincérité, quels que soient ses défauts.

— *Qui vous frappe* est le mot juste, rétorqua son père, qui ne lui manifestait plus de compassion maintenant que les choses s'étaient tassées et que les blessures de sa fille avaient cicatrisé. Tu peux laisser tomber le reste de la phrase. Sylvia, tu es une adulte, tu as deux enfants et tu as été mariée Dieu sait combien de temps. Tu ne dois t'en prendre qu'à toi pour ce que t'a fait Chapman. »

Dora le trouvait bien sévère.

« Oh, *Reg*.

— Parfaitement. Elle est assistante sociale, pour l'amour du ciel. Elle devrait savoir reconnaître un salaud. »

Ses relations avec sa fille aînée redevenaient très vite ce qu'elles avaient été avant que Sylvia ait quitté son mari et se soit miraculeusement changée en personne sympathique. Et il était à nouveau plongé dans le bourbier de culpabilité dont il cherchait à se dégager en se répétant une sorte de mantra : « Tu ne dois pas faire preuve de favoritisme envers une de tes filles. » Mais Chapman était parti, et de ça, il pouvait être fier.

Les policiers ignoraient toujours quand Joanna, Giles et Sophie Dade avaient quitté *Antrim*. Sans parler du pourquoi. Tous les trois étaient présents la nuit du vendredi. Joanna n'avait sans doute pas quitté la maison le samedi matin ni une partie de l'après-midi, car sa Golf était là. Giles avait été aperçu le samedi après-midi, sans doute vers deux heures et demie. Et le dimanche matin, la voiture avait disparu. On pouvait donc raisonnablement penser que Giles et Joanna étaient vivants et en bonne santé samedi en début de soirée – mais était-ce bien le cas ?

En déjeunant avec Burden au *Moonflower*, il récapitula : « Nous savons que Giles est sorti vers deux heures et demie, mais nous ignorons quand il est rentré. Nous savons que Joanna était dans la maison, car Mrs. Fowler a vu sa voiture dans l'allée et, nous a dit son père, elle ne sortait jamais à pied si elle pouvait l'éviter. Mais nous n'avons aucune idée de l'endroit où se trouvait Sophie. À notre connaissance, personne n'a eu de contacts avec elle après sa discussion téléphonique avec sa mère, vendredi soir à sept heures et demie. »

Burden hocha distraitement la tête. Il commandait leur repas avec soin. Leurs plats devaient être servis rapidement, être à base de « nourriture saine », dont il s'était toqué récemment, et avec le moins de graisse possible pour le taux de cholestérol de Wexford. Les Œufs de dragon figuraient toujours au menu, ainsi qu'un nouveau plat au nom encore plus stupéfiant : les Délices aériennes.

« Ça a l'air affreux, dit Wexford, mais je vais quand même goûter.

— Je vais demander à Raffy si ce n'est pas trop gras », souffla Burden, même s'il n'espérait pas obtenir une réponse sincère. De fait, quand il lui posa la question, Raffy lui répondit habilement que c'était le plat le plus maigre de la carte.

« Il y a du Lo-chol dedans, monsieur. Ça fait baisser le taux de cholestérol, c'est cliniquement prouvé.

— Vous plaisantez ?

— Je ne mens jamais, Mr. Burden. Surtout aux
policiers. »

En faisant la grimace, Wexford but une gorgée de
l'eau gazeuse imposée par Burden.

« Pour revenir à notre problème, reprit-il, Giles
est-il revenu de l'endroit où il a été ? Nous n'avons
aucune raison de penser qu'il l'ait fait, et rien n'indique non plus qu'il ne l'ait pas fait. Alors, où est-il
allé ?

— Faire des courses ? Ou bien chez un copain ?

— Ceux que Lynn a interrogés disent qu'ils
ne l'ont pas vu de tout le week-end et Scott Holloway a vainement essayé de lui téléphoner. Je ne sais
pas s'il est passé chez Giles, il affirme que non et cela
ne nous avance pas si j'ajoute que je ne le crois pas.
Et où était Sophie ?

— À *Antrim* avec Joanna. Elle n'a pas dû sortir.

— Peut-être. Mais rien ne le prouve. Tout ce que
nous savons avec certitude, c'est que Joanna, Giles et
Sophie ont quitté la maison ou qu'on les a enlevés le
samedi soir. »

Burden dit avec circonspection :

« Il est fortement possible que quelqu'un d'autre
soit entré dans la maison samedi après le début de la
pluie. Nous n'avons pas de témoins pour l'attester,
mais cela ne veut pas dire qu'il n'y a pas eu de visiteur. Il se peut même que Giles ait ramené cette personne avec lui.

— Scott ? Si Giles était passé chez les Holloway et

était revenu à *Antrim* avec lui, Mrs. Holloway le saurait. Non, si Scott est allé là-bas, il y est allé seul, et, à mon avis, bien plus tard.

— Mais alors, vous pensez..., fit Burden, que c'est quelqu'un dont nous n'avons pas tenu compte dans notre enquête.

— C'est exact. Parce que ce quelqu'un – homme ou femme – a quitté le pays. Nous savons, par exemple, que les passeports de Giles et Sophie sont là, de même que celui de Joanna. Mais il peut y avoir ailleurs un autre passeport manquant, bien que cette hypothèse ne nous aide pas si nous ignorons à qui il appartient. Joanna a-t-elle été tuée à *Antrim* par cet inconnu ? Est-elle morte dans l'entrée en tombant dans l'escalier, ou parce qu'on l'a poussée sur le palier ? D'après ce que nous savons, elle n'a pas quitté *Antrim* avant le samedi soir, et quand elle est partie, c'était avec Giles et Sophie. Ce visiteur a-t-il pris le volant de sa voiture ? Tous les trois devaient le connaître, ou au moins l'un d'entre eux.

— *A priori*, les voisins n'ont vu personne, dit Burden. Mais j'ai tendance à croire que quelqu'un est effectivement venu à *Antrim* ce soir-là, et qu'il était attendu – ou peut-être s'agissait-il d'une visite fortuite. »

Les Délices aériennes de Wexford et les Fleurs et papillons de Burden arrivèrent. Les premiers ressemblaient à s'y méprendre à du poulet au citron, et les deuxièmes étaient un cocktail de crevettes garni de pousses de bambou, de carottes et de tranches d'ananas disposées avec art. Un bol de riz joliment coloré accompagnait ces plats. À la table voisine, un couple d'amoureux, la main droite de l'homme enlaçant la main gauche de sa compagne, mangeait des Œufs de dragon, maniant habilement leurs baguettes de leur main libre.

Burden poursuivit sa théorie :

« Après, il a fallu qu'il se débarrasse du corps de Joanna. Disons qu'il avait une raison de lui en vouloir. Nous savons que Joanna a jadis tabassé Ludovic Brown au collège. Il y a peut-être eu d'autres histoires du même genre. Elle a préparé des élèves à l'examen du GCSE. Supposons qu'elle en ait agressé un et que le père de l'enfant ait voulu se venger.

— Dans ce cas, il aurait été chez elle, objecta Wexford. Et non pas chez les Dade.

— Il a pu s'adresser aux voisins, mettons, à Yvonne Moody, pour savoir où se trouvait Joanna. Non, c'est impossible, Ms Moody était chez sa mère. Il a peut-être suivi Joanna, ou son fils lui a dit qu'elle devait être à *Antrim*.

— Je ne sais pas... (Wexford était dubitatif.) Ça me paraît quand même un peu bizarre. Votre X arrive à savoir où se trouve Joanna on ne sait comment, et il se rend à *Antrim* le samedi soir. Il sait qu'il est au bon endroit parce qu'elle a garé sa voiture devant la porte. Il sonne et quelqu'un le fait entrer.

— Joanna ne lui aurait pas ouvert si elle avait reconnu un ennemi, intervint rapidement Burden, mais Giles et Sophie si.

— Exact. Là, il se met en colère. Vous ne croyez quand même pas qu'il va prendre une tasse de thé avec eux devant la télé ? Non, il se met à fulminer, mais il ne peut pas faire grand-chose devant eux. Alors il s'arrange pour faire venir Joanna dans l'entrée – c'est là, Mike, que ça se gâte – et être seul avec elle. Tortillant ses moustaches, notre méchant lui siffle une phrase du genre : "Je vais te faire payer, petite arrogante", et la frappe à la tête. Elle crie, tombe et se cogne le crâne sur le coin de la penderie. Giles et Sophie accourent du salon en criant : "Qu'avez-vous fait?" et ils découvrent que Joanna est morte. Il va falloir cacher le corps. Et X les persuade de partir avec lui dans la voiture de Joanna? Il a dû les convaincre, pas les forcer. Ce ne sont pas des bébés, ils ont treize et quinze ans. Le garçon doit être assez robuste, rappelez-vous qu'il est grand. Ils auraient pu lui résister facilement. Mais ils ne le font pas, ils acceptent de partir. Ils font leurs lits, mettent les habits de Joanna dans son sac de voyage, mais n'emportent pas de vêtements de rechange pour eux. Et pourquoi s'en vont-ils? Par peur d'être accusés de sa mort? Je n'en suis pas si sûr. Et vous?

— Moi non plus, mais je n'arrive pas à trouver mieux. (Burden but un peu d'eau.) Comment X est-il venu à *Antrim*? À pied, probablement, ou par les transports en commun. Si cet homme ou cette femme avait pris sa voiture, elle aurait encore été là le lundi. Et ils ne sont pas partis avec, mais dans la Golf de Joanna. X a-t-il laissé des empreintes? Peut-être étaient-elles parmi celles qu'on a retrouvées dans la maison, mais que Mrs. Bruce a presque toutes effacées avec son ménage acharné. Et puis il y a le T-shirt avec le visage de Sophie. X a-t-il demandé à la jeune fille de le prendre pour le jeter dans le Kingsbrook afin de brouiller les pistes? Cela implique qu'il connaît très bien la famille Dade.

— Non, s'il a simplement demandé aux enfants Dade d'emporter un objet qui permette de les identifier aisément. Mais pourtant... Je ne sais pas, Mike, il y a beaucoup de lacunes dans ce scénario et beaucoup de questions qui restent sans réponses. (Wexford regarda sa montre.) Il est temps pour moi d'aller rendre ma visite aux Dade, fit-il en soupirant.

— Je vous accompagne. »

Cela faisait plus de deux mois que Giles et Sophie avaient disparu. Et depuis lors, Wexford s'était efforcé d'aller voir leurs parents deux ou trois fois par semaine. Pas pour leur apporter des éclaircissements ou des nouvelles, mais pour leur montrer qu'il était présent, qu'on n'oubliait pas leurs enfants. Ce n'était pas qu'il fût reçu plus chaleureusement au fil du temps. Bien au contraire : Katrina était plus perturbée, tourmentée et terrorisée que jamais. Wexford avait pensé que, à la fin de la première semaine, elle aurait pleuré toutes les larmes de son corps, mais ses pleurs paraissaient inépuisables. Quelquefois elle restait muette, le visage enfoui durant toute sa visite, pendant que son mari se montrait grossier ou affichait une indifférence complète. Bizarrement, toutefois, il était moins souvent absent qu'au moment où les enfants avaient disparu. Il semblait faire l'effort d'être là pour l'arrivée de Wexford, peut-être seulement pour voir jusqu'où il pourrait aller avant que le policier se rebelle et renonce à venir. Mais Wexford était décidé à tenir. Jusqu'à ce que l'on retrouve les enfants ou que l'affaire soit close, il maintiendrait ses visites, quel que soit l'accueil qu'il recevrait.

La pluie avait cessé. Le temps était froid et brumeux, mais on voyait déjà que les jours rallongeaient ; et malgré l'humidité, quelque chose dans l'air annonçait la fin de l'hiver. Ce fut Mrs. Bruce qui leur ouvrit. Il ne s'écoulait jamais plus d'une semaine sans qu'elle revienne auprès de sa fille, avec ou sans son mari. Les visites de Wexford étaient moins terribles quand elle était présente, tout simplement parce qu'elle se conduisait en être civilisé ; elle accueillait les policiers, leur proposait du thé et les remerciait d'être venus. Et elle était assez âgée pour leur dire « Bonjour » et non « Salut », comme la plupart des gens.

Malheureusement, Dade était là aussi. Mais à part le regard dur dont il gratifia Wexford à son entrée, il ne fit pas attention à lui et retourna à ses tâches administratives, qui consistaient à compulser une liasse de documents fonciers. Katrina était dans un fauteuil, assise comme le font parfois les enfants, la tête et le corps tournés vers le dossier, les jambes recroquevillées. Pendant un moment, Wexford pensa qu'il était condamné au silence. Seul le bavardage poli de Doreen Bruce détendait quelque peu l'atmosphère. Burden, qui venait plus rarement, avait l'air incrédule. Puis, lentement, Katrina se tourna et serra ses genoux dans ses bras. Au cours de ces deux mois, sa maigreur s'était accentuée, elle avait les coudes pointus et les traits décharnés.

« Eh bien ? demanda-t-elle.

— Je crains de n'avoir pas de nouvelles pour vous, Mrs. Dade. »

Alors elle entonna, d'une étrange voix chantante :

« Si on pouvait trouver leurs corps, leurs corps... j'aurais au moins quelque chose... chose. Je pourrais enterrer des corps...

— Oh, tais-toi..., souffla Dade.

— Je pourrais graver leurs noms sur une pierre, pierre... »

Elle faisait penser à Ophélie et à son délirant chant funèbre.

« J'aurais une tombe à fleurir, ir... »

Dade se leva et la toisa.

« Arrête. Tu fais semblant, tu joues la comédie. Tu te crois intelligente ? »

Elle se mit à osciller de droite à gauche, des larmes coulant de ses paupières. Doreen Bruce croisa le regard de Wexford et détourna les yeux. Wexford se dit que Dade allait frapper sa femme, puis chassa cette idée. Les déboires de Sylvia lui montaient à la tête. La violence de Roger était purement verbale. Comme celle de Joanna, avait dit Ralph Jennings. Mrs. Bruce leur proposa alors du thé.

Elle alla le préparer. Dade se mit à marcher de long en large, s'arrêtant un instant pour regarder par la fenêtre, dans un haussement d'épaules qui ne voulait rien dire. Katrina se recroquevilla, la tête sur les genoux. À présent, ses larmes redoublaient et dégoulinaient sur ses jambes. Wexford ne trouvait plus rien à dire. Il lui semblait avoir tiré de ces parents tous les détails qu'ils avaient bien voulu lui donner sur la vie de leurs enfants. Le reste, il devrait le déduire, ils ne l'aideraient pas.

Ce silence était le plus lourd de tous ceux qu'il avait connus dans cette maison. Katrina était couchée, les yeux fermés comme si elle dormait, Dade prenait des notes sur ses documents immobiliers. Burden était assis, contemplant ses genoux habillés de drap fin. Wexford essaya d'imaginer ce qu'avait pu être l'enfance de Roger Dade, d'après ses allusions au fait qu'il avait été trop gâté dans sa jeunesse. Sans doute Matilda Carrish lui avait-elle laissé la liberté quasi totale alors en vogue pour les enfants, la liberté d'expression, de faire ce qu'ils voulaient sans jamais être punis. Et il avait détesté ça. Peut-être avait-il souffert de l'impopularité que lui avait value la grossièreté résultant de ce manque de contraintes. Dans ce cas, il avait fait en sorte d'éradiquer toute licence de son caractère, et il avait apparemment choisi de refuser toute liberté à ses enfants, en leur imposant une discipline sévère, d'un autre âge. À cause de cela, l'un d'eux le haïssait, l'autre le craignait, des sentiments qu'il semblait éprouver lui-même pour sa mère...

Mrs. Bruce mettait longtemps à revenir... Wexford repensa alors à Chapman. L'homme avait perdu l'équilibre et basculé dans l'escalier. Pas par maladresse ou perte de contrôle, mais parce que l'espace en haut du palier était bien trop étroit. C'est ce qui s'est passé à *Antrim*, pensa-t-il. Joanna est tombée dans l'escalier. Ou bien quelqu'un, « X », l'a poussée. Elle ne serait pas plus morte que Chapman si elle ne s'était pas cogné la tête sur le côté de la penderie.

Elle aurait perdu un peu de sang et une couronne dentaire...

La mère de Katrina revint, portant un plateau chargé d'une théière et d'un gâteau aux raisins de sa confection, doré au four et garni de pâte d'amandes. Cela faisait des années qu'il n'avait pas vu ce genre de gâteau, et son parfum était irrésistible. Il préféra ignorer le coup d'œil réprobateur de Burden, et laissa Mrs. Bruce déposer une grosse tranche dans son assiette. Le gâteau était si délicieux et son goût si réconfortant que l'air méprisant de Roger Dade ne l'affecta pas le moins du monde. Mrs. Bruce leur fit la conversation sur le temps, les jours qui rallongeaient, le cœur de son mari et le trajet ennuyeux entre Kingsmarkham et le Suffolk, pendant que Burden lui répondait par de courtoises monosyllabes. Wexford mangea sa tranche de gâteau avec un immense plaisir, remarquant à sa grande surprise que Dade faisait de même. Il réfléchissait à Joanna et à l'escalier. X l'avait-il poussée ou bien avait-elle trébuché en tombant dans le noir ? Peut-être ni l'un ni l'autre. X avait pu la poursuivre depuis le fond du couloir, et elle avait basculé dans l'escalier parce qu'elle n'avait pas pu l'éviter. Et quand cela s'était-il produit ? Le samedi après-midi ? Non, plus tard, dans la soirée. Il devait déjà faire nuit et il n'y avait pas de lumières à l'étage. Mais si elle se trouvait à l'étage à la fin de la soirée ou dans la nuit en compagnie de X, cela voulait dire qu'il était son amant...

Dade interrompit sa rêverie. Il avait fini son gâteau et fait tomber, d'un revers de la main, les miettes sur le sol. Il lança à Wexford : « Il est temps que vous partiez. Vous n'êtes d'aucune utilité ici. Au revoir. »

Les deux policiers se levèrent, Wexford se demandant sérieusement s'il pourrait en supporter davantage.

« Je vous verrai dans un jour ou deux, Mrs. Dade », annonça-t-il.

Ce fut la femme de Ken Winter qui lui ouvrit la porte. Elle s'appelait Priscilla, il l'avait lu sur la liste électorale. Il s'attendait à rencontrer une personne plus âgée et peut-être plus démodée que Thekla Wright. Certes, Mrs. Winter était peu élégante, mais ses vêtements miteux, ses mains rugueuses et ses pantoufles usées ne furent pas ce que Wexford remarqua en premier. Il fut frappé, presque choqué, par ses épaules voûtées – peut-être parce qu'elle s'était souvent penchée dans un geste vain pour protéger sa poitrine et son visage –, par son regard éteint, la manière dont ses yeux le fixaient avec inquiétude.

Reconnaissant Wexford, elle annonça d'emblée que son mari n'était pas encore rentré.

« C'est votre fille que j'aimerais voir, Mrs. Winter.
— Ma fille ? »

Mère d'une adolescente de quinze ans, elle ne devait pas avoir plus de cinquante ans. Mais ses fins cheveux gris, qui ne semblaient pas avoir été coupés depuis des années, tombaient sur ses épaules. Sans doute l'Église du Saint-Évangile condamnait-elle les coiffeurs.

«Vous voulez voir Dorcas ? »

La fille était jolie, mais avec quelque chose de son père dans son visage ovale et ses traits réguliers. Ses cheveux étaient longs, noués par un ruban marron, mais à la grande surprise de Wexford, elle avait ôté son uniforme brun et or pour revêtir la tenue universelle des adolescents, un jean et un sweat-shirt. Dorcas avait l'air étonnée qu'un adulte veuille la voir.

« Pas de livraison de journaux ce soir ? s'enquit Wexford.

— Je suis rentrée tard de l'école. Papa a dû charger quelqu'un d'autre de la faire, ou il l'a faite lui-même. »

Priscilla Winter intervint :

« La tournée n'est pas longue. (Sur ce, elle en récita le trajet comme un enfant ses tables de multiplication.) Chesham, la rue d'après, puis Caversham et Martindale, et Kingston au coin de Lyndhurst Drive. »

Elle traversa la pièce à pas traînants pour leur ouvrir une porte. Dorcas aurait pu le faire, mais elle laissa agir sa mère et, en la bousculant, conduisit Wexford dans un salon. Si elle n'était pas la personne la plus importante de la maison, elle occupait sûrement la deuxième place après son père, même si c'était une fille. Visiblement, Winter, malgré ses principes religieux, avait la faiblesse de céder à l'amour paternel. Le salon contenait une télévision, réservée à la fille, se dit Wexford, mais pas de livres, de fleurs ou de plantes d'intérieur, pas de coussins ni d'ornements. De lourds rideaux d'une teinte indescriptible empêchaient de voir la pluie et le vent. Le seul tableau était un paysage blafard, sans arbres, ni nuages, animaux ou figures humaines. La pièce lui fit penser aux salons que l'on trouve dans les hôtels médiocres lorsque les clients se plaignent de n'avoir aucun endroit où s'asseoir.

Mrs. Winter lui demanda timidement, comme si elle faisait une suggestion hardie :

« Voulez-vous une tasse de thé ? »

Il s'était demandé si le thé faisait partie des stimulants interdits, mais apparemment non.

« Je ne reste qu'une minute, expliqua-t-il, se rappelant la splendeur du gâteau à la pâte d'amandes. Mais je vous remercie.

« Tu as dû entendre parler des enfants qui ont disparu, fit-il en se tournant vers Dorcas. Giles et Sophie Dade. Je me demandais si tu les connaissais et si tu pouvais m'en parler un peu. Ils n'habitent pas très loin.

— Je ne les connais pas. Enfin, juste de vue, je ne leur ai jamais adressé la parole.

— Mais tu vas dans la même école, et tu as le même âge que Giles.

— Je sais, répondit la fille. Mais on n'est pas dans la même classe. Il est dans le niveau A.

— Là où *tu* devrais être, intervint sa mère. Je suis sûre que tu es assez intelligente. »

Dorcas lui jeta un regard méprisant.

« Je vous assure, je ne les connais pas. »

Wexford fut bien obligé de l'admettre.

« Et je suppose que tu n'as jamais pris de cours particuliers avec Joanna Troy ?

— Elle n'a pas besoin de ça, rétorqua Priscilla Winter. Je viens de vous dire que ma fille est intelligente. Son seul cours privé, c'est sa leçon de violon. À propos, Dorcas, tu as fait tes exercices pour demain soir ? »

Il lui sembla étrange que Dorcas ne connaisse pas les enfants Dade, mais il ne voyait pas pourquoi elle mentirait. Il la remercia et prit congé de Mrs. Winter.

Il retrouva la nuit humide et sombre ; heureusement, il n'avait pas beaucoup à marcher. En revenant chez lui, il ne croisa personne. Mais au moment d'entrer dans sa maison chaude et bien éclairée, où flottait une bonne odeur de dîner, il faillit trébucher sur le paillasson en butant contre le journal du soir, humide et trempé sur les bords, comme il l'était toujours ces derniers temps.

20

Sylvia déclara sans préambule qu'elle pensait retourner chez elle le jour suivant. Neil avait promis de venir la chercher avec les garçons pour les ramener au vieux presbytère. La lueur qui s'alluma dans les yeux de Dora était sans équivoque. Wexford était sûr, comme s'il avait lu dans son esprit à livre ouvert, qu'elle caressait l'espoir d'une réconciliation : Sylvia et Neil allaient se retrouver, se remarier, vivre ensemble comme avant et ils seraient heureux. Avait-elle oublié que Neil s'était enfin trouvé une nouvelle amie ? Quand Sylvia fut allée se coucher, il dit gentiment à sa femme :

« Cela n'arrivera pas, tu sais, et s'ils réessayaient, ça ne marcherait pas.

— Tu crois ?

— Quand ils se sont mariés, c'était à cause de l'attirance physique, et quand ça s'est tari, il ne restait plus rien. Il n'y aura pas de retrouvailles, c'est trop tard. Mais un jour, tu verras, elle sera à nouveau heureuse avec un homme. »

Il jouait les optimistes, mais il ne l'était pas tant

que ça. Le lendemain matin, il embrassa sa fille et lui dit au revoir, et tout alla de nouveau bien. Plus ou moins. Il était assis dans son bureau, pensant davantage à Sylvia qu'à l'affaire Dade, lorsque le téléphone sonna.

« Ici Wexford.

— Monsieur, j'ai un appel pour vous du commissaire Watts, de la police du Gloucestershire.

— Très bien. Passez-le-moi. »

Du Gloucestershire ? Aucun lien avec le comté ne lui vint à l'esprit. Peut-être quelqu'un s'était-il encore imaginé avoir aperçu les enfants Dade. Ce genre de témoignages continuait à affluer.

Une voix au grasseyement agréable se fit entendre :

« Ici Brian Watts. J'ai une nouvelle pour vous. Nous avons une jeune fille au commissariat qui dit être Sophie Dade...

— Ah bon ? (Un élan d'excitation, puis le retour à la raison.) Nous avons eu des dizaines de gamins qui se disaient les enfants Dade, et des douzaines de gens qui croyaient les avoir vus.

— Non, cette fois, c'est bien elle. J'en suis sûr. Elle a appelé police secours ce matin à six heures, et elle a demandé une ambulance pour sa grand-mère. Elle pensait à juste titre que la vieille dame avait eu une attaque. Pas mal pour une fille de treize ans, non ? En tout cas, elle est là.

— Aucun signe du garçon ?

— Là, vous en demandez trop... Non, on n'a que la fille. Mais elle ne veut pas dire où elle était, ni combien de temps elle a passé chez cette Mrs. Carrish. Elle n'a pas parlé de son frère. Quelqu'un de

341

chez vous peut venir la chercher pour la ramener chez elle ?

— Bien sûr, et merci. Merci beaucoup.

— Vous avez l'air sidéré.

— Eh bien, oui... Complètement. A-t-on prévenu Roger Dade pour sa mère ?

— Elle est à l'hôpital d'Oxford. La famille a dû être avertie.

— Alors, il sait déjà qu'une jeune fille était avec elle au moment de son attaque ?

— Peut-être. Mais pas forcément. »

Allait-il dire quelque chose aux parents Dade ? Mieux valait attendre un peu, jugea-t-il. Mais s'il contactait l'hôpital, on lui dirait seulement que l'appel avait été passé par une jeune fille, sans préciser son identité.

Il ne s'agissait peut-être pas de Sophie, malgré l'affirmation du commissaire. D'après le règlement, il ne pouvait l'interroger qu'en présence d'un parent ou d'un adulte responsable. En attendant que Lynn et Karen reviennent avec elle, il se demanda s'il la reconnaîtrait. Il sortit sa photographie et regarda pour la première fois son visage avec attention. Lorsqu'on lui avait donné le portrait, il avait noté en passant que Sophie était jolie, avec, dans l'expression, quelque chose de sa mère. Mais comme il n'avait pas encore rencontré Mrs. Carrish, il n'avait pas remarqué la ressemblance. Cette fille, à trente ans, aurait-elle aussi un nez aquilin, des traits anguleux et des lèvres minces? Elle avait de grands yeux sombres, dans lesquels brillait une vive lueur d'intelligence.

Que faisait-elle chez Matilda Carrish? Et surtout, combien de temps y était-elle restée? Elle devait avoir pas mal de sang-froid pour une jeune fille qui, au fond, était encore une enfant. Il l'imagina réveillée dans la nuit, dans l'obscurité d'un matin de février, par le fracas causé par la chute de sa grand-mère. La plupart des personnes de son âge, affolées, auraient sûrement couru chez un voisin. Elle avait téléphoné à police secours. Et quand elle avait su que l'ambulance arrivait et qu'on allait soigner Mrs. Carrish, avait-elle songé à s'enfuir, mais jugé que ce n'était pas la peine, qu'elle n'avait pas le moindre espoir? Où pouvait-elle aller? Peut-être aussi aimait-elle trop sa grand-mère pour la quitter.

Il déjeuna à la cantine, en regardant la pluie tomber. Karen appela pour dire qu'elle et sa collègue avaient pris la route avec la fille. Il consulta la pendule murale, vérifia l'heure sur sa montre, puis, estimant qu'il ne fallait pas attendre plus longtemps, il composa le numéro d'*Antrim*. Ce fut Mrs. Bruce qui répondit.

« Puis-je parler à Mr. Dade ou à votre fille?

— Katrina dort, mon cher. Et Roger est allé voir sa mère à l'hôpital d'Oxford. Elle a eu une attaque. On l'a prévenu ce matin. »

Wexford était perplexe, mais il se décida.

« Il y avait une jeune fille avec elle quand elle s'est trouvée mal. Il se peut que ce soit Sophie. »

Le silence ébahi de Mrs. Bruce lui apprit que nul n'avait été alerté dans la maison.

« Pouvez-vous demander à Mrs. Dade de me rappeler dès son réveil ? »

Dès qu'il reposa le combiné, il fut assailli par le doute. Et si ce n'était pas Sophie ? Il aurait dit à Katrina qu'on avait retrouvé sa fille alors que ce n'était pas elle, et il pouvait imaginer la réaction de Roger quand il le saurait, l'explosion de colère dont il ferait les frais. Wexford descendit au rez-de-chaussée. Il voulait être là quand les deux inspectrices arriveraient. À vol d'oiseau, Oxford n'était pas très loin, mais avec la circulation, ça risquait d'être long. Et cela s'aggravait toujours avec la pluie. Trois heures, trois heures dix. Les portes battantes s'ouvrirent et Burden apparut, rentrant d'on ne savait où.

« Croyez-vous que ce soit elle ?

— Je n'en sais rien. Mais j'ai prévenu sa mère. Elle seule pouvait se trouver avec Mrs. Carrish à six heures du matin.

— Elle avait peut-être engagé une employée à demeure ?

— C'est ça, dit sèchement Wexford, oubliant ses propres doutes. C'est sûrement une schizophrène paranoïaque de treize ans qui raconte qu'elle est la petite-fille de sa patronne. »

Une voiture s'arrêta devant le commissariat dans une gerbe d'éclaboussures. Il vit sortir la fille, suivie de Karen et Lynn. Il pleuvait toujours et elles entrèrent dans le bâtiment en courant. Il sut immédiatement, il n'y avait aucun doute. Elle portait l'anorak marron qui manquait chez les Dade, et elle le retira après avoir passé les portes battantes.

« Eh bien, Sophie, lui dit-il. J'aurai à te parler, mais

pas maintenant. D'abord, tu vas rentrer chez toi auprès de tes parents. »

Elle le regarda droit dans les yeux. Peu de gens avaient des yeux semblables, immenses et en amande, aussi vert foncé que pouvaient l'être des yeux humains. Elle était moins jolie que sur la photographie, mais semblait plus intelligente, plus impressionnante. Les clichés la flattaient ; pas la réalité.

« Je ne veux pas rentrer à la maison, déclara-t-elle.

— Il le faut, je le crains, répondit Wexford. Tu as seulement treize ans. À ton âge, tu n'as pas le choix.

— Karen dit que mon père est à l'hôpital avec Matilda.

— C'est vrai.

— Alors, je vais rentrer. Au moins, *lui* ne sera pas là. »

Elle laissa Lynn Fancourt lui remettre sa veste et la raccompagner jusqu'à la voiture.

« Elle est assez pimbêche, commenta Karen.

— Vous pouvez le dire. Voulez-vous prévenir Mrs. Dade que je parlerai tout à l'heure à sa fille ? Mettons, vers six heures. Il faut qu'il y ait un parent avec elle. Si Mrs. Dade ne peut pas, Mr. ou Mrs. Bruce fera l'affaire. »

Il était à présent très soucieux de procéder selon les règles. Il rappela d'abord *Antrim*, parlant cette fois à une Katrina hystérique et incohérente, et réussit finalement à comprendre qu'elle, ou plutôt Mrs. Bruce, avait averti son mari en le joignant sur son portable. Wexford jugea plus prudent de l'appeler aussi lui-même. N'ayant pas le numéro du portable et n'étant pas sûr que Katrina le lui donnerait, il laissa un message à l'hôpital à quelqu'un qui parlait à peine l'anglais.

Il fut tenté de se laisser aller à des spéculations. Depuis combien de temps Sophie séjournait-elle chez Mrs. Carrish ? Fin novembre ou plus tard ? Et pourquoi Matilda les avait-elle trompés ? Enfin, où était Giles ? Mais toutes ces hypothèses ne le mèneraient probablement à rien. Les solutions imaginaires étaient généralement fausses. Il fallait qu'il attende.

La pluie avait cessé et il s'était mis à faire froid, peut-être encore plus froid que pendant l'hiver. Un vent vif séchait les trottoirs. En février, il ne faisait pas tout à fait noir à six heures moins le quart, mais le soleil était bas et d'un rouge grisâtre, et la nuit commençait à tomber. Le ciel était bleu sombre, brillant comme un bijou, mais il n'y avait pas encore d'étoiles. Karen le conduisit jusqu'à Lyndhurst Drive où, à sa grande surprise, ce fut Dade qui leur ouvrit. Il était sous le choc et il en oublia d'être grossier.

« Cela ne servait à rien que je reste là-bas. Elle était inconsciente. Je ne crois pas qu'elle survivra. »

L'opinion d'un profane n'a jamais une grande valeur dans ces cas-là, mais Wexford dit qu'il était désolé de l'apprendre et ils le suivirent dans la maison.

« Je ne peux pas tirer un mot de ma fille, soupira Dade, mais c'était à prévoir. Je n'y arrive jamais. »

346

Ce qui pouvait augurer, pensa Wexford, qu'elle se montrerait plus loquace avec les policiers. Ils entrèrent dans le salon où il avait passé tellement de temps ces dernières semaines. Là, ils virent Katrina, l'air plus égaré que jamais. « Comme une sorcière de *Macbeth* », souffla Karen, pourtant généralement peu encline aux allusions littéraires. Wexford, que la mère de Sophie énervait d'ordinaire, éprouva une grande inquiétude pour cette femme qui semblait s'être arraché les cheveux et restait bouche bée, comme en proie à une vision d'horreur. Il ne lui dit rien car il ne savait que dire.

« Vous voulez quelqu'un ici pendant que vous la questionnez, c'est ça ?

— J'y suis obligé, Mr. Dade. Vous, ou l'un de vos beaux-parents.

— Elle ne parlera pas si c'est moi », déplora amèrement le père.

Il s'approcha d'une porte et appela, de son habituelle voix dure et cassante :

« Doreen ! Venez là, s'il vous plaît ! »

Doreen Bruce entra, s'approcha de sa fille et lui prit le bras.

« Allons, chérie, tu ferais mieux d'aller au lit. Tout ça a été trop pour toi. »

L'attente se prolongea. Sophie ne se montrait pas. Doreen Bruce était-elle allée coucher sa fille ? Dade s'assit dans un fauteuil, ou plutôt s'allongea, les bras étendus sur les accoudoirs, la tête renversée en arrière : l'expression même de l'angoisse. Wexford se demanda ce qu'il avait espéré voir dans cette maison. Joie, soulagement, harmonie et douceur ?

Quelque chose comme ça. Il ne pouvait pas plus prévoir les réactions des gens dans une situation extrême que les réponses aux questions qu'il poserait à Sophie. À condition qu'elle vienne. Juste à ce moment-là, sa grand-mère l'introduisit dans la pièce. Elle vit son père couché et tourna aussitôt la tête, tordant le cou avec ostentation.

« Où faut-il que je m'assoie ? »

C'en fut trop pour Dade, qui se leva d'un bond.

« Oh, pour l'amour du ciel ! cria-t-il. Tu n'es pas chez le dentiste ! »

Il quitta la pièce en claquant la porte.

« Assieds-toi là, Sophie, dit Mrs. Bruce. Je prendrai ce fauteuil. »

Wexford remarqua que la jeune fille s'était changée depuis son arrivée. Sous l'anorak marron, il avait aperçu un pantalon qui était légèrement trop grand pour elle, et un pull-over qui, d'une manière indéfinissable, n'était pas de son âge. Il comprit alors qu'ils devaient être à Mrs. Carrish. Elle n'avait rien emporté quand elle était partie, excepté les habits qu'elle avait sur le dos. Maintenant, elle avait passé un jean à elle et un T-shirt, vêtements que l'on n'aurait conseillés à personne par une soirée si froide, surtout dans une maison mal chauffée. Mais elle n'en semblait pas affectée. Ses yeux déroutants le fixèrent.

« Tu dois avoir compris, Sophie, que je veux te parler de ce qui s'est passé ici le week-end du vingt-six novembre ?

— Oui, bien sûr.

— Et tu es disposée à me répondre ? »

Elle hocha la tête.

« Je n'ai rien à cacher. Je vous raconterai tout.

— Bien. Tu te souviens de ce week-end?

— Évidemment.

— Joanna est venue ici pour s'occuper de toi et ton frère. Elle est arrivée le vendredi à cinq heures, je ne me trompe pas? »

Elle confirma.

« Qu'as-tu fait dans la soirée?

— Mes devoirs, répondit-elle. Je suis allée travailler dans ma chambre. Mon père m'a conditionnée à faire mes devoirs. Je suis comme le chien de ce savant russe. Je m'y mets toujours à six heures pile. (Elle renifla.) Ma mère a téléphoné de Paris. Je ne lui ai pas parlé, c'est Giles qui a décroché. Il était avec Joanna au rez-de-chaussée, sans doute en train de regarder la télé. Joanna nous a préparé à dîner. Des haricots blancs à la sauce tomate. Avec du bacon et du pain grillé. (Elle fit la grimace.) C'était dégueu. »

Karen traduisit :

« Cela veut dire mauvais, monsieur. »

Sophie parut incrédule, sans doute parce qu'il n'avait pas saisi ce que le monde entier aurait compris.

« C'était le bacon qui était dégueu, tout mou. Après ça, on a regardé une merde à la télé. Vers dix heures, Joanna nous a dit d'aller nous coucher. On l'a fait, on n'a pas discuté. »

Karen demanda :

« Sophie, tu aimais bien Joanna? »

Elle répondit, comme si elle avait trois fois son âge :

« Est-ce que ça a un rapport ?

— Nous aimerions savoir.

— D'accord. Je ne suis pas mon père, vous savez. Je veux dire, grossier et dur avec tout le monde. Je suis assez polie en général. Non, je n'aimais pas trop Joanna, et Giles non plus. En fait, lui si, pendant un moment, mais après, plus tellement. Ça ne changeait rien, de toute façon. On était bien obligés de l'avoir ici.

— Et le lendemain ? demanda Wexford.

— On s'est levés, on a pris le petit déjeuner. Il pleuvait à ce moment-là. Joanna voulait aller au supermarché – vous savez, sur la déviation – et elle nous a emmenés. Une façon sympa de passer le samedi, non ? Elle a acheté des tas de choses à manger et une bouteille de vin, alors qu'il y en avait plein la maison. Après, on a déjeuné dans la grande rue au *Three Towns Café*, et elle a dit qu'elle avait invité un ami à dîner. C'était pour ça qu'elle avait fait des courses. »

Wexford se redressa.

« Un ami ? Quel genre d'ami ?

— Un petit copain. »

Soit elle mentait très bien, soit tout cela était vrai... ce qui signifiait qu'il avait vu juste. Elle continua à le fixer de son regard calme, en tortillant une mèche de cheveux entre ses doigts.

« On est rentrés à la maison, et puis Giles est sorti. Ne me demandez pas où, parce que je n'en sais rien.

— Quand est-il revenu ?

— Je ne sais pas. J'étais en haut en train de faire mes devoirs, le truc que mon professeur particulier m'avait donné. Quand je suis descendue, Giles était rentré et Joanna faisait à dîner. Nous, pendant ce temps, on a bullé, j'ai surfé sur le Net et il s'est mis devant la télé. Il était peut-être six heures. C'est ça que vous voulez savoir ? »

Karen acquiesça.

« Exactement. "Buller", monsieur, veut dire se détendre.

— Après ce qu'elle nous avait déjà donné, j'étais sûre que son dîner serait infect, dit Sophie. Trois plats, des avocats avec du pamplemousse dans un truc qu'elle appelait un coulis, un poisson à la con – je déteste le poisson – et une tarte aux fruits à la crème.

— L'ami est-il venu ? »

Sophie hocha lentement la tête.

« Vers six heures et demie. Elle l'appelait Peter. »

C'était un prénom courant. Il devrait en savoir un peu plus avant de tirer des conclusions hâtives.

« Et son nom de famille ?

— Je ne sais pas. Elle disait juste Peter.

— Vous aviez reçu le journal du soir ? » demanda Wexford.

Il poserait la question à Dorcas Winter, mais il voulait quand même entendre sa version.

« Je ne m'en souviens pas. Je sais qu'il était là. Je pense que c'est cette fille qui l'a apporté, celle qui est dans notre école. On l'a séché sur le radiateur parce qu'il était mouillé. Mais ce n'était pas la peine, il est toujours plein de merde. »

Doreen Bruce sursauta, mais elle n'intervint pas.

« Au dîner, Joanna a demandé à Giles s'il allait à

l'église. Et elle a ajouté : "Avec cette pluie." Il avait
dû lui dire le matin qu'il voulait y aller. Mais il a
répondu non, parce que l'office était le dimanche et
ce con de Peter l'a taquiné un peu sur son église.
Giles n'a pas aimé, mais ça lui arrive tout le temps.
Vous savez, "Tu veux être pasteur quand tu seras
grand ?", ce genre de conneries. »

À nouveau, Mrs. Bruce retint sa respiration.
Sophie devait sans doute utiliser un langage plus
châtié quand elle séjournait chez elle. Wexford lui
demanda :

« À quoi ressemblait ce Peter ?

– À un con. Mais il n'était pas aussi vieux que
mon père. »

Il ne s'engagea pas sur cette voie. Elle ne lui avait
pas donné beaucoup d'indices, ni rien non plus qui
permette de lever le soupçon qu'elle avait fait naître
en lui.

« Scott Holloway est-il passé ? reprit-il.

— Lui ? Ouais, je crois. Quelqu'un a sonné à la
porte, mais on n'a pas ouvert.

— Pourquoi ?

— Comme ça. »

Peut-être était-ce une pratique courante dans
cette maison.

« Continue.

— Après dîner, on a regardé *L'Échelle de Jacob* à la
télé. Ce type, Jacob, s'est fait tuer. Puis Joanna et
Peter ont dit qu'ils allaient se coucher. »

Elle regarda Wexford, en inclinant la tête. Ce qu'il
vit dans ses yeux, et dans son expression, le choqua
davantage que si elle lui avait hurlé des obscénités. Il

y avait là beaucoup trop de savoir, de maturité, d'expérience désabusée. Wexford se demanda s'il se faisait des idées, ou s'il n'avait que trop bien compris, mais quand il regarda Karen, il vit qu'elle pensait comme lui. Il n'eut pas besoin d'inciter Sophie à continuer. Elle ne se fit pas prier.

« Ils avaient passé leur temps à se peloter, à s'embrasser et tout ça. Ça leur était bien égal qu'on soit là. Il allait la baiser, c'était clair. Elle ne nous a pas dit d'aller au lit, elle nous avait oubliés. C'est à ce moment-là qu'on a sonné. (Elle leva les yeux vers lui.) En fait, ça m'intéressait plus de les regarder que d'aller ouvrir. On est allés se coucher à dix heures et demie, quand ils ne faisaient encore que s'embrasser. Après, je me suis endormie. Je ne sais pas quand c'est arrivé, peut-être vers minuit. Le bruit m'a réveillée, un cri et un fracas, et puis un bruit de pas courant dans l'escalier. Je ne me suis pas levée tout de suite. Si vous voulez savoir la vérité, j'avais peur, c'était *effrayant*. Au bout d'un moment, je suis sortie de ma chambre, j'ai descendu le couloir, et là, j'ai vu Giles, debout devant sa porte. Vous savez, celle qui donne juste sur le palier. Il ne bougeait pas, il regardait en bas. Peter était dans l'entrée, penché sur Joanna, en train de tâter son cou, son pouls et tout ça. Il a levé les yeux en disant : "Elle est morte." »

Un long silence s'installa, rompu par la sonnerie du téléphone. Elle retentit seulement deux fois, puis quelqu'un décrocha dans l'entrée. Wexford demanda :

« Personne n'a appelé police secours ? Tu l'as bien

fait quand ta grand-mère s'est trouvée mal, mais pas quand Joanna est tombée dans l'escalier ? Pourquoi ?

— Je n'étais pas toute seule, non ? s'écria-t-elle sur un ton agressif. Ce n'était pas à moi de faire quoi que ce soit. Je ne suis qu'une enfant, mon père me le répète tout le temps. Je n'ai pas de droits. »

À nouveau, Wexford fut saisi par la même idée inquiétante. Il resta impassible, mais frissonna intérieurement.

« Peter a voulu soulever Joanna, mais elle était trop lourde. Alors, il a demandé à Giles de l'aider et ils l'ont posée sur le canapé. Il y avait du sang, mais pas énormément. Peter l'a essuyé avec un torchon et il m'a demandé où il pouvait trouver une brosse à récurer. C'est toujours aux femmes qu'on demande ça, hein ? »

Elle avait soudain l'air d'une féministe militante, et sa voix était devenue stridente. Doreen Bruce était livide, les mains tremblantes. Karen lui demanda si ça allait. Elle hocha la tête, symbole vivant d'une vieille génération horrifiée.

« Je n'allais quand même pas nettoyer, dit Sophie. C'était lui qui l'avait poussée dans l'escalier.

— Mais tu ne l'as pas vu ?

— C'était clair. Après il a demandé s'il y avait du cognac, et Giles lui en a donné un verre. Puis il a dit qu'il en prendrait bien un deuxième, mais qu'il valait mieux pas, vu qu'il allait conduire. »

La porte s'ouvrit et Roger Dade entra. Sophie cessa aussitôt de parler, le fixant d'un regard insolent.

« C'était l'hôpital, annonça-t-il. Ma mère est morte il y a une demi-heure. »

Doreen fut la première à répondre :

« Oh, Roger, comme c'est triste. Je *suis* désolée. »

Il ne fit pas attention à elle, répétant simplement :

« Il y a une demi-heure. (Puis il s'en prit violemment à sa fille, lui hurlant au visage.) C'est ta faute, petite garce ! Elle serait encore en vie si tu ne lui avais pas donné tant de soucis. Tu as toujours été une menteuse, tu l'as poussée à mentir et à se retourner contre moi... »

Wexford se leva.

« Ça suffit, lui dit-il. Vous avez eu un choc, vous n'êtes pas dans votre état normal. »

Il craignait qu'il ne le fût que trop, mais il préférait ne pas le laisser continuer. Sophie était-elle en danger ? Il estimait que non. De toute façon, elle avait sa grand-mère, sa seule grand-mère dorénavant, si tant est qu'elle pût la défendre.

Dade s'était calmé, muré dans son chagrin, affalé dans un fauteuil dans la même position qu'avant. Wexford remercia Sophie, lui dit qu'elle l'avait beaucoup aidé. Il sentait, ce qui ne lui ressemblait guère, qu'il en avait eu assez pour la journée. Mrs. Bruce s'approcha de lui quand la fille fut partie, et dit d'un air contrit :

« Je ne sais pas où ils prennent ces mots-là. En tout cas, pas chez eux. »

Wexford n'en était pas si sûr. Il lui tapota le bras.

« Ils le font tous. Ce n'est qu'une phase. Il vaut mieux ne pas y prêter attention. Dix heures demain matin ? »

Elle acquiesça avec tristesse.

Dehors, le soir était plus froid, le ciel plus clair, et

la lune glissait sur le couvert des arbres, comme un disque trempé dans une eau savonneuse. L'air humide et frais le fouetta au visage. Il monta dans la voiture avec Karen.

«Vous avez eu la même idée que moi, n'est-ce pas?

— Quoi, monsieur?

— Que même si Dade n'aime pas sa fille et qu'elle le lui rend bien, il s'est passé entre eux des choses assez moches.

— Vous voulez dire que c'est *lui* qui a fait des choses qu'*il* n'aurait pas dû faire. (C'était un reproche, mais il ne le releva pas.) Si elle refuse de rentrer chez elle quand il est là, il doit bien y avoir une raison. Ça me donne envie de vomir.

— Moi aussi. »

La voiture s'engagea dans la rue de Wexford et Karen le déposa devant sa porte. Il n'avait rien dit au sujet de Peter. Il était encore trop tôt.

21

Il n'avait pas demandé à la fille où était son frère. Parce qu'il était sûr qu'elle ne le dirait pas ? À supposer qu'elle sût où il se trouvait. Il était déjà clair pour lui que ce Peter les avait emmenés dans la Golf, avec le corps de Joanna dans le coffre.

« Mais pourquoi prendre les enfants avec lui ? demanda Burden quand ils se retrouvèrent le matin suivant.

— Il devait avoir peur qu'ils racontent ce qu'ils avaient vu, répondit Wexford. Mais je pense qu'ils sont partis de leur plein gré. Sophie ne demande qu'à quitter la maison. Sa mère est folle et je soupçonne son père d'avoir abusé d'elle.

— Vous n'êtes pas sérieux...

— Je ne suis pas du genre à plaisanter avec ces choses-là. Mais il me faut encore quelques indices pour alerter les services sociaux. Je me suis peut-être fait des idées.

— Croyez-vous qu'elle ait pu mentir ? »

Wexford y réfléchit.

« Je ne sais pas. Concernant les détails peut-être,

mais pas pour l'essentiel. Par exemple, ils n'ont pas déjeuné tous les trois au *Three Towns Café*. Le personnel, là-bas, connaît bien les enfants, et personne ne les a vus ce samedi-là. Au début, quand Sophie a parlé de Peter, j'ai pensé qu'elle inventait, mais quand elle a dit que Joanna et lui se pelotaient...

— Elle a dit ça ?

— Oh oui. Et elle a ajouté qu'il allait la "baiser". Roger dit que sa fille est une menteuse, mais c'est à ce moment-là que j'ai su qu'elle disait la vérité. Je me suis aussi demandé s'il n'avait pas abusé d'elle. Les pères violeurs et incestueux prétendent souvent que leur enfant est un menteur. Et il est bien connu que les sévices sexuels rendent les enfants, disons... prématurément avertis. Ils savent des choses qu'ils ne devraient pas savoir à leur âge, comme les gamins du *Tour d'écrou*. »

Burden, initié à la littérature par sa femme, n'avait pas encore été jusqu'à Henry James.

« Donc, vous allez la revoir ce matin ? »

Il opina.

« Vous savez, Mrs. Carrish est morte. C'était dans le journal. Ils ont aussi mentionné le retour de Sophie, mais pour l'instant, ils n'ont pas fait le rapprochement. Je préfère ça. C'est vraiment triste, non ? Si Sophie était morte, ce serait en première page, mais comme elle est vivante, ça ne mérite qu'un entrefilet. Je suppose que demain, ils publieront la nécrologie de Matilda. Les journaux en font toujours préparer une à l'avance pour les célébrités. Je me demande pourquoi elle a... enfin, hébergé sa petite-fille au lieu de se conduire de façon responsable.

— Peut-être Sophie lui a-t-elle parlé de son père et des agressions dont vous le soupçonnez.

— Apprendre de telles choses sur son fils... Mais Mrs. Carrish a sûrement entendu assez d'horreurs sur son compte pour prendre la situation avec calme.

— Je ne sais pas si vous avez remarqué, dit Burden, mais ce matin, il y a des affiches partout avec les photos des enfants Dade. Personne n'a prévenu les détectives de Search and Find qu'on avait retrouvé Sophie.

— Ils doivent le savoir, maintenant. Mais bien sûr, avec la mort de Mrs. Carrish, il n'y a eu personne pour les avertir.

— À moins d'avoir reçu une avance, dit Burden, ils mettront fin à leur enquête. Ils seraient bien bêtes de s'attendre à ce que Roger leur paie leur dû. »

Quand Wexford et Karen arrivèrent à *Antrim*, seuls Mr. et Mrs. Bruce étaient là. Ils ne leur donnèrent aucune explication pour l'absence de Roger et de Katrina, et Wexford ne leur en demanda pas. Il ne voulait pas savoir. Sophie ne s'attendait pas à la première question qu'il lui posa. Elle avait à l'évidence espéré reprendre son récit au moment où elle avait quitté *Antrim* et, pendant un instant, elle fut déconcertée.

« Où est Giles maintenant ? »

Elle secoua la tête avec lenteur.

« Je ne sais pas. Je ne sais *vraiment* pas. J'aimerais

bien vous aider, mais je ne peux pas parce que je n'en sais rien.

— Ta grand-mère ne te l'a pas dit ?

— Je lui ai posé la question. Elle a répondu qu'il valait mieux pour moi que je ne sache pas, parce que si on m'interrogeait comme vous en ce moment, je n'aurais pas à mentir. »

Ça se tenait. Mrs. Carrish avait envoyé Giles quelque part pour le mettre à l'abri... Mais à l'abri de quoi ? Pour quelle raison avait-elle agi ainsi ? Et d'abord, pourquoi avait-elle accueilli les enfants ? Il était temps, maintenant, de tester la sincérité de Sophie.

« Où en étions-nous ? Ah oui, tu as entendu du bruit et un cri, puis tu es sortie de ta chambre en courant...

— Je vous l'ai déjà dit.

— Peut-être. Mais j'aimerais l'entendre à nouveau. »

Elle décela aussitôt la ruse que de nombreux adultes n'auraient jamais perçue. Elle comprenait très bien ce qu'il faisait.

« Giles est sorti de sa chambre, juste en haut de l'escalier. Peter était en bas dans l'entrée, en train de tâter le cou et le pouls de Joanna. Il a levé les yeux vers nous en disant : "Elle est morte." Au bout d'un moment, il a voulu la soulever, mais il n'y est pas arrivé et il a demandé à Giles de l'aider. Ils l'ont posée sur le canapé. Peter a pris un torchon pour essuyer le sang. Il n'y en avait pas beaucoup, mais il a dit qu'il avait besoin d'eau et d'une brosse à récurer. Je lui ai expliqué où on la rangeait et il l'a

360

apportée. Avant de s'y mettre, il a dit qu'il avait besoin d'un cognac et Giles lui a servi un verre. Mais il n'a pas voulu en boire un autre, parce qu'il allait conduire.

— D'accord, Sophie, c'est bien. »

Il ne rêvait pas, elle avait l'air triomphante.

« Peter a frotté le tapis, reprit-elle, et il a essuyé le côté de la penderie. Ensuite, il nous a demandé d'emballer les affaires de Joanna pour les prendre avec nous.

— Les prendre pour aller où ? demanda Karen.

— Il n'a pas précisé. Il a juste dit qu'on devait faire disparaître le corps de Joanna. OK, je sais ce que vous pensez : pourquoi on n'a pas refusé ? Je ne sais pas. On pensait qu'on l'aiderait seulement à mettre de l'ordre. J'ai préparé le sac de Joanna. Pendant ce temps, Giles a aidé Peter à la soulever, à la sortir et à la mettre dans la voiture. D'une certaine façon, vous voyez, on était impliqués. En plus, j'ai pensé que si on restait, je devrais tout raconter à mon père. J'imaginais les questions, toute cette merde, vous ne savez pas à quel point il peut foutre la merde ! C'était nous qu'on accuserait, j'en étais sûre.

« Dehors, il pleuvait très fort, Peter et Giles étaient trempés. J'ai mis mon vieil anorak parce que Peter a dit que le jaune attirerait l'attention. Mais ça ne risquait pas, il était une heure du matin et il flottait comme si ça allait être la fin du monde... »

Karen l'interrompit.

« Comment Peter et Joanna étaient-ils habillés ? Au moment de la chute dans l'escalier ?

— Elle avait seulement un T-shirt, très long, qui lui descendait jusqu'aux genoux. Lui était en slip. Mais après avoir nettoyé l'entrée, il a remis les habits qu'il portait avant, un jean, une chemise et un sweat-shirt. On est tous remontés à l'étage, je me suis habillée et Giles aussi. Après, on a fait nos lits au carré comme la femme de ménage. (Elle rit.) On peut y arriver quand on veut. Ensuite, on a fermé les portes de nos chambres et de celle où Joanna avait dormi. Non, juste avant, Peter nous a demandé d'emporter un objet qui pourrait faire croire qu'on s'était noyés. Il a dit qu'il allait y avoir des inonda-tions et que la rivière allait... c'est quoi cette expres-sion ? Rompre ses digues.

— Il a dit *ça* ? »

Cette fois, Wexford ne pouvait pas la croire. L'homme était-il un prophète ? C'était avant le début des inondations.

« Pourquoi pas ? s'écria-t-elle, sur le ton agressif de son père. On l'avait annoncé aux informations de dix heures. On avait dit qu'il y aurait des inondations partout dans le sud.

— D'accord. Alors qu'as-tu choisi de prendre ?

— Un T-shirt avec mon nom et ma photo. Il était super, mais il avait un peu rétréci. On s'en était fait faire un, Giles et moi, quand on était en Floride.

— Donc, vous avez quitté la maison... à quelle heure ?

— Il était à peu près deux heures. Peter a mis les essuie-glaces à fond, sinon il n'aurait rien pu voir, il pleuvait si fort...

— Une minute, dit Karen. Vous étiez bien dans la

voiture de Joanna ? Et la sienne ? Il était venu en voiture, non ? »

Sophie n'y avait pas pensé, ou elle l'ignorait ? C'était difficile à dire.

« Il n'en a pas parlé. Il est peut-être venu à pied, ou bien il a laissé la sienne dans la rue.

— À moins d'être revenu la chercher le dimanche, ce qui était risqué, elle serait encore là.

— Eh bien, je ne sais pas. Vous ne pouvez pas me demander de tout savoir. »

Wexford pensa qu'elle allait répéter qu'elle n'était qu'une enfant, mais elle continua :

« La rivière *montait*. On pouvait encore traverser le pont du Kingsbrook, mais on voyait qu'il allait être bientôt inondé. Peter m'a dit de jeter le T-shirt par-dessus le muret – c'est quoi le mot exact ? Un parapet – et je l'ai fait. Est-ce que quelqu'un l'a trouvé ?

— Oh oui...

— Je veux qu'on me le rende. Il est génial. Il y a des gens qui ont pensé qu'on s'était noyés ?

— Certains.

— Je parie que ma mère l'a cru. Elle est conne. Giles dit qu'elle a des cases en moins. Ou plutôt, il le disait quand il était malin. Avant qu'il devienne un bon chrétien. Vous voulez savoir ce qui s'est passé après ?

— Oui, s'il te plaît.

— Au début, je ne me suis pas demandé où on allait. Je pensais que ça n'avait pas d'importance, que Peter allait s'occuper de nous. Il avait l'air plutôt sympa. J'ai remarqué qu'on avait passé la limite du comté. Il y avait un panneau le long de la route qui disait : "Bienvenue dans le Kent".

« C'est à ce moment-là que j'ai eu envie de savoir où on allait. Peter le savait. Il ne roulait pas au hasard. On a quitté la route principale et on est arrivés dans un village. Là, il y avait un autre panneau avec le nom du bled, Passingham St John. (Sophie prononça le nom comme il s'écrivait.) Peter a dit qu'il ne fallait pas prononcer comme ça, reprit-elle, mais Passam Sinjen. On voyait bien qu'il connaissait le coin.

« Après, il a descendu une piste... enfin, plutôt un chemin. Plus bas, vers le milieu, il y en avait un autre qui entrait dans un bois. Il était crade et trempé, et j'ai cru que la voiture allait s'embourber, mais on a réussi à passer. Là, il y avait un grand terrain et une carrière de l'autre côté. Tout ça parmi les arbres. Peter s'est garé sur le terrain. Il a dit qu'on allait attendre un peu, parce qu'il était seulement trois heures du matin et qu'une fois qu'on se serait débarrassés de la voiture on n'aurait plus rien pour s'abriter. Il pleuvait toujours, mais moins fort qu'avant. Je crois que je me suis endormie. Je ne sais pas si Giles a dormi aussi. Quand je me suis réveillée, la pluie avait encore diminué.

« Peter a demandé à Giles de l'aider à porter Joanna à l'avant. Je suis restée un peu dans la voiture, mais ensuite, il m'a fait sortir pour que j'aide à pousser. On a tous poussé le plus fort possible jusqu'à ce que la voiture tombe dans la carrière. Elle ne s'est pas retournée, elle a juste glissé en rebondissant, puis elle s'est arrêtée dans les buissons. On

pouvait encore la voir, mais seulement en regardant
bien.

— Parfait, lui dit Wexford. On va s'arrêter dix
minutes. »

« On voyait bien qu'il connaissait le coin », avait
dit Sophie. Il avait conduit jusqu'à Passingham dans
le noir, sous la pluie, apparemment sans difficulté. Il
s'appelait Peter... Pourtant, Buxton avait vraiment
l'air d'un crétin. Si tout cela était vrai, il devait être
un très bon acteur.

Ils retournèrent dans la pièce et Mrs. Bruce les
rejoignit avec Sophie. Elle portait trois tasses de thé
sur un plateau et un verre de Coca-Cola. Sa petite-
fille le regarda et dit :

« Les vraies gens le boivent à la canette.

— Alors, juste une fois, il faudra que tu sois une
fausse personne, ma chérie. »

Karen attaqua l'interrogatoire :

« Giles, Peter et toi, vous étiez dans le bois à quelle
heure ? Quatre heures du matin ? Sans voiture et sans
savoir ce que vous alliez faire après ? »

La fille hocha la tête, en grimaçant devant son
Coca.

« Il y a une maison en bas du sentier. Tu y es allée ?

— Je ne l'ai pas vue. Je ne savais pas qu'elle était
là. Non, on est partis à la gare. »

Comme des banlieusards allant au bureau...

« Quelle gare ?

— Je ne sais pas. Passingham quelque chose...
Passingham Park. Ça veut dire qu'on peut s'y garer,
mais il n'y avait pas encore de voitures. Il était trop
tôt.

— Comment êtes-vous allés à la gare? demanda Wexford.

— À pied. Je crois qu'il n'y avait pas d'autre moyen. C'était loin et on a pris des tas de chemins, mais Peter connaissait la route. On était complètement trempés. Et puis ce con de Peter a dit qu'il allait nous laisser, qu'il ne fallait pas qu'on rentre avant une semaine, mais qu'après on pourrait revenir et raconter ce qu'on voulait : il serait parti à l'étranger. Il a écrit une adresse sur un bout de papier et l'a donnée à Giles, en disant qu'on pouvait y habiter jusque-là. Le premier train devait passer un peu après cinq heures. On est entrés dans la gare et il nous a acheté des billets au distributeur. Il a donné un peu d'argent à Giles, puis il nous a dit au revoir et bonne chance, ou quelque chose dans le style. On a attendu sur le quai et le train est arrivé à cinq heures et quart.

— Ce devait être le train grande ligne Kingsmarkham-Toxborough-Victoria? dit Karen.

— Je suppose. Le terminus était bien Victoria, parce qu'on est descendus là-bas. On pensait aller à l'adresse que Peter nous avait donnée, mais au bout d'un moment, Giles a dit que ce serait mieux d'aller chez Matilda. Il était six heures passées, encore trop tôt pour lui téléphoner ; on devait traverser Londres pour rejoindre la gare de Paddington, et on a eu du mal à la trouver. On ne prend pas souvent le métro, et quand on a changé sur la ligne 1, on s'est trompés de correspondance. Du coup, on n'est arrivés à Paddington qu'à sept heures. Giles avait un peu d'argent sur lui, en plus de celui de Peter. La cafétéria était ouverte et on a acheté des petits pains, du fromage, des bananes et des canettes de Sprite. On a mangé, et puis Giles a cherché une cabine téléphonique. Il a un phone, mais il l'avait laissé à la maison.

— Un portable, traduisit Karen.

— Matilda nous a dit de venir tout de suite, de descendre à la gare de Kingham, la plus proche de chez elle, et de l'attendre jusqu'à ce qu'elle vienne nous chercher. Alors, on a acheté deux billets pour Kingham et on a pris un train à sept heures et demie...

— Attends un peu, dit Karen. Ta grand-mère vous a demandé de venir tout de suite? Mais Giles avait dû lui apprendre que vous aviez quitté la maison? Et elle n'a pas voulu en savoir plus, elle ne vous a pas posé de questions, elle vous a dit de venir, c'est tout? Je ne te crois pas, Sophie.

— Je n'y peux rien. Ça s'est passé comme ça. Elle n'aimait pas mes parents, vous savez. Elle ne pouvait pas encadrer Maman.

— Quand même... Bon, admettons. Vous êtes allés à Kingham, votre grand-mère est venue vous chercher, puis elle vous a hébergés. Et aucun de vous n'a pensé à appeler vos parents pour les rassurer? Peter vous avait seulement demandé d'attendre une semaine. Pourquoi n'êtes-vous pas rentrés après? »

Elle haussa les épaules.

« Je ne sais pas. Je déteste la maison et j'aimais être avec Matilda. Matilda était trop.

— Trop? »

Wexford lança un regard désespéré à Karen, qui suggéra :

« Je crois que ça veut dire *super*, monsieur. »

Sophie fit une grimace de dégoût.

« Giles n'était plus là, de toute façon. Il est parti le jour d'après. Je ne voulais pas être seule à la maison avec *eux*.

— Giles est parti ? répéta Wexford. Où ça ? Pour quelle raison ?

— Matilda a dit qu'il était obligé. Je ne sais pas pourquoi, ils n'en ont pas parlé devant moi. Je vous ai déjà expliqué : comme je ne savais pas, je ne pouvais pas le raconter.

— Mais où étais-tu quand la police est venue ? »

Elle sourit, puis éclata de rire.

« La première fois, je suis montée dans une chambre à l'étage. Matilda avait dit qu'ils ne nous chercheraient pas chez une célébrité. Après, quand *vous* êtes venu, je me suis cachée dans le placard de la pièce où vous discutiez. Là, je me suis dit que ça craindrait si j'éternuais.

— Et c'est Matilda Carrish, dit Wexford, qui a combiné tout cela ? Sachant que vos parents étaient inquiets, elle devait se douter que toutes les polices du pays vous recherchaient ; elle est même venue se plaindre que nous n'en faisions pas assez.

— Elle trouvait ça marrant. Elle m'a laissée seule à la maison le jour où elle est allée à Londres et elle m'a interdit de sortir. Une fois chez elle, je n'ai plus remis les pieds dehors. Ça ne m'ennuyait pas, il pleuvait tout le temps. Cette nuit-là, j'avais assez marché pour le restant de ma vie.

— Et les détectives privés ? Les gens de Search

and Find ? Elle les a engagés, elle leur a forcément versé un acompte. Tu sais quelque chose là-dessus ?

— Elle disait que comme ça, on ne la soupçonnerait pas. Génial, non ? C'était vraiment malin. Elle était sûre qu'on ne fouillerait pas sa maison et qu'on ne pourrait jamais retrouver Giles. »

Wexford secoua la tête. Habituellement enclin à voir le bon côté des choses (comme le disait sa femme), il ne trouvait rien d'amusant à cela, alors que la fille dissimulait à peine son hilarité. Pourtant, il n'avait pas l'intention de la rappeler aussi violemment à la réalité.

« Eh bien, maintenant elle est morte. Elle ne peut plus rien nous expliquer. »

Sophie le savait comme tout le monde, mais ce rappel brutal l'anéantit. Elle leva vers lui un visage affligé.

« Elle était vraiment cool. Elle m'aimait et moi je l'aimais aussi. Plus que n'importe qui. C'était la seule personne que j'aimais, à part Giles. »

Et elle s'effondra dans un torrent de larmes.

Au début de cette affaire, se dit intérieurement Wexford, je pensais que ces enfants étaient des victimes innocentes. Maintenant, je n'en suis plus si sûr.

Dans l'après-midi, ils recommencèrent, mais cette fois Burden accompagnait Wexford, et le père de Sophie était présent. Wexford n'aimait pas cela et, de toute évidence, Sophie non plus, mais il n'y pouvait rien. Doreen Bruce, quant à elle, en avait eu assez. Il espérait ne pas avoir trop souvent à réprimander le père pour ses interventions. On n'avait pas vu Katrina de toute la journée.

En fait, Roger ouvrit à peine la bouche et il n'essaya pas d'interrompre sa fille. Il demeura assis, les yeux fermés, dans un silence morose, apparemment indifférent aux questions de la police et aux réponses de Sophie. Wexford commença l'entretien par de nouvelles questions sur l'incroyable empressement de Mrs. Carrish à cacher ses petits-enfants. Mais le but de cette séance était de découvrir où était Giles. Wexford doutait de la sincérité de Sophie.

« J'ai du mal à croire que ta grand-mère vous ait hébergés sans vous poser de questions. Elle a accepté de vous recueillir comme ça, en mentant à la police ? Vous a-t-elle expliqué pourquoi elle le faisait ?

— Non, répondit Sophie. Giles lui a dit ce qui nous était arrivé, et moi aussi. On lui a tout raconté dans la voiture en rentrant de la gare. Elle a simplement dit qu'elle était contente qu'on soit venus chez elle. »

Dade ouvrit les yeux et considéra sa fille. C'était un regard désagréable, mais elle ne broncha pas. Wexford insista :

« Et ainsi, d'après toi, vous n'avez rien fait de mal ? (Dissimuler un corps ? Cacher un crime ?) Permets-moi de rectifier. Vous n'avez rien fait vous-mêmes à Joanna. Pourquoi votre grand-mère n'a-t-elle pas contacté vos parents ? Vous lui aviez parlé de Peter. Pourquoi ne pas avoir appelé la police pour tout lui raconter ? »

Sophie commençait à être embarrassée.

« Elle n'y a pas pensé, j'en suis sûre. Elle voulait juste nous protéger pour qu'on n'ait pas d'ennuis. »

Il changea de sujet.

« Ton frère ne peut pas avoir quitté le pays. Son passeport est ici. Quand est-il parti de chez Mrs. Carrish ? »

Elle l'avait déjà dit, mais il voulait à nouveau éprouver sa sincérité.

« Tôt, le lundi matin. Cela faisait un jour qu'on était arrivés chez Matilda. Le dimanche, j'ai beaucoup dormi et Giles aussi. On était fatigués, on avait veillé toute la nuit. Mais le soir, Matilda a dit qu'il devait partir le lendemain à l'aube, qu'elle avait pris des dispositions par téléphone. Il devait s'en aller avant que nos parents aient prévenu la police de notre disparition. Quand je me suis réveillée, tout était arrangé. Elle l'a emmené en voiture à la gare. Elle a dit qu'il valait mieux pour moi que je ne sache pas où il allait, comme ça, je ne pourrais pas le dire si quelqu'un me le demandait. (Elle lui jeta un regard triomphant.) Comme vous », ajouta-t-elle.

La nappe d'eau qui noyait une grande partie de la route rappela à Wexford les inondations de l'hiver. « Oh, mon Dieu, se dit-il, pourvu qu'elles ne recommencent pas... » La pluie avait cessé, mais ce n'était visiblement qu'une brève accalmie. Il était en train de sortir la poubelle des déchets recyclables, enfreignant de ce fait le règlement de la municipalité. On n'était pas censé mettre les journaux, les canettes et les bouteilles dehors avant le lendemain matin, mais la pluie, d'ici là, pouvait devenir torrentielle...

Amusant, pensa-t-il, comme on se laisse toujours distraire de cette tâche en lisant l'article du haut de la pile. Précisément le genre d'article qu'on saute quand on s'assoit pour lire le journal. Il ne lui serait jamais venu à l'esprit de lire un papier sur un mascara waterproof, sur les chats birmans ou sur la dernière vedette pop de quinze ans, mais bizarrement, en l'occurrence, il ne pouvait s'en empêcher. L'article qui attira son attention figurait sur la page cuisine d'un quotidien. Des illustrations en couleurs montraient un avocat au pamplemousse nappé d'un coulis au citron vert, un pâté de lotte et une *tarte Tatin*★ à la crème...

Mais... n'était-ce pas le menu que, selon Sophie, Joanna avait préparé *trois mois plus tôt*, ce malheureux samedi? Debout sous le lampadaire de la rue, il regarda à nouveau l'article. Coïncidence? Sûrement pas. Cela prouvait en quoi la jeune fille avait menti. Elle avait lu ce menu pendant qu'elle séjournait chez sa grand-mère et s'en était souvenue le moment voulu...

★ En français dans le texte.

22

Depuis que Sharonne et lui avaient été consignés à Passingham à Noël, Peter Buxton n'était pas retourné là-bas et avait le manoir en horreur. Il avait même songé à le vendre, mais était-ce possible alors que la découverte d'un corps dans une voiture au cœur du bois était encore fraîche dans l'esprit des gens ? Il avait timidement parlé à Sharonne de cette éventualité, mais elle avait refusé catégoriquement, d'abord atterrée, puis furieuse.

« Mais Pete, nous devons avoir une maison de campagne !

— Pourquoi ? Si on la vendait, on pourrait s'acheter une maison plus grande à Londres. Réfléchis. Ça fait deux mois qu'on n'y a pas été. On n'y retournera sans doute pas avant Pâques. Il y a les impôts locaux à payer, et Pauline. Sans compter le chauffage.

— Qu'est-ce que je vais dire aux gens ? Que nous n'avons pas de maison de campagne ? Plutôt crever ! »

Bizarrement, puisqu'elle tenait visiblement à garder Passingham, elle ajouta :

« En plus, personne ne voudra l'acheter. Pas depuis que tu as crié sur tous les toits qu'il y avait un cadavre dans le bois. »

Les Warren les avaient invités à leurs noces d'argent. L'anniversaire tombait le jour de la Saint-Valentin, mais comme c'était un mercredi cette année-là, la fête avait été fixée au samedi dix-sept. Ce devait être une grande réception, avec tout le gratin du comté. Sharonne était bien décidée à y aller.

« Bien sûr qu'on ira. Pourquoi pas ?

— Vas-y, toi, dit hardiment Peter.

— Quoi, en te laissant tout seul ici ? »

Comme s'il était un enfant ou un vieillard sénile, comme s'il risquait de mettre le feu à la maison ou d'inviter d'autres femmes.

« Sûrement pas. Dieu sait ce que tu pourrais fabriquer ! »

Qu'insinuait-elle ? Ce qu'il pourrait fabriquer ? Était-elle de son côté blanche comme neige ? L'étrange numéro de téléphone continuait à l'obséder, il avait fini par le savoir par cœur. Chaque fois qu'il rentrait chez lui et se trouvait seul, il composait le 1471, mais l'enregistrement ne lui avait jamais redonné ce numéro.

Il faudrait bien qu'il revienne un jour ou l'autre à Passingham : soit il le faisait, soit il vendait la propriété, et Sharonne ne le laisserait pas vendre le manoir. Peter commençait à penser à l'impensable, à se demander ce qu'il retirait vraiment de son mariage. Il savait ce qu'il y apportait – argent, compagnie, argent, obéissance, argent, soumission

374

constante à la pression – mais que lui donnait Sharonne en retour? Elle-même, supposa-t-il, elle-même. Ce genre de pensée l'effrayait et il essayait de la chasser de son esprit quand il se demanda ce que représentait vraiment Sharonne. Un mannequin tyrannique obsédé par la mode, une femme aimante, mais infidèle...? La semaine dernière, il avait parlé de fonder une famille et elle avait réagi comme s'il lui demandait de faire le tour du monde à la voile en solitaire, de coudre elle-même ses vêtements ou quelque chose d'aussi invraisemblable. Ils n'avaient jamais abordé le sujet auparavant. Naïvement, il avait supposé que toutes les femmes voulaient être mères, comme il avait imaginé qu'elles savaient toutes faire la cuisine.

Évidemment, ils retournèrent à Passingham. Le vendredi soir, au moment où ils partaient, le téléphone se mit à sonner. Au bout de trois sonneries, il s'arrêta, et le répondeur s'enclencha. Peter n'aurait jamais pensé que ce pouvait être la police de Kingsmarkham qui demandait à le voir. Après tout, il pouvait écouter le message dimanche soir.

En débouchant du sentier à l'approche du manoir, Sharonne vitupéra à propos du cadavre dans la voiture.

« La police ne l'aurait jamais trouvé si tu ne l'avais pas avertie.

— Eh bien, je l'ai fait... Maintenant, c'est trop tard.

— En fin de compte, je pense qu'on a beaucoup de chance d'être invités chez les Warren. Ils doivent être très tolérants pour fermer les yeux sur une chose pareille. La plupart des gens nous snoberaient.

— Ne sois pas ridicule, dit Peter d'un ton âpre. Nous n'avons pas mis cette voiture ici, ni cette femme dedans. On n'a pas eu de chance, c'est tout !

— *Moi*, je le sais, mais les autres, eux, ne le savent pas. Ils pourraient dire qu'il n'y a pas de fumée sans feu et qu'on doit avoir quelque chose à voir dans cette histoire.

— Tu veux dire que *toi*, tu le dirais. »

Ce fut dans une ambiance de ressentiment mutuel qu'ils pénétrèrent dans la maison. Peter trimballa les trois valises de sa femme, portant l'une d'elles sous le bras et traînant les deux autres, une tâche qui revenait bien sûr à son mari, selon Sharonne. Il tendit la main vers l'interrupteur, mais l'ampoule avait grillé et, pendant un moment, ils tâtonnèrent dans l'obscurité. Quand Sharonne eut trouvé le tableau électrique dans le salon, mais avant que la lumière revienne, le téléphone sonna. Peter le chercha d'une main hésitante et fit tomber le combiné. Il était accroupi sur le sol et il le cherchait à tâtons quand la lumière jaillit par la porte ouverte du salon. Renversant dans sa hâte une valise de Sharonne, il dit, d'une voix entrecoupée :

« Allô ?

— J'appelle manifestement à un mauvais moment », dit son correspondant.

Il reconnut la voix de l'inspecteur principal Wexford.

« C'est la Criminelle de Kingsmarkham.

— Que voulez-vous ? »

Sharonne se tenait dans l'embrasure de la porte et l'observait.

« Le moment est très mal choisi.

— Excusez-moi. Je n'ai pas le temps d'être délicat. Vous êtes à Passingham pour le week-end ?

— Pourquoi ?

— Parce que j'ai à vous parler d'urgence demain matin, Mr. Buxton. »

Peter regarda le visage glacial de Sharonne, pensa avec une déloyauté qui l'ébahit que la colère l'enlaidissait, et se demanda comment il pourrait lui cacher ce que voulait ce policier. Il répondit prudemment :

« D'accord.

— Vous avez une voiture ? J'aimerais vous voir ici. »

Le déjeuner des Warren...

« À quelle heure devrais-je...? Tôt de préférence.

— Je pensais à onze heures.

— Hum... plutôt dix heures ? (Sharonne écoutait avec attention.) Ce serait mieux pour moi.

— Non, je ne peux pas, dit Wexford. Donc, demain, onze heures. »

Qu'aurait-il pu répondre ? Il n'osait pas demander en présence de Sharonne ce que la police lui voulait cette fois. Pourtant, son comportement avait été irréprochable ces six dernières semaines. Avaient-ils trouvé autre chose dans son bois...? Il ne s'était pas risqué à poser la question, et d'ailleurs Wexford avait raccroché sans lui laisser le temps d'ajouter quoi que ce soit. Peter porta les valises à l'étage et les laissa tomber sur le sol de la chambre. Le chauffage central commençait à refroidir et la maison était glaciale. Il descendit l'escalier et, après avoir fouillé partout dans la cuisine, déplacé un fatras où se mêlaient boîtes en carton vides, factures acquittées, sacs en plastique, piles usées, photos surexposées, vieilles boîtes d'allumettes et clefs dont on avait oublié l'utilité, il trouva enfin une ampoule de cent watts au fond d'un placard. Lorsqu'il fut parvenu, avec difficulté, à l'insérer dans la douille, il gagna le salon glacé et se servit un grand verre de whisky.

« Tu as monté mes valises ? » demanda Sharonne.

Recevant en réponse un hochement de tête maussade, elle déplora de le voir se remettre à boire.

« Tu as été si raisonnable ces derniers temps... »

Il pouvait supporter bien des choses, mais dans ce domaine, la coupe était pleine.

« Je n'ai pas été raisonnable. Je n'ai pas réduit ma consommation, j'ai simplement bu quand tu n'étais pas là. Je suis un adulte, *maman*, je ne suis pas un enfant. Je n'ai besoin de personne pour me dire ce que j'ai à faire. (Il emporta son verre de whisky.) Je vais me coucher. Bonne nuit. »

Ils avaient dormi ensemble, mais en gardant leurs distances, chacun couché au bord du lit. Peter se réveilla très tôt et il se leva sans attendre. Il ne pouvait pas rester couché à se demander si l'on n'avait pas retrouvé autre chose sur ses terres, par exemple, les corps de ces enfants, un vêtement ou une arme. Il aurait dû le demander. Mais il n'avait pas osé, pas devant Sharonne et son air accusateur. Jusque-là, elle n'avait pas dit un mot sur cette conversation téléphonique.

Il faisait encore nuit, mais l'aube pointait. Une fine humidité, mi-bruine mi-brouillard, flottait dans l'air grisâtre. En casquette de tweed, Barbour et bottes de caoutchouc, il explora le bois, s'attendant à tout moment à découvrir la bande bleu et blanc qui entourait les scènes de crime. Mais il n'y avait rien. La piste de danse s'étendait paisiblement au milieu des arbres, brillant d'un vert plus vif que jamais, un vert de bourbier et de marais. Dans la lumière qui s'intensifiait, des gouttes de pluie miroitaient sur les brins d'herbe. Personne ne pouvait y marcher à présent, encore moins y danser. Comme sa recherche n'avait rien donné, il se sentit un peu mieux et rentra déjeuner avec un appétit renouvelé.

Il était en train de faire griller du pain et, avec une certaine nervosité, de cuire un œuf, quand Sharonne apparut. Jamais il ne l'avait vue debout aussi tôt. Elle s'était démaquillée avant de se coucher, mais en négligeant son fard à paupières, si bien qu'elle avait l'air d'avoir reçu deux coups de poing dans la nuit. Dans sa robe de chambre blanche d'une propreté douteuse et avec ses cheveux qui rebiquaient en touffes, elle offrait une vision peu appétissante.

«Tu ne m'as pas dit, commença-t-elle, qui a téléphoné hier soir.

— Le bureau, mentit Peter.

— Tu ne vas pas aller au bureau à onze heures du matin?

— Pourquoi pas?

— Mais pour quoi faire? Tu ne travailles jamais le

samedi. Tu m'as dit un jour que c'était la règle, que personne dans ton entreprise ne travaillait le week-end »

Peter ne répondit pas. Il prit la casserole sur la cuisinière et brisa maladroitement la coquille de son œuf. Il était presque dur, et il n'aimait pas ça. Sharonne s'assit et se versa une tasse de café.

« Tu ne vas pas au bureau, n'est-ce pas ? Je lis en toi comme dans un livre... Ce n'est pas le bureau qui t'a téléphoné.

— Puisque tu le dis... »

Il aurait pu la rembarrer en évoquant les coups de fil inquiétants, mais il ne le fit pas. Il avait peur.

« Eh bien, nous sommes attendus à midi et demi chez les Warren, et j'espère ne pas avoir à te rappeler que c'est à vingt-cinq kilomètres. Alors, tu ferais mieux de ne pas t'éterniser plus d'une demi-heure là où tu vas. (Elle scruta son visage, et finit par comprendre.) Je sais, fit-elle, c'était la police. »

Il haussa les épaules.

« Tu vas au commissariat de Toxborough. Bon, les Warren habitent à mi-chemin, alors ça va. Mais pourquoi ? Je croyais que cette histoire était terminée. Qu'est-ce que tu as fait, Pete ?

— Moi ? Rien. La seule chose que j'aie jamais faite, c'est de trouver une voiture avec un corps dedans. »

Elle se leva, plaquant ses mains sur ses hanches.

« Non, ce n'est pas tout. Tu as été les voir, tu t'es mêlé de choses qui ne te regardaient pas. Tu as averti la police, et tu l'as fait venir ici. Et maintenant, cette maison s'est attiré une mauvaise réputation et on ne pourra jamais la vendre.

— Mais tu ne veux pas la vendre !

— Cela n'a rien à voir. Ça ne changerait rien si j'en avais envie, tu ne tiens jamais compte de ce que je désire. Et maintenant, ils commencent à te soupçonner d'autre chose. D'avoir mis cette voiture là-bas, je suppose, et tu l'as peut-être fait – est-ce que je sais ? Je serais la dernière à le savoir. »

Peter saisit une tartine dans le grille-pain et la lança à travers la pièce. Il jeta le reste de son œuf dans l'évier.

« Je ne vais pas à Toxborough, mais à Kingsmarkham. Et je n'ai pas moyen de revenir ici avant une heure et demie. »

Puis il ajouta, comme un enfant :

« D'abord ! »

Elle le regarda fixement, prête à exploser de rage.

« Et tu ne peux pas prendre la voiture, reprit-il. J'en ai besoin.

— Si tu vas à Kingsmarkham, hurla-t-elle, et si je ne peux pas aller chez les Warren, je ne te reparlerai plus jamais !

— Tant mieux ! » lui cria-t-il, retrouvant son courage après trois ans de léthargie.

Il n'avait retenu qu'une chose de leur altercation : d'après Sharonne, la police le soupçonnait d'avoir mis la voiture dans la carrière. C'est peut-être pour ça, se dit-il en prenant la route de Kingsmarkham, c'est peut-être la raison de ma convocation. Mais on *ne pouvait pas* le soupçonner. Pour quel motif? Il ne connaissait ni la victime ni les enfants disparus. Il aurait dû demander à ce policier. Mais Wexford lui avait parlé d'un ton si froid qu'il avait senti qu'il ne tirerait rien de lui par téléphone.

À onze heures moins deux, il entra dans le parking du commissariat de Kingsmarkham. Mais à peine avait-il ouvert sa portière qu'un jeune policier lui dit avec courtoisie :

« Excusez-moi, monsieur. Vous ne pouvez pas vous garer là.

— Où ça, alors ? s'enquit Peter d'une voix irritée.

— Dans la rue, monsieur, s'il vous plaît. Sur la zone de stationnement payant. Pas dans le parking des résidents.

— Je le sais. Je ne suis pas un résident ici, Dieu merci. »

Il lui fallut dix bonnes minutes pour trouver une place dans une rue latérale et regagner le commissariat à pied. Lorsqu'il arriva dans le bureau de Wexford, l'inspecteur principal regardait ostensiblement sa montre. Mais l'entretien – il s'attendait à un interrogatoire épuisant – ne dura que quelques instants. Wexford voulait seulement savoir ce qu'il avait fait le vingt-cinq novembre de l'année d'avant, dans l'après-midi et dans la soirée. Bien sûr, il ne pouvait pas produire un alibi, mais il aurait pu le faire pour presque tous les autres samedis soir de l'année, tant Sharonne appréciait les mondanités. En fait, c'était pour ça qu'il se rappelait celui-là sans devoir consulter son agenda : exceptionnellement, ils avaient été tous les deux seuls à la maison.

Wexford ne sembla nullement troublé. Il ne parut même pas intéressé. Il remercia Buxton d'être venu, formula quelques banalités sur les dernières pluies et déclara qu'il allait le reconduire lui-même jusqu'à l'entrée. Ils descendirent au rez-de-chaussée et traversèrent le carrelage en damier noir et blanc vers les portes battantes. Il crut vaguement reconnaître une fille de treize ou quatorze ans, assise sur une chaise près d'une femme âgée. Sa photo était passée récemment aux informations. Parce qu'elle avait échappé à un meurtre ? Ou gagné un prix quelconque ? Comme il n'avait pas encore lu le journal du matin, il ne savait plus trop. Elle le regarda d'une manière effrontée, mais il ne tarda pas à l'oublier.

Buxton était resté si peu de temps au commissariat qu'il avait de bonnes chances d'être de retour à Passingham à midi. Quand il remonta en voiture, sa montre indiquait à peine onze heures vingt-cinq. Malheureusement pour lui (et pour les victimes de l'accident), un camion de transport avait heurté un car de vacanciers à l'embranchement de Toxborough. Au moment où Buxton s'engagea sur la route, un embouteillage s'étendait sur trois kilomètres depuis le lieu de l'accident. Finalement, lorsqu'une ambulance eut emporté les blessés, que le car de tourisme, réduit à l'état de carcasse tordue et brisée, fut dégagé de la chaussée et qu'on eut remorqué le camion, les voitures reprirent lentement la route vers Toxborough et Londres. Il était midi vingt, et Buxton atteignit le manoir une demi-heure plus tard.

Il savait que Sharonne devait être encore là,

malgré sa fureur et ses menaces, parce qu'elle n'avait aucun moyen de se rendre chez les Warren à moins d'appeler un taxi. Si elle avait fait ça, elle aurait dû expliquer au chauffeur qu'elle n'avait pas de véhicule, ce qui n'était pas son genre. Mais elle n'était pas là. Il fit le tour de la maison en l'appelant, un whisky à la main. Quelqu'un devait être passé la prendre pour l'emmener chez les Warren. Eh bien, elle reviendrait.

Plus tard, aux informations, il apprit que Sophie Dade avait été retrouvée ou bien était rentrée d'elle-même chez ses parents. Ce n'était pas très clair. Il restait un peu de whisky dans la bouteille. Il valait mieux le boire. Ce serait dommage de gâcher les restes. Quand il se rappela que Sharonne était partie à un déjeuner, il vit qu'il était six heures passées. Après, il s'endormit, rêvant au numéro de téléphone qu'il avait découvert en composant le 1471. Une fois, juste une fois. Le type n'avait jamais rappelé. Parce que Sharonne le lui avait déconseillé ? Quand il se réveilla, la nuit était tombée et il faisait très froid. Il s'aperçut qu'il était quatre heures du matin, ce qui lui fit un choc. À nouveau, mais cette fois en titubant, il fit le tour de la maison en appelant sa femme. Elle n'était pas là. Elle n'était pas rentrée. Peut-être l'homme au numéro de téléphone, l'amant, s'il était son amant, l'avait-il ramenée en voiture à Londres ? Après avoir repris un verre pour faire passer sa gueule de bois et utilisé une brosse à dents électrique pour chasser le goût amer de sa bouche, il composa son numéro à Londres, et tomba sur sa voix qui lui demandait de laisser un message.

Il se rendormit. À son réveil, il téléphona à nouveau chez lui, puis composa le numéro qui le hantait depuis longtemps. Une boîte vocale lui répondit, répétant le numéro de l'abonné, mais sans donner de nom, demandant sèchement de laisser un message. La seule satisfaction qu'il eut, si c'en était bien une, fut de constater que la voix était bien celle d'un homme. En milieu de matinée, il lui parut évident que Sharonne l'avait quitté. Mais au lieu de s'en attrister, il éprouva une rage terrible. Il tira de sa poche la carte de Colman et appela le détective, non pas à son bureau, mais sur son portable. Colman répondit aussitôt.

« Peter Buxton à l'appareil. Je veux que vous travailliez pour moi.

— Bien sûr. Avec plaisir. Quelle est la nature de l'enquête ?

— Un divorce pour faute », répondit Buxton, et il expliqua la situation.

« Vous retardez un peu, Mr. Buxton. D'après la loi de 1973, vous pouvez obtenir un divorce à l'amiable en deux ans. Le délai a même été réduit à un an récemment.

— Je ne veux pas de divorce à l'amiable. Il y a beaucoup de torts – du côté de ma femme. Et je veux l'obtenir très vite.

— Bien. Dites-moi en deux mots quels sont vos griefs », reprit Colman.

Le couple Buxton fut le premier à tourner à l'échec à cause de l'affaire des adolescents disparus.

23

Les funérailles de Matilda Carrish se déroulèrent dans la même église et dans le même crématorium que les obsèques de Joanna Troy. La ressemblance s'arrêtait presque là. Certes, Roger Dade assista aux deux et le même infortuné pasteur officia à l'un et à l'autre, psalmodiant la même version contemporaine du service funèbre devant une assemblée tout aussi apathique et vaguement agnostique. Mais Katrina Dade n'était pas là pour l'enterrement de sa belle-mère, et ses parents non plus. L'assistance était peu nombreuse. Peut-être, pensa Wexford, un plus grand nombre d'amis de Matilda Carrish, de voisins et d'artistes du monde où elle avait évolué si longtemps et avec une telle distinction, seraient-ils venus si on avait célébré la cérémonie dans son cimetière local et prononcé l'oraison funèbre dans l'église de son village. C'était à l'évidence son fils qui en avait décidé autrement.

Il était assis, l'air maussade, sur un banc devant l'autel, à côté d'une femme qui ne lui ressemblait pas et n'avait rien de Matilda, mais qui, se dit néanmoins Wexford, devait être sa sœur. C'était une femme massive, au visage rond et aux cheveux frisés. Comment s'appelait-elle ? Charlotte quelque chose. Il lui avait parlé une fois au téléphone. Cela valait-il la peine de lui parler de vive voix ? Puis il se souvint du second mari de Matilda, un vieil homme qui vivait à l'étranger et qui était désormais veuf. Mais cette description ne correspondait à aucun des assistants qui occupaient la première rangée de bancs. Sophie était venue à l'église et s'était assise le plus loin possible de son père. Elle s'était mise sur son trente et un, vêtue de noir de la tête aux pieds – ce qui n'est guère difficile de nos jours pour une adolescente. Matilda Carrish avait éloigné son frère et emporté dans la tombe le secret de sa cachette. Mais pourquoi ? Dans quel but ? Pour le protéger de ce Peter ? Et si oui, en quoi Peter s'intéressait-il à Giles ? Probablement pas de manière sexuelle, mais il devait craindre qu'il ne raconte ce qu'il avait vu le samedi soir à *Antrim*. Dans ce cas, pourquoi Matilda n'avait-elle pas éloigné Sophie aussi ? Elle en avait vu autant que lui, et peut-être même plus.

Il devait bien arriver à trouver, par déduction, *où* Matilda avait envoyé Giles. Était-il allé chez Charlotte ? Si oui, sa tante l'avait laissé pour venir ici, mais en le confiant à son mari et à ses enfants. C'était un endroit où il aurait pu aller sans passeport. Matilda, avec sa notoriété, devait avoir des amis partout, ici comme à l'étranger. Mais Giles ne pouvait pas avoir quitté le pays puisqu'il n'avait pas de passeport... Est-ce qu'un ami habitant, mettons, dans le nord de l'Écosse, aurait accepté d'abriter un garçon mêlé à une affaire de meurtre, que la police voulait interroger ? Matilda l'avait fait et qui se ressemble s'assemble...

Le cercueil fut porté dans l'église. L'assemblée clairsemée se leva tandis que résonnait un triste morceau d'orgue, et Wexford vit sa première impression se confirmer. Très peu de gens étaient venus. Il n'y avait pas de chœur et aucune voix ne s'élevait au-dessus des autres. Les assistants entonnèrent une version inégale de l'incontournable *Abide with Me*. Mais où pouvait bien demeurer Giles ?

Tous les membres disponibles de l'équipe de Wexford avaient passé la journée de la veille à interroger Yvonne Moody et le couple Troy, pour savoir si ce Peter leur disait quelque chose. Ils avaient obtenu de piètres résultats. Seul George Troy semblait se rappeler que Joanna avait mentionné un Peter, mais il se souvenait aussi de l'avoir entendue citer un Paul, un Anthony, un Tom et un Barry. Effie l'interrompit pour préciser que ce n'étaient pas des petits amis, mais des enfants qu'elle avait eus comme élèves, ce qui sema la confusion dans l'esprit de son mari. Les réponses d'Yvonne Moody n'apportèrent aucune aide. Elle tenait visiblement à croire que Joanna n'avait pas eu d'amis à part elle, et peut-être d'autres femmes. Elle finit par admettre avec réticence qu'elle avait vu des hommes – elle disait des garçons – aller prendre des cours particuliers chez Joanna. L'un d'eux s'appelait peut-être Peter.

On transporta le cercueil dans la voiture qui allait

le conduire au crématorium. Seul l'officiant semblait accompagner Mrs. Carrish dans son dernier voyage. Wexford regarda la voiture l'emporter. Dade descendit les marches de l'église avec Charlotte Machinchose. Il adressa à Wexford un coup d'œil revêche et marmonna quelques mots à sa sœur. Wexford s'attendait à les voir s'entretenir à voix basse, puis s'éloigner en feignant de ne pas le voir, mais la sœur de Roger se retourna, sourit et s'approcha en lui tendant la main.

« Charlotte MacAllister. Enchantée.

— J'ai été navré d'apprendre, pour votre mère..., dit hypocritement Wexford.

— Oui. Qu'est-ce qui lui a pris de cacher ces enfants ? Je pense qu'elle a dû avoir une crise de folie. De démence sénile, ou quelque chose comme ça. »

Elle était la dernière personne qui pût être victime de sénilité, pensa-t-il, avant de lui répondre :

« Évidemment, Giles n'a pas reparu. Mais il est vivant... »

Un hurlement de Roger Dade lui coupa le souffle.

« Sophie ! *Sophie !* »

La jeune fille s'était précipitée hors de l'église, courant comme seule peut le faire une adolescente de treize ans. Son père criait parce qu'il ne pouvait pas l'arrêter. Il serrait les poings en tapant du pied.

« C'est très mauvais pour le cœur, commenta calmement sa sœur. S'il continue comme ça, il ne fera pas de vieux os.

— Je me suis dit, hasarda Wexford, que votre mère avait peut-être envoyé Giles chez vous.

— Ah bon, vous vous êtes dit ça ? Eh bien, je

m'excuse de vous décevoir, mais je n'ai pas hérité des extravagances de ma mère. Et si j'avais voulu entrer dans ses intrigues, mon mari s'y serait opposé. Il est haut fonctionnaire dans la Police royale de l'Ulster et c'est un ami de sir Ronald Flanagan. Au revoir! Si vous avez besoin de moi, je passe deux ou trois jours chez Roger et Katrina. »

Wexford et Burden se retrouvèrent pour déjeuner, pas au *Moonflower* mais à la cantine. Burden fit la grimace en reniflant son poisson.

« Une mauvaise odeur?

— Non, pas vraiment. La morue devrait en avoir une, elle devrait sentir bon. Celle-là ne sent rien, ce pourrait être du carton – ou du polystyrène.

— À propos d'odeur douteuse, dit Wexford, qui mangeait des raviolis, cette histoire de Peter est louche, vous ne trouvez pas? Personne n'a entendu parler de lui. Ni Katrina ni Yvonne Moody, qui étaient apparemment les plus proches amies de Joanna. Ce nom-là ne dit rien à son père ni à sa belle-mère. Et je vais vous dire autre chose. C'est peut-être une coïncidence, mais en relisant la recette de cuisine dont je vous ai parlé, j'ai vu que son auteur se prénommait Peter. »

Burden acquiesça en haussant les sourcils.

« Aucun des voisins de la famille Dade n'a vu personne approcher de la maison ce samedi-là dans la soirée, à part Dorcas Winter. Ils n'ont même pas vu Dorcas, ils savaient juste qu'elle était passée parce que le journal avait été déposé.

— Pourquoi Sophie aurait-elle inventé ce type? Elle a pu imaginer un homme du nom de Peter, un nom qu'elle a pris dans un magazine, mais a-t-elle pu inventer ses paroles et ses actes? Un homme qui a poussé Joanna dans l'escalier, essuyé le sang, conduit la voiture, et qui connaissait bien Passingham? Qui savait même comment on prononçait ce nom?

— Il s'appelle peut-être autrement, dit Burden. En revanche, aucun des proches de Joanna ne savait qu'il pouvait y avoir un homme dans sa vie. Pourquoi l'aurait-elle caché à sa famille et à ses amis? Elle n'était pas mariée.

— Mais il l'est, lui, très probablement. La seule chose que nous savons, c'est ce qu'il n'est pas, et ce n'est pas Peter Buxton. Sophie a été catégorique. En fait, quand je lui ai posé la question au commissariat, elle était si indignée qu'elle m'a semblé au bord des larmes. Je dirais qu'elle était farouchement opposée à l'idée que Buxton soit Peter – ce qui est assez bizarre.

— Ce n'est pas bizarre...», dit lentement Burden, en repoussant les arêtes sur le côté de son assiette, où des petits pois jaunâtres ne tardèrent pas à les rejoindre. Ce n'est pas bizarre si elle a inventé ce Peter et paniqué ensuite en voyant que nous la prenions au sérieux, et qu'il y avait une vraie personne qui pouvait être accusée d'un crime qu'elle n'avait pas commis.

— Mais si elle a inventé cet homme, qui *est venu* dans la maison? Qui a, volontairement ou par accident, tué Joanna Troy?

— Quelqu'un dont elle veut nous cacher l'identité, quelqu'un qu'elle cherche à protéger.

— Alors, il va falloir l'interroger à nouveau, dit Wexford.

— À propos, les Buxton se séparent. J'ai rencontré Colman, il enlevait des affiches dans la grande rue. Il me l'a annoncé. Pas très discret de sa part, vous ne trouvez pas ? »

Il y avait eu des funérailles, et en d'autres circonstances il aurait laissé passer une journée, mais personne, à part Sophie, n'avait semblé très affecté par la mort de Mrs. Carrish. Même son chagrin, jugeait Wexford, était celui d'une jeune fille qui avait l'avenir devant elle, qui l'attendait impatiemment, et qui savait que la mort des personnes âgées était de toute façon dans l'ordre des choses. Quel genre de mère avait été Matilda pour sembler causer à son fils moins de soucis en mourant qu'en restant en vie ? Peut-être le genre qu'il avait imaginé, bien intentionnée, adepte de la libre expression, mais négligente, absorbée par ses activités (lucratives) et laissant ses enfants pratiquer les leurs sans contrainte. Ou bien Roger Dade était-il par nature un homme désagréable ? Et pourquoi Matilda avait-elle recueilli Giles et Sophie et défié toutes les polices du pays lancées à leur recherche ?

Il avisa la famille que Burden et lui reviendraient interroger Sophie en fin d'après-midi. Heureusement, ce fut Mrs. Bruce qui leur ouvrit. Dade aurait réagi de façon beaucoup moins aimable. Étonnamment, cette fois-ci, ce fut Katrina qui chaperonna sa fille pendant l'entretien. Mais c'était comme si elle n'était pas là, car elle garda le silence, les yeux fermés, affalée dans un fauteuil. Karen Malahyde était également présente. « J'ai besoin de vous comme interprète », lui avait dit Wexford. Sophie entra peu après dans la pièce. Elle était à nouveau en noir et un diable dansant, avec des cornes et un trident, était apparu sur son avant-bras. Cela ressemblait à un tatouage, mais c'était probablement une décalcomanie.

« Sophie, commença-t-il, je vais être franc avec toi et j'espère que tu le seras avec moi. Il y a quatre heures, quand j'ai déjeuné avec Mr. Burden ici présent, nous avons parlé de l'homme que tu appelles Peter... »

Elle l'interrompit.

« Il *s'appelle bien* Peter.

— D'accord, temporisa Burden, si tu veux. Mais je ne suis pas sûr qu'il existe. Ce soir-là, vos voisins n'ont vu personne venir ici et Scott Holloway nie être passé voir Giles. Seule Dorcas Winter est venue livrer le journal du soir, et elle n'est pas entrée. Mais Mr. Wexford pense que Peter doit exister, il doute que tu aies pu l'inventer. Tu aurais pu inventer un homme qui s'appelle Peter, mais pas ses paroles et ses actes. Et surtout, pas la façon dont il a prononcé Passingham. Qu'as-tu à dire à ce sujet ? »

Elle baissa les yeux en battant des paupières.

« Rien. Tout est vrai.

— Décris-nous Peter, dit Burden.

393

— Je l'ai déjà fait. Il était ordinaire, il avait l'air d'un con.

— À quoi ressemblait-il, Sophie ?

— Il était grand. Pas très en forme, plutôt moche et rougeaud. Il avait les cheveux bruns, mais il commençait à les perdre. (Elle plissa les yeux, sans doute pour se concentrer.) Il avait la bouche tombante, et une dent de devant qui empiétait sur celle d'à côté. Il devait avoir dans les quarante-cinq ans. »

Elle venait de décrire son père. Mais même avec une imagination délirante et à supposer qu'il ait un alibi forgé de toutes pièces, Roger Dade ne pouvait pas être Peter. Dans la tranche horaire concernée, il se trouvait à Paris avec sa femme, comme l'avaient attesté un hôtelier, une agence de voyages, une compagnie aérienne et la police de Paris. Un psychologue aurait dit qu'elle ne côtoyait pas beaucoup d'hommes (par opposition aux garçons) et qu'elle avait décrit son père car c'était l'homme qu'elle connaissait le mieux et qu'elle craignait et détestait le plus – autrement dit, un homme qu'elle estimait capable d'un crime violent.

« Sophie, dit Wexford, qu'est devenu le bout de papier avec l'adresse que Peter vous avait donnée ? »

Il ne lui avait encore jamais posé la question. Cet élément ne lui avait pas semblé important. Wexford fut stupéfait de la voir rougir jusqu'aux oreilles.

« Giles l'a jeté… », balbutia-t-elle.

Elle avait déjà travesti la vérité, mais là, son mensonge était flagrant.

« L'avez-vous regardé avant de choisir de vous réfugier chez votre grand-mère ? Y avait-il quelque chose dans cette adresse qui vous a fait penser qu'il valait mieux aller chez elle ?

— C'est Giles qui a lu le papier, pas moi. »

Il hocha la tête, jeta un coup d'œil à Katrina. Elle avait l'air profondément endormie.

« Giles n'avait pas son portable sur lui. Il a appelé Mrs. Carrish d'une cabine téléphonique. Comment a-t-il eu son numéro ?

— C'était *notre* grand-mère. On connaissait son numéro de téléphone, c'est logique.

— Pour moi, il n'y a rien de *logique* dans tout ça, Sophie. Vous voyiez votre grand-mère à peine une ou deux fois par an. Vous n'aviez pas été souvent chez elle avant. Son numéro devait être inscrit dans un carnet d'adresses chez vos parents. Ils devaient l'avoir enregistré dans la mémoire de leur téléphone, mais ce que tu dis là, c'est que toi ou Giles savait son numéro par cœur. »

Elle haussa les épaules.

« Pourquoi pas ?

— Je pense que vous avez décidé d'aller chez elle avant de quitter *Antrim*. Je pense que vous saviez dès le début que vous iriez là-bas. »

Elle ne répondit pas.

« Qui lui a parlé, toi ou Giles ?

— C'était moi.

— Très bien, conclut Wexford, ça suffira pour aujourd'hui. Maintenant, j'aimerais parler à Mr. et Mrs. Bruce, s'il te plaît. Où sont-ils ? »

Cela réveilla ou, du moins, fit bouger Katrina. Elle se redressa.

« Mes parents se reposent dans leur chambre. Ils

se sont disputés avec Roger. De toute façon, ils partent demain. »

Sa voix s'éleva, montant dans les aigus d'une manière effrayante.

« Et je pars avec eux. Je vais chez eux pour toujours.

— Prends mon père avec toi, dit Sophie.

— Ne joue pas à l'idiote. Je pars avec eux parce que je vais le quitter. Tu saisis, maintenant ?

— Tu fais toujours des drames. (Sophie parlait avec dureté, mais semblait avoir peur.) Et moi ? Je ne peux pas rester seule avec lui. »

Katrina la regarda, et ses yeux se remplirent de larmes.

« Pourquoi devrais-je m'en faire pour toi ? Tu ne t'es pas souciée de moi quand vous êtes partis, ton frère et toi, quand je pensais que vous étiez morts tous les deux. Il est temps que je commence à penser à *moi*. (Elle s'adressa à Wexford.) La disparition ou la mort d'un enfant conduit généralement à la séparation des parents. C'est assez courant. Vous n'avez pas remarqué ? »

Il ne répondit pas. Il pensait à Sophie, il réfléchissait à toute vitesse et il s'interrogeait.

« Nous partirons demain. Tôt dans la matinée. Si vous voulez voir mes parents, ils sont dans la chambre de Giles. Vous n'avez qu'à monter et frapper à la porte. J'ai été forcée de donner leur chambre à cette garce de Charlotte. Elle prétend qu'il lui faut absolument un lit avec la tête au nord. Mais j'aurai oublié tout ça demain, Dieu merci. »

Wexford fit signe à Burden de passer dans l'entrée

avec lui. Il n'y avait pas un bruit dans la maison. On aurait dit qu'elle était vide. Sans doute Roger avait-il emmené sa sœur quelque part. Wexford murmura :

« Il faut agir maintenant. On prend Sophie à part, et vous lui posez la question. Demandez-lui carrément. Il ne faut pas attendre plus longtemps.

— Vous ne pouvez pas faire ça, Reg. Elle n'a que treize ans.

— Bon Dieu ! Alors, comme ça, je ne peux pas ? Eh bien, ce sera en présence de la mère. »

Mais quand ils revinrent dans le salon, Katrina s'était assoupie, ou bien jouait parfaitement les endormies. Elle était roulée en boule comme un chat, les genoux sous le menton, la tête enfouie dans ses bras. Sophie la fixait comme on regarderait un animal sauvage, en craignant un coup de griffes.

Wexford lui demanda :

« Pourquoi détestes-tu tellement ton père, Sophie ? »

Elle se tourna vers lui avec réticence.

« C'est comme ça.

— Sophie, tu parais bien informée sur la sexualité. Je vais te poser la question sans détour. T'a-t-il fait subir des attouchements sexuels ? »

Sa réaction les prit au dépourvu. Elle éclata de rire. Ce n'était pas un rire sec ou cynique, mais une franche hilarité. Elle riait à gorge déployée.

« Vous êtes tous cons, ou quoi ? C'était ce que pensait Matilda. C'est pour ça qu'elle a accepté de nous cacher. Son père lui avait fait ça quand elle était petite. Je lui ai dit qu'elle se trompait, mais elle n'a pas eu l'air convaincue. C'est un salaud, mais pas à ce point-là. »

Burden jeta un coup d'œil à Katrina. Elle n'avait pas bougé.

« Donc, si tu n'aimes pas ton père, ce n'est pas par peur de – euh... ses attentions ?

— J'en ai ras le bol de lui parce qu'il n'est jamais, jamais, gentil avec moi. Il me crie dessus et il est vache. Il n'arrête pas de me harceler pour que j'aille travailler dans ma chambre. Je ne peux pas faire venir mes amis ici parce qu'il dit que c'est une perte de temps. Je n'ai le droit de faire qu'une chose, travailler, travailler, travailler. C'est seulement quand j'ai des bonnes notes qu'il me donne des livres, des fringues et des CD. Et c'est pareil pour Giles. Ça vous va comme réponse ?

— Oui, Sophie, dit Wexford. Oui, merci. Dis-moi encore une chose. Quand as-tu détrompé ta grand-mère sur tes relations avec ton père ? Dès que tu es arrivée chez elle ? Le même jour, le dimanche ?

— Je ne me rappelle pas bien, mais c'était avant le départ de Giles. On était là tous les trois, Giles, Matilda et moi, et elle m'a demandé pourquoi on était partis. Je lui ai expliqué, mais alors elle m'a dit : "Est-ce que ce n'est pas plutôt à cause d'une chose que ton père t'a faite ?" J'avais entendu parler de ce truc, on en parle tout le temps à la télé, mais ça ne m'était pas arrivé et je le lui ai dit.

— Dans ce cas, si elle a pu admettre que ton père était seulement strict et un peu tyrannique, pourquoi n'a-t-elle pas appelé la police pour dire que vous étiez chez elle et en sécurité ? »

Katrina se réveilla (ou sortit de sa catalepsie), en secouant la tête et en levant les bras. Elle posa les pieds par terre. « Je peux répondre à ça. »

Puis elle se mit à pleurer, comme presque chaque fois qu'elle ouvrait la bouche. Mais au lieu de lui étrangler la voix ou de lui couper le souffle, les larmes roulèrent simplement sur ses joues.

« Je peux vous dire pourquoi. Elle a pris mes enfants pour se venger de moi. Parce que je lui ai juré, quand elle est venue ici en octobre, que je ne les laisserais plus jamais la revoir. Enfin, je n'aurais pas pu les en empêcher plus tard. Mais tant qu'ils vivaient sous mon toit, j'aurais tout fait pour les éloigner de cette femme.

— Cela vous ennuierait de me dire pourquoi vous ne vouliez pas qu'ils voient leur grand-mère ?

— Elle le sait, *elle*. » Katrina pointa un index tremblant vers sa fille. « Demandez-lui. »

Wexford leva un sourcil interrogateur vers Sophie. La fille rétorqua méchamment :

« Dis-leur, toi, si tu veux. Je ne ferai pas ton sale boulot. »

Katrina s'essuya les yeux sur sa manche.

« Elle était venue passer une semaine ici. Mon mari (elle prononça ce mot avec un mépris extrême) avait tenu à l'inviter à la maison. Moi, je ne voulais pas. Elle me traitait de haut, elle se croyait plus intelligente que moi. Eh bien, le troisième jour, je suis montée dans la chambre de Sophie pour lui dire que son professeur particulier venait de reporter son prochain cours. Quand j'ai ouvert la porte, elle n'était pas dans sa chambre, elle n'était pas non plus dans

399

celle de Giles, et je les ai trouvés dans la chambre de Matilda. Ils étaient là tous les trois et Matilda était assise sur le lit en train de fumer du *hasch*.

— Mrs. Carrish fumait du cannabis ?

— C'est bien ce que j'ai dit. Je me suis mise à hurler – tout le monde l'aurait fait. J'ai appelé Roger, il était *fou de rage*. Mais je n'ai pas attendu qu'il réagisse, j'ai dit à sa mère de partir tout de suite. C'était le soir, mais je ne voulais pas qu'elle reste chez moi une minute de plus...

— Tu ferais mieux de dire aussi ce que t'a répondu Matilda, cracha Sophie avec mépris. Elle a dit qu'elle faisait toujours ça pour se détendre. Que si on ne se détendait pas, on tomberait malades et on ne pourrait jamais passer nos examens. Que ce n'était pas dangereux si on voulait essayer, mais qu'elle ne nous en donnerait pas, elle était sûre qu'on aurait des tas d'occasions d'en trouver. Oh, et elle a dit aussi que mon père était un con et qu'il nous rendait cons.

— Cesse de dire des gros mots ! » lui hurla Katrina. Puis elle dit à Wexford, sur un ton un peu plus bas : « Je lui ai même fait ses bagages. J'ai jeté toutes ses tenues à la mode, tous ses trucs noirs de créateurs dans ses valises et je les ai mises dehors devant la porte. Mon mari l'a forcée à descendre l'escalier – pour une fois, il s'est affirmé devant *elle*. Je n'avais jamais vu ça. Il était neuf heures du soir, je ne sais pas où elle a passé la nuit. À l'hôtel, je suppose. »

Soudain, elle lui cria :

« Ne me regardez pas comme ça ! Je sais bien que

c'était une vieille femme. Mais elle se conduisait comme un monstre... vouloir initier mes enfants à la drogue... »

Sophie tendit le bras vers sa mère.

« Ce qu'elle veut dire, c'est qu'elle pense que Matilda nous a cachés pour la punir et je crois que c'est vrai.

— C'étaient des représailles, renchérit Katrina en pleurant. C'était sa façon de se venger. »

Une fois de plus, Wexford se demandait ce que les gens parlant à tort et à travers des « valeurs familiales » diraient en assistant à une telle scène. Mais au fond, n'aurait-il pas lui-même, à la place de Katrina, agi exactement comme elle, mais avec plus de calme ? Qu'est-ce qui avait pris à Matilda Carrish de se conduire comme un dealer ? Sans doute était-ce parce qu'elle fumait régulièrement du cannabis depuis des années, et qu'elle croyait que c'était un produit relaxant inoffensif.

Il monta à l'étage avec Burden. Wexford pensait avoir compris qui était ce « Peter », et de manière générale, ce qui s'était passé cette nuit-là, à partir du moment où Sophie avait décrit son père. Mais les choses s'étaient réellement éclaircies lorsqu'elle avait prétendu qu'elle et son frère savaient par cœur le numéro de téléphone de leur grand-mère, quand il avait su que toute l'opération avait été organisée avant leur départ.

Il frappa à la porte de la chambre de Giles et Mrs. Bruce lui ouvrit. Son mari était assis dans un petit fauteuil provenant du salon, et il posa, à son entrée, un livre à l'envers sur le lit. Les affiches religieuses de Giles avaient disparu.

Wexford alla droit au but.

« Mr. Bruce, Giles sait-il conduire ? »

Par peur de la police, comme bien des gens de sa génération, sa femme se répandit aussitôt en excuses :

« On lui avait bien dit qu'il ne devait pas essayer de conduire avant d'avoir son permis, une assurance et tout ça. On lui avait appris qu'il avait le droit de s'exercer sur le vieux terrain d'aviation, mais qu'il ne pouvait pas passer l'examen avant ses dix-sept ans. Et il l'avait compris, n'est-ce pas, Eric ? Il savait qu'il n'y avait pas de problème si Eric lui apprenait à manœuvrer sur l'ancienne piste, et qu'il devait réserver la conduite pour ses vacances chez nous. C'était son petit plaisir, une chose qu'il attendait avec impatience... »

Oui, bien sûr, la piste d'atterrissage de Berningham, l'ancienne base américaine...

« Vous le preniez dans votre voiture, n'est-ce pas, Mr. Bruce ?

— Ça lui faisait une activité. Et moi, ça m'amusait. On a tous plaisir à enseigner, non ? Bien sûr, ce serait autre chose si on devait le faire pour gagner sa vie.

— Nous avons aussi donné des leçons à Sophie, mon cher, ajouta Mrs. Bruce, mais elle n'aimait pas apprendre avec de vieux croulants. Enfin, ça peut se comprendre, vous ne trouvez pas ?

— Remarquez, Giles était bon élève, observa

Mr. Bruce. Ils le sont tous à cet âge. Giles sait conduire aussi bien que moi – et même mieux.

— Il faut le voir faire une marche arrière! s'exclama sa femme. Je n'ai jamais vu personne faire ça aussi bien. Je lui ai dit qu'il pourrait devenir chauffeur de taxi à Londres, mais évidemment, il fera quelque chose de mieux... (Elle leva les yeux vers Wexford.) N'est-ce pas, mon cher? »

Il comprit et la rassura :

« J'en suis certain.

— Nous allons partir demain et... Katrina va venir avec nous. J'espère que c'est seulement provisoire. Franchement, je n'ai jamais aimé Roger, mais quand même, j'espère que ce n'est pas une rupture définitive. Il vaudrait mieux pour les enfants qu'ils ne divorcent pas. »

Ce serait le deuxième couple qui tournerait à l'échec à cause de cette affaire, songea Wexford en descendant l'escalier avec Burden. Sophie et sa mère étaient toujours dans le salon. Katrina avait à nouveau fui dans le sommeil et Sophie la fixait d'un regard insondable.

« Tu as dit que Matilda avait accompagné Giles à la gare, dit Wexford. À la gare de Kingham?

— Non, celle d'Oxford.

— Allait-il à Heathrow? Prendre un vol intérieur? »

Pendant un moment, elle ne dit pas un mot. Puis elle hurla, en réveillant sa mère :

« Je ne sais pas! »

Il n'était pas encore six heures du soir, mais le ciel était déjà sombre, c'était une nuit sans lune et sans étoiles. Wexford et Burden s'arrêtèrent sous la lumière cuivrée d'un lampadaire.

« Le père de Scott Holloway s'appelle Peter, dit Wexford.

— Comment le savez-vous ?

— Je ne me rappelle pas comment. Je le sais, c'est tout.

— Ce ne peut pas être *ce* Peter-là. Sophie l'aurait reconnu. Ils sont presque voisins !

— Allons quand même le voir. J'aimerais en savoir un peu plus sur ces Holloway. »

24

Peter Holloway ne correspondait pas plus à l'image qu'on se fait généralement d'un amant que son fils. Il était assez grand, mais corpulent, avec des joues rondes. Confortablement assis devant un feu de bois, un journal sur les genoux et une tasse de lait chaud près de lui, il donnait l'impression d'être dans son rôle et dans son milieu naturels. Il semblait fait pour cette activité. Scott et ses sœurs se trouvaient également dans la pièce, plongés dans une partie de Monopoly. Et quand Mrs. Holloway s'assit près d'une petite table où l'attendait un ouvrage à tricoter bleu pâle, Wexford eut l'impression d'avoir atterri dans une publicité des années quarante sur les plaisirs douillets de la vie domestique.

Burden entra aussitôt dans le vif du sujet.

« Mr. Holloway, connaissiez-vous personnellement Joanna Troy ? »

L'homme se redressa légèrement, surpris et sur la défensive.

« Je ne l'ai jamais rencontrée. C'est ma femme qui s'occupe de ce genre de choses.

« — Quelles choses ? L'éducation des enfants ?

— Oui, tout ça. »

Wexford observait Scott. La partie de Monopoly s'était interrompue, apparemment sur son initiative, car l'une de ses sœurs tenait encore la timbale et les dés, et l'autre semblait exaspérée. Le garçon se tourna vers son père.

Wexford demanda brusquement :

« Scott, à quelle heure es-tu allé chez les Dade ? »

C'était une bonne chose que la police anglaise ne soit pas armée, car il aurait été ravi de tirer sur Mrs. Holloway.

« Il vous a dit qu'il n'y avait pas été. (Elle saisit son tricot et se mit à manier les aiguilles avec frénésie.) Combien de fois devra-t-il vous le répéter ?

— Scott ? » insista Wexford.

Scott était le portrait craché de son père. Pas tout à fait aussi gros – pas encore, mais avec le même visage rond et les mêmes petits yeux, qu'on appelait jadis des yeux porcins, se souvint Wexford.

« Scott, je sais que tu y es allé. »

Le garçon se mit debout devant Wexford. Dans son école, les enfants étaient peut-être tenus de se lever quand un enseignant leur adressait la parole.

« Je ne suis pas entré dans la maison.

— Alors, qu'as-tu fait ?

— Je suis passé près de chez eux. C'était le soir. Il était... je ne sais pas, peut-être neuf heures, ou bien un peu plus tôt. » Il s'adressa à sa mère : « Toi et Papa regardiez la télé. Je suis allé devant leur maison. Il y avait des lumières allumées et je savais qu'ils étaient là. Et puis, j'ai vu sa voiture...

— Quelle voiture, Scott ? dit Burden.

— Celle de Ms Troy, Joanna.

— Et tu n'as plus voulu entrer quand tu as vu sa voiture ? Pourquoi ça ? Elle avait aussi été ton professeur, n'est-ce pas ? »

Il ne répondit pas, mais devint écarlate. Il marmonna, comme un enfant de six ans : « Parce que je la détestais ! Je suis bien content qu'elle soit morte ! » Il s'enfuit de la pièce avant qu'on ait eu le temps de le voir pleurer.

« Elle en a un nouveau. »

Dora l'accueillit par ces mots alors qu'il franchissait le seuil de la porte.

« Un nouveau quoi ?

— Ce n'était pas très clair, excuse-moi. Sylvia a un nouvel ami. Elle l'a amené ici boire un verre. Ils étaient en route pour... enfin, une réunion politique. Il devait y avoir une conférence, *Quel avenir pour une nouvelle gauche ?* ou quelque chose comme ça. »

Wexford grommela. Il se laissa tomber sur le sofa.

« Je suppose qu'il est grand, beau, gros et assommant ? Ou bien maigre, avec des dents de lapin, brillant et insolent ?

— Ni l'un ni l'autre. Il est un peu comme Neil. Il n'a pas dit grand-chose, j'imagine qu'il évalue la situation. Il enseigne la politique à l'université du Sud.

— Comment s'appelle-t-il ?

— John Jackson.

— Bon. Là, c'est différent. Ce n'est pas un marxiste, non ? Pas au vingt et unième siècle ?

— Je l'ignore. Comment veux-tu que je le sache ?

— Je me demande ce que dira Neil », soupira Wexford. Il espérait que ce n'était pas un raseur, mais un homme agréable, et gentil avec les enfants. Il s'efforçait en général – mais sans y arriver toujours – de ne pas s'inquiéter des choses qu'il ne pouvait pas changer. Il savait que ses filles l'aimaient, mais rien de ce qu'il pouvait dire ou faire n'avait plus guère d'influence sur elles. Elles lui opposaient l'argument classique dans les querelles de famille, à savoir que les parents ne peuvent pas comprendre, et qui pouvait leur donner tort ?

Dora retourna à son livre, et il se remit à penser aux Dade. De toute évidence, leurs querelles de famille n'avaient rien de classique. En y réfléchissant calmement, il se demanda si c'était la première fois au monde qu'une grand-mère initiait ses petits-enfants à la drogue. Il était prêt à donner à Matilda – à feu Matilda – le bénéfice du doute et à admettre qu'elle l'avait fait parce qu'elle croyait que le haschich aurait une vertu thérapeutique pour ces adolescents trop stressés. Elle en avait fumé longtemps elle-même, peut-être pour une raison médicale, et au lieu de lui faire du mal, il avait chassé la douleur. Il se rappelait à présent la légère odeur, une bouffée à peine perceptible, qu'il avait remarquée quand elle était venue le voir dans son bureau.

Il était vrai que ces enfants se voyaient offrir tous les jours des drogues bien plus dures à la sortie de l'école. Bien sûr, cela ne disculpait en rien Matilda, et il n'était pas étonnant que les parents soient furieux. Katrina l'avait chassée de chez elle et Matilda avait vu son propre fils soutenu par sa femme. Il faisait déjà nuit, et il devait pleuvoir. On ne trouvait jamais de taxis dans le quartier de Lyndhurst Drive et de Kingston Gardens. Elle avait été forcée de marcher, en portant ses valises, jusqu'à la station de taxi ou l'hôtel le plus proche. La plupart des vieilles dames auraient été bouleversées, mais Matilda n'était pas une vieille dame ordinaire. Elle devait être en colère, furieuse ou, comme le disait Katrina, *folle de rage*. Eh bien, elle avait pris sa revanche.

Scott Holloway avait-il pris la sienne ? Non, Wexford en était presque sûr. Son témoignage permettait seulement d'établir que Joanna et les enfants se trouvaient encore dans la maison à neuf heures du soir et que le seul Peter de cette affaire, en dehors de Buxton, regardait alors la télévision avec sa femme.

Le lendemain, avant d'avoir eu l'occasion de parler à Burden, il eut une étrange visite. Il ignorait comment la visiteuse avait réussi à franchir la barrière du bureau d'accueil, mais il mit cela sur le compte du manque d'effectifs. Les policiers chevronnés étaient tous cloués au lit par la grippe, et des intérimaires les remplaçaient dans de nombreux services. Quand elle entra, la fille qui l'introduisit la présenta sous le nom de Ms Virginia Pascall. Il remarqua qu'elle était jeune – une vingtaine d'années –, et d'une beauté saisissante. Mais malgré ses traits exquis, ses longs cheveux blond vénitien, ses jambes superbes et sa silhouette de rêve, il vit autre chose dans ses yeux bleus, des yeux fixes, et dans ses mains qu'elle tordait sans cesse. Elle était complètement folle.

« Que puis-je pour vous, Ms Pascall ? »

Appeler des infirmiers en blouse blanche avec des seringues de tranquillisants ? Elle s'assit au bord d'un fauteuil, se releva aussitôt, plaqua les mains sur son bureau et se pencha vers lui. Il sentit quelque chose dans son haleine, peut-être une odeur de vernis à ongles ou de boisson sans alcool. Sa voix était sucrée, comme son odeur, mais brusque et saccadée.

« Vous devez savoir, il veut que vous le sachiez, que c'est lui qui l'a tuée.

— Qui a tué qui, Ms Pascall ?

— Ralph. Ralph Jennings, l'homme à qui je suis fiancée. À qui *j'étais* fiancée.

— Ah...

— Il l'a vue plusieurs fois en secret. C'était une conspiration. Ils complotaient de me tuer. (Elle frissonna.) Mais ils se sont disputés sur la manière de le faire et il l'a tuée.

— Joanna Troy ? »

Dès qu'il eut prononcé ce nom, Wexford le regretta. Virginia Pascall émit un son entre le rugissement animal et le cri humain, puis se mit à hurler sans discontinuer. Pendant un moment, il ne sut que faire. Personne n'accourut. Il aurait quelque chose à dire là-dessus quand il se serait débarrassé d'elle. Mais elle s'arrêta aussi brusquement qu'elle avait commencé et s'effondra dans le fauteuil. C'était comme si ce paroxysme avait libéré quelque chose en elle et elle resta tranquille pendant quelques instants. Puis elle se pencha vers lui par-dessus le bureau et il regarda ses yeux qui, par leur couleur seulement, étaient des yeux normaux.

« Cette nuit-là, il l'a tuée, je peux prouver qu'il n'était pas avec moi. Je peux tout prouver. Il l'a écrasée avec sa voiture. Il y avait du sang sur les roues. Je l'ai essuyé et je l'ai flairé. C'est comme ça que j'ai su que c'était le sien, il avait son odeur – infecte, puante, dégoûtante... ! »

On était censé amadouer ce genre de gens. Du moins, autrefois. Peut-être qu'aujourd'hui, en cette ère de psychiatrie, on agissait différemment. En tout cas, cela ne pouvait pas faire de mal.

« Où est-il maintenant ? Chez vous ?

— Il est parti. Il m'a quittée. Il savait que je le tuerais s'il restait. Il l'a renversée devant chez nous. Elle venait me voir. Moi ! »

La voix douce, hachée, monta brusquement d'une octave.

« Il l'a tuée pour l'empêcher de venir jusqu'à moi. Il est repassé plusieurs fois sur son corps jusqu'à ce que la voiture soit couverte de sang. De sang, de sang, de sang ! siffla-t-elle, d'une voix qui allait crescendo jusqu'au hurlement. De sang, de sang, de sang ! »

Ce fut à ce moment-là que Wexford pressa la sonnette d'alarme dissimulée sous son bureau.

« Et que s'est-il passé après ? s'enquit Burden alors qu'ils buvaient leur café.

— Lynn est arrivée en courant avec deux policiers en tenue que je n'avais encore jamais vus. La femme ne s'est pas débattue, mais elle a craché sur Lynn. J'ai demandé qu'on fasse venir Crocker, mais ils avaient déjà appelé le docteur Akande.

— Elle a toujours été comme ça, ou c'est l'histoire de Joanna qui l'a rendue folle ?

— Je n'en sais rien. L'essentiel, pour le pauvre Jennings, c'est qu'il l'a enfin quittée. Ça fait le troisième couple qui se sépare à cause de l'affaire Dade.

— Je serais très surpris que George et Effie Troy soient le quatrième, ou même Jashub et Thekla Wright. »

Cette remarque parvint à dérider Wexford.

« Quand même, c'est bizarre, non ? Je pense que la seule chose sensée que j'ai entendue dans la bouche de Katrina, c'est que les couples se séparent souvent quand ils perdent un enfant.

— On s'attendrait plutôt à ce que ce deuil les rapproche, dit Burden.

— Vous croyez ? N'est-ce pas plutôt qu'ils dépendent l'un de l'autre de façon bien plus forte qu'avant ? Et cet autre, qui a toujours paru solide, optimiste ou rassurant, se révèle lui aussi faible et impuissant. Et ils découvrent alors qu'ils ont vécu dans l'illusion pendant des années.

— Peut-être... mais ce n'est pas de cela que vous vouliez me parler ?

— Non, j'aimerais revenir à Giles. Il est à présent évident que Sophie a inventé ce Peter. Elle l'a probablement imaginé en revenant du Gloucestershire. Je suis sûr que Mrs. Carrish n'a jamais entendu parler de lui. Alors qui, d'après Matilda, était le meurtrier de Joanna ?

— Celui qui conduisait la Golf. Il y avait bien quelqu'un au volant.

— Giles sait conduire. »

Burden ne dit rien, mais le fixa avec étonnement.

« Vous avez l'air surpris, vous ne devriez pas. Vous savez comment sont les enfants, vous en avez trois. Je vous garantis que même le tout-petit parle déjà du jour où il pourra conduire. Ils sont tous fous de voitures bien avant de savoir marcher. Giles est peut-être un croyant fanatique, mais il est comme les autres. C'est son grand-père Bruce qui lui a appris sur l'ancien terrain d'aviation.

— J'aurais dû y penser », dit Burden, l'air penaud.

Wexford haussa les épaules.

« Ils n'étaient que deux à s'enfuir, Giles et Sophie, Sophie et Giles. C'est tout. Avec un corps dans la voiture. Peut-être dans le coffre. Et ils savaient dès le départ qu'ils iraient se réfugier après chez Matilda. Ils savaient qu'elle était *cool*. Rappelez-vous, ils l'avaient vue fumer du haschich. »

Burden eut un rire sec.

« Je dois dire que la foi religieuse ne semble pas avoir eu beaucoup d'effet sur la conscience morale de Giles. Quant à la fille...

— Ah bon ? Vous les voyez comme ça ? Moi, je les considère vraiment comme des victimes, innocentes et candides.

— Mais tout cela ne nous aide pas à trouver ce

413

que Matilda a fait de Giles! (Il arrivait parfois à Burden de perdre patience avec Wexford.) Je veux dire, à découvrir où il est aujourd'hui. À qui l'a-t-elle confié? À l'un de ses amis? Mais quel ami consentirait à protéger un garçon qui vient de tuer une femme...

— Là, attendez un peu... Vous dites bien que Matilda *savait* que Giles avait tué Joanna Troy?

— Lui ou Sophie. Mais ce n'est pas Sophie qu'elle a mise à l'abri. Et si elle n'a pas raconté à cet ami que Giles était un meurtrier, qu'a-t-elle pu lui dire?

— Dieu sait..., répondit Wexford. On était lundi, et deux jours après, la photo de Giles était dans tous les journaux. On l'aurait reconnu très vite. »

Burden soupira.

« En tout cas, l'ami en question était assez proche de Matilda pour accepter de l'héberger. Ça s'est sûrement passé comme ça. Giles doit se trouver quelque part en Angleterre, il n'a pas pu sortir du pays. Enfin, il aurait pu aller dans les îles Shetland, Anglo-Normandes, voire en Irlande, mais il n'est pas en Ulster chez sa tante. Alors, qui peut-il y avoir d'autre en Irlande? »

Wexford se tourna vers lui, en le fixant d'un air absent.

« Qu'avez-vous dit? À propos de l'Irlande... Répétez ça.

— J'ai seulement dit *l'Irlande*, pas *l'Ulster*.

— Une minute, ne partez pas. Je viens de penser à une chose... Supposons qu'un citoyen anglais né

414

en Irlande du Nord ait une sorte de double nationa-
lité... Je vais téléphoner à l'ambassade d'Irlande. »

Wexford appela Dade, qui fut surpris par sa question, tout comme Burden l'avait été une demi-heure
plus tôt.

« Est-ce que Giles possède un passeport irlandais ? » commença-t-il.

Dade maugréa en entendant sa voix.

« Je suppose que vous avez oublié qu'on est
samedi ? (Il répondit à contrecœur.) Eh bien... oui. Il
y a droit, puisqu'il est né en Irlande du Nord. Quand
il a réussi l'examen d'entrée dans le privé – de façon
spectaculaire, d'ailleurs –, j'ai fait la demande pour
qu'il ait un passeport irlandais. C'était ça qu'il voulait, Dieu sait pourquoi. Écoutez, vous n'insinuez
quand même pas qu'il a projeté ça il y a quatre ans ?

— C'est très peu probable, Mr. Dade. À mon
avis, il s'est simplement dit que ça pourrait lui être
utile. Je regrette que vous n'ayez pas parlé de ce passeport avant. Pourquoi n'en avez-vous rien dit ?

— Parce que, et d'une, je n'y pensais plus. Et de
deux, je ne soupçonnais pas que mon fils puisse se
conduire comme ça et faire des choses pareilles. Au
train où vous allez, vous allez bientôt me dire qu'il a
tué cette garce de Joanna Troy. »

Wexford ne répondit pas.

« Mr. Dade, j'aimerais que vous m'autorisiez à
fouiller la maison de votre mère avec la police du
Gloucestershire. »

À sa grande surprise, il entendit Sophie décrocher

dans une autre pièce. Un léger déclic puis un bruit de respiration l'alertèrent.

« En ce qui me concerne, vous pouvez fouiller tout ce que vous voulez, dit le père. La maison ne sera pas à moi avant l'homologation du testament. Vous voulez que je demande aux notaires de ma mère ? »

Il n'avait jamais été aussi disposé à y mettre du sien. Peut-être la tristesse avait-elle adouci sa nature, mais Wexford avait rarement vu le chagrin améliorer quelqu'un.

« Ce serait très aimable à vous...

— Puis-je savoir ce que vous cherchez ? » Une pointe de sarcasme effaça l'apparente politesse de la question.

« Je vais être franc avec vous, dit Wexford. Je veux savoir où se trouve votre fils. Et la meilleure chose à faire est de commencer à enquêter là-bas.

— *Elle* sait. (Il avait lui aussi entendu le souffle de sa fille.) Elle sait où il est.

— C'est pas vrai ! hurla Sophie de toutes ses forces.

— Je lui tirerais bien les vers du nez, mais je sais que vous allez me tomber dessus si je touche à un seul de ses cheveux. »

Tandis qu'il roulait dans les Costwolds, avec deux inspecteurs du Gloucestershire, Wexford ne disait mot. Il repensait à sa dernière entrevue avec Matilda Carrish. Pendant toute la conversation, Sophie se trouvait dans la maison, cachée quelque part et pouffant de rire. Pouvait-on reprocher à quelqu'un

416

d'avoir considéré comme évident qu'une grand-mère ne donnerait jamais refuge à ses petits-enfants à l'insu de leurs parents ? C'était ce qu'il avait fait. Il aurait quand même dû savoir qu'il fallait toujours se méfier des évidences. Quelques jours plus tôt, il pensait qu'une assistante sociale constamment confrontée à des exemples de violence conjugale ne vivrait jamais de son plein gré avec un homme qui la battait.

En l'entendant soupirer, Burden le réconforta :

« Courage ! On y est presque. »

La maison de Matilda avait déjà l'air vide et désolée et elle sentait le renfermé. Il faisait très froid à l'intérieur. Manifestement, on avait coupé le chauffage, sans se soucier du fait que les tuyaux pouvaient geler et causer des dégâts des eaux. Wexford suggéra à Burden d'entamer la fouille du rez-de-chaussée avec l'un des policiers du Gloucestershire, pendant qu'il irait à l'étage avec l'autre inspecteur.

L'ennui, c'est qu'il n'avait aucune idée de ce qu'ils recherchaient. Peut-être avait-il supposé que, une chose en entraînant une autre, leur piste se préciserait d'elle-même au début de la fouille. Il se laissa un peu distraire par les photographies de Matilda, qui foisonnaient encore plus à l'étage qu'en bas. Du moins, il supposa que c'étaient des œuvres de Matilda, mais elles ne ressemblaient pas à celles qu'il associait à sa personnalité et au style qui l'avait rendue célèbre. Ces photos, qui ornaient le mur de l'escalier, semblaient être des clichés d'une ville où figurait une cathédrale gothique coiffée de flèches jumelles. La même ville que celle qu'il avait vue représentée la dernière fois près de la porte. Entre les deux se trouvait une gravure sépia de ce qui devait être la même cité, à part que la cathédrale avait des bulbes.

Il perdait son temps. Il passa dans la chambre principale, celle de Matilda. Il se concentra d'abord sur l'armoire, fouillant les poches des vestes et des manteaux, puis, voyant que cela ne donnait rien, les tiroirs d'une grande commode et d'un bureau. Matilda Carrish n'avait pas conservé de lettres. Ses factures impayées, relevés de compte, chéquiers, polices d'assurance et autres paperasses avaient été emportés, sans doute par l'étude des notaires dont Roger avait parlé. Wexford se dit qu'il n'avait jamais examiné un bureau aussi dénué d'intérêt. Les casiers renfermaient quatre stylos bille et un stylo plume, de même qu'une substance démodée, de l'encre dans une bouteille bleu foncé.

Dans les commodes et les penderies, tout était net et bien rangé. Elles contenaient des chaussettes de soie noire et des vêtements suspendus ou pliés. Pas de fantaisies de vieille dame du type sachets de lavande ou feuilles de rose séchées. Un tiroir renfermait des lotions et des crèmes, mais pas de produits de maquillage. Matilda Carrish avait sans doute décidé qu'à son âge elle devait définitivement renoncer à l'ombre à paupières et au rouge à lèvres. Il ne sut pas vraiment ce qui l'incita à ouvrir un pot en particulier, portant l'inscription *crème hydratante*. Peut-être était-ce seulement parce que son couvercle gratté et son étiquette à demi effacée laissaient supposer qu'il avait beaucoup servi. Wexford dévissa le couvercle et aperçut une poudre brunâtre. L'odeur était caractéristique – et inimitable. *Cannabis sativa.*

Bon, c'était prévisible. Sa découverte ne fit que confirmer ce que lui avait révélé Katrina. Puis il trouva une chose dans le tiroir du bas qui lui apprit, en plus du cannabis, que Matilda avait quand même été un peu humaine : une grande tresse de cheveux noirs soyeux. À qui avait-elle appartenu ? À Sophie ? À Charlotte ? Mais Sophie avait les cheveux bruns et ceux de Charlotte étaient blonds. Wexford jugea plutôt, et cela le fit sourire, qu'il s'agissait des propres cheveux de Matilda. Coupés il y a peut-être une soixantaine d'années et conservés depuis lors. Les cheveux ne pourrissent jamais, ne se décomposent pas, ils se conservent alors que les dents s'effritent et que les ongles tombent en poussière...

Il tourna ensuite son attention vers les livres de Matilda, se laissant aussitôt distraire par leurs sujets. Cela le surprenait toujours qu'un policier puisse fouiller une bibliothèque et, après avoir ouvert un livre et l'avoir rapidement agité, ne lui accorde plus d'intérêt et ne montre aucune curiosité pour son contenu ou son auteur. Pourtant, cela arrivait souvent. Ces livres-là ne renfermaient pas de documents révélateurs ou compromettants. Il trouva non seulement des ouvrages contemporains, mais aussi *Rural Rides* de Cobbett et *The Natural History of Selborne* de Gilbert White. Il y avait aussi quelques titres de Thesiger, de même qu'*Eothen* de Kinglake et *Les Sept Piliers de la sagesse* de T. E. Lawrence. Bizarrement, ce dernier voisinait avec un livre pour enfants à la couverture illustrée d'un chat de bande dessinée, et au titre écrit dans une langue incompréhensible.

Il passa aux chambres d'amis. Dans l'une d'elles, le policier du Gloucestershire sortait de menus objets d'un tiroir – un peigne, deux ou trois cartes postales, une cassette de musique, un petit tube de crème offert par une firme de cosmétiques –, avant de les poser sur une commode. Les livres des bibliothèques, comme ceux de la chambre principale, ne renfermaient ni photographies ni documents suspects. C'étaient pour la plupart des livres de voyage. Il commença à les ouvrir à la recherche d'un papier ou d'une carte glissée entre leurs pages, mais se surprit aussi, comme toujours en pareil cas, à les regarder de près et à en lire des extraits.

Les appareils photo et les rouleaux de pellicule étaient probablement en bas. Si Matilda avait toujours travaillé, elle avait dû posséder un appareil photo numérique, ainsi qu'un fidèle appareil classique. Que s'était-il attendu à trouver dans cette commode ? Peut-être le genre de trésors qu'il n'avait pas dénichés dans le bureau. Mais il n'y avait rien. Des sous-vêtements, trois paires de collants encore dans leur emballage. Matilda, qui était toujours en pantalon, devait porter des chaussettes. Il en découvrit un tiroir entier, presque toutes en soie noire. Burden avait effectivement déniché les appareils photo au rez-de-chaussée. Avec un certain nombre de trépieds, ils occupaient tout un placard. Mais leurs trouvailles s'arrêtaient là, hormis un carnet d'adresses à moitié vide. Il regarda avec curiosité tous les numéros de téléphone dont les indicatifs révélaient des correspondants étrangers. Matilda avait plus d'amis en dehors des frontières qu'en Angleterre, mais les appeler un par un n'était peut-être pas la meilleure solution...

Cette fois-ci, malgré sa fatigue, il devait retourner à *Antrim*. Un coup de fil ne suffirait pas. Les signes d'une absence féminine – Sophie ne comptait pas – étaient déjà visibles. Les deux seuls occupants de la maison avaient mangé des plats à emporter. Et les reliefs du repas, barquettes en aluminium, papiers sulfurisés et sacs en plastique traînaient dans le salon poussiéreux où flottait une forte odeur épicée. L'haleine de Roger Dade sentait l'ail et le *tikka masala*.

En reculant un peu, Wexford dit à Sophie :

« Dans la maison de ta grand-mère, il y a un livre pour enfants dans une langue scandinave et des photographies où l'on voit une ville qui a l'air d'être en Europe du Nord. Peux-tu me dire quelque chose là-dessus ?

— Je ne savais pas », dit Sophie. Et il la crut. « Je n'ai jamais vu le livre et je n'ai pas remarqué les photos.

— Pour la langue, intervint Dade, c'est sans doute du suédois. Mon beau-père, je pense que je dois l'appeler comme ça, vit en Suède. Je le connais à peine. Je ne l'ai rencontré qu'une fois. Ils se sont mariés là-bas et ma mère y allait deux ou trois fois par an, mais elle a arrêté quand elle a eu soixante-quinze ans. Pour autant que je sache, ils ont peut-être divorcé. »

Wexford trouvait inconcevable que l'on puisse ne pas connaître le mari de sa mère ni savoir si elle avait divorcé ou pas. Pourtant, il croyait Dade. Lui demander où son beau-père habitait était probablement inutile, mais il ne perdait rien à essayer.

« Je vous l'ai dit, je croyais m'être bien expliqué. Tout ce que je sais, c'est qu'il s'appelle Philip Trent – Carrish était le nom de jeune fille de ma mère – et qu'à un moment donné il a été professeur d'université ou maître de conférences, je ne sais pas trop.

— Il n'était pas aux obsèques de votre mère.

— Si vous insinuez que personne ne l'a averti, vous vous trompez – comme d'habitude. Ma sœur a cherché à le joindre et lui a envoyé un e-mail. J'ignore s'il l'a reçu ou non. Il ne s'est sans doute pas donné la peine de venir, tout simplement. Il est peut-être mort lui aussi. »

La seule chose qu'il put obtenir de Charlotte MacAllister fut le message de son répondeur téléphonique. Il songea un instant à joindre son mari, le « haut fonctionnaire » de la Police royale de l'Ulster, puis jugea qu'il trouverait plus facilement par Internet. Une habile standardiste du commissariat pourrait retrouver Philip Trent. Lui-même en était incapable. Il pouvait juste ouvrir une encyclopédie pour chercher les universités suédoises. Stockholm, Lund, Uppsala... Une jeune femme diplômée en informatique lui dit que c'était facile, laissant entendre qu'elle était capable de choses bien plus complexes. Puis elle se lança dans une recherche de sites Internet.

Il rentra chez lui à pied. Il allait dîner, écouter les dernières nouvelles sur le nouvel ami de Sylvia

– mon Dieu, faites qu'elles soient réjouissantes, cette fois –, et revenir prendre les résultats. Il pleuvait. C'était une pluie fine, presque de la brume, plus humide que mouillée, qui gênait un peu la respiration. Il aperçut Dorcas Winter, emmitouflée dans plusieurs épaisseurs de vêtements imperméables, livrer les journaux du soir, tournant au coin de Kingston Gardens pour entrer dans sa rue. Le grand sac en plastique rouge qu'elle poussait en marchant ressemblait à un Caddie de supermarché. La pluie était presque aussi aveuglante qu'un brouillard, masquant les silhouettes, les changeant en formes spectrales comme sur une télévision brouillée.

Quand Wexford s'approcha, il s'aperçut que ce n'était pas Dorcas, mais le marchand de journaux lui-même.

« Bonsoir », dit-il.

L'homme eut l'air hésitant, puis il le reconnut.

« Oh, bonsoir. Mais ce n'est pas un très beau soir, n'est-ce pas ?

— Qu'est-il arrivé à Dorcas ?

— Elle est à son cours de violon. Je n'ai trouvé personne pour la remplacer.

— Si vous avez une minute, dit Wexford, j'aimerais vous demander quelque chose. Vous vous rappelez l'assemblée pénitentielle en juillet dernier ? Vous étiez là ?

— Oui, bien sûr. »

Dès qu'ils étaient passés des sujets terre à terre aux questions relatives à l'Église du Saint-Évangile, Kenneth « Hobab » Winter avait troqué sa bonhomie de livreur ordinaire pour une attitude suffisante.

« Je suis toujours présent aux cérémonies religieuses importantes. Rappelez-vous, je suis un ancien.

— Oui, eh bien... pouvez-vous me dire comment Giles Dade s'est rendu ce soir-là à Passingham, et comment il est rentré à Kingsmarkham ?

— Par quel moyen de transport, vous voulez dire ? Il se trouve que je le sais, car j'étais avec lui. Il n'y avait pas de voiture libre pour l'emmener. Vous comprenez, beaucoup de nos membres venaient directement de leur lieu de travail à l'assemblée. Mrs. Zurishaddai Wilton l'a accompagné dans le train de Kingsmarkham à Passingham Park, puis en taxi jusqu'à Passingham Hall. Au retour, il était dans ma voiture, avec Mr. et Mrs. Nun Plummer, et mon épouse. C'est moi qui conduisais.

— Était-il troublé ? Ébranlé ?

— Giles ? Pas du tout ! Il était heureux et soulagé. On pourrait même dire *pétillant*.

— Vraiment ? Il venait d'avouer les péchés qu'il avait à confesser. Cela avait dû être gênant, pour ne pas dire – euh... bouleversant, avec cette assemblée qui chantait autour de lui.

— Pas du tout, répéta Winter, sur un ton plus courtois. Les gens se sentent purifiés et libérés. C'est une sorte de psychanalyse religieuse. Giles s'est senti libre pour la première fois de sa vie, comme les gens devant Dieu après la purification.

— Je vous remercie, dit Wexford. Vous m'avez beaucoup aidé. Je peux bien prendre mon journal. Cela vous évitera de le livrer. »

En souriant, Winter lui tendit le *Kingsmarkham Evening Courier*, d'une main gantée de laine mouillée.

« Eh bien, bonsoir. »

Il était redevenu un homme normal.

Wexford continua jusqu'à chez lui, imaginant les sentiments de Giles au cours de ce trajet. Il avait dû faire une confession, peut-être sur le genre d'aventures sexuelles maladroites et frustrantes que peut avoir un garçon de quinze ans, avouer aussi un vol à l'étalage commis par pure bravade, un premier joint occasionnel fumé avant l'initiation de Matilda. Puis, à peine sorti des braillements de la foule qui « criait et hurlait », il avait dû rentrer chez lui coincé entre les Plummer à l'arrière et les dos intransigeants des Winter à l'avant. Et pourtant, il était « pétillant » ? C'était un terme que détestait Wexford et, en l'occurrence, il avait l'air singulièrement déplacé. Peut-être les autres passagers de la voiture l'avaient-ils félicité, le plongeant dans une sorte d'euphorie délirante. C'était la seule explication possible.

Il regagna son bureau vers huit heures. Il venait à peine d'arriver quand la femme diplômée en informatique entra avec quelques feuilles de papier A4, où était imprimé un texte caractéristique d'Internet.

Philip Trent n'était pas mort, mais tout ce qu'il y a de plus vivant, et il habitait Uppsala. Son nom ne figurait pas dans le carnet d'adresses de Matilda. Peut-être aucune femme n'écrivait-elle le numéro de téléphone de son mari dans son répertoire personnel, même si le couple était brouillé ou vivait séparé. Elle le connaissait par cœur.

25

Il fallait s'attendre à un pays de glace et de neige, une sorte d'Ultima Thulé aux confins nord du monde. Il supposait qu'il avait de la chance d'y être envoyé. D'habitude, les policiers se sentaient privilégiés d'être détachés à l'étranger – mais il était assez ingrat pour regretter qu'en mars cela n'ait pas été au bord de la Méditerranée. Comme là où Burden partirait le lendemain pour quinze jours de vacances, dans le sud de l'Espagne.

Mais c'était en Suède. Il était enfin arrivé à parler à Philip Trent. Après une brève conversation téléphonique, il avait su, comme avait dit Barry Vine, qu'il « était tombé sur le bon ». Le vieil homme parlait à peu près le même anglais que Mr. Shand-Gibb, l'ancien propriétaire de Passingham Hall, mais avec une légère intonation étrangère, pas vraiment un accent – l'anglais était manifestement sa langue maternelle –, mais l'inflexion acquise à force de parler une langue scandinave. Il reconnut, sans honte ni culpabilité, que Giles s'était installé chez lui dans sa maison de Fjärdingen, un quartier d'Uppsala. Ce qui, au Moyen Âge, signifiait un *quarter* ou un *farthing**, expliqua-t-il avec obligeance, bien qu'on ne lui ait pas posé la question. Wexford songea alors au *Seigneur des anneaux* et au pays des Hobbits, où les quartiers portaient le même nom.

« Oh oui, Mr. Wexford, il est là depuis fin novembre. Nous avons passé un charmant Noël ensemble. C'est un gentil garçon. Dommage qu'il se soit laissé égarer par le fanatisme, mais je pense maintenant qu'on n'en entendra plus parler. »

Ah bon ?

« Il faut le ramener chez lui, professeur Trent. »

Une jeune femme efficace, et parlant un anglais parfait, lui avait indiqué le rang de Trent. Il avait été naguère titulaire de la chaire des langues austro-asiatiques (quoi que cela pût être) à l'université d'Uppsala. Et à présent, bien qu'il ait dépassé depuis longtemps l'âge de la retraite, il conservait son bureau de recherche à l'université, en tant qu'ancien membre éminent de la faculté.

« Je ne suis pas en mesure de voyager, vous comprenez. De plus, je suis trop occupé. Je dois continuer mes recherches. Par exemple, l'étude du khmer, du stieng et du pear n'en est encore qu'à ses débuts à cause de la guerre qui a longtemps fait rage au Cambodge, chose qui n'a pas aidé les linguistes. »

Il parlait comme si la seule conséquence de ces hostilités était leur impact sur les langues du pays.

* Pièces de monnaie valant respectivement un quart de dollar et un quart de penny, et dont les noms signifient aussi, littéralement ou par dérivation, « quartier ».

« Vous pourriez peut-être envoyer quelqu'un ?

— Je pensais venir moi-même, hasarda Wexford.

— Ah oui ? Nous jouissons à présent d'un temps très agréable. Vif et frais. Je vous suggère de descendre à l'hôtel *Linné*. Il offre de fort belles vues sur les Jardins linnéens. »

Wexford, après avoir raccroché, chercha les langues austro-asiatiques dans l'encyclopédie. Il découvrit qu'il y en avait des douzaines, si ce n'est des centaines, parlées en général dans l'Asie du Sud-Est et dans l'est de l'Inde. Cela ne lui apprit pas grand-chose, bien qu'il parvînt à faire le lien entre le « khmer » et les Khmers rouges. L'entrée sur Uppsala était plus gratifiante. Non seulement le botaniste Linné avait fini ses jours là-bas, mais Celsius, l'homme de la température, venait de cette ville ; de même qu'Ingmar Bergman et Dag Hammarskjöld, le deuxième secrétaire général des Nations unies ; et Strindberg avait fréquenté l'université de Trent. Il se demanda ce qu'avait voulu dire le professeur par « un temps très agréable ». Au moins, il ne pleuvrait pas...

À Heathrow, il entra dans une librairie et flâna dans les rayons, en quête de lecture pour le vol. Il avait déjà un guide de la Suède et ne cherchait pas un livre de voyage, mais n'importe quoi, roman ou document, qui puisse lui faire envie. À sa grande surprise, il trouva parmi les « classiques » un petit livre dont il ignorait l'existence jusqu'alors : *A Short Residence in Sweden, Norway and Denmark*, de Mary

Wollstonecraft. Il l'acheta en s'avouant qu'il n'avait jamais rien lu de la mère de Mary Shelley, à part *A Vindication of the Rights of Women*.

L'avion décolla à cinq heures. C'était une journée douce, très humide et brumeuse, bien qu'il n'ait pas plu depuis la veille au soir. Mais Wexford avait ressorti son gros manteau d'hiver, un vieux machin en tweed qu'il avait délaissé pendant des années pour des imperméables. Il s'installa sur son siège, le posa sur ses genoux et ouvrit son livre. Malheureusement, Mary Wollstonecraft avait passé plus de temps au Danemark et en Norvège qu'en Suède, où elle avait seulement visité Göteborg et l'Extrême Ouest. Wexford vit s'évanouir rapidement son espoir de trouver sous sa plume un portrait d'Uppsala à la fin du dix-huitième siècle. De toute manière, aujourd'hui, la ville aurait beaucoup changé, comme le régime de poisson salé et de viande séchée dénoncé par l'auteur, le physique corpulent et la pâleur des habitants. La pauvreté avait certainement disparu depuis longtemps, mais il espérait que les gens avaient gardé la « politesse de leur conversation ».

Il avait décidé d'aller directement à l'hôtel *Linné* et de voir Philip Trent et Giles tôt le lendemain matin. À présent, la police d'Uppsala savait tout de l'adolescent, et il ne pouvait demeurer caché plus longtemps. Wexford avait écrit « Hôtel Linné, Uppsala » sur un bout de papier, mais le chauffeur de taxi, à l'aéroport d'Arlanda, parlait assez l'anglais pour le comprendre.

Il faisait nuit. Ils roulèrent sur une grande route droite à travers des forêts de sapins et de bouleaux.

429

Les maisons qu'il voyait, ou plutôt distinguait dans l'obscurité, avaient l'air modernes ; de conceptions diverses, elles étaient néanmoins construites dans des matériaux semblables – toits de plomb et planches de recouvrement peintes en rouge. Dans le lointain, les lumières de la ville lui montrèrent une cathédrale immense, bâtie sur une colline, silhouette noire aux flèches jumelles pointées vers le ciel étoilé. Dans le mezzotinto de Matilda, la cathédrale avait des bulbes, mais les tableaux plus anciens la montraient coiffée de flèches gothiques. Il ne comprenait pas, à moins que la gravure ne représente pas Uppsala, mais une autre ville du nord de l'Europe.

Un château imposant sur une autre colline, des bâtiments sereins apparemment baroques, un fleuve sombre au cours rapide. Il sortit du taxi et le chauffeur lui compta patiemment la monnaie de ses couronnes. Curieusement, Wexford avait le sentiment qu'il pouvait lui faire confiance, ce qui n'était pas le cas partout. Il passa à peine quelques secondes dehors, mais le froid mordant le glaça jusqu'aux os. Cependant, une chaleur réconfortante régnait dans l'hôtel *Linné*. Tout le monde parlait anglais, tout le monde était poli, agréable, efficace. Une eau brûlante jaillissait des robinets. Il n'avait pas faim, car il avait mangé dans l'avion. Avec une certaine appréhension, il suivit les instructions du téléphone de sa chambre et composa le numéro de Philip Trent. Au lieu d'un flot de suédois, la voix du professeur dit simplement :

« Allô ? »

Wexford l'informa qu'il était arrivé et le verrait à

430

neuf heures du matin, comme prévu. Trent, qui ressemblait un peu trop à l'image rebattue du professeur distrait, au point que ses manières avaient l'air affectées, semblait avoir oublié qui il était. Wexford n'aurait pas été étonné qu'il lui réponde en wa, en tin ou bien en ho, quelques-unes des langues austroasiatiques dont il avait découvert l'existence. Mais Trent, marmonnant qu'il devait « redescendre sur terre », convint que neuf heures et demie, « ça irait ». On pouvait généralement avoir du café à cette heure-là. Il avait trouvé le moyen de suggérer qu'il vivait dans un restaurant.

« Ma maison est au coin de Gamla Torget et d'Östraågatan. C'est-à-dire, pour vous, de l'"Ancienne Place" et de la "Rue Est". Plus ou moins. »

Était-ce plus ou moins le sens des mots, ou bien la maison était-elle plus ou moins à cet endroit?

« Au bord du fleuve. Vous pourrez demander un plan à votre hôtel. »

Philip Trent paraissait totalement indifférent à sa visite. Wexford prit une longue douche et alla se coucher. Mais dehors, la rue était plus bruyante qu'il ne l'avait pensé. Comme la ville était propre et froide, austère et peu peuplée, il s'était attendu à trouver un profond silence. Mais il entendit des voix jeunes et de la musique forte, un objet lancé à coups de pied dans un caniveau, et un bruit de moto. Il se souvint alors que c'était une ville universitaire, la plus vieille de Suède et l'une des plus anciennes d'Europe. Il s'assit dans son lit et lut les réflexions de Mary Wollstonecraft sur la facilité du divorce en Suède et la supériorité des petites villes suédoises sur celles de l'ouest de la France et du pays de Galles. Finalement, le bruit cessa et il s'endormit.

La matinée était lumineuse et froide. Mais où était la neige ?

« Nous n'en avons pas eu beaucoup ces dernières années, dit la fille qui servait le petit déjeuner, ou plutôt dirigeait les clients vers les tables du buffet. Comme partout ailleurs, nous sommes affectés par le réchauffement de la planète. »

Elle ajouta d'un ton sévère, en le regardant droit dans les yeux :

« Savez-vous que la Suède est le pays du monde le plus attentif à la protection de l'environnement ? »

Humblement, Wexford répondit qu'il était heureux de l'apprendre. Elle revint peu après avec un plan de la ville qu'elle s'était procuré à la réception.

« C'est là. Fjärdingen. Ce n'est pas très grand, vous trouverez facilement. »

Il était encore tôt. Il sortit dans le « Farthing » et se retrouva sur une place dont il n'avait jamais vu d'équivalent. Ce n'était pas qu'il lui manquait les attributs modernes de l'Occident. Loin de là. Il comprit soudain à quel point il était bizarre, et rafraîchissant dans tous les sens du terme, de regarder les derniers modèles de voitures, un cybercafé, un disquaire, des femmes à la mode, un policier dirigeant adroitement la circulation, tout en respirant en même temps un air non pollué, pur et cristallin. Le ciel était bleu pâle, zébré de lambeaux de nuages déchirés par le vent. Il y avait des bâtiments modernes, mais la plupart dataient du dix-huitième siècle, blancs, jaunes et sépia, le baroque suédois. Ils

devaient déjà se trouver là quand Mary Wollstonecraft était venue à Uppsala. Il n'y avait pas beaucoup
de voitures ni de gens dans les rues. En marchant
vers les Jardins linnéens, il se rappela que ce grand
pays comptait à peine huit millions d'habitants, et
moins de la moitié au temps de Wollstonecraft.

Il tenait beaucoup à visiter les jardins, ou au moins
à les contempler à travers les grilles, car, le soir qui
avait précédé son départ, il s'était rapidement docu-
menté sur Linné et sur les pérégrinations du natura-
liste pour trouver des espèces inconnues. Ce n'était
pas la meilleure période de l'année si l'on n'était pas
très féru de botanique, car toute la végétation dormait encore, attendant le printemps dont l'Angleterre jouissait déjà. Il pensa à son pauvre jardin,
inondé par des pluies inhabituelles. S'il était vrai que
cette nation était la plus attentive à la protection de
l'environnement, sa prudence avisée la sauverait-elle
des catastrophes à venir ?

Il était neuf heures. Il entendit des carillons et,
juste au-dessus de lui, les coups profonds d'une hor-
loge. Accélérant le pas, il se laissa guider par le bruit
des cloches et, tandis que les immeubles s'écartaient
devant lui, il vit l'immense cathédrale se dressant
sur une hauteur. Une ligne de prose lui revint en
mémoire. Il l'avait lue il y a longtemps, il ne savait
plus où ni quand, mais c'était dans les écrits d'An-
dersen : en visitant la ville, le conteur avait parlé de
la cathédrale « levant ses bras de pierre vers le ciel ».
C'est exactement ça, se dit-il, tandis que sonnait le
dernier coup de neuf heures. La Domkyrka était à la
fois cramoisie et d'un gris clérical, sombre, austère,

imposante – et totalement différente de toutes les cathédrales qu'il avait eu l'occasion de voir. Seules ses lignes droites et ses croisées d'ogives rappelaient le gothique anglais. Les cathédrales britanniques avaient l'air intimes en comparaison. Tout autour de la Domkyrka s'étageaient les bâtiments de l'université d'Uppsala, et très haut sur la colline, le vaste bastion du château la surplombait, avec ses deux tours cylindriques coiffées de toits de plomb. Il avait devant lui le tableau qui ornait l'escalier de Matilda Carrish. Même le ciel était semblable, pâle, agité, une toile de fond des confins nord du monde, mais les flèches de la cathédrale, dans son mezzotinto, s'étaient changées en bulbes...

Il était encore trop tôt pour aller voir l'homme qui avait été son mari. Il entra dans une rue moderne assez laide, flanquée du genre de boutiques qu'il détestait le plus dans les villes anglaises, bâtie dans un style qui ne plaît à personne, mais qu'on persiste à employer ; puis, lui tournant le dos, il regarda le Fyris, le fleuve qui coulait au milieu de la ville. Ses petites vagues bleu sombre, froides et luisantes comme la glace, avaient l'air de courir en cascadant d'un pont à l'autre. Accoudé à un parapet, il se réjouit d'avoir son vieux manteau de tweed et s'aperçut que tout le monde était plus chaudement vêtu qu'à Kingsmarkham. Bottes, écharpes et chapeaux protégeaient les gens du vent cinglant et du froid mordant. Il regarda son haleine projeter un filet de brume.

Il devait être agréable de flâner l'été au bord du fleuve, d'admirer les bateaux, de longer les petites boutiques et les cafés. Quand donc viendrait l'été ? En mai ou en juin, supposa-t-il. Sur la rive ouest, il marcha jusqu'au prochain pont et, en parcourant des yeux la rive opposée, il prit conscience qu'il avait atteint sa destination. D'après la carte, c'était Gamla Torget qu'il voyait en face, et Östraågatan la rue qui longeait le quai débouchant sur la place. Donc, la maison ocre à trois étages, à la façade sobre et aux fenêtres encadrées de volets, devait être celle de Trent. Les volets étaient ouverts, et comme eux, la porte d'entrée était peinte en blanc. Les vitres brillaient sous le soleil encore timide. Aucun architecte suédois, se dit-il, n'avait perdu son temps ou son argent dans de faux ornements, ce qui donnait à la maison un air serein et apaisant, quoiqu'un peu sévère. Lorsque la cloche de la cathédrale sonna la demi-heure, il traversa le pont et frappa chez le professeur Trent.

Il s'était dit que Trent lui-même viendrait ouvrir, ou bien le genre de domestique qu'avait pu concevoir cette nation calme et progressiste ; peut-être l'employée qui faisait le café de neuf heures et demie, une jeune fille plutôt que l'austère serveuse du *Linné*. Il fut très étonné de se trouver face à un garçon de seize ans, brun, extrêmement grand, mais avec la minceur fragile de l'adolescence.

« Philip a dit que c'était à moi de vous faire entrer, dit Giles Dade. Je veux dire, à moi et à personne d'autre. »

26

Il s'était attendu à la chaleur, mais pas à l'intérieur dix-huitième siècle ni aux meubles du début de l'époque victorienne, bleu et blanc, aux dorures rutilantes. Tout était d'une propreté redoutable, presque excessive dans la maison d'un intellectuel. Giles Dade n'avait pas rouvert la bouche. C'était un beau garçon aux traits réguliers, aux yeux bleu foncé et à l'abondante chevelure brune. Il avait dû les laisser pousser depuis trois mois, jugea Wexford, c'était peut-être la première fois qu'on lui permettait un tel laxisme. Il conduisit Wexford dans un salon qui couvrait tout le rez-de-chaussée. Une des premières choses qu'il remarqua fut les livres pareils à celui de Matilda dans la bibliothèque, avec d'autres images de chats sans queue sur leurs couvertures. *Pelle Svanslös*, déchiffra-t-il, sans chercher à prononcer le titre. D'autres meubles pâles et délicats, un poêle montant jusqu'au plafond recouvert de carreaux en porcelaine, une vue sur le fleuve à l'avant et un petit jardin dénudé à l'arrière.

Le vieil homme qui les rejoignit quelques instants

plus tard était grand et presque aussi frêle que Giles. Peut-être jadis, une soixantaine d'années plus tôt, ressemblait-il à Giles ; il avait gardé une chevelure fournie, maintenant presque blanche. Son expression était non pas tant irritée que distraite et préoccupée. Il était évident qu'il considérait cet événement comme une intrusion dans une vie de recherches au rythme presque immuable.

« Eh bien, euh... bonjour, dit-il de sa voix aristocratique. Je vous en prie, ne vous tracassez pas pour moi. Je ne vais pas à l'université ce matin. Ne vous croyez pas obligé de, euh... trop activer les choses. »

Il prononça ces derniers mots comme s'il proférait un scandaleux terme d'argot récemment entré dans la langue. Wexford comprit qu'il avait affaire à un homme si égocentrique qu'il croyait que les autres devaient s'inquiéter exclusivement de son bien-être.

« Prenez votre temps. Asseyez-vous. Oh, vous l'avez déjà fait, bon... »

Il se tourna vers Giles, s'adressa au garçon dans ce qui était probablement du suédois, et Giles répondit dans la même langue. Wexford réprima un cri de stupeur.

« C'est très facile à apprendre, le suédois, comme toutes les langues scandinaves. Cela n'a rien de compliqué. C'est une langue flexionnelle, bien sûr, mais de manière totalement logique – pas comme certaines que je pourrais nommer. »

Wexford craignit qu'il ne le fît, et en donnant de nombreux exemples, mais il continua sur le chapitre du suédois.

« Moi-même, je l'ai appris – oh, il y a un siècle... – en un mois environ. Giles met un peu plus de temps. Il va de soi que j'ai veillé à la poursuite de son éducation – et pas seulement dans ce domaine. »

Il parlait comme si le fait que Giles avait manqué l'école était le seul aspect préoccupant de sa fuite. Pendant un moment, Wexford resta muet. Mais lorsque Giles revint avec une cafetière, des tasses et des cuillères, il s'adressa à lui.

« Giles, je vais rentrer cet après-midi au Royaume-Uni par le vol Uppsala-Heathrow de deux heures et demie. J'ai un billet pour toi. Je voudrais que tu rentres avec moi. »

Il s'était attendu à ce que l'un ou l'autre, ou les deux, manifeste une résistance. Mais Giles dit simplement :

« Oh, d'accord... (Il versa le café, puis lui tendit une tasse avec le pot à lait.) Je sais que je dois rentrer. J'ai toujours su qu'il le faudrait à un moment donné. »

Le vieil homme regardait par la fenêtre, non pas pour feindre l'insouciance ou la délicatesse, mais parce qu'il pensait vraiment à autre chose, peut-être à la syntaxe du palaung-wa. Giles leva la tête et regarda Wexford, avec ce curieux air effondré qui précède les larmes.

« Je vais venir avec vous, reprit-il. (Il fit un effort sur lui-même, son visage se figea et il ne pleura pas.) Comment va ma sœur ?

— Très bien. »

Ce n'était pas vrai, mais c'était la seule chose à dire. Wexford ne pouvait pas lui avouer qu'elle avait

438

été abandonnée par sa mère. Le café brûlant le réveilla et ranima sa vigilance. Il tourna son attention vers le propriétaire de la maison.

« Puis-je savoir ce qui vous a possédé, professeur Trent, pour que vous donniez refuge à Giles ? Qu'est-ce qui vous a pris, vous, un homme responsable et un savant respectable ? Avez-vous oublié votre devoir de citoyen ?

— *Ce qui m'a possédé ?* répondit Trent en souriant. J'aime bien cette expression. Dans ma jeunesse, il m'arrivait de penser combien il serait extraordinaire d'être vraiment possédé. Par une sorte d'esprit, je veux dire. Cela donnerait-il, par exemple, le don des langues ? Imaginez que l'on soit brusquement doué de la faculté de parler le hittite ? » L'expression choquée de Giles l'arrêta. « Allons, Giles, tu sais maintenant que tu as renoncé à toutes ces bêtises fondamentalistes, tu me l'as souvent répété... Tu sais très bien qu'il n'est pas possible d'être possédé par un démon, qu'il donne ou pas le don des langues.

— Avant, je pensais..., murmura Giles, que Joanna était possédée par un démon. Ils disaient que c'était le diable qui poussait les gens à se conduire comme ça. »

Il ne précisa pas ce qu'il entendait par « ils », mais c'étaient à l'évidence les disciples du Saint-Évangile.

« Ils disaient que j'avais *moi aussi* un démon en moi, qui m'obligeait à faire ce que je faisais.

— Mais depuis, tu sais bien que ce n'est pas vrai, un jeune homme instruit comme toi... »

Wexford pensa qu'il était temps de mettre fin à cette digression.

« Professeur Trent, vous n'avez pas répondu à mes questions.

— Ah bon ? Et à quel sujet ? Ah oui, vous parliez de mon devoir civique et du fait que je n'avais pas à protéger les criminels en fuite. Eh bien, je n'ai jamais pensé que j'avais un devoir civique et Giles n'est pas un criminel. Vous l'avez dit vous-même. (Il se lança dans un torrent de paroles en suédois et Giles hocha la tête.) Je ne suis pas non plus particulièrement responsable, je n'ai jamais éprouvé le moindre intérêt pour la loi, la politique, ou même la religion. J'ai toujours estimé avoir assez à faire en résolvant les problèmes épineux des langues parlées par soixante-dix millions de gens. »

Des apartés plus incompréhensibles à l'attention de Giles irritèrent Wexford :

« S'il vous plaît, coupa-t-il, ne vous exprimez pas en suédois. Si vous continuez, je devrai exiger de parler seul à Giles. La loi m'y autorise, il a plus de seize ans. Je suppose que votre épouse vous a téléphoné pour vous demander de le recevoir ?

— C'est exact, répondit Trent d'une voix un peu plus aimable. Elle savait que je ferais n'importe quoi pour elle, à part vivre au Royaume-Uni de Grande-Bretagne et d'Irlande du Nord. (Il haussa les épaules.) Elle savait que je serais le premier à donner asile à un homme qui fuirait la justice de ce pays. D'ailleurs, ma gouvernante avait trouvé une meilleure situation à Umeå et il m'a semblé que Giles pourrait très bien la remplacer pendant un temps. Je suis, assez curieusement, un homme d'intérieur, mais j'ai besoin de me faire aider. Je dois vous dire que je me suis assez attaché à ce garçon. Il a effectué de menues tâches dans la maison. Il a fait les courses, les lits, le café – dis-moi, Giles, est-ce un exemple de zeugme ? »

Giles sourit.

« Non, ça c'est une syllepse. Ça l'aurait été si vous aviez dit, "il a fait vite et le café".

— Pas tout à fait, mais nous n'entrerons pas dans les détails. J'aurais été bien moins heureux, inspecteur, si Matilda m'avait envoyé un imbécile. Son aide ménagère n'aurait guère compensé son manque d'aptitudes intellectuelles. Mes réponses commencent-elles à vous éclairer ? »

Wexford ne répondit rien. Il voyait bien qu'il était inutile de le questionner davantage. Que ferait-il s'il obtenait un aveu de Trent ? Demander son extradition ? L'idée même était grotesque. Peut-être l'avait-il seulement interrogé pour voir s'il était mû par ce but méprisable, la vengeance. Il lui demanda, sans lâcher tout à fait cette piste :

« Mr. Trent, vous êtes au courant de la mort de votre épouse ? »

En entendant cela, Giles se détourna, mais Trent répondit simplement :

« Oh oui, je l'ai apprise. La fille de Matilda m'a averti. J'aurais pu aller aux obsèques – ce n'est pas que j'approuve ce genre de cérémonies –, même si cela m'avait obligé à passer la journée avec les affreux parents de Giles. Mais je ne pouvais pas le laisser seul ici. De plus, je venais d'atteindre un point crucial dans ma recherche sur la prolifération précoce du pear, et qui est, à mon sens, une découverte capitale.

— Je ne vous demanderai pas ce qui a motivé Mrs. Carrish. Je veux dire, pour vous demander d'accueillir Giles. Je le sais déjà. »

Giles le fixa d'un air interrogateur, mais il ne s'expliqua pas.

« Tu as voyagé avec ton passeport irlandais, lui dit Wexford. Avant de partir d'*Antrim* avec Sophie, tu as téléphoné à Matilda en sachant qu'elle t'aiderait, et elle t'a suggéré d'emporter ton passeport irlandais, mais de laisser l'autre, pour tromper la police. C'est bien ça? »

Giles hocha la tête.

« Qu'est-ce qui est arrivé à Matilda?

— Elle a eu une attaque, répondit Wexford. Sophie était avec elle. Elle ne l'avait pas quittée depuis ton départ. Elle a appelé police secours et après, il a bien fallu qu'elle se rende. Il n'y avait rien d'autre à faire.

— C'est ce qu'on aurait dû faire dès le début, n'est-ce pas? Je veux dire, appeler police secours. (Il n'avait pas besoin de réponse. Il savait ce que dirait Wexford, ce qu'aurait dit n'importe qui.) J'avais peur que personne ne me croie. Que les gens pensent la même chose que Matilda, mais qu'ils ne soient pas aussi... aussi compréhensifs.

— Tu pourras me parler de cela dans l'avion, dit Wexford. Maintenant, tu ferais mieux d'aller rassembler tes affaires. Nous allons partir pour l'aéroport et déjeuner avant l'embarquement. »

Pendant tout cet échange, Trent était demeuré silencieux. Il se retourna et ses yeux, bleus et froids comme le Fyris, fixèrent d'abord Wexford, puis s'attardèrent sur Giles.

« Si j'avais su que votre visite devait être aussi courte, je n'aurais pas modifié mon emploi du temps. »

On pouvait presque entendre les guillemets claquer autour des derniers mots.

« Je pense que je peux aller à l'université maintenant, avant que ma matinée soit complètement gâchée.

— Je reviendrai, dit Giles avec force. Rappelez-vous ce qu'on a dit. Je reviendrai dans deux ans pour aller à l'université. (Dans le silence qui s'ensuivit, il regarda Wexford.) Je pourrai le faire, n'est-ce pas ?

— Espérons, dit Wexford. (Il se tourna vers Trent.) Dites-moi encore une chose. La cathédrale d'Uppsala possède deux flèches gothiques. Elle devait les avoir au quatorzième siècle quand elle a été construite. Mais dans les gravures des dix-huitième et dix-neuvième siècles que j'ai vues chez Mrs. Carrish, c'est la même cathédrale, sans flèches, mais avec des bulbes. Pourquoi ? »

Trent avait l'air excédé.

« Oh, il y a eu un grand incendie et les tours sont tombées ou quelque chose comme ça, et on les a remplacées par ces bulbes. Mais à la fin du dix-neuvième siècle, on les a abattus parce qu'ils étaient démodés, et on a remis des flèches gothiques. Ridicule...

— Je peux..., demanda Giles, je peux avoir un exemplaire de *Pelle*? En souvenir?

— Oui, oui, prends-le, répondit Trent sur un ton agacé. Maintenant, si vous voulez bien m'excuser... »

Dans une boutique détaxée, Wexford acheta du parfum pour Dora, suivant les conseils avisés que lui avait donnés Burden à Noël. Giles but une canette de Coca-Cola et Wexford, sans grand enthousiasme, une petite bouteille d'eau pétillante hors de prix. Giles était silencieux et morose, appréhendant visiblement de revenir chez lui, quittant à contrecœur le pays qui l'avait accueilli. Par les vitres de l'aéroport, il tournait encore un regard nostalgique vers la plaine d'Upplands.

Le vol fut retardé, mais d'à peine vingt minutes. Wexford donna à Giles le siège près du hublot. Avant le décollage, une femme, non loin d'eux, se signa, d'un air un peu honteux, sembla-t-il à Wexford. Le garçon avait lui aussi assisté à la scène. En sortant du silence où il était plongé, il dit à Wexford :

« J'ai renoncé à tout cela.

— Tout quoi? (Wexford croyait le savoir, mais il devait lui poser la question.)

— À ce que vous appelleriez du fondamentalisme. (Giles fit la grimace.) Au Saint-Évangile, et tout ça. Ce qui s'est passé m'a guéri. Je pensais... je pensais qu'ils étaient... enfin, *bons*, comme ils disaient. Et je voulais l'être aussi, au sens le plus large du terme – vous voyez ce que je veux dire?

— Je crois.

— Vous savez, la manière dont les gens se conduisent – les gens de mon âge – me rend malade. Ma sœur est déjà un peu comme ça. La sexualité, les mots qu'ils disent et la façon dont ils... dont ils se moquent de tout ce qui est religieux et moral. Les trucs dégoûtants à la télé, je veux dire, les sitcoms, ce genre-là. Et je voulais... je voulais rester à l'écart de tout ça, rester *propre*.

« Je ne me sentais pas bien à St Peter, l'église où j'allais avant. Les gens, là-bas, n'avaient pas l'air de savoir ce qu'ils voulaient ni ce qu'ils croyaient. Et les membres du Saint-Évangile avaient l'air si sûrs d'eux, au contraire. Pour eux, il n'y avait qu'une seule façon d'agir. Si on faisait tout ce qu'ils disaient, tout irait bien. C'était ce que j'aimais. Vous comprenez ?

— Peut-être. Pourquoi as-tu voulu prendre ce livre ?

— *Pelle Svanslös ? Svanslös* veut dire "celui qui n'a pas de queue". Ce sont des livres d'enfants sur un chat et sur ses amis. Ils vivent tous à Fjärdingen, près de là où j'étais. J'avais besoin de quelque chose pour me souvenir...

— Tu te plaisais à Uppsala, n'est-ce pas ? Et si tu me disais ce qui s'est passé pendant ce week-end avec Joanna ? J'ai déjà la version de ta sœur, mais elle n'a pas dit grand-chose de vrai.

— Elle ment tout le temps. Mais ce n'est pas sa faute.

— Maintenant, Giles, j'aimerais entendre la vérité. »

L'avion avait commencé à rouler sur la piste, d'abord lentement, puis de plus en plus vite jusqu'au décollage. Ils s'élevèrent dans l'air en douceur,

445

passant de ciel bleu en ciel bleu car il n'y avait pas de couches de nuages à traverser.

« Je vais vous dire la vérité, dit le garçon. Cela fait longtemps que je voulais le faire, mais j'avais... j'avais peur. » Il avait soudain pâli et tourna vers Wexford un regard désespéré. « Vous devez me croire, je n'ai pas... tué Joanna. Je ne lui ai rien fait, rien du tout.

— Je le savais, dit Wexford. Je le savais avant de te retrouver. »

27

« Il semble qu'il y ait beaucoup de gens qui s'en sortent à bon compte, grommela le chef constable adjoint.

— Je ne dirais pas ça, monsieur, rétorqua Wexford avec énergie. Nous avons une inculpation d'assassinat, une autre pour avoir caché un décès, une autre encore pour avoir fait perdre son temps à la police. Même si le garçon s'en tire avec un sursis et quelques travaux d'intérêt général, sa condamnation marquera à jamais son casier judiciaire. Je doute fort, par exemple, que les autorités suédoises le laissent entrer dans le pays pour s'inscrire à l'université d'Uppsala, or il y tient beaucoup.

— Et vous appelez ça une punition ?

— Pour lui, oui. Et sa sœur sera assez punie en continuant à vivre avec son père. »

Il avait soumis son rapport à Freeborn et le lui avait expliqué en détail. Maintenant, il devait retrouver Burden et lui apporter les derniers éclaircissements. C'était évidemment un soir d'avril pluvieux. Les champs, autour de Kingsmarkham, étaient constamment détrempés, mais non pas inondés. Wexford descendait la grande rue vers l'*Olive and Dove* : de là, il voyait les prés qui arboraient un vert frais et luisant dans le crépuscule nuageux, mais doré. Poussé par la curiosité, il fit un détour par Queen Street. Et là, en effet, le magasin de journaux, ouvert d'habitude jusqu'à huit heures du soir, était « fermé jusqu'à nouvel ordre ». C'était peut-être un signe, et le moment d'abandonner cet anachronisme absurde, un journal provincial du soir. À qui donc servait-il ? Qui en avait envie ? Mais s'il disparaissait, beaucoup de gens perdraient leur emploi, et il y avait d'autres marchands de journaux dans le quartier pour le distribuer...

Ce crochet l'avait mis un peu en retard. Burden était déjà installé dans « leur » arrière-salle, une petite pièce nichée à l'arrière de l'hôtel, communiquant avec le salon. Le seul bar de l'*Olive and Dove*, disait parfois Wexford, où il n'y avait ni machines à sous, ni musique, ni enfants, ni service de restauration. Ni posters demandant qui voulait gagner des millions, la version locale de l'émission de télévision, ni affiches vantant des concours de tir à la corde ou de chiens extralucides – attractions qui avaient longtemps été l'exclusivité du *Rat and Carrot* et que l'on trouvait maintenant dans toute la ville. Burden était assis devant un petit âtre où flambait un énorme feu. L'arrière-salle était une minuscule pièce aux boiseries très noires et aux murs garnis de papier peint brun, ornés de gravures sombres figurant de vagues scènes de chasse. D'après ce que l'on pouvait discerner dans l'obscurité, elles représentaient des animaux en pied et des hommes à cheval, poursuivant du gibier à travers les fougères, les ronces et les bruyères. Si personne ne fumait plus dans cette pièce depuis des années, il y avait eu une époque où beaucoup l'avaient fait. Comme les bars de l'*Olive and Dove* n'avaient jamais été repeints depuis le début du vingtième siècle, des millions de volutes de fumée étaient montés jusqu'au plafond beige, le teignant de l'acajou foncé du mobilier.

Ce dernier se réduisait à deux tables et six chaises. Sur la table près du feu étaient posés deux chopes de bière, deux paquets de chips et quelques noix de cajou dans une soucoupe. La chaleur était forte, mais pas désagréable. Burden, très bronzé après ses vacances, arborait une de ses tenues de week-end, costume de tweed sur chemise caramel et cravate assortie par hasard au plafond.

« Il recommence à pleuvoir, dit Wexford.

— J'espère que vous avez un peu plus de choses à raconter. »

Wexford s'assit.

« Un peu trop, vous allez voir. On est bien ici, non ? C'est calme. Tranquille. Je me demande si ce n'est pas la fin de l'Église du Saint-Évangile. Pendant quelque temps, probablement. (Il but une gorgée de bière, fut tenté d'ouvrir un paquet de chips, puis changea d'avis en soupirant.) Nous avons toujours pensé que cette affaire tournait autour des enfants Dade. En fait non. Pas vraiment. C'étaient seulement des pions. Le drame est né d'un conflit entre les membres du Saint-Évangile et Joanna Troy – ou plutôt, les gens comme elle, en général.

— Qu'est-ce que cela veut dire ?

— Je vais vous expliquer. Il y avait un aspect du Saint-Évangile que nous connaissions, mais que nous avons négligé : son exigence de *pureté*. J'aurais dû y faire plus attention, car c'était une des premières règles que Jashub Wright m'a citées parmi les commandements de son Église. Il m'a parlé d'une vertu qu'il appelait la *propreté intérieure*, mais sur le moment, cela m'a fait seulement penser aux sels Andrews pour le foie, un produit contre la constipation qui se vendait dans mon enfance, sous le slogan "la propreté intérieure". Cela ne vous dira rien, vous êtes sans doute trop jeune. C'est sûrement pour ça que je n'ai pas accordé d'importance au fait que c'était aussi le slogan des membres du Saint-Évangile. Or, par ces mots, ils n'entendaient pas ce qu'on appelle aujourd'hui la purification du corps lavé de ses toxines, mais la pureté sexuelle, la *chasteté*. La luxure était le péché suprême que les nouveaux convertis devaient confesser quand ils étaient conduits à l'assemblée pénitentielle.

— Je n'imagine pas, dit Burden, que Giles Dade ait eu grand-chose à confesser à cet égard. Il n'avait que quinze ans.

— Eh bien, vous vous trompez. Il avait des révélations à faire à cette bande de saints des derniers jours. Mais laissons Giles pour l'instant et revenons plutôt aux membres du Saint-Évangile. Comme beaucoup de fondamentalistes, ils ne s'occupaient guère des autres péchés, des choses que vous et moi pourrions considérer comme tels, si nous étions croyants. Je veux dire la violence, les agressions, les coups, la cruauté, le vol, le mensonge, ou la simple méchanceté. Rien de tout cela ne les dérangeait. Et d'après ce que m'a dit Giles, j'ai la nette impression qu'ils auraient trouvé agaçant qu'un disciple leur fasse perdre leur temps en avouant avoir battu sa femme ou abandonné ses enfants. C'était la sexualité qui les intéressait, la sexualité avant le mariage et en dehors du mariage, la fornication et l'adultère. Et ils en attribuaient surtout la responsabilité aux femmes, tentatrices par nature – une conception assez voisine de celle des premiers Pères de l'Église catholique ou de certaines sectes américaines d'aujourd'hui. Pour eux, la sexualité, m'a dit Giles, doit être pratiquée seulement dans le mariage, et encore, sans excès. »

Burden hocha la tête.

« Bien sûr. Mais je ne vois pas le rôle de Giles dans tout ça...

— Revenons à Joanna. C'était apparemment une jeune femme normale, jolie, intelligente, douée, bon professeur, avec une vie bien remplie et de belles perspectives de réussite. Mais elle avait déjà fait pas mal de choses pour donner à cette vie bien remplie une orientation inattendue.

— Que voulez-vous dire ? »

Wexford leva les yeux vers la fenêtre, et vit les vitres cinglées par la pluie et les premières ombres de la nuit. Les rideaux de velours damassés n'avaient jamais été tirés depuis qu'on les avait accrochés à leur tringle, peut-être une trentaine d'années plus tôt. Il se leva et les ferma, libérant des nuages de poussière qui sentaient le tabac. Les zones transparentes

451

où l'étoffe se déchirait trahissaient leur vétusté. Les deux hommes se mirent à rire.

« Je voulais seulement les tirer pour ne pas voir la pluie », dit Wexford. Puis, après un silence : « Vous m'avez demandé ce que je voulais dire. Quand Joanna était adolescente, elle était attirée, comme la plupart des filles, par les garçons de son âge. À seize ans, elle a perdu sa mère. Nous ne saurons jamais quelle importance cette perte a eue pour elle et je ne suis pas psychologue, mais je pense qu'elle a été gravement traumatisée. D'autant plus qu'elle s'est retrouvée avec pour seul parent un moulin à paroles incapable de la comprendre. Peut-être cela l'a-t-il poussée à régresser vers l'enfance et à rechercher la compagnie des enfants, mais elle n'était plus une enfant. Peut-être que si elle avait eu des frères, rien de tout cela ne serait arrivé.

« La première chose qui s'est produite, ou la première dont nous ayons connaissance, a été l'incident à l'école avec Ludovic Brown. Il était plus jeune qu'elle, sans doute prépubère, et quand Joanna lui a fait des avances, il a eu peur et l'a repoussée. Sur quoi, elle a fait la seule chose qu'elle savait faire alors. Elle l'a frappé. Il ne voulait pas, pourrait-on dire, l'aimer, donc elle l'a tabassé. Par vengeance, par colère, par dépit d'avoir été rejetée. Nous connaissons les retombées de cette histoire. La mort de Ludovic était un accident, elle n'avait rien à voir avec cette affaire.

« Joanna a dû avoir d'autres relations avec des garçons, pour certaines gratifiantes. Toutefois, à mesure que les années ont passé et que l'âge des garçons est resté inchangé, c'est-à-dire, entre le début et le milieu de l'adolescence, ses goûts ont commencé à paraître anormaux. Mais elle était prisonnière de son adolescence après le traumatisme causé par la mort de sa mère, lorsqu'elle avait seize ans. »

Burden l'interrompit :

« Vous dites que Joanna Troy était une pédophile ?

— Je suppose. On pense toujours que les pédophiles sont des hommes, et que leurs victimes sont des garçons ou des filles. Les femmes plus âgées qui aiment les jeunes garçons ne semblent pas entrer dans la même catégorie. Ce qui, à mon avis, est dû en grande partie au fait que la plupart des hommes ont tendance à tourner la chose en plaisanterie, disant ironiquement qu'ils auraient bien aimé être initiés par une femme experte. »

Burden grimaça un sourire.

« Je n'aurais pas dit ça, mais ils n'ont pas tort. Vous me connaissez, vous me trouvez un peu bégueule. Pourtant, même moi, je ne peux pas imaginer qu'un garçon de quinze ans, avec toute cette testostérone qui s'agite en lui, puisse repousser une jolie femme qui a dix ou douze ans de plus que lui.

— Vous feriez mieux de l'imaginer, Mike, parce que ça s'est produit. Et en fait, Joanna avait dix-sept ans de plus que lui. Mais il y a eu tout d'abord son mariage. Ralph Jennings avait une vingtaine d'années quand elle l'a rencontré, mais il avait l'air bien plus jeune. C'est souvent le cas des gens très blonds. L'inconvénient, c'est qu'ils vieillissent aussi plus vite. D'après moi, Joanna a cru que Jennings pouvait être sa planche de salut. C'était un homme soumis et passif, mais très intelligent, capable de gagner beaucoup d'argent, ils avaient beaucoup de choses en commun. Peut-être qu'en devenant sa compagne elle allait perdre son goût pour les adolescents. Cette tendance était, après tout, non seulement gênante, mais aussi illégale que si Joanna avait été un homme d'âge mûr et les garçons de très jeunes filles.

« Mais malheureusement pour elle, Jennings est devenu chauve et rougeaud. La vie conjugale a ruiné sa fraîcheur juvénile. Les rapports sexuels n'apportaient plus le même plaisir qu'avant, ils étaient devenus répugnants. Et le couple a rompu. Mais Joanna est restée à Kingsmarkham, en gardant son poste prestigieux d'enseignante à Haldon Finch. Et au lieu de contrôler ses pulsions envers les jeunes garçons de quatorze ou quinze ans, elle s'est laissée aller, comme font souvent les gens au terme d'une relation durable. » Wexford marqua une pause en pensant à Sylvia, se demandant combien d'hommes traverseraient sa vie avant que les choses ne s'arrangent pour elle. « Elle était exactement au bon endroit pour une femme pédophile, non ? poursuivit-il. Dans une école mixte et avec des élèves de son âge favori. Et en bien meilleure posture que ses homologues masculins, car les jeunes filles qui ont été violées ou, pour le moins, séduites ont tendance à se plaindre davantage que les garçons qui connaissent pour la première fois le plaisir sexuel.

« Damon Wimborne ne se plaignait pas. Il aurait volontiers poursuivi sa relation avec Joanna, pendant des mois, même des années. Vous parlez de testostérone, mais nous oublions l'aspect idéaliste, l'adoration que les jeunes garçons peuvent vouer à l'objet aimé, en le plaçant sur un piédestal. Damon était amoureux de Joanna, "quoi que cela veuille dire", ont dit Jennings et quelqu'un de plus éminent. Mais il est malheureusement vrai que certaines personnes ne supportent pas d'être aimées par leur partenaire sexuel. Cela a dégoûté Joanna, et ses sentiments pour Damon se sont refroidis au point de disparaître. Néanmoins, en un sens, elle était encore une adolescente et le serait toujours. Les adolescents sont très durs avec les gens de leur âge – de tous les âges –, ils leur disent ce qu'ils pensent sans détour. Elle lui a dit qu'il ne l'intéressait plus en termes on ne peut plus clairs, probablement cruels. Or, pour parler par aphorismes, si "Une femme humiliée est capable de tout", "L'amour changé en haine peut être ravageur". Les hommes, comme les femmes, peuvent passer de l'amour à la haine, et c'est ce qui est arrivé à Damon. Il était humilié et a voulu se venger. Il était physiquement adulte, mais il avait quinze ans, un esprit de quinze ans. Alors, il a dit qu'il l'avait vue voler de l'argent dans son sac...

— Ça concorde. (Les doigts de Burden tapotèrent la chope de Wexford.) Une autre bière ?

— Un instant. La directrice de l'école n'a pas compris pourquoi Joanna n'a pas cherché à se disculper. Mais elle n'a pas osé. Si elle l'avait fait, tout aurait été découvert. Elle savait qu'il n'y avait rien à faire, que sa carrière de professeur était terminée. Elle a préféré démissionner et choisir un nouveau métier, une profession indépendante pour pouvoir agir à sa guise. Elle avait acheté sa maison sans hypothèque, elle usait librement de la voiture de son père, elle avait les compétences nécessaires et l'occasion s'est présentée… »

L'arrivée du serveur l'interrompit.

« Une autre tournée, messieurs ? J'ai pensé que je ferais mieux de passer maintenant parce qu'on vient de recevoir un car de voyageurs. On risque d'être occupés pendant un petit moment. »

Wexford commanda deux autres bières, lorgnant imprudemment les chips et les noix de cajou qu'il avait jusqu'alors vertueusement ignorées.

« Quelques mois plus tôt, elle avait fait la connaissance de Mrs. Dade. Je ne peux pas imaginer que celle-ci ait été d'une compagnie très agréable pour une femme comme elle, mais Katrina la flattait. Et les gens comme Joanna, intelligents, mais irritables, paranoïaques et immatures, aiment qu'on leur passe de la pommade et qu'on leur dise tout le temps combien ils sont brillants.

— Et peut-être d'autant plus, intervint Burden, que la personne flattée est apparemment libre, financièrement indépendante et une féministe accomplie, et que la flatteuse est dépendante, perturbée, toujours en quête de modèles et d'une personne à adorer.

— Je vois que les cours de psychologie que Freeborn vous a fait suivre ont porté leurs fruits…

— Peut-être. Pourquoi pas ? »

Le serveur revint avec leur commande et deux autres paquets de chips. « Offerts par la maison, messieurs, dit-il aimablement. Je vois que vous avez tiré les rideaux. Pour ne pas voir les inondations ?

— Les inondations ?

— La rivière s'est mise à monter comme l'hiver

dernier. Ces vieux rideaux n'ont pas été tirés depuis trente ans. En fait, depuis qu'on les a accrochés. Et ça se voit, n'est-ce pas ? »

Wexford ferma les yeux.

« J'espère seulement que tout va bien dans mon jardin. (Il attendit que le serveur soit retourné à son groupe de voyageurs.) Enfin, je pense qu'il nous reste des sacs de sable… Pour revenir à Joanna, elle ignorait encore l'existence de Giles, elle savait juste que Katrina avait deux enfants. Mrs. Dade a quitté son poste de secrétaire à l'école et ni Giles ni Sophie n'étaient à Haldon Finch. Mais les deux femmes ont continué à se voir et, finalement, Joanna est allée chez Katrina.

— J'imagine que, pendant tout ce temps, Joanna se débrouillait pour s'adonner à ses penchants sexuels pour les adolescents ? C'étaient eux les *hommes* qu'Yvonne Moody voyait venir chez elle pour prendre, soi-disant, des cours particuliers ?

— C'est exact. Ensuite, Joanna a rencontré Giles chez les Dade. Il avait quatorze ans, mais il n'était pas trop jeune pour elle. Pourtant, il y avait un obstacle, ses convictions religieuses. Mais Joanna avait proposé aux Dade de garder leurs enfants, le meilleur moyen qu'elle croyait avoir trouvé pour s'approcher de Giles. Bizarrement, toutefois, comme beaucoup d'enseignants, elle ne savait pas très bien s'y prendre avec les enfants. Sophie l'a détestée dès le départ, Giles, absorbé par la religion, ne s'est tout simplement pas intéressé à elle, et Joanna n'a rien fait pour gagner leur confiance ou leur affection. Je crois savoir qu'elle s'est bornée à jeter des regards à Giles et à lui effleurer le bras, l'épaule, ou à lui passer un doigt dans le dos, et qu'il ne comprenait absolument pas ce que cela voulait dire.

« C'était un de ses problèmes. De plus, même si les Dade sortaient parfois le soir, ils ne passaient jamais la nuit dehors. Joanna n'arrivait tout bonnement à rien. Elle avait même suggéré à Roger de faire venir son fils chez elle pour lui donner des cours particuliers, mais cela non plus n'avait pas marché. Dade est peut-être une brute et un tyran, mais il sait reconnaître un enfant intelligent. Deux, en l'occurrence. Il savait que les siens étaient brillants – plus que lui-même ne l'avait jamais été –, ce qui le rendait peut-être encore plus strict. Il tenait absolument à ce qu'ils ne gâchent pas leurs talents et les poussait à travailler. Mais pas avec Joanna Troy. Il n'avait nullement besoin de ses services. Giles avait passé l'épreuve de français du GCSE avec deux ans d'avance, et l'allemand n'était pas à son programme. Quelle matière Joanna pouvait-elle bien lui enseigner?

« La conversation française. Du moins, elle le croyait. Elle s'est mise à venir à *Antrim* – de son propre chef – pour l'engager à parler français avec elle, à regarder des vidéos en français et à lire des classiques dans la langue de Molière. Ça n'a pas vraiment été une réussite parce que Giles avait alors cessé d'apprendre le français, et qu'il étudiait à présent le russe, l'histoire et la politique. Giles est très doué en langues, cela s'est vu dans sa rapidité à s'initier au suédois. Ses loisirs, ou ses rares moments de liberté, il les consacrait au Saint-Évangile, car

458

quelques mois plus tard il allait être reçu dans cette Église après l'assemblée pénitentielle où il se confesserait dans les bois de Passingham. »

Burden dit tristement :

« Il devait avoir alors très peu de choses à confesser.

— Juste quelques tentatives de retour dans son ancienne Église et peut-être un manque de respect envers ses parents, encore une chose à laquelle le Saint-Évangile tenait beaucoup. Mais au printemps, Dade est allé à une soirée avec sa femme. C'était le dîner et le bal annuels de sa firme, et cette fois, elle n'avait pas lieu à Brighton, mais à Londres. Ils allaient devoir dormir sur place. Je ne sais pas si Joanna en a entendu parler et leur a proposé de garder les enfants, ou si c'est Katrina qui le lui a demandé. La seule chose qui importe, c'est que Roger et Katrina sont allés à cette réception et que Joanna a passé la nuit avec Giles et Sophie.

« C'était un samedi, et cette semaine-là, l'Église du Saint-Évangile célébrait son office hebdomadaire le samedi soir et non le dimanche matin. Giles m'a dit que Joanna, qui était arrivée vers cinq heures, avait voulu l'empêcher d'y aller. Elle a insisté pour lui parler en français pour éviter que Sophie les comprenne, un stratagème qui, vous pouvez l'imaginer, a exaspéré la jeune fille. Sophie est elle-même très brillante, mais les langues ne sont pas son fort. Elle est plus douée en sciences et en mathématiques.

« Giles, qui est aujourd'hui beaucoup plus averti, n'a pas vraiment compris pourquoi Joanna a tenu à s'asseoir près de lui et à lui parler – en français –

d'une manière qu'il a qualifiée d'"enjôleuse". C'est un garçon franc et ouvert, et il m'a dit que la conduite de la jeune femme lui rappelait les actrices qui flirtent à la télévision et "font du plat aux hommes". Il n'avait jamais vu ça dans la réalité, mais cela l'a gêné. Il est allé à l'église quand même, mais il a bien fallu qu'il revienne.

« Il était à peine neuf heures et demie, mais apparemment Joanna et Sophie étaient déjà couchées. Il est monté dans sa chambre, soulagé de n'avoir plus à parler à la jeune femme. Bien qu'il n'aime pas ses parents, il les trouvait infiniment préférables à Ms Troy. Il s'est déshabillé, puis il s'est mis au lit et a appris par cœur une leçon de grammaire russe pour son cours du lundi. Joanna est entrée sans frapper. Elle portait une robe de chambre, mais elle l'a ouverte sans un mot et l'a laissée tomber par terre. Il a dit qu'il était resté là, à la regarder d'un air ébahi. Puis il s'est produit une chose qu'il qualifie d'"horrible". Il ne sait pas, je cite, "comment c'est arrivé". Il était violemment excité, totalement incapable de se contrôler. Il haïssait Joanna, mais il la désirait plus que tout. Je pense que nous savons tous les deux ce qu'il voulait dire, cela se passe d'explications. Il avait seulement quinze ans et c'était sa première expérience.

« Il lui a ouvert les bras, il n'a pas pu s'en empêcher. Il m'a dit qu'il n'était pas lui-même, et pendant un moment, il a vraiment cru qu'un démon l'avait possédé – pour parler comme les disciples du Saint-Évangile. Joanna l'a rejoint dans son lit et le reste est évident – en de telles circonstances, inévitable. »

28

Wexford écarta un pan du rideau et ils virent repartir le groupe de voyageurs. Ils avançaient tous parapluies dehors, trébuchant dans les flaques sous une pluie battante, les femmes protégeant leurs coiffures de leurs vestes, un homme avec un journal sur la tête. C'était un exemplaire de l'*Evening Courier.*

« Je vais appeler Dora. »

Il tomba sur le répondeur. Il maudit la technologie moderne, songeant à quel point ses parents auraient été surpris de savoir qu'un homme pouvait téléphoner chez lui, s'entendre répondre par sa propre voix, et gratifier cette voix d'un juron grossier qui serait enregistré pour qu'il puisse l'écouter au moment de son choix. Burden écouta les réflexions de Wexford d'un air impassible, puis il lui demanda :

« Continuez cette histoire érotique sur Giles et Joanna.

— Ah oui. Je pense qu'au début Giles a éprouvé les émotions normales des garçons de son âge : une certaine peur, de l'étonnement, une grande joie que les choses aient... enfin, marché, et même, de la

461

fierté. Il était toujours ravi quand Joanna est revenue le lendemain à l'aube, puis quelques semaines plus tard, le soir où les parents Dade sont sortis. Sophie était à la maison, mais elle était restée dans sa chambre. La semaine suivante, elle a poussé Giles à lui parler, et il a avoué. Il n'y avait pas de danger, elle ne risquait pas d'en parler à Katrina ou à Roger.

« Mais le fait qu'elle soit avertie de leur liaison, si l'on peut appeler les choses ainsi, lui a finalement donné ces connaissances sexuelles inquiétantes qui m'ont fait croire un temps que quelqu'un – son père – devait abuser d'elle. Ce n'était pas le cas. Elle était simplement au courant des activités de Giles et de son revirement ultérieur.

— Son revirement ?

— Oh oui ! Vous savez, au départ, il n'avait vu aucun rapport entre sa relation avec Joanna et sa foi religieuse. Du moins, c'est ce qu'il m'a dit. Elles se trouvaient dans des compartiments séparés de sa vie. Mais un dimanche matin, le frère Jashub a prononcé un sermon à l'église sur la pureté sexuelle. C'était début juin. On pourrait dire, si l'on est un bon disciple et porté à la métaphore biblique, que les écailles lui sont tombées des yeux. De plus, il avait été prévenu qu'il devait faire sa confession à l'assemblée pénitentielle en juillet. Soudain, ce qui lui avait semblé un merveilleux progrès dans sa vie, au bas mot un grand plaisir et au plus une jouissance sublime, s'est révélé n'être qu'un péché sordide. Il devait y mettre fin et convaincre Joanna de le comprendre.

« Il a commencé par annuler un rendez-vous chez

elle. Il n'y avait jamais été, ce devait être la première fois, et il lui a dit que sa mère risquait de l'apprendre. Après, le hasard a voulu que les parents Dade ne sortent pas le soir, et ils n'ont donc plus fait appel à Joanna pendant des mois. Puis est venu le jour de l'assemblée pénitentielle et Giles a été emmené dans les bois de Passingham. Par manque de voitures, et comme certains participants venaient, non pas de chez eux, mais de leur lieu de travail, il a été conduit à Passingham en train, et de là en taxi. C'est comme ça qu'il a appris comment se rendre à la gare de Passingham Park. Au retour, il y avait beaucoup de véhicules et de chauffeurs disposés à le ramener. Il est donc rentré en voiture avec quatre disciples du Saint-Évangile. Ils devaient être plutôt serrés. »

Burden lui demanda :

« Cela vous dirait de manger quelque chose ? Je ne parle pas de ces amuse-gueules. Je vais voir si on peut nous préparer un sandwich. »

Le laissant consulter le menu, Wexford retourna dans l'entrée. La pluie s'était un peu calmée. Il prit un parapluie sur un portemanteau, en songeant à quel point ce serait gênant qu'on l'accuse de l'avoir volé. Mais ce n'était que pour une minute. Il sortit dans la cour de l'hôtel, en évitant les flaques.

À quoi s'attendait-il ? À voir le pont du Kingsbrook inondé ? Certes, la rivière était plus haute et s'était à nouveau changée en torrent impétueux. C'était là que Sophie avait jeté son T-shirt dans l'eau, et la situation, alors, devait être à peu près la même qu'aujourd'hui. L'eau montait, mais le pont était

463

encore praticable, et la pluie tombait si fort qu'elle semblait ne jamais devoir s'arrêter. Giles avait continué à rouler, avec le corps de Joanna dans le coffre, en prenant de l'assurance au fil des kilomètres. Pensait-il, alors qu'il allait s'en débarrasser dans les bois de Passingham, à son précédent trajet en sens inverse ? Ce jour-là, les pompeux disciples qui le ramenaient avec Plummer lui avaient-ils cité l'exemple de Joseph, qui était resté vierge et chaste en opposant une résistance de fer à la femme de Potiphar ? Je parie que oui, pensa Wexford. Comme ils n'étaient pas catholiques, ils n'avaient pas mentionné la tentation de saint Antoine...

Il regagna l'hôtel en courant, secoua le parapluie et le remit sur le portemanteau.

Burden était revenu dans l'arrière-salle avec deux autres bières – il était temps, maintenant, de surveiller leur consommation... – et les petits sandwichs au pain grillé qu'il avait commandés.

« Alors, il a confessé tout cela en public ? demanda-t-il.

— Vous pourriez dire, devant une foule hurlante, répondit Wexford. Qui chantait et dansait, comme disait la gouvernante de Shand-Gibb. La seule chose qui a dû le soulager, c'est qu'il n'a pas donné le nom de sa partenaire. Ils l'y avaient autorisé. Il a été absous, à condition de ne pas recommencer. Et on lui a assigné un mentor pour le guider. Un ancien, pour veiller à ce qu'il ne commette plus de péché.

« Il n'en avait pas l'intention. Cette assemblée l'avait bouleversé, elle aurait ébranlé une personne trois fois plus âgée. À nouveau, il en a parlé à sa sœur, mais pas à Joanna. Il a réussi à l'éviter. À quel prix, nous ne le savons pas, mais on peut le deviner. En septembre, Matilda Carrish est venue passer quelques jours à *Antrim*. Une visite délicate, j'imagine, étant donné l'aversion de Mrs. Dade pour sa belle-mère et le mépris de Matilda pour Katrina. Je pense qu'elle est seulement venue parce qu'elle s'inquiétait pour Sophie. Peut-être parce que son propre père avait abusé d'elle dans son enfance et qu'elle soupçonnait Roger d'avoir les mêmes tendances. Elle s'était trompée, mais nous avons nous aussi commis l'erreur de suspecter Roger.

« De quoi a-t-elle parlé avec Sophie ? Celle-ci est une menteuse si accomplie qu'il est très difficile de le savoir. Je pense être un assez bon détecteur de mensonges (Wexford haussa les sourcils, l'air penaud) mais cette fille éclipse les pires menteurs que j'ai interrogés. Dommage qu'il n'y ait pas de diplôme en la matière. Elle le remporterait haut la main. Peut-être a-t-elle hérité ce talent de sa grand-mère qui se défendait aussi brillamment dans ce domaine.

« En tout cas, Matilda a réussi à nouer un lien très fort avec les enfants de son fils. Il ne serait pas exagéré de dire que, pendant son séjour, ils en sont venus à l'adorer. Voilà une adulte qui les prenait au sérieux, ne les houspillait pas sans cesse ou ne pleurait pas à chacun de leurs gestes, et leur a peut-être dit avant de partir qu'elle serait toujours là pour eux. Ils n'avaient qu'à téléphoner et elle viendrait. Inutile de dire que Giles n'a pas dû lui parler de sa relation avec Joanna. Pourquoi l'aurait-il fait, alors qu'il essayait de l'oublier ? »

Wexford mangea un sandwich, puis un autre. Tandis qu'il savourait le beurre fondu, les tranches de rosbif saignantes, mais pas trop, les câpres et l'oignon cru, il sentait presque sa taille s'élargir. Les auteurs de livres culinaires omettaient souvent de préciser que les mets délicieux faisaient grossir, alors que les aliments fades étaient inoffensifs. Il devait y avoir une raison à cela, mais il l'ignorait.

« Venons-en à ce week-end crucial, dit Burden.

— Oui, d'accord. Quand sa mère lui a appris que Joanna allait venir pendant leur week-end à Paris, Giles a été très inquiet. Depuis l'assemblée pénitentielle, il était devenu bien plus conscient de la nécessité de la chasteté. À présent, il admettait que la continence était une bonne chose, une vertu qui méritait d'être observée jusqu'au mariage. Il avait entendu d'autres sermons sur la question, et les anciens du Saint-Évangile s'étaient chargés de veiller à ce qu'il ne retombe pas dans le péché, en commençant par le chapitrer dans la voiture, à son retour de Passingham. Si incroyable que cela puisse paraître, ils avaient même créé à cet effet deux cours particuliers, l'un dirigé par Pagiel Smith, l'autre par Hobab Winter. Le frère Jashub y jouait aussi un rôle important, en faisant des remontrances et en proférant des menaces. Pour eux, la sexualité hors mariage était un péché bien plus grave que la cruauté, la duplicité, la fraude et même le meurtre.

« Jusqu'alors, Giles ne leur avait jamais cité le nom de sa partenaire, continua Wexford. Mais il était de plus en plus anxieux. Elle allait venir chez lui dans quinze jours, une semaine, quelques jours... Le dix-neuf novembre, après le service du dimanche, il a parlé à Jashub Wright et il lui a tout avoué. Joanna allait venir chez lui le vendredi suivant après le départ de ses parents. Jashub a convoqué un conseil des anciens, résolus à le garder pur à tout prix.

— Pauvre enfant... », commenta Burden.

Il passa les sandwichs à Wexford. Ce dernier, en se servant, se dit que du plus loin qu'il connaissait Burden, chaque fois qu'ils avaient été attablés devant quatre sandwichs, Mike en avait pris un et lui trois, et quand il y en avait eu huit, il en avait mangé deux et lui six. Ce jour-là ne faisait pas exception à la règle. C'était sans doute pour ça qu'il se promettait toujours de lutter contre son poids, à défaut de le faire vraiment, alors que Burden restait mince comme un fil. Il soupira.

« Les Dade, nous le savons, sont partis le matin du vendredi vingt-quatre et Joanna est arrivée en fin d'après-midi. Giles espérait à moitié qu'elle aurait oublié leur aventure, mais il avait aussi très envie qu'elle s'en souvienne. Joanna avait bonne mémoire, elle l'a rejoint dans sa chambre le vendredi soir et ce qui devait arriver arriva. Giles a quand même essayé de lui résister, en disant qu'il pensait que c'était mal, mais elle s'est moquée de lui. Dans quelques semaines, il allait avoir seize ans, et ce qu'ils faisaient ne serait plus illégal. Elle n'avait pas compris.

« Sophie était au courant de tout. Elle avait vu pendant la soirée les avances que Joanna avait faites à Giles, et qu'elle a plus tard habilement transformées en jeux amoureux avec *Peter*. Ce nom, bien sûr, elle l'avait inventé, en l'empruntant inconsciemment à un auteur de recette de cuisine. Il ne lui a pas fallu beaucoup d'imagination, c'est un des prénoms anglais les plus courants. Elle ne savait pas que deux vrais Peter étaient liés à cette affaire, et si elle l'avait su, je crois qu'elle aurait seulement trouvé ça drôle.

— Que s'est-il passé le lendemain ?

— Les courses et les préparatifs culinaires racontés par Sophie n'ont jamais existé. Elle avait trouvé le menu du repas dans un journal qui est paru il y a moins de deux semaines. Elle n'est pas encore assez maligne, mais elle n'a que treize ans, elle a tout le temps de faire des progrès. Quand elle aura vingt ans, ce sera la meilleure menteuse que nous verrons sans doute jamais. Loin d'accompagner Joanna et Sophie dans cette débauche d'achats alimentaires et de déjeuner dehors avec elles, Giles est allé voir Jashub Wright. Il lui a raconté ce qui s'était passé et qu'il craignait de recommencer. Que devait-il faire ? Résister, lui a répondu Wright, être fort. Il est de nos jours assez ridicule de penser qu'un garçon doté d'une forte libido doive observer la chasteté au nom d'un concept totalement imaginaire créé par l'homme que l'on appelle Jésus – qui n'a jamais dit un seul mot sur la sexualité en dehors du mariage –, mais pas pour ces gens-là. Giles devait résister *en Son nom* et il recevrait de l'aide.

« Au moment où il est rentré chez lui, il avait commencé à pleuvoir. Giles redoutait la soirée qui l'attendait. Rappelez-vous, il n'y avait pas de Peter, pas d'invité pour le dîner et pas de repas élaboré. Ils n'étaient que tous les trois, chacun fébrile pour des raisons diverses à la perspective de cette soirée : Sophie était curieuse et excitée, Joanna s'apprêtait à briser une résistance qui ne faisait qu'épicer les choses, Giles luttait pour la tenir à distance en regrettant désespérément que la porte de sa chambre ne ferme pas à clef.

— Mais attendez, intervint Burden. Vous m'avez dit que Giles n'était pour rien dans la mort de Joanna. Or, ils n'étaient que tous les trois dans la maison ?

— À ce moment-là, oui. Mais la situation a changé. Vers six heures, rappelez-vous, il pleuvait déjà très fort. Le journal, l'*Evening Courier*, a été livré en retard à cause de la pluie, mais il est arrivé juste avant six heures et demie. La personne qui l'a apporté n'a pas sonné à la porte. Mais Giles a entendu le journal tomber sur le paillasson et il est allé le chercher.

— Quel rôle Scott Holloway a-t-il joué dans tout ça ?

— Scott haïssait Joanna. Je vais vous dire pourquoi. Sophie n'était pas la seule personne à qui Giles avait parlé de sa relation avec Joanna. Lorsqu'elle a commencé et qu'il ne se sentait pas encore coupable, il s'en était aussi ouvert à Scott. Disons qu'il s'était vanté de... enfin, de son expérience, de sa conquête. Et quand Scott a su que Joanna allait lui donner des cours particuliers, il a espéré pouvoir également la séduire, mais Joanna l'a repoussé. Le pauvre garçon n'est pas vraiment attirant, non ? Rien d'étonnant à ce qu'il la déteste, mette fin à ses cours et, en voyant sa Golf devant *Antrim* le samedi soir, rentre directement chez lui pour éviter de la voir.

« Les occupants d'*Antrim* sont allés se coucher tôt. Giles était partagé. Il savait à présent qu'il était en sécurité, mais à certains égards, la sécurité était la dernière chose qu'il désirait. Les avances que Joanna lui avaient faites devant la télévision sur le canapé, avances qu'elle ne s'était guère donné la peine de cacher à Sophie, l'avaient excité presque au-delà du supportable. Pourtant, il savait qu'il ne risquait rien. Connaissant son dilemme, Sophie a refusé de les laisser seuls et d'aller se coucher avant que Giles ait regagné sa chambre. Puis elle est montée au premier en même temps que Joanna, en l'observant pour voir si elle entrait bien dans la sienne.

« Une demi-heure plus tard, Joanna gisait morte au pied de l'escalier, poussée ou jetée par quelqu'un qui pensait combattre le démon ou l'Antéchrist. Sa mission accomplie, il a laissé Giles tout ranger, et affronter seul l'orage. Giles, que l'expérience a rendu sage, pense que ce devait être son châtiment, car ces gens-là ne se contentent pas de la confession et de l'absolution. Il leur faut aussi une expiation. D'ailleurs, Giles avait recommencé à pécher depuis qu'il s'était confessé à l'assemblée pénitentielle. Il était retombé dans le même péché. Ce n'est qu'après le départ de cet homme que Sophie est sortie de sa chambre et a vu ce qui s'était passé.

« Ils ont commencé par appeler leur grand-mère. Ils étaient aveuglés par la panique et elle leur avait dit qu'elle serait toujours là pour eux. Elle a tenu parole et ils se sont calmés. Elle a compris la situation, elle a vu que Giles était terrifié par son père, la justice, l'idée que l'on découvre sa liaison avec Joanna – mais elle a pensé que c'était lui qui l'avait tuée. Elle n'a pas cru à l'intervention d'une tierce personne, et Sophie non plus. Elles avaient l'habitude de mentir, vous voyez, et les menteurs pensent que tout le monde fait comme eux. Bien sûr, une femme sensée leur aurait conseillé de nous appeler tout de suite, mais Matilda Carrish n'était pas très sensée. Intelligente et même brillante, talentueuse, mais ni sage ni sensée. Prends ton passeport irlandais, a-t-elle dit à Giles. Laisse Joanna où elle est, ne touche pas à sa voiture et viens aussi vite que tu peux.

« Ils lui ont obéi jusqu'à un certain point. D'accord, ils allaient partir. Mais s'ils prenaient la voiture de Joanna et le corps avec eux ? Comme Sophie ne croyait pas à l'histoire de Giles, la police n'y croirait pas non plus. Si le cadavre de Joanna était là et pas eux, ils feraient figure de coupables. Mais s'il n'y avait pas de cadavre... Giles avait, certes, éprouvé une grande frayeur, mais je pense qu'il a dû ressentir alors le piquant de l'aventure. Il savait conduire et cela le tentait. Quant à Sophie, elle avait soif de liberté. Fuyons nos parents, partons d'ici, et donnons l'impression, ont-ils pensé tous deux, que Joanna est encore vivante et nous a kidnappés... »

Le téléphone de Wexford sonna. Il entendit la voix de Dora :

« Tu as cherché à me joindre ? Je suis chez Sylvia avec Johnny. » *Johnny ?* Les choses allaient bon train...

471

« Et d'ailleurs, où es-tu ?

— Dans un pub.

— Je vois. Si tu t'inquiètes pour la pluie, l'eau ne monte pas dans le jardin. Mais on a toujours les sacs de sable et si jamais la crue menace, Johnny promet de venir les empiler contre le mur. À plus tard.

— Savez-vous ce que signifie : *Plus ça change, et plus c'est la même chose*★ ?

— Non, dit Burden.

— C'est à peu près les seuls mots de français que je connaisse », dit Wexford. Il déclara injustement : « C'est seulement que le nouveau copain de Sylvia me semble exactement pareil au précédent... »

Burden fit la moue et maugréa :

« Vous êtes un maître du suspense, n'est-ce pas ? Vous adorez ça, et là, vous vous surpassez. Je suis sûr que vous avez travaillé vos effets.

— Je ne vois pas ce que vous voulez dire, fit Wexford.

— Ce que je veux dire, c'est *qui a tué Joanna Troy*... ?

— J'y arrive. Revenons quelques heures en arrière, au moment de l'arrivée du journal.

— Du *quoi* ?

— Vous verrez, c'est important. Dans mon quartier, nous sommes tous livrés par le marchand de journaux de Queen Street. Or, Lyndhurst Drive se

---

★ En français dans le texte.

trouve dans mon quartier, et *Antrim* est à quelques rues de chez moi. En fait, la tournée ne commence pas dans Queen Street ni même par Godstone Road, et ne couvre pas non plus la totalité de Lyndhurst Drive. Mais elle démarre dans Chesham Road, suit ma rue, puis Caversham Avenue et Martindale Gardens avant de remonter Kingston Drive. Après, elle redescend cette rue par l'autre trottoir et se termine à l'angle de Lyndhurst Drive, dont elle dessert juste la dernière maison. C'est là qu'elle s'achève. Cette maison, vous le savez, est celle du couple Dade. La personne qui livre le *Kingsmarkham Courier* est généralement, mais pas toujours, Dorcas Winter, une fille à peu près du même âge que Scott et Giles. Le samedi vingt-cinq novembre, elle n'a pas livré les journaux. *Elle le faisait rarement le samedi,* car elle avait un cours de violon. C'est son père qui l'a remplacée.

« Il a effectué la livraison à pied et il s'est fait tremper. Arrivé à la dernière maison, c'est-à-dire à *Antrim*, il n'a pas eu besoin de sonner, car Giles, en entendant le journal tomber sur le paillasson, est allé lui ouvrir. Mais même si c'était Joanna qui lui avait ouvert, il ne se serait pas démonté. Il avait une explication toute prête. Il connaissait Giles, il était un membre de son Église et, plus encore, son mentor et son guide spirituel. Pouvait-il se sécher un peu avant de rentrer chez lui ?

— Vous voulez dire que c'était un membre de l'Église du Saint-Évangile ?

— Le marchand de journaux, répondit Wexford, s'appelle Kenneth – alias Hobab – Winter. »

29

« Il a déjà été déféré au tribunal pour meurtre, dit Wexford, et il a été incarcéré. On ne peut pas éviter l'inculpation de Giles pour avoir caché un décès, mais j'espère pouvoir faire retirer cette accusation. Ce qu'il y a de bon dans tout ça, c'est qu'il a tourné le dos à l'Église du Saint-Évangile et qu'elle semble être sur le point de se dissoudre ; il a appris une autre langue qu'il va présenter au GCSE dans quelques mois et il a l'air d'être un peu en meilleurs termes avec son père. Sophie ne sera inculpée de rien. Franchement, je pense que n'importe quel tribunal la croirait sur parole, même confrontée aux témoignages de la police et des témoins experts. Ce serait une perte de temps.

— Revenons à Hobab Winter, dit Burden.

— Vous vous rappelez que dans l'après-midi Giles s'était présenté devant Jashub Wright et un conseil d'anciens réunis en urgence. Hobab était bien sûr présent. Nous cherchons actuellement à établir s'ils savaient tous ce que Winter avait l'intention de faire, s'ils l'avaient projeté ensemble, ou s'il l'a fait de son propre chef. Giles n'en sait rien. Ils l'ont congédié en lui disant, en termes énigmatiques, qu'il "recevrait une aide". Il pensait qu'elle lui serait probablement donnée par son mentor et, comme vous pouvez l'imaginer, il ne la désirait qu'à moitié. Quand le journal est arrivé, il a su qu'il avait deviné juste.

« Hobab est entré dans le salon et Giles l'a présenté à Joanna et à Sophie. Ils lui ont même *offert une tasse de thé*. Je sais, c'est vrai que c'est risible. Cette possibilité, nous l'avions envisagée et ensuite écartée, tant elle semblait grotesque. Il a accroché son imperméable au-dessus d'un radiateur dans l'entrée, mis ses chaussures à sécher dans la cuisine et posé ses gants de laine sur un second radiateur. Ses autres vêtements n'étaient pas mouillés à part le bas de son pantalon, qu'il a laissé sécher sur lui.

« Hobab avait décidé de tuer Joanna, de cela, j'en suis sûr. S'il l'avait seulement blessée, elle l'aurait poursuivie, et les membres du Saint-Évangile avec lui. Souvenez-vous, sa tête et son visage portaient des traces de coups. Il a pris également une autre initiative pour cacher qu'il avait été dans la maison. Il y est resté à l'insu de Joanna et de Sophie. Quand ses gants ont été bien secs – c'est important – et ses chaussures aussi, Giles l'a fait monter dans sa chambre. Joanna et Sophie croyaient qu'il était déjà parti, qu'il avait pris son imperméable dans l'entrée et avait quitté la maison. Mais il a attendu dans la chambre de Giles, assis sur une chaise en lisant la bible du garçon. Il avait l'intention, m'a dit Giles, d'attendre toute la nuit s'il le fallait, pour l'empêcher de retomber dans la luxure.

« Joanna, sans doute enhardie par le fait que Giles avait cédé la veille à ses avances, les a réitérées au cours de la soirée. Giles dit qu'il ne l'a pas encouragée et, bien sûr, il était préoccupé par la présence de Winter à l'étage. Mais quand il est monté se coucher, Joanna est à nouveau entrée dans sa chambre sans frapper. Peut-être que si elle l'avait fait, si elle avait été un peu plus timide et un peu moins audacieuse, elle serait encore en vie.

« Aussitôt, Winter a bondi de sa chaise et l'a brutalisée pour la chasser de la pièce. Il l'a bourrée de coups de poing et lui a cogné la tête contre le mur. Il a dû lui crier toutes sortes d'imprécations, en l'appelant démon, femme de mauvaise vie, ou je ne sais quoi. Elle a hurlé – pour elle, cela a dû être un grand choc – et Hobab l'a projetée au bas de l'escalier, ravi de voir sa tête heurter violemment le coin de la penderie.

— Ah..., soupira Burden. Je vois... Et il a quitté la maison comme ça ? En laissant les enfants affronter la situation ?

— Je crois qu'il avait à peine remarqué la présence de Sophie. Après tout, c'était seulement une fille, qui pouvait devenir plus tard une autre Joanna. Il doit penser que sa propre fille est la seule femme qui mérite d'être sauvée. D'ailleurs, ce n'est qu'après son départ que Sophie est sortie de sa chambre. Elle a le sommeil lourd. Oui, il a laissé Giles se débrouiller tout seul et il est rentré chez lui à pied, sous une pluie battante, sans doute en se félicitant du succès de sa mission.

— A-t-il vraiment pensé qu'il pouvait s'en tirer comme ça ? Il ne savait pas que Giles et Sophie partiraient avec le corps.

— Et qui aurait cru Giles s'il avait dit que l'homme qui livrait le journal du soir avait poussé Joanna dans l'escalier ? Un homme qui ne laissait pas de traces derrière lui ? Que Joanna n'avait jamais vu ? Et qui, comme le croyait Sophie, était rentré chez lui depuis des heures ? Rappelez-vous que Sophie pensait aussi que Giles était coupable. Tous les anciens de l'Église du Saint-Évangile auraient donné un alibi à Winter. Sa femme l'avait fait, et toutes les autres avaient également couvert leurs maris. Voyez comme ils se sont conduits quand on a su que ces trois-là avaient disparu. Ils ont non seulement joué les innocents – Jashub Wright en tout cas –, mais ils ont aussi paru indifférents. Pour eux, la luxure est le plus abominable des crimes. Une mort violente n'importait pas, surtout pour une bonne cause, et ils auraient considéré des poursuites judiciaires comme une peccadille excusable.

— Ainsi donc, ce marchand de journaux respectable, le pilier de son Église, qui avait mené jusqu'alors une vie irréprochable, tue soudain une jeune femme avec une rare violence. C'est un peu fort, non ?

— Ça le serait s'il était vraiment tel que vous l'avez décrit.

— Que voulez-vous dire ? »

Wexford expliqua d'un air pensif :

« Vous savez que je ne parle pas de ces choses-là chez moi. Vous non plus. Dora a appris des bribes de cette affaire, c'était inévitable, elle a cherché des renseignements pour moi sur Internet. Mais Sylvia n'en a rien su jusqu'au jour où elle a lu un bref article sur la comparution d'Hobab au tribunal. À propos, c'était dans l'*Evening Courier*, ce qui, à mes yeux, suffit amplement à justifier son existence. Elle est venue un jour – avec Johnny, évidemment – pour me parler d'un appel qu'elle avait reçu un soir où elle tenait la permanence téléphonique de son refuge pour femmes battues.

« C'était il y a quelques années. La femme, au début, n'a pas voulu donner son nom. Elle a dit que son mari l'avait tabassée et qu'elle avait peur d'être chez elle quand il reviendrait de sa réunion de prières. Sylvia a trouvé ça assez bizarre, et lui a dit de prendre un taxi et de venir au Hide. Vous l'avez deviné, c'était Priscilla Winter, Mrs. Hobab Winter. Elle avait le nez cassé, les deux yeux au beurre noir, et des contusions partout.

— Et c'était un ancien de l'Église du Saint-Évangile qui lui avait fait ça ?

— Oh oui, et pas pour la première fois. Il la malmenait régulièrement, il l'a même *projetée un jour dans l'escalier* lorsque sa fille était petite, mais c'était la première fois qu'il la frappait aussi brutalement depuis deux ou trois ans. Il avait vu rouge parce que en rentrant chez lui il l'avait trouvée attablée avec un voisin devant une tasse de thé. Ce qui est dommage, c'est qu'elle soit restée seulement deux nuits au

Hide. Elle est revenue chez elle après. Elle disait qu'elle ne pouvait pas abandonner Dorcas.

— Maintenant, elle sera libérée de son mari », dit Burden.

Il prit son imperméable sur un vieux portemanteau poussiéreux et il aida Wexford à enfiler le sien. Ils sortirent dans la rue principale. La pluie avait diminué, ce n'était plus qu'une petite bruine.

« Mais je ne vois pas comment vous pouvez être aussi sûr qu'il s'agissait d'un meurtre. C'était peut-être une agression violente, un accident tragique, ou même un homicide involontaire. Mais un meurtre ?

— Oh, je ne vous ai pas dit ? (Wexford ouvrit le parapluie qu'il tenait à la main.) Après avoir séché ses gants, Winter les a gardés sur lui. Pas parce qu'il avait froid. La soirée était douce et le chauffage marchait. Il voulait bel et bien tuer Joanna. Il a gardé ses gants pour ne pas laisser d'empreintes sur la bible et dans la chambre de Giles. Et si cela ne vous semble pas trop psychologique, je dirais qu'à travers cet acte il a aussi tué son épouse et peut-être même beaucoup d'autres femmes.

— Eh bien moi, conclut Burden, oubliant tout de son cours de psychologie, je dirais que c'était un affreux méchant.

— Vous savez, dit Wexford, j'ai pris le parapluie de quelqu'un d'autre, un voyageur du car, et il est reparti. Je crois que j'ai commis un vol pour la première fois de ma vie. »

Achevé d'imprimer
en janvier 2006
par Printer Industria Gráfica
pour le compte de France Loisirs, Paris

N° d'éditeur: 44620
Dépôt légal: février 2006
Imprimé en Espagne